《快学快用》四大特色

本系列图书提供了"学、练、用、问"一整套解决方案，特色鲜明、全面实用，使读者的学习过程更轻松、高效，真正做到快学快用，迅速完成从新手到行家的转变。

书本知识与光盘讲解相辅相成，可通过光盘中老师与学生一问一答的形式完成对知识的系统学习，巩固对书本知识的掌握。不进课堂，却能达到上课的效果。结合书本和光盘，读者可独立完成学习过程，达到无师自通的目的。

书中详细讲解了许多典型实例，通过详细的操作步骤，引领读者学习和掌握各软件的强大功能。光盘中还提供了很多素材，供读者练习使用，达到举一反三的目的。

书中介绍的众多例子都是实际工作的浓缩，读者通过学习和模仿，即可将其用于实践。光盘中还提供了大量有用的实例模板，读者可以取其所需，达到事半功倍的目的。

如果读者有疑难问题怎么办？《快学快用》系列图书很好地解决了这个问题，提供的电话实时答疑和网上答疑服务，将及时为读者释疑解难，达到尽善尽美的目的。

《快学快用》光盘使用说明

　　将光盘印有文字的一面朝上放入光驱中，稍后光盘会自动运行。如果没有自动运行，可以打开"我的电脑"窗口，在光驱所在盘符上单击鼠标右键，选择"打开"或"自动播放"命令来运行光盘。

单击该按钮可查看丛书简介
单击该按钮可打开光盘目录
单击该按钮可查看图书配套素材文件
单击该按钮可打开软件设置界面
单击该按钮可查看光盘帮助文件
单击该按钮可安装光盘
单击该按钮将退出光盘

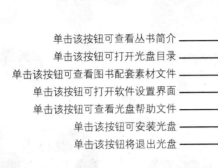

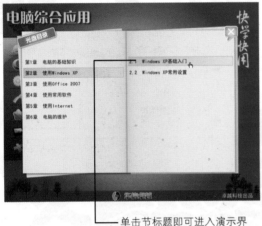

单击节标题即可进入演示界面学习相应内容

单击该处可调整配音音量或背景音量
下一节
快　进
暂停\播放
快　退
上一节
单击该按钮返回主菜单
单击该按钮打开光盘目录
此标志表示已进入交互模式，此时用户需要用键盘或鼠标根据提示执行相应操作才能进入下一步
单击该按钮可进入或退出交互模式

在每次运行光盘后，系统会自动记录本次的学习进度，在下次运行光盘时，将自动打开"载入进度"界面。单击"Yes"按钮将从上次学习的章节继续学习

单击"关闭"按钮返回主菜单

本光盘最佳运行环境如下：
◎ 奔腾4以上CPU
◎ 256MB以上内存
◎ 100MB以上C盘空闲空间
◎ Windows XP操作系统
◎ 屏幕分辨率1024×768像素
◎ 52倍速以上光驱

Word 2007
办公应用
融会贯通

卓越科技　编著

电子工业出版社
Publishing House of Electronics Industry
北京·BEIJING

内 容 简 介

本书详细介绍了 Word 2007 在办公方面的应用知识，主要内容包括 Word 2007 基础知识、自定义 Word 2007 工作界面、创建办公文档、输入和编辑文本、设置文本的格式、在文档中添加图形对象、在 Word 文档中创建和编辑表格、在 Word 文档中插入并编辑图表、设置页面版式、打印文档、Word 2007 高级排版应用、长文档的编排与处理、使用邮件合并功能以及网络与信息共享等知识，最后综合应用前面所学的知识制作 4 个办公实例。

本书内容新颖、版式清晰、语言浅显易懂、操作举例丰富。在讲解时每章以"知识讲解+办公案例+疑难解答+上机练习"的方式进行，在讲解过程中每个知识点下面的操作任务以"新手练兵场"来介绍，并采用小栏目的形式介绍一些扩展知识。另外，本书以图为主，图文对应，每章最后还配有相关的上机练习题，并给出了练习目标及关键步骤，以达到学以致用的目的。

本书定位于 Word 2007 的初、中级用户，适用于办公人员、行政人员、教师等从业人员，可作为学习 Word 办公软件的参考书籍，也可作为专修电脑学校和大中专院校师生的参考书。

图书在版编目（CIP）数据

Word 2007 办公应用融会贯通 / 卓越科技编著.—北京：电子工业出版社，2009.4
（快学快用）
ISBN 978-7-121-07892-7

I. W… Ⅱ.卓… Ⅲ.文字处理系统，Word 2007 Ⅳ.TP391.12

中国版本图书馆 CIP 数据核字（2008）第 185420 号

责任编辑：牛　勇　周淑娟
印　　刷：北京市天竺颖华印刷厂
装　　订：三河市鑫金马印装有限公司
出版发行：电子工业出版社
　　　　　北京市海淀区万寿路 173 信箱　　邮编：100036
开　　本：787×1092　1/16　　　印张：24　　　字数：614 千字　　　彩插：1
印　　次：2009 年 4 月第 1 次印刷
定　　价：49.00 元（含光盘一张）

凡所购买电子工业出版社图书有缺损问题，请向购买书店调换。若书店售缺，请与本社发行部联系，联系及邮购电话：（010）88254888。
质量投诉请发邮件至 zlts@phei.com.cn，盗版侵权举报请发邮件到 dbqq@phei.com.cn。
服务热线：（010）88258888。

前 言

如今，为了提高自身的就业竞争力，顺利完成工作中的复杂任务，大多数学电脑的人已不再满足于学习基本的软件操作了，他们在学习某个软件的过程中，更注重于该软件的全面应用，需要深入学习某些重要知识点，或者全面掌握该软件在某一领域的具体应用。据调查，这类读者对图书具有以下相同的要求：

✱ 即使没有多少相关基础，也可从入门开始全面学习某个软件的使用。

✱ 从入门到提高，再到精通，全面掌握软件的应用技能。

✱ 结合实际工作内容进行应用举例，并适当提供综合项目范例。

✱ 软件的使用知识与相关行业的工作需求相结合，实现融会贯通。

综上所述，我们推出了《快学快用·融会贯通》系列图书，该系列图书在知识讲解上可以使读者从入门到提高再到精通，内容设计和写作结构与实际工作相结合，列举了大量实用范例，加强了对相关行业知识和软件应用技巧的讲解，使读者不仅可以掌握软件的拓展应用知识，还可以独立完成工作中的各项任务，全面提高工作的能力。

❧ 丛书主要内容

《快学快用·融会贯通》系列图书涉及 Office 办公、平面广告设计、图像特效制作、三维效果制作、机械设计、建筑设计、网页设计和操作系统应用等众多领域，主要包括以下图书：

✱ 电脑应用融会贯通

✱ Excel 2007 财务应用融会贯通

✱ Excel 2007 公司管理融会贯通

✱ Word 2007 办公应用融会贯通

✱ Word 2007，Excel 2007 办公应用融会贯通

✱ Access 2007 办公应用融会贯通

✱ Office 2007 办公应用融会贯通

✱ Word 2007，Excel 2007，PowerPoint 2007 融会贯通

✱ 电脑办公应用融会贯通

✱ Photoshop CS3 图像处理融会贯通

✱ Photoshop CS3 特效处理融会贯通

✱ Flash CS3 动画制作融会贯通

✱ Dreamweaver CS3 网页制作融会贯通

✱ Dreamweaver，Flash，Fireworks 网页设计融会贯通（CS3 版）

✱ AutoCAD 2008 机械绘图融会贯通

- ✳ AutoCAD 2008 建筑绘图融会贯通
- ✳ 3ds Max，VRay，Photoshop 效果图制作融会贯通
- ✳ Windows Vista 融会贯通
- ……

❀ 本书主要特点

- ✳ **以操作为主，任务驱动**：在一些操作性较强的知识点下列出一个具有代表性的操作练习任务，并将练习的要求明确地提出来，使读者在学习一个知识点后就能上机实践。

- ✳ **内容新颖，知识全面**：本书总结了市场上同类图书的优点，并在其基础上优化了学习结构、增加了大量新知识点。图书在讲解过程中还穿插了各种注释性内容，介绍相关的概念和操作技巧，从而丰富读者的知识面。

- ✳ **实例精美，实用性强**：本书提供了大量精美、实用的实例，既能有效帮助读者理解相关知识点，也能直接应用于实际的工作中。每个实例都提供相关素材与最终效果文件，便于读者学习或直接使用。

- ✳ **图示丰富，易于操作**：操作步骤讲解详细，图文对应，在插图中用❶、❷、❸等步骤序号列出具体操作方法，插图中还配有相关说明文字，帮助读者轻松理解和掌握知识。

- ✳ **常见疑难问题解答**：各章附有疑难问题解答内容，以一问一答的形式介绍了与该章知识相关的常见疑难问题解答，帮助读者解决电脑应用中的实际问题。

- ✳ **配套多媒体教学光盘**：本书附带一张精彩生动、内容充实的多媒体教学光盘，与图书相结合可大大提高学习效率，从而达到最佳的学习效果。

❀ 本书读者对象

本书定位于 Word 2007 的初、中级用户，适用于办公人员、行政人员、教师等从业人员，可作为学习 Word 办公软件的参考书籍，也可作为专修电脑学校和大中专院校师生的参考书。

❀ 本书作者及联系方式

本书由卓越科技组织编写，参与本书编写的主要人员有胡芳、罗珍妮等。由于作者水平有限，书中疏漏和不足之处在所难免，恳请广大读者及专家不吝赐教。

如果您在阅读本书的过程中有什么问题或建议，请通过以下方式与我们联系。

- ✳ 网站：faq.hxex.cn
- ✳ 电子邮件：faq@phei.com.cn
- ✳ 电话：010-88253801-168（服务时间：工作日 9:00~11:30，13:00~17:00）

目　录

Word 入门篇

Word 入门篇

Word 2007 是一款文档编辑与处理类电脑办公软件，在办公应用中使用非常广泛。在这一篇中我们主要介绍 Word 2007 的入门知识，包括如何自定义 Word 2007 的工作界面、创建办公文档以及输入和编辑文本等知识。

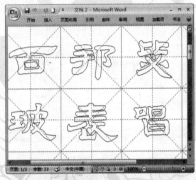

第 1 章

初识 Word 2007

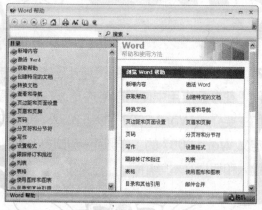

Word 2007 是 Microsoft 公司推出的 Office 2007 办公应用软件中的一个组件，它是一款专门用来进行文字处理的软件。通过它，用户可高效地进行文字编辑、图文排版和长文档的处理，因此，在办公中应用较为广泛。本章将详细介绍 Word 2007 的基础知识，包括安装、启动和退出 Word 2007，以及 Word 2007 的工作界面，为学习后面的知识打下基础。

1.1 Word 2007 的办公应用

随着电脑技术的普遍应用，使用 Word 软件已经成为办公人员必备的一项技能。最新的 Word 2007 因其美观、实用的界面，深受广大用户的青睐，在办公软件市场占据了重要地位。

Word 2007 在办公方面的应用主要有以下几个方面。

☑ **文字处理**：使用 Word 2007 不仅可以输入和编辑文本，还可以通过设置文本的字体格式、段落格式、边框和底纹等来美化文本，如制作通知、调查报告、工作总结以及合同书等。如图 1-1 所示为制作的劳动用工合同。

☑ **表格制作**：使用 Word 2007 可以制作各种表格文档，并可对制作的表格进行美化，甚至还可将表格内容转化为图表，以方便查看，如制作登记表、工资表、成绩统计表以及产品销售表等。如图 1-2 所示为制作的某贸易公司的员工工资表。

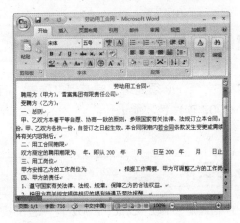

◆ 图 1-1

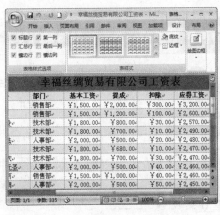

◆ 图 1-2

☑ **图形制作**：在 Word 2007 中可以通过插入图片、文本框、艺术字、图表、自选图形以及 SmartArt 图形等对象，制作出各种图文并茂的办公文档，如制作公司组织结构图、产品介绍以及各类宣传单等。如图 1-3 所示为制作的公司组织结构图。

☑ **长文档的编辑**：使用 Word 2007 可以对长文档进行有效的编辑与管理，如在文档中设置页眉、页脚，插入页码，插入与编辑目录、索引和批注等。如图 1-4 所示为制作的目录。

◆ 图 1-3

☑ **网络与信息共享**：在 Word 2007 中，不仅可以在局域网和 Internet 中共享文档，

还可以将文档以电子邮件的形式发送到邮箱中，或运用邮件合并功能制作批量信封和信函以及创建博客文档等。如图 1-5 所示为制作的信封。

◆ 图 1-4

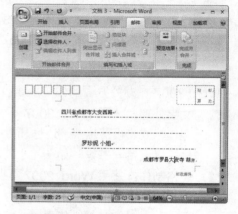

◆ 图 1-5

1.2 安装与卸载 Word 2007

要使用 Word 2007 制作各种办公文档，必须先将它安装到电脑中，而安装 Word 2007 需要通过 Office 2007 软件包才能进行。

1.2.1 Word 2007 对软硬件环境的要求

在安装 Word 2007 之前，首先要检查电脑的配置是否满足 Office 2007 软件包的安装要求。对于办公用户来说，电脑的基本配置和建议配置方案如表 1-1 所示。

表 1-1 电脑配置方案表

项目名称	基本配置方案	建议配置方案
CPU	时钟频率在 1GB 以上	时钟频率在 2GB 以上
内存	512MB（使用某些功能时反应较慢）	1GB 或 2GB
光驱	DVD	DVD
显示器	分辨率为 800×600	分辨率为 1024×768 或以上
操作系统	Microsoft Windows XP Service Pack (SP) 2 以上	Microsoft Windows Vista
网络接入	可不接入	Internet 接入且带宽不低于 128Kb/s
硬盘可用空间	2GB（安装 5 大组件）	4GB（安装所有组件）

1.2.2　安装 Word 2007

在电脑配置满足 Office 2007 软件包的安装要求后，就可以安装 Word 2007 了。下面将详细讲解 Word 2007 的安装方法。

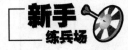 将 Word 2007 软件安装到电脑"D:\Program Files\Microsoft Office"文件夹中。

STEP 01. **运行安装程序。**将 Office 2007 的安装光盘放入光驱，双击光驱所在的盘符，然后双击"setup.exe"安装文件图标，如图 1-6 所示。

STEP 02. **输入产品密钥。**在打开的"输入您的产品密钥"对话框的"产品密钥"文本框中输入包装盒上由 25 个字符组成的产品密钥，然后单击 继续(C) 按钮，如图 1-7 所示。

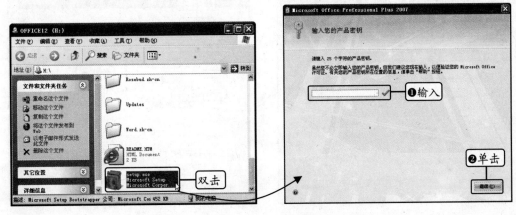

◆ 图 1-6　　　　　　　　　　　　　　　◆ 图 1-7

STEP 03. **阅读并接受软件许可条款。**在打开的"阅读 Microsoft 软件许可证条款"对话框中阅读条款后选中"我接受此协议的条款"复选框，然后单击 继续(C) 按钮，如图 1-8 所示。

STEP 04. **选择安装方式。**在打开的"选择所需的安装"对话框中选择需要的安装方式，这里单击 自定义(C) 按钮，如图 1-9 所示。

STEP 05. **保留所有早期版本。**在打开的对话框中选中"保留所有早期版本"单选按钮，如图 1-10 所示。

STEP 06. **选择安装 Word 2007。**单击"安装选项"选项卡，在列表框中分别单击 Microsoft Office Access、Microsoft Office Excel、Microsoft Office InfoPath、Microsoft Office Outlook、Microsoft Office Publisher 和 Microsoft Office Visio Viewer 选项前的 按钮，在弹出的列表中选择"不可用"选项，只保留安装 Word 组件，如图 1-11 所示。

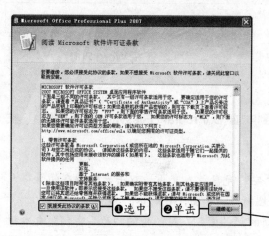

◆ 图 1-8

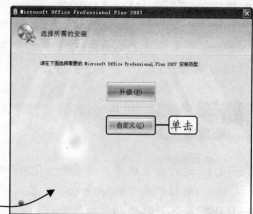

◆ 图 1-9

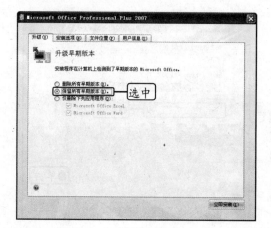

◆ 图 1-10

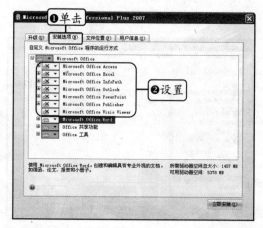

◆ 图 1-11

STEP 07. **输入安装路径。** 单击"文件位置"选项卡，在"选择文件位置"文本框中输入文件的安装路径" D:\Program Files\Microsoft Office"，然后单击 立即安装(I) 按钮，如图 1-12 所示。

STEP 08. **完成安装。** 系统将打开"安装进度"对话框自动安装 Word 2007，如图 1-13 所示。安装完成后，系统将打开"已成功安装"对话框提示已安装成功，如图 1-14 所示，单击 关闭(C) 按钮完成安装。

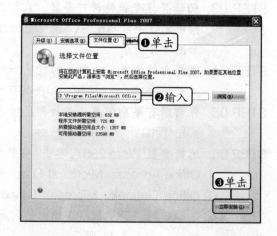

◆ 图 1-12

◆ 图 1-13　　　　　　　　　　　　　　　◆ 图 1-14

1.2.3　卸载 Word 2007

当 Word 2007 出现问题，不能启动时，可以先将 Word 2007 卸载，然后将其重新安装到电脑中。下面将详细讲解卸载 Word 2007 的方法。

　卸载安装在电脑中的 Word 2007。

STEP 01. **单击超链接。** 选择 "开始/控制面板" 命令，在打开的 "控制面板" 对话框中单击 "添加/删除程序" 超链接，如图 1-15 所示。

STEP 02. **选择选项。** 在打开的 "添加或删除程序" 对话框的 "当前安装的程序" 列表框中选择 "Microsoft Office Professional Plus 2007" 选项，然后单击该选项后面的 删除 按钮，如图 1-16 所示。

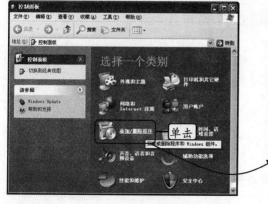　　　　　　　　　　　

◆ 图 1-15　　　　　　　　　　　　　　　◆ 图 1-16

STEP 03. **准备卸载。** 系统弹出 "安装" 对话框，提示是否从电脑中删除 Microsoft Office

Professional Plus 2007，单击 [是(I)] 按钮，如图 1-17 所示。

STEP 04. **完成卸载。** 系统开始自动卸载 Microsoft Office Professional Plus 2007，卸载完成后，将弹出提示对话框，单击 [关闭(C)] 按钮完成卸载操作，如图 1-18 所示。

◆ 图 1-17

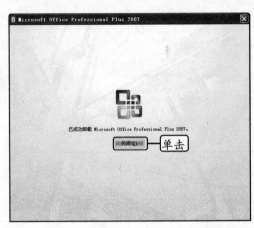

◆ 图 1-18

 温馨小贴士

在打开的"添加或删除程序"对话框的"当前安装的程序"列表框中选择"Microsoft Office Professional Plus 2007"选项，单击该选项后面的 [更改] 按钮，在打开的对话框中选中"删除"单选按钮，然后单击 [继续(C)] 按钮也可卸载 Word 2007。

1.3 启动和退出 Word 2007

在使用 Word 2007 制作办公文档前，首先应启动 Word 2007，而在制作完文档后，则需要退出 Word 2007。下面将详细介绍启动和退出 Word 2007 的操作方法。

1.3.1 Word 2007 的启动

Word 2007 的启动方法主要有以下 3 种。

☑ **通过"开始"菜单启动：** 选择"开始/所有程序/Microsoft Office/Microsoft Office Word 2007"命令，如图 1-19 所示。

☑ **通过双击桌面快捷方式图标启动：** 在桌面上双击"Microsoft Office Word 2007"的快捷方式图标 。

☑ **打开办公文档的同时启动 Word 2007：** 双击需要打开的 Word 2007 办公文档。

安装 Word 2007 后，桌面上并没有其对应的快捷方式图标。用户只能自己手动添加，其方法是：选择"开始/所有程序/Microsoft Office"命令，在弹出的子菜单中的"Microsoft Office Word 2007"命令上单击鼠标右键，在弹出的快捷菜单中选择"发送到/桌面快捷方式"命令

选择

◆ 图 1-19

1.3.2　Word 2007 的退出

退出 Word 2007 的方法非常简单，单击"**Office**"按钮，在弹出的菜单中单击 X 退出 Word(X) 按钮即可退出程序。

1.4　认识 Word 2007 的工作界面

启动 Word 2007 后即可打开其工作界面，如图 **1-20** 所示。只有熟悉了 Word 2007 的工作界面，才能更好地利用它制作各种办公文档。Word 2007 的工作界面主要由"**Office**"按钮、快速访问工具栏、标题栏、功能区、文档编辑区、状态栏和视图栏等部分组成，下面分别进行介绍。

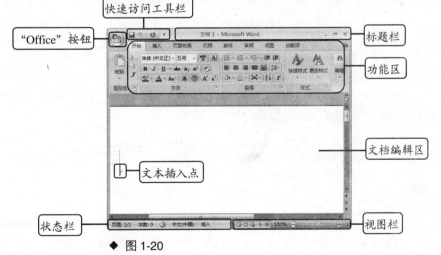

快速访问工具栏

"Office"按钮

标题栏

功能区

文档编辑区

文本插入点

状态栏

视图栏

◆ 图 1-20

1.4.1 "Office" 按钮

　　"Office" 按钮📖位于工作界面的左上角，单击它后，在弹出的菜单中可以选择新建、打开、保存等文档操作命令，如图 1-21 所示。

　　另外，在菜单的右侧列出了最近使用过的文档，在菜单的右下角还有 Word 选项(I) 按钮和 ✕退出Word(X) 按钮。单击 Word 选项(I) 按钮，将打开 "Word 选项" 对话框，在其中可以设置 Word 的基本功能，如图 1-22 所示。

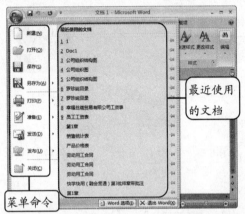

◆ 图 1-21

◆ 图 1-22

1.4.2 快速访问工具栏

　　默认情况下，快速访问工具栏位于 "Office" 按钮📖的右侧，它是一个可自定义的工具栏，用于显示一些常用的命令按钮，单击它们可执行相应的操作。默认情况下，快速访问工具栏只显示 "保存" 按钮🖫、"撤销" 按钮⤺和 "恢复" 按钮↻。

1.4.3 标题栏

　　标题栏位于快速访问工具栏的右侧，它用于显示文档名称、程序名称以及 3 个窗口控制按钮，即 "最小化" 按钮━、"最大化" 按钮▢或 "向下还原" 按钮❐和 "关闭" 按钮✕，如图 1-23 所示。

◆ 图 1-23

 温馨小贴士

单击 "最大化" 按钮▢ 将窗口最大化后，该按钮将变为 "向下还原" 按钮❐，单击它又可将窗口恢复到用户自定义的大小。

1.4.4 功能区

功能区位于标题栏的下方，由选项卡和各个功能组组成，它们是一一对应的关系。单击某个选项卡即可打开相应的功能组，如图 **1-24** 所示。

在功能组中，系统为用户提供了常用的命令按钮或列表框。有的功能组右下角还有一个小图标，它被称为"对话框启动器"，单击它可打开相应的对话框或任务窗格，在其中可进行更详细的设置。

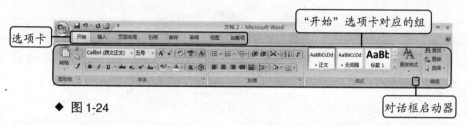

◆ 图 1-24

1.4.5 帮助按钮

帮助按钮位于标题栏中 3 个窗口控制按钮的下方，单击它可打开"Word 帮助"窗口，在该窗口中可以查看需要的帮助信息。

"Word 帮助"窗口主要由窗口右侧的列表框、左侧的窗格、上方的按钮组以及文本框和"搜索"按钮 4 个部分组成，其中列表框和窗格分别以超链接和目录的形式列出了 Word 2007 的相关信息，而文本框和 按钮则用于搜索信息，如图 **1-25** 所示。

◆ 图 1-25

温馨小贴士

单击窗口左侧窗格右上角的"关闭"按钮，可关闭该窗格。如果单击该窗格上方按钮组中的"目录"按钮，可以打开该窗格。

 在"Word 帮助"窗口的文本框中输入"快速访问工具栏"，搜索并查看相关信息。

STEP 01. **启动程序。**单击 按钮，在弹出的菜单中选择"所有程序/ Microsoft Office /Microsoft Office Word 2007"命令，启动 Word 2007。

STEP 02. **搜索信息。**在打开的工作界面中单击"帮助"按钮，在打开的"Word 帮助"

窗口的文本框中输入"快速访问工具栏"，然后单击 🔍搜索 按钮即可搜索到相关的信息，如图 1-26 所示。

STEP 03. 查看信息。 在右侧的列表框中单击"自定义快速访问工具栏"超链接，查看详细的信息，如图 1-27 所示。

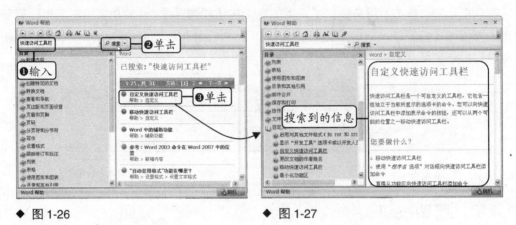

◆ 图 1-26　　　　　　　　　　　　　　　◆ 图 1-27

1.4.6　文档编辑区

文档编辑区是 Word 2007 工作界面中最大、最重要的区域，它位于整个工作界面的正中间，是输入与编辑文本的区域。在文档编辑区的左上角还有一个叫做文本插入点的闪烁光标，它主要用于定位文本的插入位置。

1.4.7　状态栏和视图栏

状态栏位于工作界面最下方的左侧，上面显示了当前文档页数、总页数、字数、检错结果和输入法状态等信息。状态栏的右侧就是视图栏，它用于设置文档的查看方式和显示比例，如图 1-28 所示。

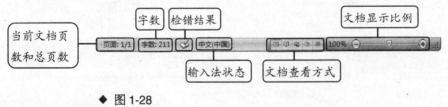

◆ 图 1-28

1.5　疑难解答

学习完本章后，您是否已经掌握了 Word 2007 的安装方法，并熟悉了它的工作界面？下面将为您提供一些相关的常见问题解答，使您的学习路途更加顺畅。

问：为什么将 Word 2007 的工作窗口缩小之后，功能区中的有些内容不见了呢？

答：功能区中有些组中的内容会随着窗口的缩小而隐藏。窗口缩小后，如果组中有被隐藏的按钮，只需要单击组中的 ▾ 按钮，即可将它们显示。

问：为什么有时候我在打开一些 Word 文档后，单击"Office"按钮 🔘，在弹出的菜单中会出现一个"转换"命令呢？

答：当在 Word 2007 中打开以前 Word 版本，如 Word 2003 版本的文档时，菜单中就会出现"转换"命令。选择"转换"命令，可将以前版本的 Word 文档转换为 Word 2007 文档类型。

1.6 上机练习

本章上机练习一将练习启动和退出 Word 2007 以及认识 Word 2007 的工作界面；上机练习二将在"Word 帮助"窗口中查找有关"模板"方面的信息。各练习的最终效果及制作提示介绍如下。

练习一

① 单击 **开始** 按钮，在弹出的菜单中选择"开始 / 所有程序 /Microsoft Office/Microsoft Office Word 2007"命令，启动 Word 2007。

② 在打开的 Word 2007 工作界面中分别指出 Word 2007 的各个组成部分，如图 1-29 所示。

③ 单击"Office"按钮 🔘，在弹出的菜单中单击 **✕ 退出 Word(X)** 按钮，退出 Word 2007。

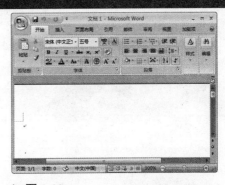

◆ 图 1-29

练习二

① 启动 Word 2007，在其工作界面中单击"帮助"按钮 🔘。

② 在打开的"Word 帮助"窗口的文本框中输入"模板"，然后单击 🔍搜索 按钮。

③ 此时在"Word 帮助"窗口中即可查看搜索到的有关模板的信息，如图 1-30 所示。

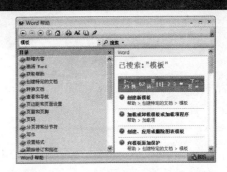

◆ 图 1-30

第 2 章

自定义 Word 2007 工作界面

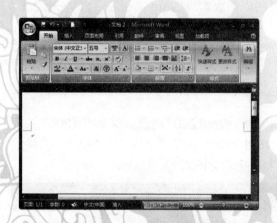

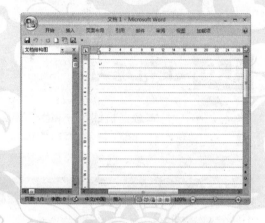

Word 2007 的工作界面并不是固定不变的，用户可根据自己的喜好、需要及习惯来自行设置。自定义工作界面通常包括设置工作界面的配色方案、自定义快速访问工具栏、最小化功能区、设置视图模式以及自定义其他选项等操作。本章将详细介绍自定义 Word 2007 工作界面的相关知识。

2.1 设置工作界面的颜色

Word 2007 的工作界面默认是蓝色的，如果用户不喜欢蓝色，还可以将其设置为其他颜色。Word 2007 只提供了 3 种配色方案供用户选择，它们分别为蓝色、银波荡漾和黑色。

新手练兵场

将工作界面的颜色设置为"黑色"。

STEP 01. 单击按钮。 单击 "Office" 按钮，在弹出的菜单中单击 Word 选项 按钮，如图 2-1 所示。

STEP 02. 设置颜色。 在打开的"Word 选项"对话框中单击"常用"选项卡，在"使用 Word 时采用的首选项"栏的"配色方案"下拉列表框中选择"黑色"选项，单击 确定 按钮，如图 2-2 所示，设置颜色后的效果如图 2-3 所示。

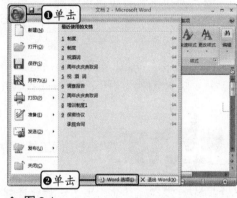

◆ 图 2-1

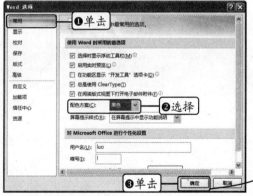

◆ 图 2-2

◆ 图 2-3

2.2 自定义快速访问工具栏

默认情况下，快速访问工具栏位于 Word 窗口的顶部，且其中只有"保存"按钮、"撤销"按钮和"恢复"按钮。经常使用快速访问工具栏的用户，可以通过添加或删除其中的命令，以及改变其位置，使它符合自己的使用习惯。

2.2.1 在快速访问工具栏中添加或删除命令

对于一些经常使用的命令，如打开、复制和查找等，用户可以将其添加到快速访问工具栏中，以方便操作，而对于一些不常用的命令，用户还可以将其从快速访问工具栏中删除。

1. 添加命令

在快速访问工具栏中添加命令主要有以下两种方法。

- ☑ **通过下拉菜单直接添加**：在快速访问工具栏中单击 ▾ 按钮，在弹出的下拉菜单中选择要添加的命令。由于在此下拉菜单中只包括了几种命令，因此通过该方法添加的命令是非常有限的。

- ☑ **通过"Word 选项"对话框添加**：单击"Office"按钮 ⬤，在弹出的菜单中单击 Word 选项(I) 按钮，在打开的"Word 选项"对话框的"自定义"选项卡中进行添加。

在快速访问工具栏中添加"打开"命令和"查找"命令。

STEP 01. **添加"打开"命令。** 在快速访问工具栏中单击 ▾ 按钮，在弹出的下拉菜单中选择"打开"命令，如图 2-4 所示。将该命令添加到快速访问工具栏后的效果如图 2-5 所示。

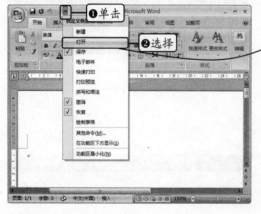

◆ 图 2-4

◆ 图 2-5

STEP 02. **添加"查找"命令。** 单击"Office"按钮 ⬤，在弹出的菜单中单击 Word 选项(I) 按钮。在打开的"Word 选项"对话框中单击"自定义"选项卡，在"从下列位置选择命令"下拉列表框中选择"开始 选项卡"选项，在其下方的列表框中选择"查找"选项，然后单击 添加(A) >> 按钮，单击 确定 按钮，如图 2-6 所示。添加"查找"命令后的效果如图 2-7 所示。

◆ 图 2-6   ◆ 图 2-7

秘技播报站

在 "Word 选项" 对话框的 "自定义" 选项卡中单击 ▲ 或 ▼ 按钮，可以将右侧列表框中选择的命令向上或向下移动，以改变它在快速访问工具栏中的位置。另外，如果在 "自定义快速访问工具栏" 下拉列表框中选择 "用于文档 2" 选项，那么在其他文档中，添加的命令将不会出现在快速访问工具栏中，其中 "用于文档 2" 选项的名称由当前文档的名称决定。

2. 删除命令

在快速访问工具栏中删除命令主要有以下 3 种方法。

☑ **通过下拉菜单删除**：在快速访问工具栏中单击 ▼ 按钮，在弹出的下拉菜单中选择要删除的命令即可。

☑ **通过右键快捷菜单删除**：在快速访问工具栏中要删除的命令上单击鼠标右键，在弹出的快捷菜单中选择 "从快速访问工具栏删除" 命令。

☑ **通过 "Word 选项" 对话框删除**：该方法与添加命令的方法类似，它也是在 "Word 选项" 对话框的 "自定义" 选项卡中进行操作的。

温馨小贴士

对于已经添加到快速访问工具栏中的命令，在此工具栏下拉菜单中，该命令前将会出现 ☑ 图标。

  通过 "Word 选项" 对话框删除 "查找" 命令。

STEP 01. **删除 "查找" 命令。**单击 "Office" 按钮 🗔，在弹出的菜单中单击 🗐 Word 选项(I) 按钮。在打开的 "Word 选项" 对话框中单击 "自定义" 选项卡，在右侧的列表框中选择 "查找" 选项，单击 删除(R) 按钮，如图 2-8 所示。

STEP 02. **查看效果。**单击 确定 按钮，完成删除操作。在快速访问工具栏中删除该命令后的效果如图 2-9 所示。

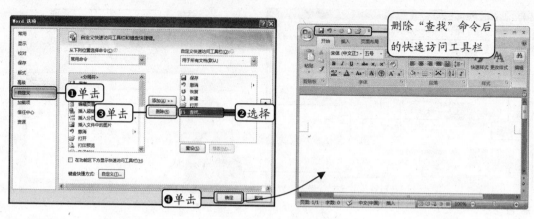

◆ 图 2-8   ◆ 图 2-9

2.2.2　改变快速访问工具栏的位置

除了通过添加和删除命令来自定义快速访问工具栏外,还可以通过改变其位置来自定义。

 改变快速访问工具栏的位置。

STEP 01. 选择命令。 在快速访问工具栏中单击鼠标右键,在弹出的快捷菜单中选择"在功能区下方显示快速访问工具栏"命令,如图 2-10 所示。

STEP 02. 查看效果。 此时快速访问工具栏将在功能区的下方显示,如图 2-11 所示。

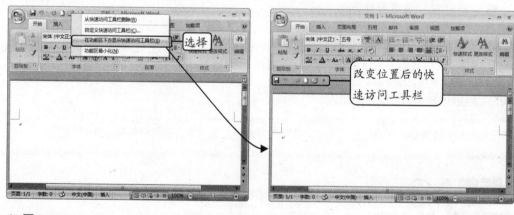

◆ 图 2-10   ◆ 图 2-11

 温馨小贴士

如果快速访问工具栏位于功能区的下方,在相同的显示比例下会减少文档编辑区的显示区域,因此最好保持其默认位置不变。

2.3　最小化功能区

在制作一些较长的文档时，用户可能会觉得文档编辑区显示的文档内容太少，不能满足自己的需要，这时就可以通过最小化功能区来扩大文档编辑区的显示面积。

　在一个空白文档中将功能区最小化。

STEP 01. **选择命令。**在快速访问工具栏上单击鼠标右键，在弹出的快捷菜单中选择"功能区最小化"命令，如图 2-12 所示。

STEP 02. **查看效果。**此时功能区在工作界面中以最小化显示，如图 2-13 所示。

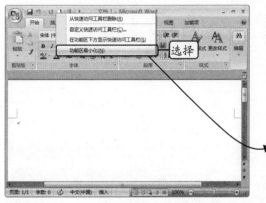

◆ 图 2-12

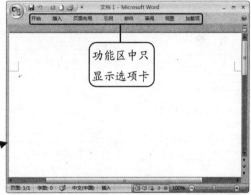

◆ 图 2-13

　温馨小贴士

最小化功能区后，如果需要使用功能区各选项卡中的一些功能，可以单击功能区中的某个选项卡，此时该选项卡对应的各个组将重新显示出来。

2.4　设置视图模式

Word 2007 提供了多种视图模式，用户可根据所编辑文档的用途来进行选择。不同的视图模式可以对一些特殊文档进行管理，从而适用于不同的场合。除此之外，用户还可以设置视图中的一些辅助选项，包括标尺、网格线、文档结构图、缩略图以及显示比例等，以方便制作文档。

2.4.1　认识视图模式

Word 2007 提供了普通视图、页面视图、阅读版式视图、Web 版式视图和大纲视图 5 种模式，默认的是页面视图模式。下面就来介绍各种视图模式的用途。

- ☑ **页面视图**：在页面视图下，可以直观地对页边距、页眉和页脚以及页码等进行设置。对于需要进行打印的文档，采用页面视图最为适宜。

- ☑ **阅读版式视图**：阅读版式视图采用图书翻阅样式，分两屏显示文档内容，适合在浏览文档内容时使用。切换到该视图后，不论之前窗口大小如何，文档都将自动切换为全屏显示，如图 2-14 所示。

- ☑ **Web 版式视图**：Web 版式视图是使用 Word 编辑网页时采用的视图方式，它模拟 Web 浏览器的显示方式，不论正文如何排列，文档都将自动折行以适应窗口，如图 2-15 所示。

◆ 图 2-14

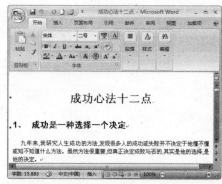

◆ 图 2-15

- ☑ **大纲视图**：大纲视图是一种缩进文档标题的文档显示方式，用户可以方便地进行页面跳转、移动内容以及调整文档结构等操作来重置文本，如图 2-16 所示。

- ☑ **普通视图**：普通视图中可以显示大部分字符格式和段落格式，适用于普通文字编排，但无法显示页眉和页脚等信息，如图 2-17 所示。

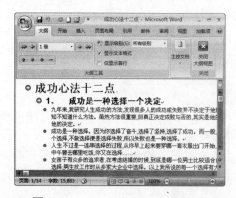

◆ 图 2-16

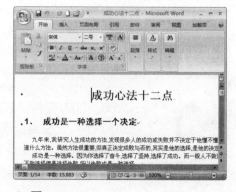

◆ 图 2-17

2.4.2　切换视图

在 Word 2007 中切换视图的方法很简单，主要有以下两种。

☑　在工作界面底部的视图栏中单击视图模式对应的按钮。

☑　在"视图"选项卡的"文档视图"组中单击视图模式对应的按钮。

2.4.3　显示/隐藏标尺和网格线

标尺和网格线都可用于确定文档在屏幕和纸张中的位置，默认情况下，工作界面中并不会显示它们。如果需要使用标尺和网格线，在"视图"选项卡的"显示/隐藏"组中选中相应的复选框即可。在不使用时，还可以将其隐藏，其方法是：在"显示/隐藏"组中取消选中对应的复选框。

在文档中显示标尺和网格线。

STEP 01. 显示标尺。 在工作界面中单击"视图"选项卡，在"显示/隐藏"组中选中"标尺"复选框，显示标尺后的效果如图 2-18 所示。

STEP 02. 显示网格线。 在"显示/隐藏"组中选中"网格线"复选框，显示网格线后的效果如图 2-19 所示。

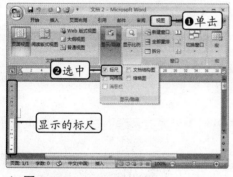

◆ 图 2-18

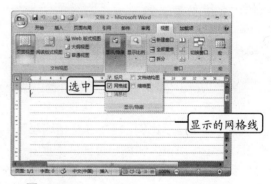

◆ 图 2-19

2.4.4　显示/隐藏文档结构图和缩略图

文档结构图主要用于显示文档的各个章节，以方便用户快速定位到文档相应的位置，而缩略图则是通过缩小显示文档中每一页的内容，方便用户总体察看文档内容，同时也可以快速定位到需要查看的某一页中。

在 CD:\素材\第 2 章\资源管理计划.docx 文档中显示文档结构图和缩略图，然后隐藏缩略图。

STEP 01. **显示文档结构图。** 打开"资源管理计划"文档，单击"视图"选项卡，在"显示/隐藏"组中选中"文档结构图"复选框，显示后的效果如图 2-20 所示。

STEP 02. **显示缩略图。** 在"显示/隐藏"组中选中"缩略图"复选框，显示后的效果如图 2-21 所示，然后再取消选中该复选框，隐藏缩略图。

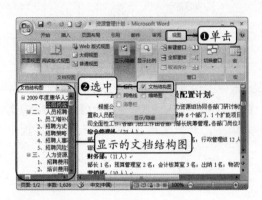

◆ 图 2-20

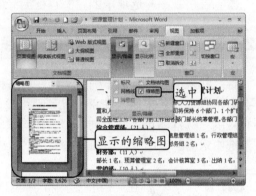

◆ 图 2-21

 温馨小贴士

文档结构图和缩略图不能同时出现在文档中，在选中"文档结构图"复选框后，如果再选中"缩略图"复选框，系统将自动取消选中"文档结构图"复选框。

2.4.5 设置显示比例

使用 Word 2007 制作文档的过程中或之后，如果需要查看整体文档的效果或调整布局，可以通过设置显示比例来达到目的。

通过设置显示比例，可以在文档编辑区中以单页或多页显示文档内容。当以单页显示文档时，还可以增大或缩小页面的宽度。

设置显示比例的方法主要有 2 种，下面分别进行介绍。

1. 通过视图栏设置显示比例

在视图栏中不仅可以切换视图模式，还可以设置文档的显示比例，其方法是：在视图栏中单击⊕按钮，可使文档按 10%的比例进行放大，单击⊖按钮，可使文档按 10%的比例进行缩小。在视图栏中还有一个显示比例调节滑块，在滑块上按住鼠标左键不放，向左拖动可以逐渐缩小显示比例，向右拖动可以逐渐增大显示比例。

2. 通过按钮设置显示比例

通过按钮设置显示比例是指，在"视图"选项卡的"显示比例"组中单击相应的按钮来设置显示比例。

STEP 01. **双页显示文档。** 打开"推广策划书"文档，单击"视图"选项卡，在"显示比例"组中单击 双页 按钮，如图 2-22 所示，在文档编辑区中以双页显示文档的内容，效果如图 2-23 所示。

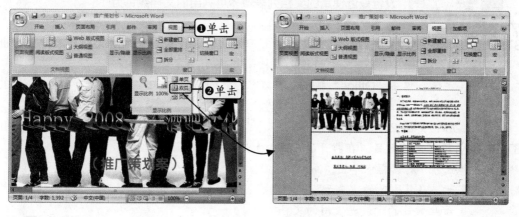

◆ 图 2-22　　　　　　　　　　　　　　◆ 图 2-23

STEP 02. **多页显示文档。** 在"显示比例"组中单击"显示比例"按钮，在打开的"显示比例"对话框中选中"多页"单选按钮，单击其下方的 按钮，在弹出的下拉列表中选择"2×2 页"选项，然后单击 确定 按钮，如图 2-24 所示。设置比例后的文档效果如图 2-25 所示。

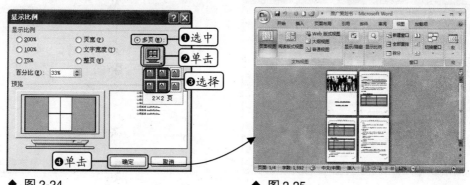

◆ 图 2-24　　　　　　　　　　　　　　◆ 图 2-25

2.5　自定义其他选项

除了设置工作界面的颜色、自定义快速访问工具栏等操作外，用户还可以通过自定义最近使用的文档列表、显示或隐藏屏幕提示和浮动工具栏等操作来改变 Word 2007 的工作界面。

2.5.1 　自定义最近使用的文档列表

　　在使用 Word 2007 保存或打开文档后，单击"Office"按钮，在弹出的菜单中将会出现一个最近使用的文档列表。默认情况下，该列表最多可列出 10 个最近使用的文档，但是用户也可以根据需要设置该列表显示的文档数目。

新手练兵场　设置最近使用的文档列表最多可列出的文档数目为"5"。

STEP 01. **单击按钮。** 在 Word 2007 中打开 9 个文档，使最近使用的文档列表中显示出 9 个文档，然后将其中的 8 个文档关闭。单击"Office"按钮，在弹出的菜单中单击 Word 选项 按钮，如图 2-26 所示。

STEP 02. **设置文档数目。** 在打开的"Word 选项"对话框中单击"高级"选项卡，在其右侧的"显示"栏的"显示此数目的'最近使用的文档'"数值框中输入"5"，单击 确定 按钮，如图 2-27 所示。

◆ 图 2-26

STEP 03. **查看效果。** 单击"Office"按钮，在弹出的菜单中可看到最近使用的文档列表中显示了 5 个已经使用的文档，如图 2-28 所示。

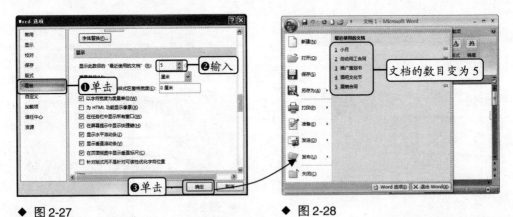

◆ 图 2-27　　　　　　　　　　　◆ 图 2-28

2.5.2 　显示或隐藏屏幕提示

　　在 Word 2007 中，将鼠标光标移动到选项卡的某个按钮、复选框、下拉列表框或数值框上时，工作界面中将自动出现一个屏幕提示，以说明它的作用。默认情况下，屏幕提示是处于显示状态的，而对于比较熟悉 Word 2007 中各按钮和命令的用户，可将其隐藏。

隐藏屏幕提示。

STEP 01. **单击按钮。** 单击 "Office" 按钮，在弹出的菜单中单击 Word 选项① 按钮。

STEP 02. **隐藏屏幕提示。** 在打开的 "Word 选项" 对话框中单击 "常用" 选项卡，在右侧的 "屏幕提示样式" 下拉列表框中选择 "不显示屏幕提示" 选项，单击 确定 按钮，如图 2-29 所示。

STEP 03. **查看效果。** 在 Word 2007 的工作界面中，将鼠标光标移动到选项卡的某个按钮上，此时将不会出现屏幕提示，如图 2-30 所示。

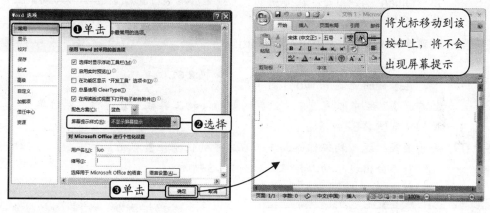

◆ 图 2-29　　　　　　　　　　　◆ 图 2-30

温馨小贴士

如果要显示屏幕提示，只需在 "Word 选项" 对话框的 "常用" 选项卡的 "屏幕提示样式" 下拉列表框中选择 "在屏幕提示中显示功能说明" 选项，然后单击 确定 按钮即可。在该下拉列表框中还有一个 "不在屏幕提示中显示功能说明" 选项，选择该选项并单击 确定 按钮后，将只会显示出各按钮或命令的名称，而不显示其作用。

2.5.3　显示或隐藏浮动工具栏

默认情况下，在 Word 2007 中，选择文本后，将出现一个半透明的浮动工具栏，当用鼠标光标接近它时，它就会正常显示。在浮动工具栏中列出了 "开始" 选项卡的 "字体" 组中的部分按钮和下拉列表框，通过它们也可以对选择的文本进行格式设置。与屏幕提示相同，用户也可以根据需要将其隐藏。

温馨小贴士

有关选择文本、设置文本格式以及浮动工具栏的相关知识，将分别在第 4 章和第 5 章中进行详细介绍。

新手
练兵场　打开●CD:\素材\第2章\哲理故事.docx文档，在其中隐藏浮动工具栏。

STEP 01. **单击按钮。** 打开"哲理故事"文档，
在文本的任意位置双击鼠标左键，
选择文本，这时屏幕上出现半透明
的浮动工具栏。将鼠标光标移动到
该浮动工具栏上，浮动工具栏正常
显示出来，如图2-31所示，然后单
击"Office"按钮🄯，在弹出的菜
单中单击 Word 选项(I) 按钮。

STEP 02. **隐藏浮动工具栏。** 在打开的"Word
选项"对话框中单击"常用"选项
卡，在右侧的"使用Word时采用
的首选项"栏中取消选中"选择时显示浮动工具栏"复选框，然后单击 确定
按钮，如图2-32所示。

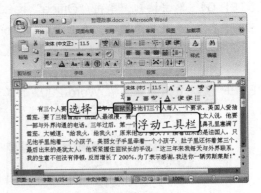

◆ 图2-31

STEP 03. **查看效果。** 返回到工作界面中，在文本的任意位置双击鼠标左键，选择文本，
此时将不会出现浮动工具栏，如图2-33所示。

◆ 图2-32

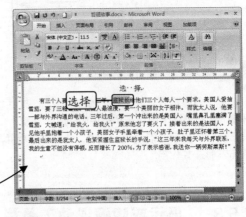

◆ 图2-33

2.6　办公案例——设置个性化工作界面

本实例将利用本章所学的知识设置个性化的工作界面，包括设置工作界面
的颜色、自定义快速访问工具栏等，其最终效果如图2-34所示。

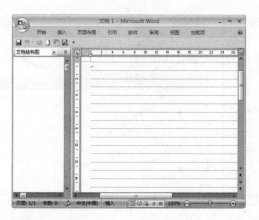

◆ 图 2-34

设置工作界面的目的是为了提高使用 Word 2007 的效率，因此在设置工作界面时，一定要以自己的需要和习惯为基准

其具体操作步骤如下。

STEP 01. 设置工作界面的颜色。 单击 "Office" 按钮，在弹出的菜单中单击 Word 选项(I) 按钮，在打开的 "Word 选项" 对话框中单击 "常用" 选项卡，在 "使用 Word 时采用的首选项" 栏的 "配色方案" 下拉列表框中选择 "银波荡漾" 选项，单击 确定 按钮，设置颜色后的效果如图 2-35 所示。

STEP 02. 添加 "插入 SmartArt 图形" 命令。 单击 "Office" 按钮，在弹出的菜单中单击 Word 选项(I) 按钮，在打开的 "Word 选项" 对话框中单击 "自定义" 选项卡，在 "从下列位置选择命令" 下拉列表框中选择 "插入 选项卡" 选项，在其下方的列表框中选择 "插入 SmartArt 图形" 选项，然后单击 添加(A) >> 按钮，如图 2-36 所示。

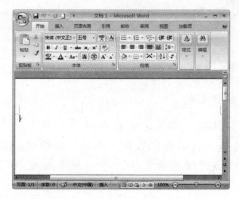

◆ 图 2-35　　　　　　　　　　　◆ 图 2-36

STEP 03. 添加 "另存为" 命令。 在 "从下列位置选择命令" 下拉列表框中选择 "Office 菜单" 选项，在其下方的列表框中选择 "另存为" 选项，单击 添加(A) >> 按钮，如图 2-37 所示。

STEP 04. 查看效果。 单击 确定 按钮，在快速访问工具栏中添加命令后的工作界面如图 2-38 所示。

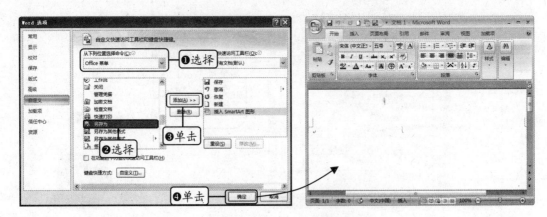

◆ 图 2-37　　　　　　　　　　　　　　　　◆ 图 2-38

STEP 05.　改变快速访问工具栏的位置。 在快速访问工具栏上单击鼠标右键，在弹出的快捷菜单中选择 "在功能区下方显示快速访问工具栏" 命令，如图 2-39 所示。

STEP 06.　最小化功能区。 在快速访问工具栏上单击鼠标右键，在弹出的快捷菜单中选择 "功能区最小化" 命令，效果如图 2-40 所示。

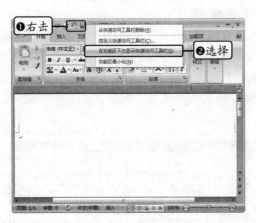

◆ 图 2-39　　　　　　　　　　　　　　　　◆ 图 2-40

STEP 07.　设置最近使用的文档数目。 单击 "Office" 按钮，在弹出的菜单中单击 Word 选项 按钮，在打开的 "Word 选项" 对话框中单击 "高级" 选项卡，在其右侧的 "显示" 栏的 "显示此数目的'最近使用的文档'" 数值框中输入 "8"，单击 确定 按钮，如图 2-41 所示。

STEP 08.　显示标尺和网格线。 在工作界面中单击 "视图" 选项卡，在 "显示/隐藏" 组中选中 "标尺" 和 "网格线" 复选框，显示标尺和网格线后的工作界面如图 2-42 所示。

STEP 09.　显示文档结构图。 在 "视图" 选项卡的 "显示/隐藏" 组中选中 "文档结构图" 复选框，显示出文档结构图，完成所有的操作，最终效果参见图 2-34。

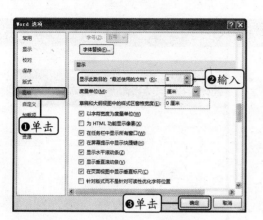

◆ 图 2-41

◆ 图 2-42

2.7　疑难解答

学习完本章后，您是否已经掌握了设置工作界面颜色、自定义快速访问工具栏、最小化功能区、设置视图模式以及自定义其他选项的方法呢？关于其相关的问题是否已经顺利解决了？下面就为您提供一些关于自定义工作界面的常见问题解答。

问：为什么我将显示比例设置为双页显示状态时，文档编辑区中只显示了一页呢？

答：这可能是因为您当前所在的文档中只有一页内容，因此，在设置显示比例时，如果要查看更加明显的效果，就需要考虑到文档的页数。

问：在快速访问工具栏中最多可以添加多少个命令呢？

答：对于 Word 2007 中的所有命令，用户都可以将其添加到快速访问工具栏中。在添加了过多的命令时，如果快速访问工具栏一行放不下，其他添加的命令将自动在其下方以条状显示，但最好不要在快速访问工具栏中添加过多的命令。

2.8　上机练习

本章上机练习一将练习设置工作界面的颜色、自定义快速访问工具栏和最小化功能区；上机练习二将练习设置文档的视图模式以及自定义其他选项。通过练习，读者可以巩固自定义 Word 2007 工作界面的方法。各练习的最终效果及制作提示介绍如下。

练习一

① 在"Word 选项"对话框中单击"常用"选项卡，在"使用 Word 时采用的首选项"栏的"配色方案"下拉列表框中选择"黑色"选项，将工作界面的颜色设置为黑色。

② 单击"自定义"选项卡，在"从下列位置选择命令"下拉列表框中选择"开始 选项卡"选项，然后将"查找和选择"、"复制"、"格式刷"、"剪切"和"粘贴"命令添加到快速访问工具栏中。

③ 在快速访问工具栏上单击鼠标右键，在弹出的快捷菜单中选择"在功能区下方显示快速访问工具栏"命令，将快速访问工具栏移动到功能区的下方。

④ 在快速访问工具栏上单击鼠标右键，在弹出的快捷菜单中选择"功能区最小化"命令，最小化功能区，完成所有的操作，最终效果如图 2-43 所示。

◆ 图 2-43

练习二

CD:\素材\第 2 章\工作计划.docx

① 打开"工作计划"文档，单击"视图"选项卡，在"文档视图"组中单击 大纲视图 按钮。

② 单击"视图"选项卡，在"显示/隐藏"组中选中"缩略图"复选框。

③ 在视图栏中向左拖动显示比例调节滑杆上的滑块，将显示比例调整为 80%，完成所有的操作，最终效果如图 2-44 所示。

◆ 图 2-44

第3章

办公文档的基本操作

安装并启动 Word 2007 后，就可以在其中编辑文档了。处理文档的前提条件是掌握文档的基本操作，同时它也是使用 Word 2007 进行办公的基础。本章将详细介绍如何新建、保存、转换、打开和关闭文档，以及比较查看文档和保护文档的相关知识，使读者快速掌握办公文档相关的基本操作。

3.1 新建文档

文档是所有文本的载体，在进行文本的处理前，首先要新建文档。在 Word 中，不仅可以新建空白文档，还可以新建基于模板的文档以及一些具有特殊功能的文档，如书法字贴、报告或简历等。

3.1.1 新建空白文档

启动 Word 2007 后，系统将自动新建一个名为"文档 1"的空白文档，但对于一些用户来说，一个文档是远远不够的，这时就需要继续新建空白文档。

 新建一个空白文档。

STEP 01. **选择命令。** 单击"Office"按钮，在弹出的菜单中选择"新建"命令，如图 3-1 所示。

STEP 02. **创建文档。** 在打开的"新建文档"对话框左侧的"模板"栏中单击"空白文档和最近使用的文档"选项卡，在中间的窗格中选择"空白文档"选项，然后单击 创建 按钮即可创建一个空白文档，如图 3-2 所示。

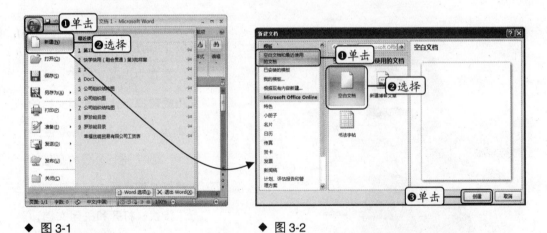

◆ 图 3-1　　　　　　　　　　◆ 图 3-2

温馨小贴士

按【Ctrl+N】组合键可以快速新建空白文档。另外，如果将"新建"按钮添加到快速访问工具栏中，单击该按钮也可以快速新建空白文档。这两种方法都不需要打开"新建文档"对话框，而是直接创建空白文档。

3.1.2　新建基于模板的文档

　　Word 2007 为办公人员提供了多种设置好版式的模板,如信函、传真、报告和简历等,通过这些模板可以直接创建各种专业的办公文档。除此之外,用户还可以在"新建文档"对话框左侧的"Microsoft Office Online"栏中单击相应的选项卡,从网上下载需要的模板。

 根据"原创信函"模板创建文档。

STEP 01. **选择命令。**单击"Office"按钮 ,在弹出的菜单中选择"新建"命令。

STEP 02. **创建文档。**在打开的"新建文档"对话框左侧的"模板"栏中单击"已安装的模板"选项卡,在中间的窗格中选择"原创信函"选项,如图 3-3 所示。

STEP 03. **完成操作。**单击 创建 按钮即可完成创建文档的操作,如图 3-4 所示。

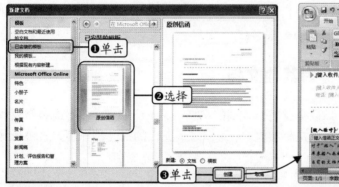

◆ 图 3-3

◆ 图 3-4

3.2　保存文档

 　　处理完文档后,通常需要将其保存在电脑中,以便以后打开和编辑使用。保存文档分为保存新建文档、将现有文档另存为其他文档以及设置自动保存 3 种方式。

3.2.1　保存新建文档

　　在编辑办公文档的过程中,应及时保存文档,以免丢失文档中的信息。在第一次保存文档时,系统将打开"另存为"对话框,以便用户指定文件名、文件的保存位置等信息。

 保存根据"原创信函"模板创建的文档(CD:\效果\第 3 章\原创信函.docx)。

STEP 01. 选择命令。 在上一个练习所创建的"原创信函"文档中单击"Office"按钮 ，在弹出的菜单中选择"保存"命令，如图 3-5 所示。

STEP 02. 保存文档。 在打开的"另存为"对话框的"保存位置"下拉列表框中选择文件的保存位置，在"文件名"下拉列表框中输入"原创信函"，然后单击 保存(S) 按钮，如图 3-6 所示，完成保存操作。

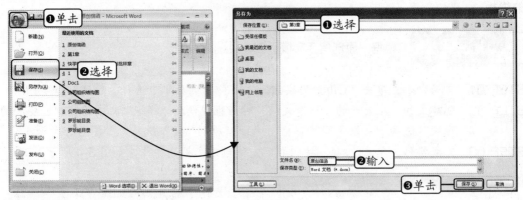

◆ 图 3-5   ◆ 图 3-6

3.2.2 将现有文档另存为其他文档

在对办公文档进行编辑后，如果需要将修改后的文档以另一个名字命名，或者需要保存到另一个位置，再或者需要改变其文档类型，就可以采用文档的另一种保存方式进行保存，即将现有文档另存为其他文档。

将 CD:\素材\第 3 章\原创信函.docx 文档以"给妹妹的信"为名另存为 Word 97-2003 文档（ CD:\效果\第 3 章\给妹妹的信.doc）。

STEP 01. 选择命令。 打开素材文件，单击 "Office"按钮 ，在弹出的菜单中选择"另存为/Word 97-2003 文档"命令，如图 3-7 所示。

STEP 02. 保存文档。 在打开的"另存为"对话框的"文件名"下拉列表框中输入"给妹妹的信"，然后单击 保存(S) 按钮，如图 3-8 所示。

STEP 03. 确认保存。 在打开的"Microsoft Office Word 兼容性检查器"对话框中单击 继续(C) 按钮，如图 3-9 所示，完成文档的保存操作。

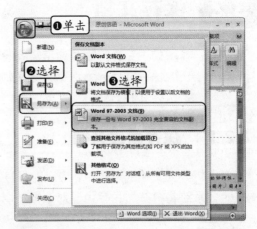

◆ 图 3-7

◆ 图 3-8　　　　　　　　　　　　　　　　　　◆ 图 3-9

 温馨小贴士

当 Word 2007 文档中包含 Word 2003 不支持的功能时，如文档中包含 Smart Art 图形和形状图形等，系统才会打开"Microsoft Office Word 兼容性检查器"对话框。

3.2.3　设置文档的自动保存

在处理文档时，如果设置了 Word 文档的自动保存，Word 会按照设置的时间间隔自动对当前文档进行保存，而且在遇到电脑死机、Word 出现错误等意外情况时，重新启动电脑并打开 Word 文档后，可恢复自动保存的内容，以减小数据丢失的几率。

 设置 Word 文档自动保存的时间间隔为 5 分钟。

STEP 01. **单击按钮。**单击"Office"按钮，在弹出的菜单中单击 Word 选项(I) 按钮。

STEP 02. **设置时间。**在打开的"Word 选项"对话框中单击"保存"选项卡，在"保存文档"栏中选中"保存自动恢复信息时间间隔"复选框，在其后面的数值框中输入"5"，然后单击"自动恢复文件位置"文本框后面的 浏览(B)... 按钮，如图 3-10 所示。

STEP 03. **设置自动恢复文件的位置。**在打开的"修改位置"对话框的"查找范围"下拉列表框中选择自动恢复文件的保存位置，这里选择 E 盘，然后单击 确定 按钮，如图 3-11 所示。

STEP 04. **确定设置。**返回到"Word 选项"对话框中，单击"默认文件位置"文本框后面的 浏览(B)... 按钮，在打开的"修改位置"对话框中的"查找范围"下拉列表框中确认保存的位置，这里选择 E 盘，然后单击 确定 按钮，返回到"Word 选项"对话框中，单击 确定 按钮完成设置。

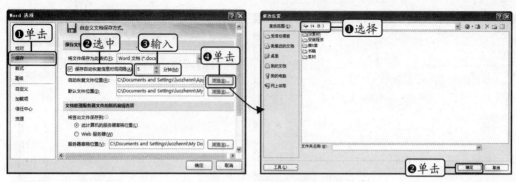

◆ 图 3-10　　　　　　　　　　　　　　◆ 图 3-11

3.2.4　办公案例——创建"书法字帖"文档

本案例将使用 Word 2007 制作书法字帖，然后将其另存为 Word 97-2003 文档
（ ◯CD:\效果\第 3 章\书法字帖.doc ），最终效果如图 3-12 所示。

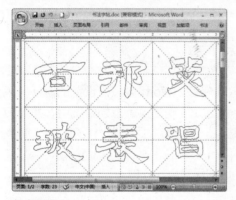

对于爱好书法的读者，可以在创建书
法字帖后，将其打印出来，以方便练
习。关于打印文档的相关知识将在本
书第 10 章中进行详细的讲解

◆ 图 3-12

其具体操作步骤如下。

STEP 01. **启动程序。** 单击 开始 按钮，在弹出的"开始"菜单中选择"所有程序/Microsoft
Office/Microsoft Office Word 2007"命令，如图 3-13 所示，启动 Word 2007。
单击"Office"按钮，在弹出的菜单中选择"新建"命令。

STEP 02. **新建文档。** 在打开的"新建文档"对话框左侧的"模板"栏中单击"空白文档
和最近使用的文档"选项卡，在中间的窗格中选择"书法字帖"选项，然后单
击 创建 按钮，如图 3-14 所示。

STEP 03. **设置选项。** 在打开的"增减字符"对话框中选中"书法字体"单选按钮，在其
右侧的下拉列表框中选择"汉仪唐隶繁"选项，然后在"排列顺序"下拉列表
框中选择"根据发音"选项，如图 3-15 所示。

STEP 04. **添加字符。** 在"字符"栏的"可用字符"列表框中选择"百"选项，单击 添加(A)
按钮，此时"已用字符"列表框中添加了"百"字。使用相同的方法再添加其
他的字符，然后单击 关闭 按钮，如图 3-16 所示，完成书法字帖的创建。

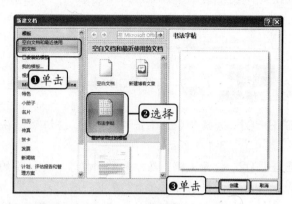

◆ 图 3-13

◆ 图 3-14

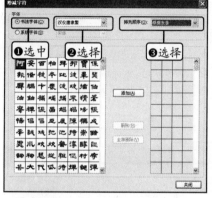

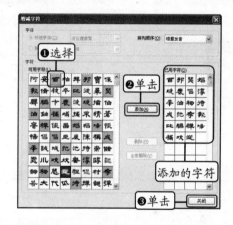

◆ 图 3-15

◆ 图 3-16

STEP 05. 保存书法字帖。 单击"Office"按钮，在弹出的菜单中选择"另存为/Word 97-2003 文档"命令，在打开的"另存为"对话框中设置保存信息，然后单击 保存(S) 按钮，完成所有的操作，最终效果参见图 3-12。

3.3 打开和关闭文档

如果要对已经保存在电脑中的办公文档进行修改，首先就要打开该文档。另外，为了不占用电脑的内存空间，在编辑完办公文档后应将其关闭。

3.3.1 打开文档

在 Word 2007 中打开文档的方法非常简单，主要有以下两种。

☑ 单击"Office"按钮，在弹出的菜单中选择"打开"命令，在打开的"打开"

对话框中选择需要打开的文档，然后单击 打开(O) 按钮。

☑ 按【Ctrl+O】组合键，在打开的"打开"对话框中选择需要打开的文档，然后单击 打开(O) 按钮。

 打开 CD:\素材\第 3 章\招聘广告.docx 文档。

STEP 01. 选择命令。 单击"Office"按钮，在弹出的菜单中选择"打开"命令，如图 3-17 所示。

STEP 02. 打开文档。 在打开的"打开"对话框的"查找范围"下拉列表框中选择要打开文件的保存位置，在下面的列表框中选择"招聘广告"选项，然后单击 打开(O) 按钮即可打开该办公文档，如图 3-18 所示。

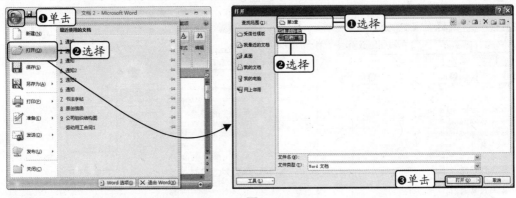

◆ 图 3-17　　　　　　　　◆ 图 3-18

3.3.2　关闭文档

关闭文档主要有以下几种方法，用户可以选择适合自己的方法。

☑ 单击"Office"按钮，在弹出的菜单中选择"关闭"命令。

☑ 按【Alt+F4】组合键。

☑ 单击标题栏右侧的"关闭"按钮 ✕。

☑ 在标题栏上单击鼠标右键，在弹出的快捷菜单中选择"关闭"命令。

3.4　转换文档格式

如果在 Word 2007 中打开由 Word 早期版本创建的文档，则会开启兼容模式功能。用户在兼容模式功能下使用 Word 2007 处理文档时，不能使用一些新增或增强的功能，这时就需要使用转换文档格式的方法，将由早期版本创建的文档转换为 Word 2007 格式的文档。

将 CD:\素材\第 3 章\通知.doc 文档转换为 Word 2007 文档（ CD:\效果\第 3 章\通知.docx）。

STEP 01. 打开文档。 单击 "Office" 按钮，在弹出的菜单中选择 "打开" 命令，在打开的 "打开" 对话框的 "文件类型" 下拉列表框中选择 "Word 97-2003 文档" 选项，在 "查找范围" 下拉列表框中选择要打开文件的保存位置，然后在下面的列表框中选择 "通知" 选项，单击 打开(O) 按钮，如图 3-19 所示。

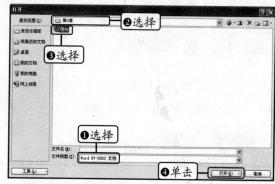

◆ 图 3-19

STEP 02. 选择命令。 打开如图 3-20 所示的 "通知" 办公文档后，单击 "Office" 按钮，在弹出的菜单中选择 "转换" 命令，如图 3-21 所示。

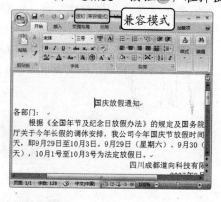

◆ 图 3-20

◆ 图 3-21

STEP 03. 转换文档。 在打开的 "Microsoft Office Word" 对话框中单击 确定 按钮，如图 3-22 所示，转换后的文档如图 3-23 所示。

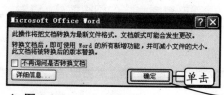

◆ 图 3-22

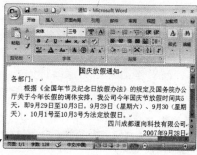

◆ 图 3-23

3.5 比较查看文档

在办公过程中，有时在编辑一篇文档时，需要参考同一文档或另一个文档中的信息，为了方便查看，我们可以使用 Word 2007 中的比较查看功能同时查看同一文档的不同部分或不同的文档。

3.5.1 重排窗口

重排窗口是指将所有打开的文档横向平铺到屏幕上，以便同时查看多个文档中的信息，其方法是：单击"视图"选项卡，在"窗口"组中单击"全部重排"按钮日即可。

启动 Word 2007 后，新建一个空白文档，然后将这两个文档重新排列。

STEP 01. **启动程序**。单击 开始 按钮，在弹出的"开始"菜单中选择"所有程序/Microsoft Office/Microsoft Office Word 2007"命令，启动 Word 2007。

STEP 02. **新建文档**。单击"Office"按钮，在弹出的菜单中选择"新建"命令，新建一个空白文档。

STEP 03. **重排窗口**。单击"视图"选项卡，在"窗口"组中单击"全部重排"按钮日，如图 3-24 所示，重排后的效果如图 3-25 所示。

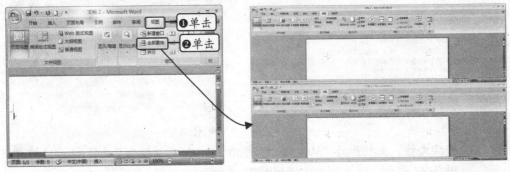

◆ 图 3-24　　　　　　　　　　◆ 图 3-25

3.5.2 拆分窗口

拆分窗口是指将当前窗口拆分为两部分，以便同时查看文档的不同部分。查看完后还可以取消拆分，恢复为原来的整体效果。

拆分 CD:\素材\第 3 章\学校简介.docx 文档，然后取消拆分。

STEP 01. **拆分文档**。打开"学校简介"文档，单击"视图"选项卡，在"窗口"组中单击"拆分"按钮，此时文档编辑区中将出现一条灰色的水平线，拖动鼠标将其移动到要拆分文档的位置，如图 3-26 所示，单击鼠标左键，拆分文档。

STEP 02. **查看效果并取消拆分。**在拆分后的文档的下半部分单击鼠标，滑动鼠标中间的滚轮，此时文档上半部分的文本处于静止状态，而下半部分文本滚动显示，如图 3-27 所示，然后在"窗口"组中单击"取消拆分"按钮取消拆分。

◆ 图 3-26

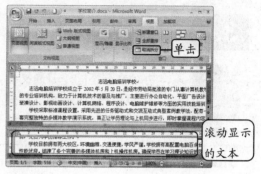

◆ 图 3-27

3.5.3　并排查看文档

　　并排查看是指将两篇文档以并列的方式排列在屏幕上，以便同时查看两个文档，查看完后可以取消并排查看方式。若要同步查看文档，还可以使用"同步滚动"功能。

　并排查看●CD:\素材\第 3 章\学校简介.docx 和●CD:\素材\第 3 章\劳动用工合同.docx 文档。

STEP 01. **打开文档。**启动 Word 2007，打开"学校简介"和"劳动用工合同"文档。
STEP 02. **并排查看文档。**在"劳动用工合同"文档中单击"视图"选项卡，在"窗口"组中单击"并排查看"按钮，在打开的"并排比较"对话框的列表框中选择"学校简介"选项，单击　确定　按钮，如图 3-28 所示，并排查看"学校简介"和"劳动用工合同"文档，并排查看后的效果如图 3-29 所示。

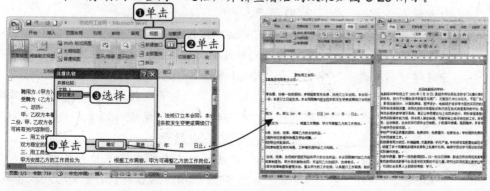

◆ 图 3-28

◆ 图 3-29

 温馨小贴士

同步滚动功能是指在拖动右侧的滚动条时，两篇文档将同时滚动。默认情况下，在单击"并排查看"按钮时，同步滚动功能就随之启动了。如果要取消同步滚动功能，单击"同步滚动"按钮即可。

3.6　保护文档

办公文档不同于普通文档，其中可能保存有非常重要的信息，如果被盗，将会带来巨大的经济损失。因此，为了保护商业机密，有时还需要对文档进行保护。保护文档主要有加密办公文档以及限制格式和编辑两种方法。

3.6.1　加密办公文档

在办公应用中，为了防止他人在自己的电脑中查看并修改 Word 办公文档，用户可为自己的 Word 文档加密。

 温馨小贴士

在设置密码时，最好使用由大写字母、小写字母、数字和符号组合而成的密码，密码长度应大于或等于 8 个字符，最好使用包括 14 个或更多字符的密码。

 为 CD:\素材\第 3 章\劳动用工合同.docx 加密，并另存到电脑的其他位置（CD:\效果\第 3 章\劳动用工合同.docx）。

STEP 01. **打开办公文档。** 单击"Office"按钮，在弹出的菜单中选择"打开"命令，在打开的"打开"对话框的"查找范围"下拉列表框中选择要打开文件的保存位置，在下面的列表框中选择"劳动用工合同"选项，然后单击 打开(O) 按钮打开该办公文档，如图 3-30 所示。

STEP 02. **打开"另存为"对话框。** 单击"Office"按钮，在弹出的菜单中选择"另存为"命令，在打开的"另存为"对话框中单击 工具(L) 按钮，在弹出的菜单中选择"常规选项"命令，如图 3-31 所示。

STEP 03. **设置密码。** 在打开的"常规选项"对话框的"打开文件时的密码"和"修改文件时的密码"文本框中输入密码"1234"，选中"建议以只读方式打开文档"复选框，然后单击 确定 按钮，如图 3-32 所示。

STEP 04. **确认密码。** 在打开的"确认密码"对话框的文本框中输入打开文件时的密码"1234"，单击 确定 按钮，如图 3-33 所示，然后再在打开的"确认密码"对话框的文本框中输入修改文件时的密码，单击 确定 按钮。

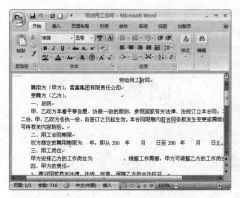

◆ 图 3-30

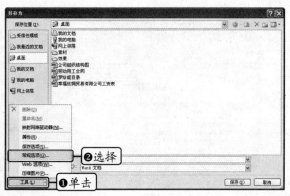

◆ 图 3-31

◆ 图 3-32

◆ 图 3-33

STEP 05. 完成操作。 返回"另存为"对话框，在"保存位置"下拉列表框中选择文件的保存位置，然后单击 保存(S) 按钮，完成所有的操作。

3.6.2 限制格式和编辑

在办公应用中，有时为了防止他人在查看办公文档时添加不需要的修订和批注，可使用文档保护功能来限制审阅者对文档进行编辑；其中主要包括限制审阅者插入批注和修订。

限制 CD:\素材\第 3 章\培训制度.docx 的格式和编辑（ CD:\效果\第 3 章\培训制度.docx）。

STEP 01. 选择命令。 打开"培训制度"文档，单击"审阅"选项卡，在"保护"组中单击"保护文档"按钮 ，在弹出的菜单中选择"限制格式和编辑"命令，如图 3-34 所示。

STEP 02. 单击超链接。 在打开的"限制格式和编辑"任务窗格的"格式设置限制"栏中选中"限制对选定的样式设置格式"复选框，然后单击其下方的"设置"超链接，如图 3-35 所示。

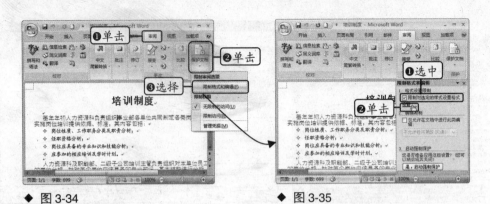

◆ 图 3-34　　　　　　　　　◆ 图 3-35

STEP 03. 限制格式。 在打开的"格式设置限制"对话框中单击 无(N) 按钮，在"当前允许使用的样式"列表框中选中如图 3-36 所示的复选框，单击 确定 按钮。

STEP 04. 单击按钮。 在打开的"Microsoft Office Word"对话框中单击 否(N) 按钮，如图 3-37 所示。

◆ 图 3-36　　　　　　　　　◆ 图 3-37

STEP 05. 选择限制编辑内容。 返回"限制格式和编辑"任务窗格，选中"编辑限制"栏中的"仅允许在文档中进行此类编辑"复选框，在其下方的下拉列表框中选择"批注"选项，然后在"启动强制保护"栏中单击 是，启动强制保护 按钮，如图 3-38 所示。

STEP 06. 完成操作。 在打开的"启动强制保护"对话框中选中"密码"单选按钮，在其下方的文本框中输入密码，单击 确定 按钮，如图 3-39 所示。保存并关闭文档，再次打开该文档时，某些选项卡所对应的功能组将呈不可用状态。

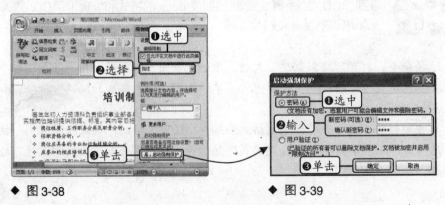

◆ 图 3-38　　　　　　　　　◆ 图 3-39

3.7 办公案例——查看并保护文档

本实例将综合运用本章所学的知识新建基于模板的"市内报告"文档，然后将其以"Word 97-2003"文档类型进行保存，并为其设置密码（ CD:\效果\第3章\市内报告.doc），最后打开"会议记录"文档，并排查看这两个文档，效果如图3-40所示。

◆ 图3-40

其具体操作步骤如下。

STEP 01. **新建文档。** 启动 Word 2007，单击"Office"按钮 ，在弹出的菜单中选择"新建"命令，在打开的"新建文档"对话框左侧的"模板"栏中单击"已安装的模板"选项卡，在中间的窗格中选择"市内报告"选项，然后单击 创建 按钮新建文档，如图3-41所示。

STEP 02. **设置保存信息。** 单击"Office"按钮 ，在弹出的菜单中选择"保存"命令，在打开的"另存为"对话框的"保存位置"下拉列表框中选择文件的保存位置，在"文件名"下拉列表框中输入文件的名称"市内报告"，在"保存类型"下拉列表框中选择"Word 97-2003 文档"选项，如图3-42所示。

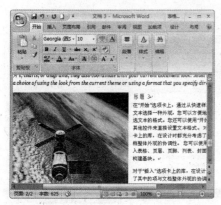

◆ 图3-41

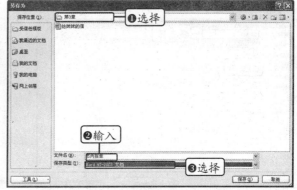

◆ 图3-42

STEP 03. **输入密码。**单击"另存为"对话框中的 工具(L) 按钮，在弹出的菜单中选择"常规选项"命令，在打开的"常规选项"对话框的"打开文件时的密码"和"修改文件时的密码"文本框中输入密码"1234"，选中"建议以只读方式打开文档"复选框，然后单击 确定 按钮，如图 3-43 所示。

STEP 04. **确认密码。**在打开的"确认密码"对话框的文本框中再次输入打开文件时的密码，单击 确定 按钮，如图 3-44 所示，然后再在打开的"确认密码"对话框的文本框中输入修改文件时的密码，单击 确定 按钮。

◆ 图 3-43   ◆ 图 3-44

STEP 05. **保存文档。**返回"另存为"对话框，单击 保存(S) 按钮保存文档，在弹出的"Microsoft Office Word"对话框中单击 否(N) 按钮，在弹出的"Microsoft Office Word 兼容性检查器"对话框中单击 继续(C) 按钮。

STEP 06. **打开文档。**单击"Office"按钮 ，在弹出的菜单中选择"打开"命令，在打开的"打开"对话框的"查找范围"下拉列表框中选择要打开文件的保存位置，在下面的列表框中选择"会议记录"办公文档（ CD:\素材\第 3 章\会议记录.doc），然后单击 打开(0) 按钮打开该办公文档，如图 3-45 所示。

STEP 07. **转换文档。**单击"Office"按钮 ，在弹出的菜单中选择"转换"命令，在打开的"Microsoft Office Word"对话框中单击 确定 按钮，将该文档转换为 Word 2007 类型的文档，如图 3-46 所示。

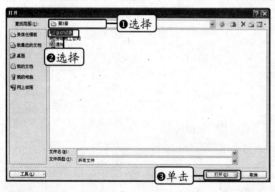

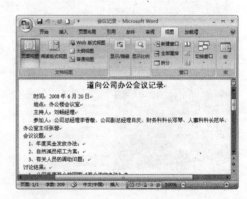

◆ 图 3-45   ◆ 图 3-46

STEP 08. **并排查看文档。**单击"视图"选项卡，在"窗口"组中单击"并排查看"按钮，并排查看的效果参见图 3-40。

STEP 09. 关闭文档并退出程序。 单击 "Office" 按钮，在弹出的菜单中单击 X 退出 Word(X) 按钮，关闭所有办公文档并退出 Word 2007。

3.8　疑难解答

学习完本章后，您是否已经掌握了文档的新建、保存、打开、关闭和保护等操作，以及比较查看文档的相关知识？关于其相关的问题是否已经顺利解决了？下面就为您提供一些关于文档基本操作的常见问题解答。

问：为什么我在关闭文档的时候退出了 Word 2007？

答：当您只打开一个文档时，在关闭该文档时就会退出 Word 2007。如果想关闭文档而不退出 Word 2007，可以单击 "Office" 按钮，在弹出的菜单中选择 "关闭" 命令。

问：如果我不需要为文档设置密码了，该如何取消密码设置呢？

答：打开设置了密码的文档，单击 "Office" 按钮，在弹出的菜单中选择 "另存为" 命令，在打开的 "另存为" 对话框中单击 工具(L) 按钮，在弹出的菜单中选择 "常规选项" 命令。在打开的 "常规选项" 对话框中删除所设置的密码，并取消选中 "建议以只读方式打开文档" 复选框，最后单击 确定 按钮即可取消密码设置。

3.9　上机练习

本章上机练习一将创建一个空白文档，并将其以 "Word 模板" 文档类型保存在电脑中；上机练习二将通过模板新建 "凸窗传真" 文档，并对其进行加密；上机练习三将练习打开文档、比较查看文档、拆分文档以及关闭文档等操作。各练习的最终效果及制作提示介绍如下。

练习一

CD:\效果\第 3 章\模板.dotx

① 单击 "Office" 按钮，在弹出的菜单中选择 "新建" 命令，在打开的 "新建文档" 对话框中选择 "空白文档" 选项，然后单击 创建 按钮创建空白文档。

② 单击 "Office" 按钮，在弹出的菜单中选择 "保存" 命令。

③ 在打开的 "另存为" 对话框的 "保存类型" 下拉列表框中选择 "Word 模板" 选项，然后设置其他保存信息，最后单击 保存(S) 按钮，保存后的文档如图 3-47 所示。

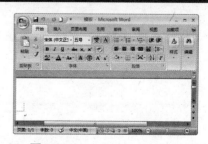

◆ 图 3-47

练习二
CD:\效果\第 3 章\凸窗传真.docx

① 单击"Office"按钮，在弹出的菜单中选择"新建"命令，在打开的"新建文档"对话框中单击"已安装的模板"选项卡，再在中间的窗格中选择"凸窗传真"选项，然后单击 [创建] 按钮创建文档，创建的文档如图 3-48 所示。

② 打开"另存为"对话框，在其中单击 [工具(L)] 按钮，在弹出的菜单中选择"常规选项"命令。

③ 将打开文件时的密码和修改文件时的密码都设置为"123456"，然后将其保存到电脑中。

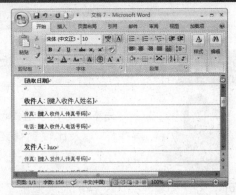

◆ 图 3-48

练习三
CD:\素材第 3 章\签收条款.docx

① 启动 Word 2007，新建一个空白文档，然后打开"签收条款"文档。

② 单击"视图"选项卡，在"窗口"组中单击"并排查看"按钮，并排查看新建的空白文档和打开的"签收条款"文档。

③ 在"签收条款"文档中单击"视图"选项卡，在"窗口"组中单击"拆分"按钮，拆分该文档，效果如图 3-49 所示。

◆ 图 3-49

④ 在新建的空白文档中单击"Office"按钮，在弹出的菜单中选择"关闭"命令，关闭该文档，完成所有的操作。

第 4 章

输入和编辑文本

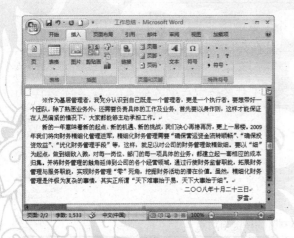

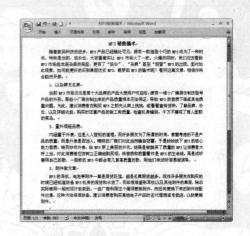

在创建办公文档之后，就可以在文档中输入相关的文本内容，并根据需要对其进行修改和编辑。在 Word 2007 中，不仅可以输入中文字符、英文字母和数字，方便地插入各种符号，还可以插入日期和时间以及公式等。在文本输入的过程中或输入后，还可以通过 Word 2007 提供的各种编辑功能来修改错误的文本。

4.1 文本的输入

创建文档后，就可以在文档中输入文本了。在 Word 中可输入的文本主要包括普通文本、符号与特殊符号、日期和时间以及公式等。下面将详细讲解如何输入不同类型的文本。

4.1.1 定位文本插入点

在新建或打开文档后，文档中将显示一个闪烁的竖条"┃"，它被称为"文本插入点"，用户输入的文本就位于该位置。通过定位文本插入点，就可以在文档的任意位置输入文本。定位文本插入点的方法主要有以下两种。

- ☑ **使用鼠标定位**：使用鼠标可以方便灵活地在文档中定位文本插入点。如果要在已有文本的文档中定位文本插入点，可以将鼠标光标移动到目标位置，然后单击鼠标左键即可。如果要在空白文档中定位文本插入点，在目标位置双击鼠标左键即可。
- ☑ **使用键盘定位**：使用键盘定位文本插入点主要是通过编辑控制区中的按键来操作的，其定位方法如表 4-1 所示。

表 4-1　编辑控制区的按键与功能

按键	按键功能
←	光标左移一个字符
→	光标右移一个字符
↑	光标上移一行
↓	光标下移一行
Page Up	光标上移一页
Page Down	光标下移一页
Home	光标移至当前行首
End	光标移至当前行尾
Ctrl+Home	光标移至文档开头
Ctrl+End	光标移至文档末尾
Ctrl+←	光标左移一个字或一个单词
Ctrl+→	光标右移一个字或一个单词
Ctrl+↑	光标移动到上一个段首
Ctrl+↓	光标移动到下一个段首

温馨小贴士

当按【Num Lock】键锁定小键盘后，在小键盘区按【2】和【8】键可以上下移动文本插入点，按【4】和【6】键可以左右移动文本插入点。

4.1.2 输入普通文本

在定位文本插入点后，就可以输入普通文本了。普通文本主要包括中文字符、英文字母和数字。

新手练兵场 在文档中输入文本"2008 年度 misis 公司员工工资表"。

STEP 01. **定位文本插入点。**新建一个空白文档，在文档编辑区第二行的中间位置双击鼠标左键，将文本插入点定位到该位置，如图 4-1 所示。

STEP 02. **输入中文文本。**单击语言栏中的输入法选择图标 ，在弹出的列表中选择一种中文输入法，将输入法切换到中文输入法状态，然后输入中文文本"年度公司员工工资表"，如图 4-2 所示。

STEP 03. **输入其他文本。**按【←】键将文本插

◆ 图 4-1

入点移动到文本"年度"之前，然后输入数字"2008"。接下来按【→】键将文本插入点移动到文本"年度"之后，将输入法状态切换到英文状态下，并输入英文"misis"，效果如图 4-3 所示。

◆ 图 4-2

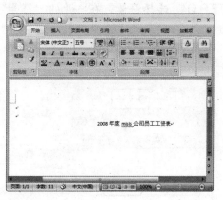

◆ 图 4-3

4.1.3 | 输入符号与特殊符号

办公人员在输入文本时，有时还需输入一些符号和特殊符号，如 "*" 和 "=" 等普通符号，可以通过在键盘上按相应的按键来输入，但对于一些不能通过键盘进行输入的特殊字符，如 "※" 和 "￥" 等，就需要通过 Word 提供的 "插入" 功能进行插入。

新手练兵场 在文档中插入特殊符号 "㎡" 和符号 "≤"、"✿"。

STEP 01. 输入文本. 在文档中输入中文文本 "总面积是"，然后将文本插入点定位到要插入符号的位置，这里定位到文本 "是" 的后面，如图 4-4 所示。

STEP 02. 插入符号. 单击 "插入" 选项卡，在 "特殊符号" 组中单击 符号 按钮，在弹出的下拉菜单中选择 "m²" 选项即可插入该符号，如图 4-5 所示。

◆ 图 4-4

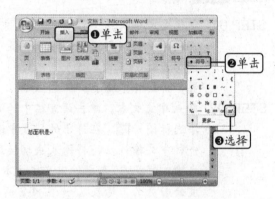

◆ 图 4-5

STEP 03. 选择命令. 在文档中输入文本 "，昨天价格"，并将文本插入点定位到文本 "昨天价格" 的后面，然后单击 "插入" 选项卡，在 "符号" 组中单击 Ω符号 按钮，在弹出的下拉菜单中选择 "其他符号" 命令，如图 4-6 所示。

STEP 04. 选择符号. 在打开的 "符号" 对话框中单击 "符号" 选项卡，在 "子集" 下拉列表框中选择 "数学运算符" 选项，然后在列表框中选择 "≤" 选项，最后单击 插入(I) 按钮，如图 4-7 所示。

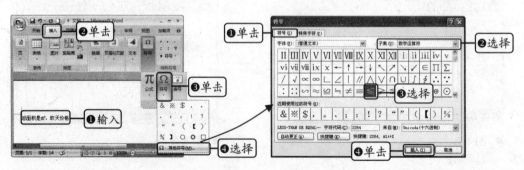

◆ 图 4-6   ◆ 图 4-7

STEP 05. **插入符号**。输入文本"今天价格"，再打开"符号"对话框，单击"特殊符号"选项卡，在"字符"列表框中选择"版权所有"选项，然后依次单击 插入(I) 按钮和 关闭 按钮，如图 4-8 所示，插入符号后的效果如图 4-9 所示。

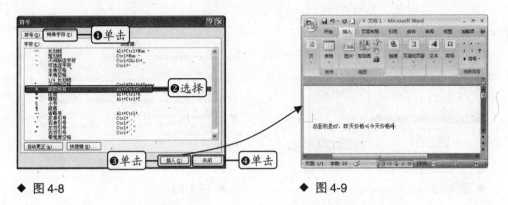

◆ 图 4-8　　　　　　　　　　　　　　　　　◆ 图 4-9

4.1.4　插入日期和时间

　　办公人员在制作如工作计划、通知等各种办公文档时，常常需要在文档中输入日期和时间。在 Word 2007 中，不仅可以直接输入日期和时间，还可以通过 Word 提供的插入功能将其快速插入到文档中。

新手练兵场　在 CD:\素材\第 4 章\工作计划.docx 文档中插入日期（ CD:\效果\第 4 章\工作计划.docx）。

STEP 01. **打开文档**。打开"工作计划"文档，将文本插入点定位到要插入日期的位置，然后单击"插入"选项卡，在"文本"组中单击"日期和时间"按钮，如图 4-10 所示。

STEP 02. **选择日期格式**。在打开的"日期和时间"对话框的"可用格式"列表框中选择要插入的日期格式，然后单击 确定 按钮，如图 4-11 所示。

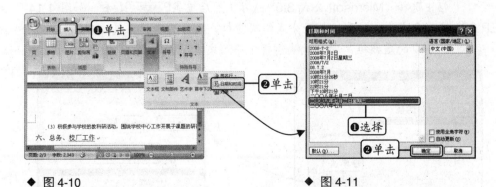

◆ 图 4-10　　　　　　　　　　　　　　　　　◆ 图 4-11

STEP 03. **插入时间**。将文本插入点定位到插入日期位置的下方，单击"插入"选项卡，

在 "文本" 组中单击 "日期和时间" 按钮，在打开的 "日期和时间" 对话框的 "可用格式" 列表框中选择要插入的时间格式，然后单击 确定 按钮，如图 4-12 所示。完成日期和时间的插入操作后，文档效果如图 4-13 所示。

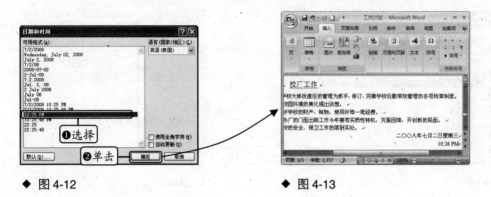

◆ 图 4-12   ◆ 图 4-13

4.1.5 插入公式

在制作文档的过程中，有时还需要插入公式，如制作学术报告和工程计算等特定领域中的文档。在 Word 2007 中，不但可以使用公式编辑器在文档中插入公式，还可以使用公式工具插入系统内置的多种公式，然后通过 "公式工具-设计" 选项卡来修改。

1. 通过公式编辑器插入公式

Word 2007 保留了通过公式编辑器插入公式的功能，即使用 Word 早期版本中的 Microsoft 公式 3.0 写入公式，并使用它来修改公式。

 使用公式编辑器在 Word 文档中插入公式。

STEP 01. **选择类型。** 将文本插入点定位到要插入公式的位置，单击 "插入" 选项卡，在 "文本" 组中单击 对象 按钮，在打开的 "对象" 对话框的 "对象类型" 列表框中选择 "Microsoft 公式 3.0" 选项，然后单击 确定 按钮，如图 4-14 所示。

STEP 02. **输入文本。** 此时系统打开公式编辑窗口，同时显示 "公式" 工具栏，在公式编辑窗口的虚线框，即公式编辑框中输入文本 "y=2x"，如图 4-15 所示。

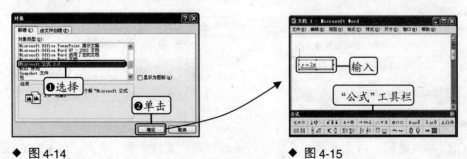

◆ 图 4-14   ◆ 图 4-15

STEP 03.　单击按钮。 在"公式"工具栏中单击"上标和下标模板"按钮 ，在弹出的下拉列表中选择"上标"选项 ，如图 4-16 所示。

STEP 04.　输入上标。 此时在 x 的右上方出现一个跳动的虚线框，输入文本"x-1"，然后按【→】键，在"公式"工具栏中单击"运算符号"按钮 ，在弹出的下拉列表中选择"乘号"选项 ×，如图 4-17 所示。

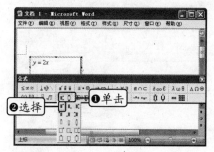

◆ 图 4-16

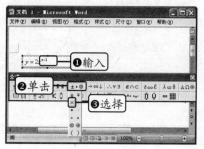

◆ 图 4-17

STEP 05.　输入圆括号。 单击"围栏模板"按钮 ，在弹出的下拉列表中选择"圆括号"选项 ，然后输入文本"2+"，如图 4-18 所示。

STEP 06.　完成操作。 单击"分式和根式模板"按钮 ，在弹出的下拉列表中选择"二次根式"选项 ，然后输入文本"2"，最后单击公式编辑框以外的任意位置，退出公式编辑器，完成所有的操作，插入的公式如图 4-19 所示。

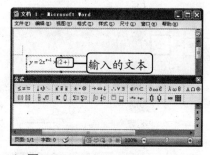

◆ 图 4-18

◆ 图 4-19

2.　使用公式工具插入公式

使用公式工具插入公式是 Word 2007 新增的功能，它提高了用户在文档中输入与编辑公式的速度。使用公式工具插入公式后，系统将打开如图 4-20 所示的"公式工具-设计"选项卡，使用其中的功能可以对输入的公式进行修改。

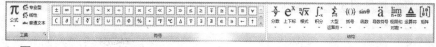

◆ 图 4-20

使用公式工具在 Word 文档中插入公式。

STEP 01. **单击按钮。** 单击"插入"选项卡，在"符号"组中单击"公式"按钮 π，如图 4-21 所示。

STEP 02. **打开选项卡。** 在打开的公式输入框中输入文本"y"，然后在"公式工具-设计"选项卡的"符号"组中选择"等于号"选项 ⊟，如图 4-22 所示。

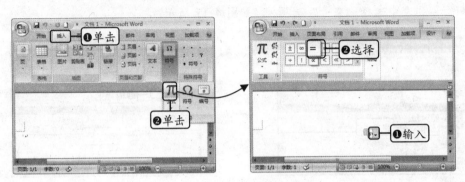

◆ 图 4-21　　　　　　　　　　　　　　　◆ 图 4-22

STEP 03. **选择公式。** 在"公式工具-设计"选项卡的"结构"组中单击"根式"按钮 ⁿ√x，在弹出的下拉列表中选择"立方根"选项，如图 4-23 所示。

STEP 04. **选择选项。** 单击所插入根式中的虚线框，输入文本"9"，然后在"符号"组中选择"加减"选项"±"，如图 4-24 所示。

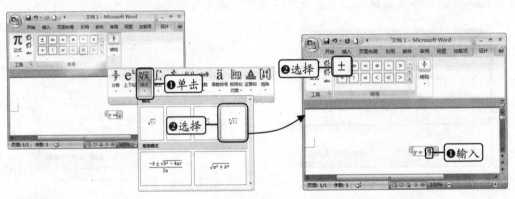

◆ 图 4-23　　　　　　　　　　　　　　　◆ 图 4-24

STEP 05. **选择上标。** 将文本插入点定位到文本"±"的后面，在"公式工具-设计"选项卡的"结构"组中单击"上下标"按钮 e^x，在弹出的下拉列表中选择"上标"选项，如图 4-25 所示。

STEP 06. **输入文本。** 单击插入的上标中的第一个虚线框，输入文本"2"，然后单击插入的上标中的第二个虚线框，输入文本"2"。

STEP 07. **完成操作。** 将文本插入点定位到文本"2²"的后面，在"符号"组中选择"乘号"选项 ⊠。在"结构"组中单击"分数"按钮 ⅰ/ⱼ，单击插入的分数中上方的虚线框，输入文本"3"，然后单击插入的分数中下方的虚线框，输入文本"5"，完成所有的操作，最终效果如图 4-26 所示。

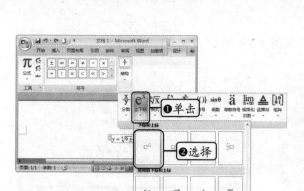

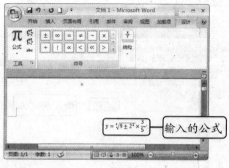

◆ 图 4-25　　　　　　　　　　　　　　　　　　　◆ 图 4-26

 温馨小贴士

在"插入"选项卡的"符号"组中单击"公式"
按钮 下方的 ‑ 按钮，在弹出的下拉列表中可
以选择插入 Word 2007 内置的公式，如二次
公式、二项式定理和勾股定理等。

 秘技播报站

在"公式工具‑设计"选项卡的"工具"组中单
击"线性"按钮，可以将输入的公式转换为
一维形式显示。

4.1.6　办公案例——在"工作总结"文档中输入文本

本案例将在 CD:\素材\第 4 章\工作总结.docx 文档中输入文本（ CD:\效果\第 4 章
\工作总结.docx），最终效果如图 4-27 所示。通过本案例，读者可掌握输入普通文本、输
入符号与特殊符号以及插入日期和时间的方法。

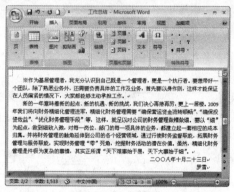

在进行换行操作时，也可以通过
按【Shift+Enter】组合键进行换行，
换行后回车符号将变为 ↓ 形状，
它常被称为软回车

◆ 图 4-27

其具体操作步骤如下。

STEP 01. **输入标题。**打开"工作总结"文档，在第一行的中间位置双击鼠标左键，将文
本插入点定位在该处，然后将输入法切换到中文输入法状态，输入文本"工作
总结"，如图 4-28 所示。

STEP 02. **输入文本。**按【Enter】键换行，按 4 次空格键，输入一段文本，再次按【Enter】

键换行，输入另一段文本，如图 4-29 所示。

◆ 图 4-28

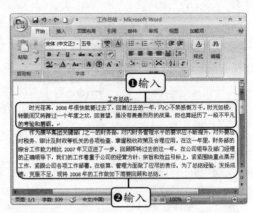

◆ 图 4-29

STEP 03. **输入文本。** 按【Enter】键换行，输入文本"今年的工作可以分以下三个方面。"，按两次【Enter】键换行，输入文本"费用成本方面的管理"，如图 4-30 所示。

STEP 04. **输入文本。** 按两次【Enter】键换行，输入如图 4-31 所示的两段文本。

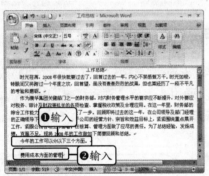

◆ 图 4-30

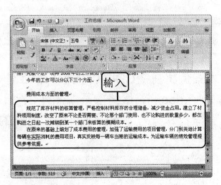

◆ 图 4-31

STEP 05. **插入符号。** 在文本"费用成本方面的管理"前单击鼠标左键，将文本插入点定位在此处，单击"插入"选项卡，在"符号"组中单击"符号"按钮 Ω，在弹出的下拉菜单中选择如图 4-32 所示的符号，将该符号插入到文本插入点处。

STEP 06. **插入符号。** 在文本"规范了库存材料的核算管理"前单击鼠标左键，将文本插入点定位在此处，单击"插入"选项卡，在"特殊符号"组中单击 符号▾ 按钮，在弹出的下拉菜单中选择如图 4-33 所示的符号，将该符号插

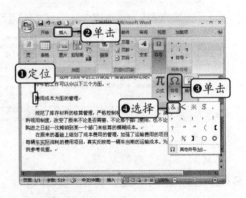

◆ 图 4-32

入到文本插入点处。

STEP 07. **插入符号。**用相同的方法将上一步插入的符号插入到文本"在原来的基础上细划了成本费的管理"前，如图 4-34 所示。

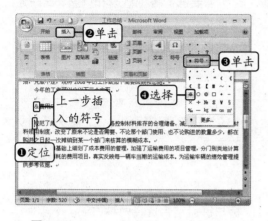

◆ 图 4-33

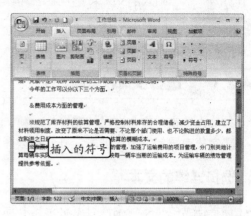

◆ 图 4-34

STEP 08. **定位文本插入点。**用相同的方法输入其他的文本，并插入符号和特殊符号，按【Enter】键换行，然后通过空格键，将文本插入点定位到如图 4-35 所示的位置。

STEP 09. **插入日期和时间。**单击"插入"选项卡，在"文本"组中单击"日期和时间"按钮，在打开的"日期和时间"对话框的"语言（国家或地区）"下拉列表框中选择"中文（中国）"选项，在左侧的"可用格式"列表框中选择如图 4-36所示的选项，单击 确定 按钮，插入日期。

STEP 10. **完成操作。**按【Enter】键换行，然后通过空格键，将文本插入点定位到文档的右侧位置，输入文本"罗雪"，完成所有的操作，最终效果参见图 4-27。

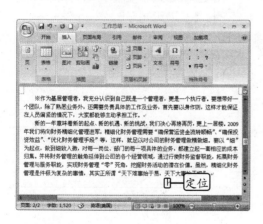

◆ 图 4-35

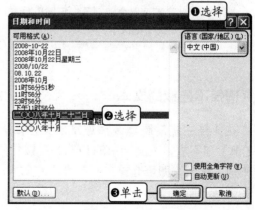

◆ 图 4-36

4.2 编辑文本

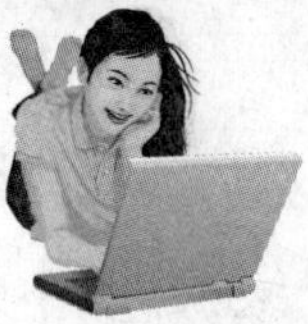

输入的文本可能存在各种错误，或者需要进行各种修改和调整，此时通过文本的编辑操作就可以高效、准确地得到需要的文档。

4.2.1 选择文本

办公人员在对文本进行编辑操作之前，首先应该选择需要编辑的文本，被选择的文本将呈黑字蓝底显示。下面就来详细介绍选择文本的方法。

1. 选择连续的文本

选择连续的文本包括通过鼠标选择和通过鼠标与键盘结合选择两种方法。

- ☑ **通过鼠标选择**：在要选择的文本的开始位置按住鼠标左键不放并拖动，到文本结束位置时释放鼠标键，即可选择文本开始位置与结束位置之间的文本，如图 4-37 所示。

- ☑ **结合鼠标和键盘选择**：将文本插入点定位到文本的开始位置，按住【Shift】键不放，在文本的结束位置单击鼠标，即可选择文本开始位置与结束位置之间的文本。

◆ 图 4-37

 温馨小贴士

按住【Alt】键的同时单击鼠标并拖动鼠标，即可选择从文本插入点处到其他位置的任意大小的矩形选区中的文本，如图 4-38 所示。

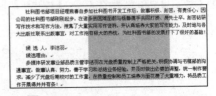

◆ 图 4-38

2. 选择不连续的文本

在文档中拖动鼠标选择连续的文本后，按住【Ctrl】键不放，在文档中的其他位置按住鼠标左键不放并拖动，即可选择其他不连续的文本，如图 4-39 所示。

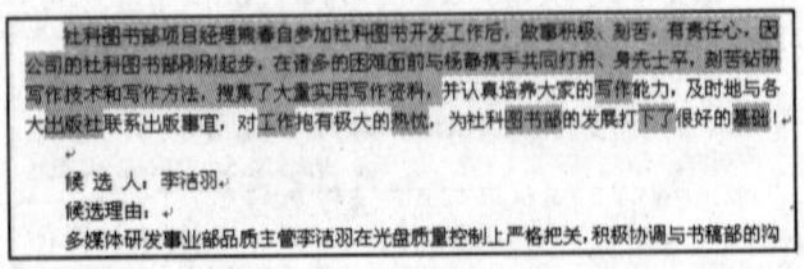

杜科图书部项目经理熊春自参加杜科图书开发工作后，做事积极、勤苦，有责任心，因公司的杜科图书部刚刚起步，在诸多的困难面前与杨春携手共同打拼、勇先士卒，刻苦钻研写作技术和写作方法，搜集了大量实用写作资料，并认真培养大家的写作能力，及时地与各大出版社联系出版事宜，对工作抱有极大的热忱，为杜科图书部的发展打下了很好的基础！

候 选 人：李洁羽。
候选理由：
多媒体研发事业部品质主管李洁羽在光盘质量控制上严格把关，积极协调与书稿部的沟

◆ 图 4-39

3. 选择词组或一句文本

选择词组或一句文本是通过鼠标进行操作的。

- ☑ **选择词组**：在需要选择的词组的中间双击鼠标左键，即可选择该词组，如图 4-40

所示。

- ☑ **选择一句文本**：按住【Ctrl】键的同时，在需要选择的一句文本中的任意位置单击鼠标，即可选择该句文本，其选择范围是从当前句子开始处到以 "。" 为结束的位置，如图 4-41 所示。

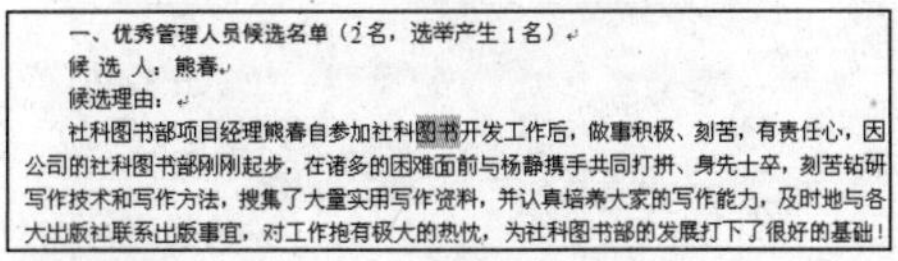

◆ 图 4-40　　　　　　　　　　　　　　　　◆ 图 4-41

4. 选择一行、多行或一段文本

选择一行、多行或一段文本也是通过鼠标进行操作的。

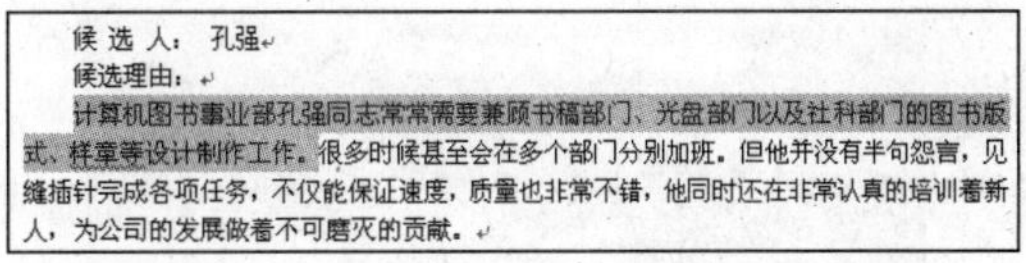

- ☑ **选择一行文本**：将鼠标光标移动到该行左侧的空白区域，当鼠标光标变成反向箭头形状时单击鼠标，即可选择整行文本，如图 4-42 所示。

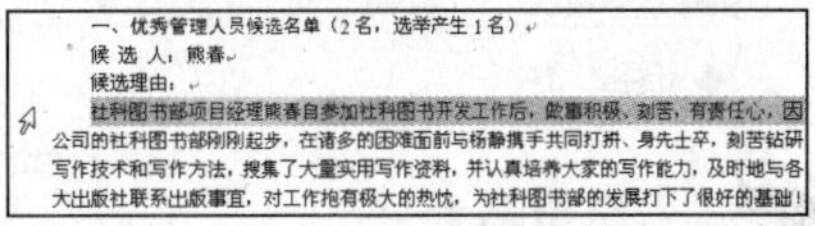

◆ 图 4-42

- ☑ **选择多行文本**：将鼠标光标移动到左侧的空白区域，当鼠标光标变为反向箭头形状时，按住鼠标左键不放，并向上或向下拖动鼠标到要选择的文本的结束位置处释放鼠标键，即可选择多行文本，如图 4-43 所示。
- ☑ **选择一段文本**：将鼠标光标移动到左侧的空白区域，当鼠标光标变为反向箭头形状时双击鼠标左键，或在该段文本中的任意位置连续 3 次单击鼠标，即可选择该段文本，如图 4-44 所示。

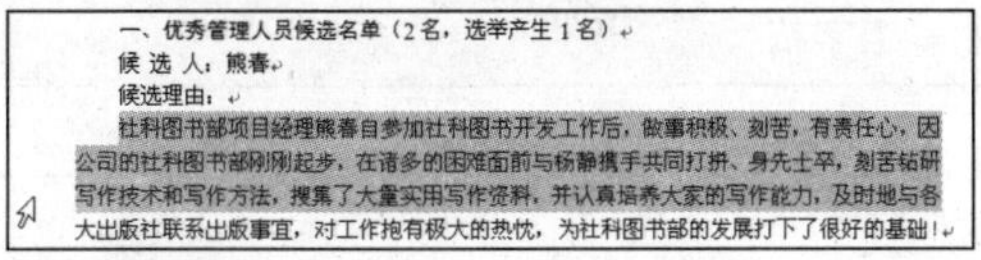

◆ 图 4-43　　　　　　　　　　　　　　　　◆ 图 4-44

 温馨小贴士

在选择文本时，选择的方法多种多样，读者可灵活运用各种方法来选择，如在需要选择的段落文本的段首按住鼠标左键不放，并拖动鼠标至段末，然后释放鼠标键也可选择整段文本。

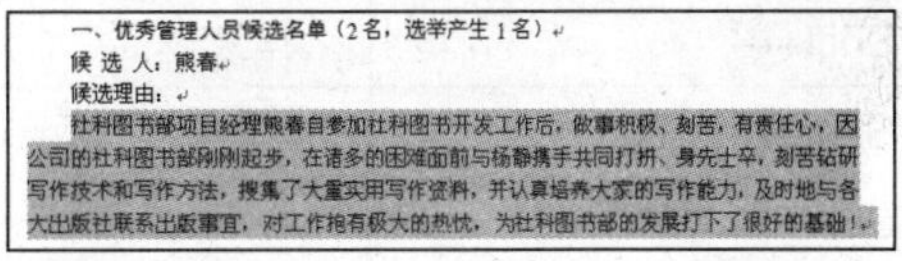

5. 选择整篇文档

选择整篇文档的方法主要有 3 种，一种是通过鼠标选择，一种是通过快捷键选择，还有一种则是通过选择命令选择，它们的具体操作方法如下。

- ☑ **通过鼠标选择**：将鼠标光标移动到文档左侧的空白区域，当鼠标光标变成反向箭头形状时，连续 3 次单击鼠标，如图 4-45 所示。

☑ **通过快捷键选择**：按住【Ctrl】键的同时，在文档左侧的空白区域中单击鼠标，或者直接按【Ctrl+A】组合键。

☑ **通过命令选择**：单击"开始"选项卡，在"编辑"组中单击 選擇 按钮，在弹出的下拉菜单中选择"全选"命令，如图 4-46 所示。

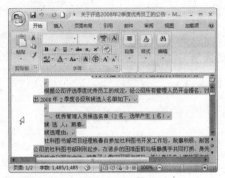

◆ 图 4-45

◆ 图 4-46

 温馨小贴士

在选择文本后，如果发现选择的文本并不是需要的文本，可以在选择对象以外的任意位置单击鼠标，取消选择操作。另外，对于非常熟悉键盘的用户，还可以通过键盘来选择文本，其选择方法如表 4-2 所示。

表 4-2　通过键盘选择文本的方法

组合按键	按键功能
Shift+→	选择文本插入点右侧的一个字符
Shift+←	选择文本插入点左侧的一个字符
Shift+↓	选择到下一行
Shift+↑	选择到上一行
Shift+Home	选择到行首
Shift+End	选择到行尾
Shift+Page Down	选择到下一屏显示的文本
Shift+Page Up	选择到上一屏显示的文本
Ctrl+Shift+End	选择到文档结尾
Ctrl+Shift+Home	选择到文档开头
Ctrl+A	选择所有内容

4.2.2　插入、改写和删除文本

在文档中输入文本时，难免会输入错误的文本或多余、重复的文本，这时就可以通过插入、改写以及删除操作对其进行修改。

 通过插入、改写和删除操作修改 ◯CD:\素材\第 4 章\任免通知.docx 办公文档中的文本（◯CD:\效果\第 4 章\任免通知.docx）。

STEP 01. 定位文本插入点。打开"任免通知"文档，将文本插入点定位到文本"提名"的右侧，如图 4-47 所示。

STEP 02. 删除文本。按【BackSpace】键删除文本"名"，再次按【BackSpace】键，删除文本"提"，删除后的效果如图 4-48 所示。

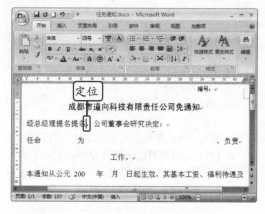

◆ 图 4-47

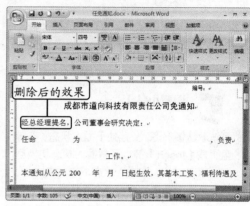

◆ 图 4-48

STEP 03. 插入文本。将文本插入点定位到文本"免"的左侧，输入文本"任"，插入文本后的效果如图 4-49 所示。

STEP 04. 切换到改写状态。将文本插入点定位到正文中文本"通知"的左侧，在状态栏中单击 插入 按钮，如图 4-50 所示，切换到改写状态。

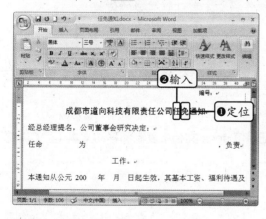

◆ 图 4-49

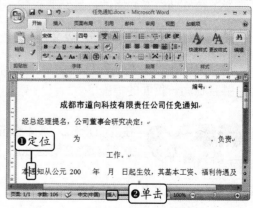

◆ 图 4-50

STEP 05. 改写文本。输入文本"任命"，此时文本插入点后面的文本将被输入的文本替换，如图 4-51 所示。

STEP 06. 完成操作。用相同的方法将文档中的文本"总经理"改写为"部门经理"，完成所有的操作，最终效果如图 4-52 所示。

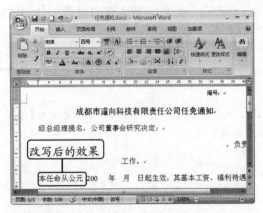

◆ 图 4-51

◆ 图 4-52

 温馨小贴士

系统默认情况下，文档处于插入状态，在键盘上按【Insert】键也可将插入状态切换到改写状态。另外，在插入状态下选择文本后，输入正确的文本，可直接改写文本。

 秘技播报站

将文本插入点定位在要删除文本的左侧，按【Delete】键可以删除文本插入点右侧的文本。另外，在选择文本后，按【Delete】键可以删除所选择的文本。

4.2.3 复制与移动文本

办公人员在输入文本时，通常会输入相同的文本，如果多次输入相同的文本，则会浪费许多时间，这时就可以通过复制文本来创建相同的文本。另外，在输入文本时，如果需要调整文本之间的先后顺序，可以通过移动操作将文本移动到需要的位置。

1. 通过拖动鼠标复制与移动文本

通过拖动鼠标来复制和移动文本，适用于要复制或移动的文本与目标位置间隔比较近，并且在同一页面的情况下。

 在 ●CD:\素材\第 4 章\证明信.docx 文档中复制和移动文本（ ●CD:\效果\第 4 章\证明信.docx）。

STEP 01. **选择文本。** 打开"证明信"文档，将文本插入点定位在文本"介绍"的左侧，然后按住鼠标左键不放并拖动鼠标到文本"介绍"的右侧，选择文本"介绍"，如图 4-53 所示。

STEP 02. **移动文本。** 将鼠标光标移动到文本"介绍"上，当其变为 形状时，按住鼠标左键不放并拖动鼠标到文本"有关情况"的右侧，释放鼠标键即可移动所选择的文本，如图 4-54 所示。

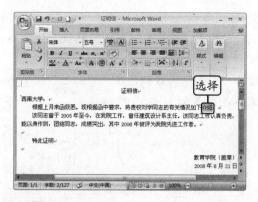

◆ 图 4-53

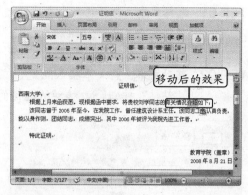

◆ 图 4-54

STEP 03. **复制文本。**选择文本"刘学",将鼠标光标移动到该文本上,当其变为形状时,按住【Ctrl】键的同时,按住鼠标左键不放并拖动鼠标到文本"该同志曾于"的左侧,释放鼠标键即可复制所选择的文本,如图 4-55 所示。

STEP 04. **删除文本。**在键盘上按【→】键,将文本插入点定位在所复制的文本的右侧,按【Delete】键删除其后面的文本,完成所有的操作,效果如图 4-56 所示。

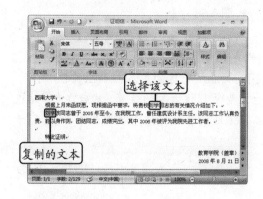

◆ 图 4-55

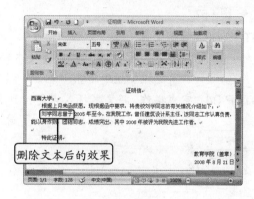

◆ 图 4-56

 温馨小贴士

在移动文本时,鼠标光标将变为形状;在复制文本时,鼠标光标将变为形状。

2. 通过按钮复制与移动文本

通过"开始"选项卡"剪贴板"组中的按钮,也可以快速复制与移动所选择的文本,它不仅可以在间隔比较近的距离间复制与移动,还可以在多个文档间复制与移动文本。

 在 CD:\素材\第 4 章\入会申请.docx 文档中移动和复制文本(CD:\效果\第 4 章\入会申请.docx)。

STEP 01. **选择文本。** 打开"入会申请"文档，将文本插入点定位在文本"写作"的中间，双击鼠标，选择词组"写作"，单击"开始"选项卡，在"剪贴板"组中单击"剪切"按钮，如图 4-57 所示。

STEP 02. **移动文本。** 将文本插入点定位在文本"中国"的右侧，在"剪贴板"组中单击"粘贴"按钮，移动所选择的文本，效果如图 4-58 所示。

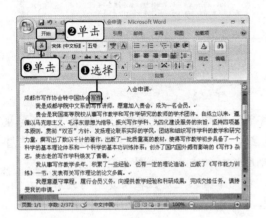

◆ 图 4-57

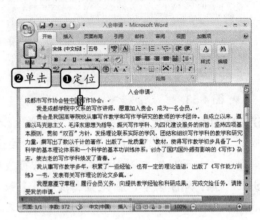

◆ 图 4-58

STEP 03. **复制文本。** 选择文本"协会"，单击"开始"选项卡，在"剪贴板"组中单击"复制"按钮，然后将文本插入点定位到文本"我愿意遵守"的右侧，在"剪贴板"组中单击"粘贴"按钮，粘贴所选择的文本，如图 4-59 所示。

STEP 04. **完成操作。** 将文本插入点定位到其他需要复制该文本的位置，然后在"剪贴板"组中单击"粘贴"按钮，复制文本，完成所有的操作，效果如图 4-60 所示。

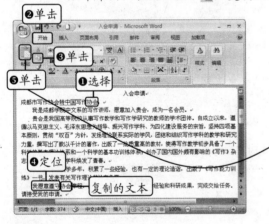

◆ 图 4-59

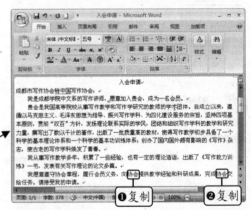

◆ 图 4-60

3. 通过快捷键复制与移动文本

通过快捷键复制与移动文本更加快捷和方便，其具体操作为：选择需要复制与移动的文本，按【Ctrl+C】组合键或【Ctrl+X】组合键，然后将文本插入点定位在目标位置，按

【Ctrl+V】组合键，即可复制或移动所选择的文本。

4. 通过右键快捷菜单复制与移动文本

通过右键快捷菜单复制与移动文本的方法为：选择要复制或移动的文本，在其上面单击鼠标右键，在弹出的快捷菜单中选择"复制"或"剪切"命令，然后将文本插入点定位到要复制或移动到的位置，单击鼠标右键，在弹出的快捷菜单中选择"粘贴"命令即可。

4.2.4　查找与替换文本

在输入完一篇较长的文档后，如果发现文档中重要的相同文本全部输入错了，若从头开始查看并修改，会浪费大量的时间和精力，而且还容易出现漏改现象，而使用 Word 2007 的查找与替换功能则可快速地解决这个问题。

1. 查找与替换普通文本

查找与替换普通文本是指查找与替换文本时，不考虑文本的字体和字号等格式，这种方法被大多数 Word 用户普遍使用。

将 CD:\素材\第 4 章\会议记录.docx 文档中的文本"张家村"替换为文本"李村"（ CD:\效果\第 4 章\会议记录.docx ）。

STEP 01. **单击按钮。** 打开"会议记录"文档，单击"开始"选项卡，在"编辑"组中单击 查找 按钮，如图 4-61 所示。

STEP 02. **查找文本。** 在打开的"查找和替换"对话框的"查找内容"下拉列表框中输入"张家村"，单击 查找下一处(F) 按钮，查找文本"张家村"，查找到的文本将以蓝底黑字显示，如图 4-62 所示。

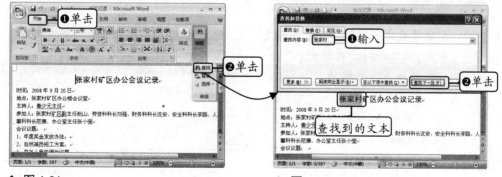

◆ 图 4-61　　　　　　　◆ 图 4-62

STEP 03. **替换文本。** 在"查找和替换"对话框中单击"替换"选项卡，在"替换为"下拉列表框中输入"李村"，单击 替换(R) 按钮，将查找到的文本"张家村"替换为"李村"，在替换文本后，系统自动查找下一处文本，如图 4-63 所示。

STEP 04. 查找和替换所有文本。 在 "查找和替换" 对话框中单击 全部替换(A) 按钮，将文档中所有的 "张家村" 文本替换为 "李村"，在打开的提示对话框中单击 确定 按钮，替换后的效果如图 4-64 所示。

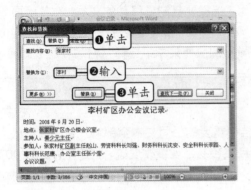

◆ 图 4-63

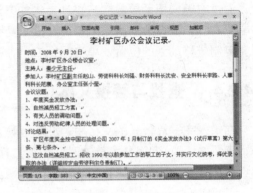

◆ 图 4-64

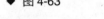
温馨小贴士

单击 "开始" 选项卡，在 "编辑" 组中单击 替换 按钮，也可以打开 "查找与替换" 对话框，只是打开该对话框时，系统自动打开 "替换" 选项卡。

2. 查找与替换具有格式的文本

查找与替换具有格式的文本是一种选择性的操作方法，它主要用于查找与替换同一文档中具有不同格式的文本。

将 CD:\素材\第 4 章\管理规定.docx 文档中的文本 "安排" 替换为文本 "管理" (CD:\效果\第 4 章\管理规定.docx)。

STEP 01. 设置替换文本。 打开 "管理规定" 文档，单击 "开始" 选项卡，在 "编辑" 组中单击 替换 按钮，在打开的 "查找和替换" 对话框的 "查找内容" 下拉列表框中输入文本 "安排"，单击 更多(M) >> 按钮，如图 4-65 所示。

STEP 02. 选择要设置的格式。 在展开的 "替换" 栏中单击 格式(O)▼ 按钮，在弹出的下拉菜单中选择 "字体" 命令，如图 4-66 所示。

STEP 03. 设置要查找的字体格式。 在打

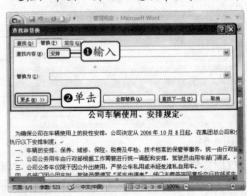

◆ 图 4-65

开的"查找字体"对话框中单击"字体"选项卡，在"中文字体"下拉列表框中选择"宋体"选项，在"字形"列表框中选择"常规"选项，在"字号"列表框中选择"五号"选项，单击 确定 按钮，如图 4-67 所示。

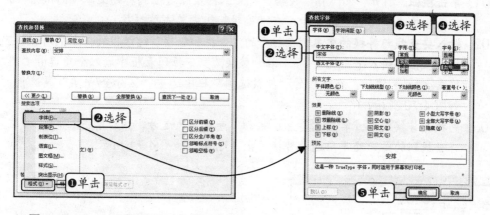

◆ 图 4-66　　　　　　　　　　　　　　　　　◆ 图 4-67

STEP 04. 查找文本。 返回到"查找和替换"对话框中，在"替换为"下拉列表框中输入"管理"，单击 查找下一处(F) 按钮，查找文本"安排"，此时可看到系统跳过标题中的文本"安排"，而直接查找到正文中的文本，如图 4-68 所示。

STEP 05. 替换文本。 在"查找和替换"对话框中单击 替换(R) 按钮，将查找到的文本"安排"替换为文本"管理"，然后用相同的方法查找与替换其他的文本，替换完成后，在打开的提示对话框中单击 确定 按钮，完成查找与替换具有格式文本的操作，替换后的效果如图 4-69 所示。

　　　　　　　　　　　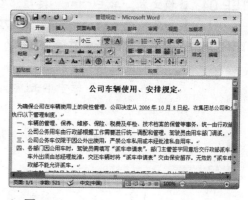

◆ 图 4-68　　　　　　　　　　　　　　　　　◆ 图 4-69

3. 查找与替换符号

在 Word 2007 中，用户除了可以使用查找与替换功能来修改普通文本和具有格式的文本外，对于一些符号或特殊符号，也可以通过查找与替换功能来进行修改，如将文档中的半角标点符号替换为全角标点符号等。

新手
练兵场
将 CD:\素材\第 4 章\面试信.docx 文档中的半角逗号替换为全角逗号，
再查找段落标记并将其删除（ CD:\效果\第 4 章\面试信.docx）。

STEP 01. **单击按钮。** 打开"面试信"文档，将文本插入点定位到标题文本"面试信"的
左侧，单击"开始"选项卡，在"编辑"组中单击 替换 按钮。

STEP 02. **输入要查找与替换的文本。** 在打开的"查找和替换"对话框的"查找内容"下
拉列表框中输入半角逗号","，在"替换为"下拉列表框中输入全角逗号"，"，
单击 更多(M) >> 按钮，在展开的"搜索选项"栏中选中"区分全/半角"复选框，
如图 4-70 所示。

STEP 03. **查找并替换文本。** 单击 查找下一处(F) 按钮，查找半角逗号，然后单击 替换(R) 按钮，
将查找到的第一处半角逗号替换为全角逗号，如图 4-71 所示。

◆ 图 4-70

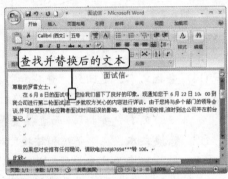

◆ 图 4-71

STEP 04. **替换文本。** 单击 替换(R) 按钮，查找半角逗号并将其替换为全角逗号，完成查
找与替换逗号的操作，如图 4-72 所示。

STEP 05. **选择要查找的特殊符号。** 在"查找和替换"对话框中单击"查找"选项卡，将
鼠标光标定位到"查找内容"下拉列表框中，按【BackSpace】键删除其中的
文本，在"查找"栏中单击 特殊格式(E) 按钮，在弹出的下拉列表中选择"段落标
记"选项，如图 4-73 所示。

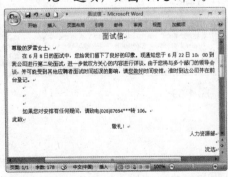

◆ 图 4-72

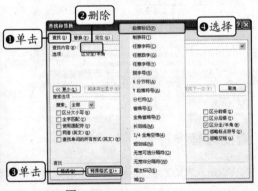

◆ 图 4-73

STEP 06. **查找并删除段落标记。** 单击 查找下一处(F) 按钮，查找如图 4-74 所示的段落标记，
然后将其删除。

STEP 07. **完成操作。** 单击 查找下一处(F) 按钮，继续查找其他的段落标记，然后将其删除，
完成所有的操作，效果如图 4-75 所示。

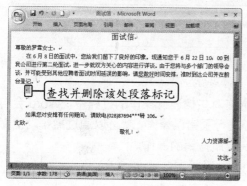

◆ 图 4-74

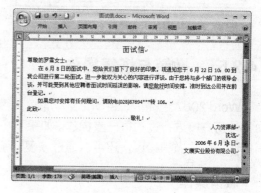

◆ 图 4-75

4．定位查找与替换文本

在文档中输入文本后，如果发现从某一页、某一行或某一章节开始输入了相同的错误
文本，这时就可以通过定位查找与替换文本的方法从错误文本的开始位置进行查找与替换
操作。

在 ◎CD:\素材\第 4 章\周年庆庆典致词.docx 文档中定位查找文本。

STEP 01. **选择命令。** 打开"周年庆庆典致词"文档，单击"开始"选项卡，在"编辑"
组中单击 查找 按钮右侧的下拉按
钮，在弹出的下拉菜单中选择"转
到"命令，如图 4-76 所示。

STEP 02. **定位页数。** 在打开的"查找和替换"
对话框中将自动切换到"定位"选
项卡，在"定位目标"列表框中选
择"页"选项，在"输入页号"文
本框中输入"2"，单击 定位(T) 按
钮，如图 4-77 所示，将页面转换到
文档的第二页中。

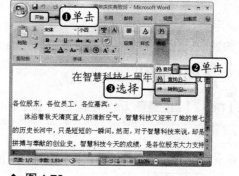

◆ 图 4-76

STEP 03. **查找文本。** 在"查找和替换"对话框中单击"查找"选项卡，在"查找内容"
下拉列表框中输入"智慧"，单击 查找下一处(F) 按钮，如图 4-78 所示，即可从文
档的第 2 页开始查找文本。

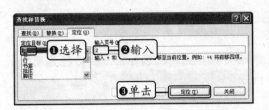
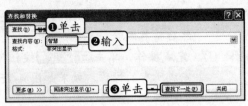

◆ 图 4-77 ◆ 图 4-78

4.2.5 撤销与恢复操作

Word 2007 也提供了自动记忆功能，当我们在对文档进行操作的过程中，Word 会自动记录用户所进行过的每一步操作。如果不小心进行了错误操作，就可以通过撤销功能撤销操作。如果撤销错误，还可以通过恢复功能恢复所撤销的操作。

1. 撤销操作

用户在文档中进行撤销操作时，不仅可以逐次撤销单步操作，还可以同时撤销多步操作。

☑ **撤销单步操作**：单击快速访问工具栏中的"撤销"按钮 ，可以撤销最后一步进行的操作，逐次单击则可逐步撤销所进行的操作。

☑ **撤销多步操作**：如果要同时撤销多步操作，在快速访问工具栏中单击"撤销"按钮 右侧的下拉按钮 ，在弹出的下拉列表中向下移动鼠标光标，选择要撤销的操作，然后单击鼠标左键即可撤销多步操作。

2. 恢复操作

恢复是撤销的逆操作，只有在进行了撤销操作后，才能进行恢复操作。在 Word 2007 中，用户只能逐步恢复所撤销的操作，而不能同时选择恢复多步所撤销的操作，其方法为：在快速访问工具栏中单击"恢复"按钮 即可。

秘技播报站

按【Ctrl+Z】组合键可以进行撤销操作，按【Ctrl+Y】组合键可以进行恢复操作。

4.2.6 办公案例——编辑"MP3 销售骗术"文档

本实例将通过 Word 2007 的各种编辑操作来编辑"MP3 销售骗术"文档，包括选择、插入、改写、删除、复制以及查找与替换文本，其最终效果如图 4-79 所示（ CD:\效果\第 4 章\MP3 销售骗术.docx ）。

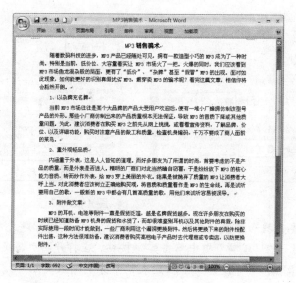

◆ 图 4-79

其具体操作步骤如下。

STEP 01. **切换到改写状态。**打开"MP3 销售骗术"文档（ CD:\素材\第 4 章\MP3 销售骗术.docx），将文本插入点定位到正文第 3 行文本"MP4"中"4"的左侧，单击 插入 按钮，切换到改写状态，如图 4-80 所示。

STEP 02. **改写文本。**输入文本"3"，将文本"4"修改为"3"，然后将文本插入点定位到文本"2、附件做文章"的左侧，按住鼠标左键不放并拖动鼠标到文本"2"的右侧释放鼠标键，选择文本"2"，然后输入"3"，如图 4-81 所示。

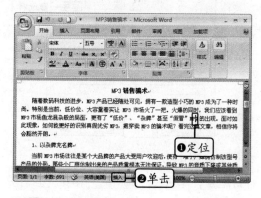

◆ 图 4-80

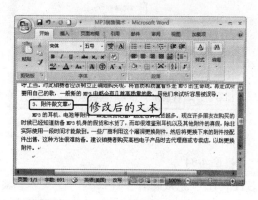

◆ 图 4-81

STEP 03. **复制文本。**选择文本"MP3"，单击"开始"选项卡，在"剪贴板"组中单击"复制"按钮，然后将文本插入点定位到如图 4-82 所示的位置。

STEP 04. **粘贴文本。**在"剪贴板"组中单击"粘贴"按钮，复制文本"MP3"，复制后的文本如图 4-83 所示。

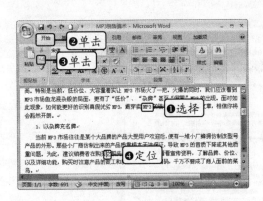

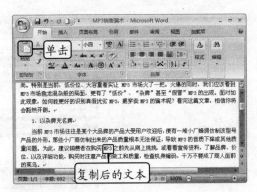

◆ 图 4-82　　　　　　　　　　　　　　　◆ 图 4-83

STEP 05. **输入要查找和替换的文本。** 将文本插入点定位到标题文本的左侧，单击"开始"
选项卡，在"编辑"组中单击 ⁂替换 按钮，在打开的"查找和替换"对话框的"查
找内容"和"替换为"下拉列表框中分别输入文本"销费"和"消费"，然后
单击 更多(M) ≫ 按钮，如图 4-84 所示。

STEP 06. **设置选项。** 在展开的"替换"栏中单击 格式(O) ▾ 按钮，在弹出的下拉菜单中选
择"字体"命令，在打开的"替换字体"对话框的"中文字体"下拉列表框中
选择"宋体"选项，在"字号"列表框中选择"五号"选项，然后单击 确定
按钮，如图 4-85 所示。

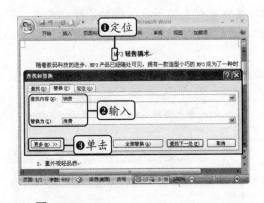

◆ 图 4-84　　　　　　　　　　　　　　　◆ 图 4-85

STEP 07. **完成操作。** 返回到"查找和替换"对话框中，单击 全部替换(A) 按钮，在打开
的提示对话框中单击 确定 按钮，将文档中符合所设置条件的文本"销费"
全部替换为"消费"，完成所有的操作，最终效果参见图 4-79。

 温馨小贴士

在进行替换操作时，如果不能确定文档中是否有格式设置条件，最好不要单击 全部替换(A) 按钮来进
行替换。

4.3 疑难解答

学习完本章后,您是否已经掌握了输入和编辑文本的方法? 关于其相关的问题是否已经顺利解决了? 下面将为您提供一些关于输入和编辑文本的常见问题解答,使您的学习路途更加顺畅。

问: 通过"日期和时间"对话框插入的是当前的日期和时间,有没有什么办法可以插入以前或以后的日期和时间?

答: 有两种方法。一种是插入当前日期和时间后,将其修改为需要的日期和时间; 另一种是直接输入需要的日期和时间。

问: 为什么我在按住【Ctrl】键的同时,在一句文本中的任意位置单击鼠标,并不能选择该句文本?

答: 这可能是因为您已经选择了一些文本。在 Word 2007 中,只有在未选择任何文本的情况下,才能选择一句文本。

问: 我在复制相同的文本时,每一次都要先复制,再粘贴,特别麻烦,不知道有没有其他更简便的方法来复制相同的文本?

答: 在第一次复制文本后,只要不进行其他的复制操作,将文本插入点定位到需要复制文本的位置,再进行粘贴操作就可以多次直接复制文本。

问: 在查找与替换文本时,有没有什么办法能够更加清楚地显示查找或替换的文本?

答: 有。查找文本时,单击"查找和替换"对话框中的 阅读突出显示(R)▼ 按钮或在"查找"栏中单击 格式(O)▼ 按钮,在弹出的下拉菜单中选择"突出显示"选项即可; 对于要替换的文本,首先要将鼠标光标定位到"替换为"下拉列表框中,然后在"替换"栏中单击 格式(O)▼ 按钮,在弹出的下拉菜单中选择 "突出显示"选项,在单击 替换(R) 按钮或 全部替换(A) 按钮后,替换的文本将自动突出显示。

4.4 上机练习

本章上机练习一将在一个空白文档中输入祝酒词;上机练习二将对"制度"文档进行编辑。通过练习,读者可巩固输入与编辑文本的方法。各练习的最终效果及制作提示介绍如下。

练习一

CD:\效果\第 4 章\祝酒词.docx

① 新建一个空白文档，在文档中将文本插入点定位到第一行的中间，然后输入标题文本"祝酒词"。

② 按【Enter】键换行，输入称谓文本"各位来宾、朋友们："。

③ 按【Enter】键换行，按 4 次空格键，定位文本插入点，输入第一段正文，然后按【Enter】键换行，输入第二段正文。

④ 按【Enter】键换行，输入第 3 段正文，再次按【Enter】键换行，输入结束语。

⑤ 按【Enter】键换行，按多次空格键，将文本插入点定位到文档编辑区的右侧，插入时间"2008-9-27"，完成输入祝酒词的操作，最后将该文档以"祝酒词"为名进行保存，最终效果如图 4-86 所示。

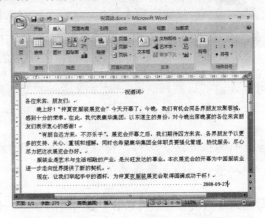

◆ 图 4-86

练习二

CD:\素材\第 4 章\制度.docx   CD:\效果\第 4 章\制度.docx

① 打开"制度"文档，打开"查找和替换"对话框，在"查找内容"和"替换为"下拉列表框中分别输入文本"布门"和"部门"，单击 全部替换(A) 按钮，进行替换操作。

② 在文档中将文本插入点定位到文本"家俱"的中间，切换到改写状态，然后输入文本"具"。用相同的方法修改另一个文本"家俱"。

③ 将文本插入点定位到倒数第 4 行文本"数码像机"的"像"的左侧，切换到插入状态，然后输入文本"相"，并删除文本"像"。

④ 选择倒数第 3 行中的文本"相"，输入文本"像"，对其进行修改，完成所有的操作，最终效果如图 4-87 所示。

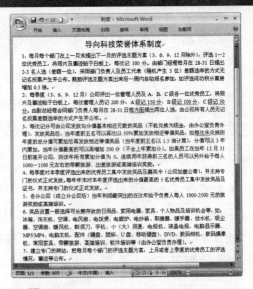

◆ 图 4-87

文档美化篇

在 Word 2007 中输入文本后，还需要对其进行美化操作，使文档显得更专业。这一篇中我们首先来学习设置文本的格式，然后学习在文档中添加图形对象、表格和图表，以及设置页面版式和打印文档等操作。

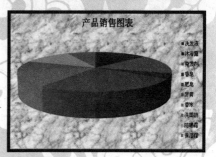

第5章

设置文本的格式

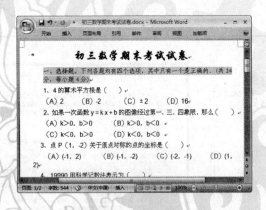

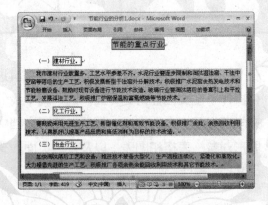

在文档中输入文本内容后，其格式很多是不符合我们的实际要求的。这时就需要对文本进行相应的编辑操作，如为文本设置字体、字号、段落格式、边框和底纹等，从而达到突出重点和美化文档的目的，并使其符合我们日常阅读的习惯。本章将详细讲解使用 Word 2007 设置文本格式的相关知识。

5.1　设置文本的字体格式

Word 中默认的中文字体为"宋体",英文字体为"Times New Roman",字号为"五号",颜色为"黑色"。为了使文档更加美观,在输入文本后,一般应对其字体、字形、大小和颜色等进行设置。设置这些格式可以通过浮动工具栏、"字体"组和"字体"对话框 3 种方式进行。

5.1.1　通过浮动工具栏设置

为了方便用户设置字体格式,Word 2007 新增了一个浮动工具栏,如图 5-1 所示。当在 Word 2007 中选择文本时,系统将显示一个呈半透明状态的工具栏,这个工具栏就是浮动工具栏。如果要使用该工具栏,只需要用鼠标光标接近它,就可以使其正常显示。在浮动工具栏中,可以快速设置字体、字形、字号、对齐方式、文本颜色、缩进级别和项目符号等格式。

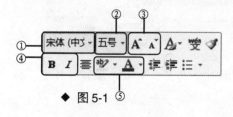

◆ 图 5-1

① **"字体"下拉列表框**:用于改变字符的外观形状,单击其右侧的▾按钮,在弹出的下拉列表中选择不同的字体选项,可为文本设置不同的字体效果。

② **"字号"下拉列表框**:用于改变字符的大小,单击其右侧的▾按钮,在弹出的下拉列表中可选择字符的大小。

其中中文标准用一号字、二号字等表示,最大是初号,最小是八号,号数越大,文字越小;西文标准用"5"、"8"等表示,最小的是"5",数字越大,文字越大。

③ **"增大字号"按钮 A˄ 和"减小字号"按钮 A˅**:Word 默认字号为"五号",单击"增大字号"按钮 A˄ 和"减小字号"按钮 A˅ 可改变所选文本的字号。

④ **"字形"按钮**:如果要为选择的文本设置加粗或倾斜的效果,可单击浮动工具栏中的"加粗"按钮 B 或"倾斜"按钮 I。

⑤ **"字体颜色"按钮 A 和"底纹颜色"按钮**:用于设置文本颜色和底纹颜色,单击它们右侧的▾按钮,在弹出的下拉列表中可选择文本的颜色和底纹颜色。

利用浮动工具栏设置 CD:\素材\第 5 章\辞呈.docx 文档中的字体格式(CD:\效果\第 5 章\辞呈.docx)。

STEP 01. **设置第一行文本的字号。**打开"辞呈"文档,选择第一行文本,在自动弹出的浮动工具栏中单击"字号"下拉列表框右侧的▾按钮,在弹出的下拉列表中选择"小四"选项,如图 5-2 所示。

STEP 02. **设置第一行文本的字体。**单击"字体"下拉列表框右侧的▾按钮,在弹出的下拉列表中选择"黑体"选项,如图 5-3 所示。

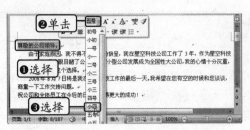

◆ 图 5-2　　　　　　　　　　　◆ 图 5-3

STEP 03. **增大正文的字号。** 选择正文文本，单击"增大字号"按钮 A⁺ 两次，增大正文的字号，效果如图 5-4 所示。

STEP 04. **加粗正文文本。** 单击"加粗"按钮 B 加粗正文文本，如图 5-5 所示。

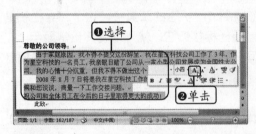

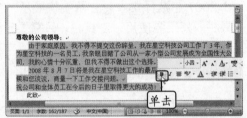

◆ 图 5-4　　　　　　　　　　　◆ 图 5-5

STEP 05. **为正文文本添加倾斜效果。** 单击"倾斜"按钮 I 为正文文本添加倾斜效果，如图 5-6 所示。

STEP 06. **为文本设置底纹。** 选择姓名和日期文本，单击"底纹颜色"按钮 ab 右侧的 按钮，在弹出的下拉菜单中选择"黄色"选项，如图 5-7 所示。

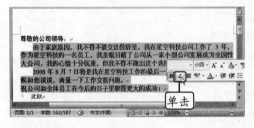

◆ 图 5-6　　　　　　　　　　　◆ 图 5-7

STEP 07. **设置字体颜色。** 单击"字体颜色"按钮 A 右侧的 按钮，在弹出的下拉菜单中选择"浅绿"选项，如图 5-8 所示。

STEP 08. **查看设置后的效果。** 设置完毕的"辞呈"文档的最终效果如图 5-9 所示。

 温馨小贴士

浮动工具栏是 Word 早期版本中没有的，它的出现为用户设置文本格式提供了方便。浮动工具栏开始显示时呈透明状，如果没有及时将鼠标光标移动到它上面就会自动隐藏，从而避免影响用户的正常操作。

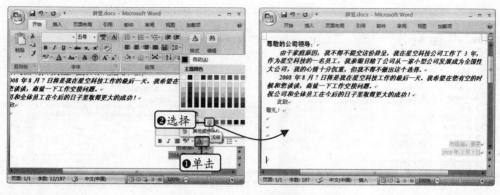

◆ 图 5-8　　　　　　　　　　　　　　　◆ 图 5-9

5.1.2　通过"字体"组设置

　　除了用浮动工具栏设置文本格式外，还可以在"开始"选项卡的"字体"组中进行设置，如图 5-10 所示。"字体"组与浮动工具栏的外观相似，其中也有许多相同的按钮，相同按钮的作用也相同。与浮动工具栏相比，"字体"组中多了一些按钮，可设置的字体样式更多，功能更加全面，但使用方法基本相同，都是选择文本后，在"字体"组中单击相应的按钮，或在相应的下拉列表框中选择所需的选项进行字体设置。

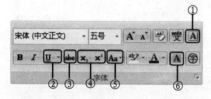

◆ 图 5-10

①　**"字符边框"按钮**▲：单击该按钮，可为选择的字符添加边框。

②　**"下划线"按钮** U ˇ：单击该按钮，可为选择的文字添加下划线，单击其右侧的 ˇ 按钮，在弹出的下拉列表中可设置不同的下划线样式。

③　**"删除线"按钮** abe：单击该按钮，可为选择的文本添加删除线。

④　**"下标"按钮** x₂ **与"上标"按钮** x²：单击相应的按钮，可将选择的文字设置为下标或上标。

⑤　**"更改大小写"按钮** Aa ˇ：单击该按钮，在弹出的下拉列表中可选择相应的选项设置文本为全部大/小写、部分大/小写或切换大/小写等。

⑥　**"字符底纹"按钮** ▲：单击该按钮，可为选择的文字添加字符底纹效果。

新手练兵场 利用"字体"组设置◉CD:\素材\第 5 章\担保书.docx 文档中的字体格式（◉CD:\效果\第 5 章\担保书.docx）。

STEP 01. **设置字体。**打开"担保书"文档，选择标题文本，再单击"开始"选项卡，在"字体"组的"字体"下拉列表框中选择"华文隶书"选项，如图 5-11 所示。

STEP 02. **设置字号。**在"字号"下拉列表框中选择"小二"选项，如图 5-12 所示。

STEP 03. **添加文本边框。**单击"字符边框"按钮▲为文本添加边框效果，如图 5-13 所示。

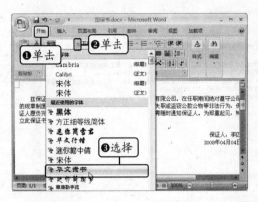

◆ 图 5-11

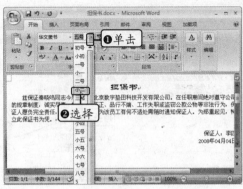

◆ 图 5-12

STEP 04. 设置字体颜色。 单击"字体颜色"按钮 **A** 右侧的 按钮，在弹出的下拉菜单中选择"浅蓝"选项，如图 5-14 所示。

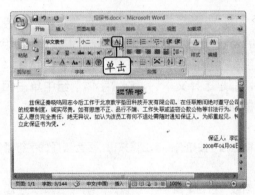

◆ 图 5-13

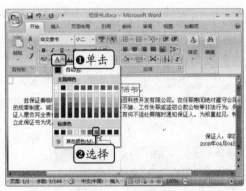

◆ 图 5-14

STEP 05. 加粗文本。 单击"加粗"按钮 **B** 加粗文本，如图 5-15 所示。

STEP 06. 设置文本的下划线。 选择正文文本，单击"下划线"按钮 **U** 右侧的 按钮，在弹出的下拉菜单中选择"点式下划线"选项，如图 5-16 所示。

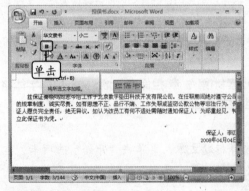

◆ 图 5-15

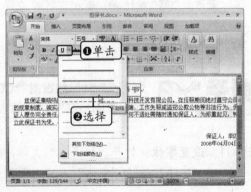

◆ 图 5-16

STEP 07. **添加字符底纹。** 选择"保证人：李四"文本，单击"字符底纹"按钮 A，为文本添加字符底纹效果，如图 5-17 所示。

STEP 08. **继续添加字符底纹。** 用相同的方法为"日期"文本添加字符底纹效果。

STEP 09. **更改大小写。** 在"日期"文本的上一行中输入一行文本，选择文本中的字母，单击"更改大小写"按钮 Aa，在弹出的下拉列表中选择"全部大写"选项，如图 5-18 所示。

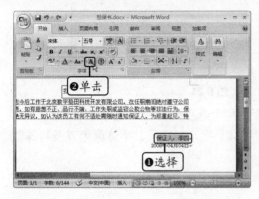

◆ 图 5-17

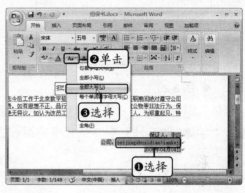

◆ 图 5-18

STEP 10. **查看效果。** "公司"文本行中输入的小写英文字母全部转换为大写英文字母，效果如图 5-19 所示，完成设置文本格式的操作。

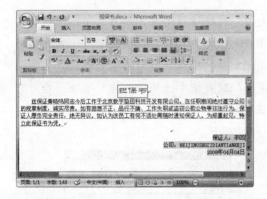

◆ 图 5-19

温馨小贴士

若已设置了字符的下划线，单击 U 按钮将取消该下划线。

5.1.3　通过"字体"对话框设置

如果想为文本设置复杂多样的文字效果，可以单击"字体"组右下角的"对话框启动器"按钮，打开"字体"对话框，如图 5-20 和图 5-21 所示。在其中可对文本进行更详细的设置，如设置空心、阴文、阴影、双删除线或改变字符之间的距离等一些比较特殊的格式，同时还可以预览设置后的效果。

◆ 图 5-20   ◆ 图 5-21

"字体"对话框中有"字体"和"字符间距"两个选项卡，它们的作用如下。

☑   **"字体"选项卡：** 在该选项卡中可设置字体、字形、字号、字体颜色以及特殊效果等。

☑   **"字符间距"选项卡：** 在该选项卡中可调整各字符之间的间隔距离。

新手练兵场   利用"字体"对话框设置 CD:\素材\第 5 章\会议纪要.docx 文档中的字体（ CD:\效果\第 5 章\会议纪要.docx）。

STEP 01. **选择标题文本。** 打开"会议纪要"文档，选择标题文本，单击"字体"组右下角的对话框启动器，如图 5-22 所示。

STEP 02. **设置文本的简单格式。** 在打开的"字体"对话框的"中文字体"下拉列表框中选择"仿宋-GB2312"选项，在"字形"列表框中选择"加粗"选项，在"字号"列表框中选择"小三"选项，在"预览"框中可查看所设置的文本效果，如图 5-23 所示。

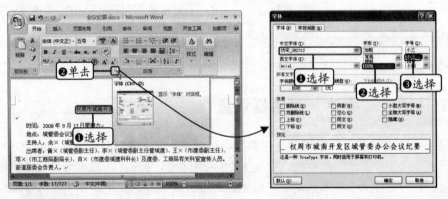

◆ 图 5-22   ◆ 图 5-23

STEP 03. **设置文本的其他格式。** 在"字体颜色"下拉列表框中选择"红色"选项，在"下划线线型"下拉列表框中选择"粗线"选项，在"下划线颜色"下拉列表框中选择"红色"选项,在"预览"框中查看所设置的效果,如图 5-24 所示。

STEP 04. **设置文本效果。**在"效果"栏中选中"阴影"复选框,单击 确定 按钮,如图 5-25 所示。

◆ 图 5-24

◆ 图 5-25

STEP 05. **选择文本。**返回文档中查看设置后的文本效果,然后选择时间等文本,单击"字体"组中的对话框启动器,如图 5-26 所示。

STEP 06. **设置文本格式。**在打开的"字体"对话框中设置中文字体为"汉仪中宋简",西文字体为"Arial",字形为"常规",字号为"五号",字体颜色为"紫色",在"效果"栏中选中"空心"复选框,单击 确定 按钮,如图 5-27 所示。

◆ 图 5-26　　　　　　　　　◆ 图 5-27

STEP 07. **选择出席名单文本。**返回文档中查看设置后的文本效果,然后选择出席名单等文本,单击"字体"组中的对话框启动器,如图 5-28 所示。

STEP 08. **设置文本格式。**在打开的"字体"对话框中设置中文字体为"方正舒体",字形为"倾斜",字号为"小四",字体颜色为"茶色,背景 2,深色 50%",下划线线型为"粗点式下划线",下划线颜色为"茶色,背景 2,深色 75%",在"效果"栏中选中"阳文"复选框,单击 确定 按钮,如图 5-29 所示。

◆ 图 5-28 　　　　　　　　　　　　◆ 图 5-29

STEP 09. **选择议题文本。** 返回文档中查看设置后的文本效果，然后选择议题文本，单击"字体"组中的对话框启动器 ⬚，如图 5-30 所示。

STEP 10. **设置字符间距。** 在打开的"字体"对话框中单击"字符间距"选项卡，在"间距"下拉列表框中选择"加宽"选项，在"磅值"数值框中输入"0.8 磅"，然后选中"为字体调整字间距"复选框，在其后面的数值框中输入"1"，选中"如果定义了文档网格，则对齐到网络"复选框，单击 确定 按钮，如图 5-31 所示。

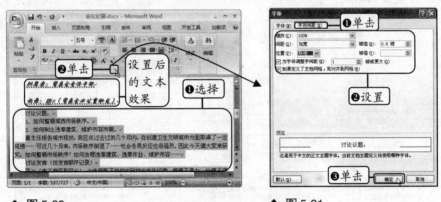

◆ 图 5-30 　　　　　　　　　　　　◆ 图 5-31

STEP 11. **选择落款文本。** 返回文档中查看设置后的文本效果，然后选择落款文本，单击"字体"组中的对话框启动器 ⬚，如图 5-32 所示。

STEP 12. **设置文本格式。** 在打开的"字体"对话框中设置字体颜色为"橙色"，在"效果"栏中选中"删除线"复选框，单击 确定 按钮，如图 5-33 所示。

 温馨小贴士

选择要设置格式的文本后，在其上面单击鼠标右键，在弹出的快捷菜单中选择"字体"命令，也可打开"字体"对话框。

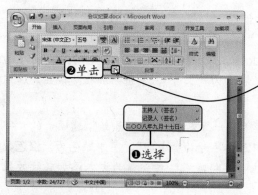

◆ 图 5-32

◆ 图 5-33

STEP 13. **查看效果。**返回文档中查看设置后的文本效果，如图 5-34 所示。

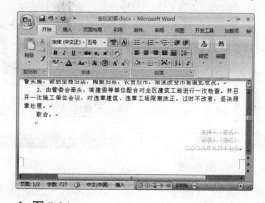

◆ 图 5-34

秘技播报站

在"字体"对话框的左下角有 默认(D)... 按钮，单击该按钮，可将选项卡中的所有当前设置恢复为默认的字体格式。

5.1.4　办公案例——设置数学试卷的文本格式

　　本小节讲解了 3 种设置文本格式的方法，本案例将综合运用这几种方法设置一份数学试卷的文本格式（ CD:\效果\第 5 章\初三数学期末考试试卷.docx ），最终效果如图 5-35 和图 5-36 所示。

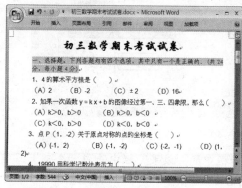

◆ 图 5-35

◆ 图 5-36

其具体操作步骤如下。

STEP 01. 设置标题文本的格式。打开"初三数学期末考试试卷"文档（◎CD:\素材\第5章\初三数学期末考试试卷.docx），选择标题文本，在自动弹出的浮动工具栏中设置字体为"华文行楷"，字号为"二号"，单击"加粗"按钮 B 加粗标题文本，如图 5-37 所示。

STEP 02. 设置第一行文本的格式。选择第一行文本，在"开始"选项卡的"字体"组中设置字体为"仿宋-GB2312"，字号为"小四"，字体颜色为"橙色，强调文字颜色6，深色50%"，单击"字符底纹"按钮 A 为文本添加底纹效果，如图 5-38 所示。

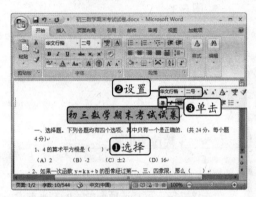

◆ 图 5-37

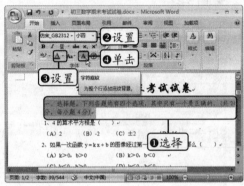

◆ 图 5-38

STEP 03. 设置上标文本。选择第 4 小题中 A 选项的"-4"文本，在"字体"组中单击"上标"按钮 x²，如图 5-39 所示。

STEP 04. 单击按钮。在第二页中选择如图 5-40 所示的文本，单击"字体"组右下角的对话框启动器。

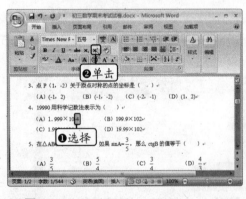

◆ 图 5-39

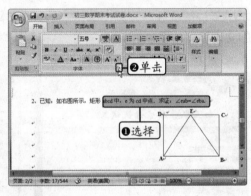

◆ 图 5-40

STEP 05. 设置文本效果。在打开的"字体"对话框中的"效果"栏中选中"全部大写字母"复选框，单击 确定 按钮，如图 5-41 所示。

STEP 06. 转换为大写字母。返回文档中即可看到所选择的英文字母转换为了大写字母。

STEP 07. **单击按钮。**选择该题中的所有文本，单击"字体"组右下角的对话框启动器，如图 5-42 所示。

◆ 图 5-41

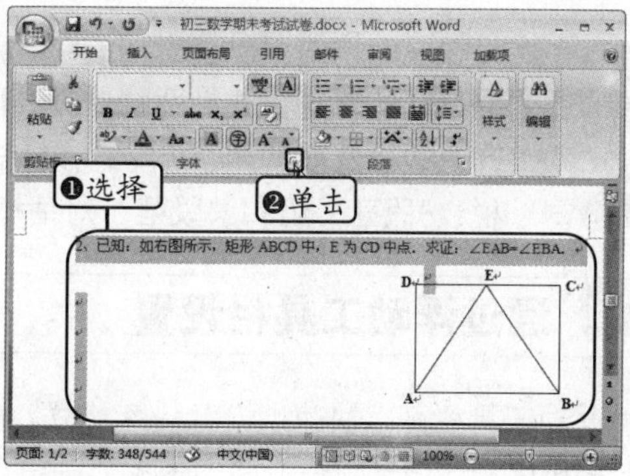

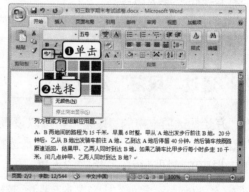

◆ 图 5-42

STEP 08. **设置文本格式。**在打开的"字体"对话框中设置字号为"小四"，字体颜色为"深蓝，文字 2，深色 50%"，单击 确定 按钮，如图 5-43 所示。

STEP 09. **设置文本底纹颜色。**选择第三题的标题文本，在"字体"组中单击"底纹颜色"按钮，在弹出的下拉菜单中选择"鲜绿"选项，如图 5-44 所示。

◆ 图 5-43

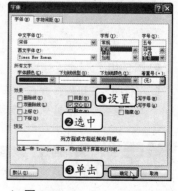

◆ 图 5-44

STEP 10. **查看文本效果。**返回文档中可查看设置的文本底纹效果。

STEP 11. **完成操作。**选择第三题的题目内容文本，单击"字体"组右下角的对话框启动器，在打开的"字体"对话框中设置字体颜色为"紫色，强调文字颜色 4，深色 25%"，下划线线型为"点式下划线"，下划线颜色为"红色，强调文字颜色 2，淡色 40%"，在"效果"栏中选中"空心"复选框，单击 确定 按钮，如图 5-45 所示，完成操作。

◆ 图 5-45

5.2 设置段落的格式

设置段落格式可以使文档的结构清晰、层次分明。通常情况下，Word 文档默认的对齐方式为两端对齐，用户可以根据实际需要为段落设置其他对齐方式以及段间距、行间距和缩进方式等格式。段落格式可通过浮动工具栏、"段落"组和"段落"对话框进行设置。

5.2.1 通过浮动工具栏设置

通过浮动工具栏可以快速地设置段落格式。在浮动工具栏中只有"居中"按钮、"减少缩进"按钮和"增加缩进"按钮3 个按钮用于设置段落格式，因此能设置的段落格式比较有限。在浮动工具栏中设置段落格式的方法和在其中设置文本格式的方法一样，选择要设置的段落后，单击浮动工具栏中的相应按钮即可。

- ☑ **"居中"按钮**：单击该按钮，可设置文本的居中对齐，在设置标题文本时应用比较广泛。
- ☑ **"减少缩进量"按钮**：单击该按钮，可减少段落文本的缩进量，减少段落与页面左边距之间的距离。
- ☑ **"增加缩进量"按钮**：单击该按钮，可增加段落文本的缩进量，增加段落与页面左边距之间的距离。

5.2.2 通过"段落"组设置

通过"开始"选项卡中的"段落"组可以设置比较详细的段落格式，如图 5-46 所示。"段落"组的使用方法与浮动工具栏相似，都是选择段落或将文本插入点定位到段落中后，在其中单击相应的按钮进行段落格式的设置。

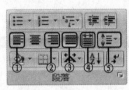

◆ 图 5-46

① **"文本左对齐"按钮**：单击该按钮，使段落与页面左边距对齐。

② **"文本右对齐"按钮**：单击该按钮，使段落与页面右边距对齐。

③ **"两端对齐"按钮**：单击该按钮，使段落同时与左边距和右边距对齐，并根据需要增加字符间距。

④ **"分散对齐"按钮**：单击该按钮，使段落同时靠左边距和右边距对齐，并根据需要增加字符间距。

⑤ **"行距"按钮**：单击该按钮，在弹出的列表中可以选择段落中每一行的磅值，磅值越大，行与行之间的间隔越宽，还可增大段与段之间的距离。

通过"段落"组设置　CD:\素材\第 5 章\校庆启事.docx 文档的段落格式（　CD:\效果\第 5 章\校庆启事.docx）。

STEP 01. **设置标题文本的居中对齐。** 打开"校庆启事"文档，选择标题文本，单击"段落"组中的"居中"按钮▇使标题文本居中，如图 5-47 所示。

STEP 02. **设置段落文本的右对齐。** 选择第 8 行至第 10 行文本，单击"段落"组中的"文本右对齐"按钮▇使选择的文本靠右对齐，如图 5-48 所示。

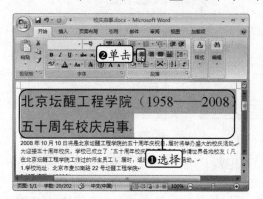

◆ 图 5-47

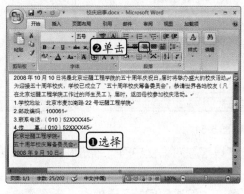

◆ 图 5-48

STEP 03. **增加段落缩进。** 选择第 4 行至第 7 行文本，连续单击"段落"组中的"增加缩进量"▇按钮两次，缩进两个字符，如图 5-49 所示。

STEP 04. **设置行距。** 选择第 1 行至第 7 行文本，单击"段落"组中的"行距"按钮▇，在弹出的下拉列表中选择"1.5"选项，如图 5-50 所示。

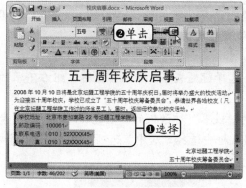

◆ 图 5-49

◆ 图 5-50

5.2.3 通过"段落"对话框设置

在"段落"组中设置的段落文本格式仍然只能满足最基本的要求。如果需要更为精确地设置段落文本的格式，必须通过"段落"对话框来实现。

选择需要设置段落格式的文本，单击"段落"组右下角的对话框启动器▇，打开"段落"对话框，如图 5-51、图 5-52 和图 5-53 所示。通过"段落"对话框，可对段落格式进行更详细的设置，如左缩进、右缩进、首行缩进和悬挂缩进等，同时还可以进行换行、分页和中文版式等一些比较特殊的段落效果设置。

◆ 图 5-51

◆ 图 5-52

◆ 图 5-53

"段落"对话框中有"缩进和间距"、"换行和分页"以及"中文版式"3 个选项卡，它们的作用如下。

☑ **"缩进和间距"选项卡**：在该选项卡中可对段落的对齐方式、左右边距缩进量以及段落间距等进行设置。

☑ **"换行和分页"选项卡**：在该选项卡中可对分页、行号和断字等进行设置。

☑ **"中文版式"选项卡**：在该选项卡中可对中文文稿的特殊版式进行设置，如按中文习惯控制首尾字符和允许标点溢出边界等。

新手练兵场 通过"段落"对话框设置 CD:\素材\第 5 章\新品介绍.docx 文档的段落格式（ CD:\效果\第 5 章\新品介绍.docx）。

STEP 01. **单击按钮。** 打开"新品介绍"文档，选择标题文本，单击"段落"组右下角的对话框启动器，如图 5-54 所示。

STEP 02. **设置标题文本的段落格式。** 在打开的"段落"对话框的"缩进和间距"选项卡的"常规"栏的"对齐方式"下拉列表框中选择"居中"选项，单击 确定 按钮，如图 5-55 所示。

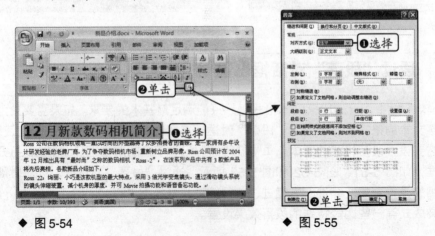
◆ 图 5-54　　　　　　　　　　　◆ 图 5-55

STEP 03. **设置首行缩进。**将文本插入点定位到第一段的末尾，单击"段落"组右下角的对话框启动器，在打开的"段落"对话框的"缩进和间距"选项卡的"特殊格式"下拉列表框中选择"首行缩进"选项，其后面的"磅值"数值框中自动显示为"2字符"，单击 确定 按钮应用设置，如图 5-56 所示。

STEP 04. **设置左缩进和行距。**选择除标题及第一段以外的文本内容，单击"段落"组右下角的对话框启动器，在打开的"段落"对话框的"缩进和间距"选项卡的"缩进"栏的"左侧"数值框中设置数值为"2字符"。在"行距"下拉列表框中选择"1.5倍行距"选项，单击 确定 按钮应用设置，如图 5-57 所示。

◆ 图 5-56

◆ 图 5-57

STEP 05. **完成段落格式的设置。**返回文档中，用鼠标单击任意空白位置取消文本选中状态，即可看到设置段落格式后的效果，如图 5-58 所示。

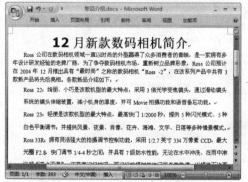

◆ 图 5-58

在"页面布局"选项卡的"段落"组中单击右下角的对话框启动器，也可以打开"段落"对话框。

5.2.4　用水平标尺设置段落缩进

设置段落缩进还有一种更为简单的方法，即选择需要进行格式设置的段落或将文本插入点定位到段落中，用鼠标拖动水平标尺上的各个按钮设置段落缩进量。

单击"视图"选项卡，在"显示/隐藏"组中选中"标尺"复选框即可显示标尺，如图 5-59 所示。拖动水平标尺上的各个按钮可准确地设置段落缩进量。

◆ 图 5-59

① **悬挂缩进**：改变段落中除首行外的其他行的缩进量。

② **左缩进**：改变段落中所有行向左的缩进量。

③ **首行缩进**：改变段落中第一行向左的缩进量。

④ **右缩进**：改变段落中所有行的右缩进量。

5.2.5　办公案例——设置工作计划的段落格式

本实例将打开◎CD:\素材\第 5 章\工作计划.docx 文档，为其设置段落格式，效果如图 5-60 所示（◎CD:\效果\第 5 章\工作计划.docx）。通过本实例，主要练习设置段落缩进方式、对齐方式和段落间距等操作。

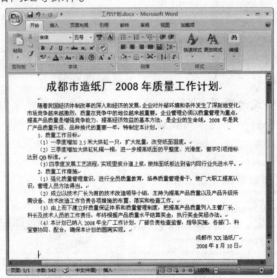

◆ 图 5-60

其具体操作步骤如下。

STEP 01. 设置标题的段落格式。打开"工作计划"文档，选择标题文本，在弹出的浮动工具栏中单击"居中"按钮 ≡ 使标题文本居中，如图 5-61 所示。

STEP 02. 设置落款样式。选择文档中的落款，在"段落"组中单击"文本右对齐"按钮 ≡，使其右对齐，如图 5-62 所示。

◆ 图 5-61

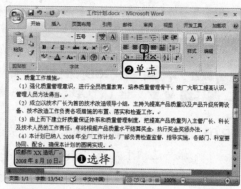

◆ 图 5-62

STEP 03. 设置段落格式。 选择除标题和落款文本外的所有正文文本，单击 "段落" 组右下角的对话框启动器 。在打开的 "段落" 对话框的 "缩进" 栏的 "特殊格式" 下拉列表框中选择 "首行缩进" 选项，"磅值" 默认为 "2 字符"，在 "间距" 栏的 "行距" 下拉列表框中选择 "固定值" 选项，在 "设置值" 数值框中输入 "14 磅"，单击 ⎡ 确定 ⎦ 按钮，如图 5-63 所示。

◆ 图 5-63

秘技播报站

"段落" 对话框中下方的 ⎡ 默认(D) ⎦ 按钮与 "字体" 对话框中的一样，都是用来将当前设置恢复为默认的格式。单击 ⎡ 制表位(T) ⎦ 按钮，将打开一个 "制表位" 对话框，在其中可设置手动制表位。单击 "中文版式" 选项卡中的 ⎡ 选项(O) ⎦ 按钮，可打开 "Word 选项" 对话框的 "版式" 选项卡，在其中可进行首尾字符设置、字符调整和控制字符间距等操作。

5.3　设置文本边框和底纹

在制作一些有特殊用途的 Word 文档时，如广告单、备忘录、请柬和会议记录等，为了增加文档的生动感和实用性，同时也为了突出重点部分，常常需要为文本设置边框和底纹。

5.3.1　为文本添加边框

在一些报刊杂志上，常常可看到有些文章添加了漂亮的边框，本节就来讲解如何为文本添加边框。

通过"字体"对话框为少数文本设置边框的方法在前面已经介绍过，下面主要介绍为段落添加边框的方法。添加边框主要是通过"边框和底纹"对话框来实现的。

新手练兵场

为 CD:\素材\第 5 章\节能行业的分析.docx 文档中的重要文本添加边框（ CD:\效果\第 5 章\节能行业的分析.docx）。

STEP 01. **为标题文本添加边框。**打开"节能行业的分析"文档，选择标题文本，单击"开始"选项卡，在"字体"组中单击"字符边框"按钮 A，如图 5-64 所示。

STEP 02. **选择命令。**选择"建材行业。"文本，在"段落"组中单击"下框线"按钮 右侧的 按钮，在弹出的下拉菜单中选择"边框和底纹"命令，如图 5-65 所示。

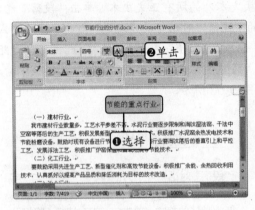

◆ 图 5-64

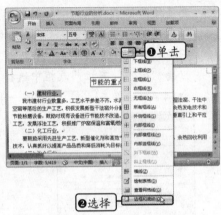

◆ 图 5-65

STEP 03. **设置文本边框。**在打开的"边框和底纹"对话框的"设置"栏中选择"方框"选项，在"样式"列表框中选择"双横线"选项，在"颜色"下拉列表框中选择"蓝色，强调文字颜色 1，深色 25%"选项，单击 确定 按钮，如图 5-66 所示。

STEP 04. **设置其他文本边框。**用相同的方法为其他文本设置边框，完成后返回文档中即可查看设置的效果，如图 5-67 所示。

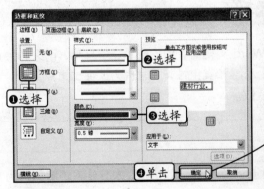

◆ 图 5-66

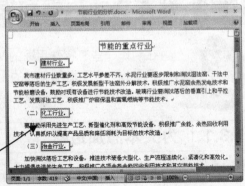

◆ 图 5-67

温馨小贴士

如果不想让文字的四周都有边框，可以在"边框和底纹"对话框中设置为哪一边添加边框。在"预览"框中相应的边框上单击即可取消或添加边框。在"预览"框周围单击□、□、□和□等按钮，也可取消或添加对应的边框。

5.3.2　为文本添加底纹

　　在"边框和底纹"对话框中，不但可以为文本添加边框，还可以为文本添加各种样式的底纹。

　为 ●CD:\素材\第 5 章\节能行业的分析 1.docx 文档中的重要文本添加底纹（●CD:\效果\第 5 章\节能行业的分析 1.docx）。

STEP 01. **为标题文本添加底纹。** 打开"节能行业的分析 1"文档，选择标题文本，在"字体"组中单击"底纹颜色"按钮 ▒ 右侧的 · 按钮，在弹出的下拉菜单中选择"蓝色"选项，如图 5-68 所示。

STEP 02. **选择命令。** 将文本插入点定位在第一段文本中，在"段落"组中单击"下框线"按钮 ▦ 右侧的 ▾ 按钮，在弹出的下拉菜单中选择"边框和底纹"命令。

STEP 03. **设置选项。** 在打开的"边框和底纹"对话框中单击"底纹"选项卡，在"填充"下拉列表框中选择"橙色"选项，在"图案"栏中的"样式"下拉列表框中选择"浅色棚架"选项，在"颜色"下拉列表框中选择"浅绿色"选项，在"应用于"下拉列表框中选择"段落"选项，单击 确定 按钮应用设置，如图 5-69 所示。

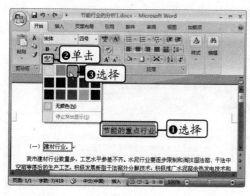

◆ 图 5-68

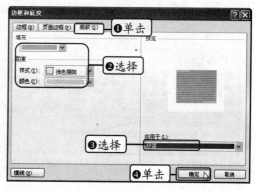

◆ 图 5-69

STEP 04. **设置其他文本的底纹。** 用相同的方法为其他文本设置底纹，完成后返回文档中即可查看设置的效果，如图 5-70 所示。

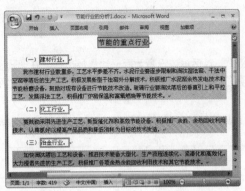

◆ 图 5-70

在添加了底纹的基础上还可为文本设置其他颜色使其突出显示，在添加了边框的基础上也可为文本设置其他颜色使其突出显示

5.4 使用格式刷复制格式

在编辑文档的过程中，常常有多处文本需要设置为相同的格式，用户无需一一进行设置，可以利用 Word 提供的格式刷功能快速复制格式。格式刷是 Word 中进行相同格式设置时的强大武器，它可以将某个已有的格式快速地应用到其他文字或段落中。

使用格式刷为 ◎CD:\素材\第 5 章\办公设备管理办法.docx 文档设置文本格式（◎CD:\效果\第 5 章\办公设备管理办法.docx）。

STEP 01. **单击按钮。**打开"办公设备管理办法"文档，将文本插入点定位在第二章中第九条下的第一行文本中，单击"开始"选项卡，在"剪贴板"组中单击 按钮，如图 5-71 所示。

STEP 02. **选择文本。**当鼠标光标变成 形状时，拖动鼠标选择需要设置为该格式的文本，如图 5-72 所示。

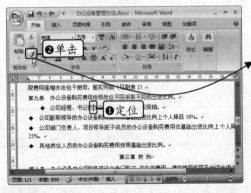

◆ 图 5-71　　　　◆ 图 5-72

STEP 03. **设置相同格式。**用相同的方法将其余项目文本设置为该格式，最终效果如图

5-73 所示。

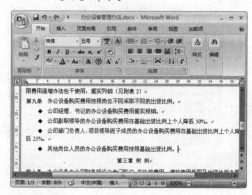

专家会诊台

Q：我每使用格式刷一次都要单击"格式刷"按钮 ，这样好慢哦，有没有办法使其可多次复制格式呢？

A：双击"格式刷"按钮即可使格式刷按钮保持工作状态，此时就可以多次复制格式。

◆ 图 5-73

5.5　办公案例——设置产品说明书的文本格式

本实例将运用本章所学的知识，为 ●CD:\素材\第 5 章\产品说明书.docx 文档设置文本和段落格式，效果如图 5-74 所示（●CD:\效果\第 5 章\产品说明书.docx）。通过本实例，主要练习字体格式的设置以及段落缩进方式和对齐方式的设置。

◆ 图 5-74

其具体操作步骤如下。

STEP 01. **设置标题字体格式。**打开"产品说明书"文档，选择标题文本，单击"开始"选项卡，在"字体"组中设置字体为"黑体"，字号为"四号"，单击"居中"按钮 ，使其居中显示，如图 5-75 所示。

STEP 02. **设置正文字体格式。**选择除标题外的所有文字，在"字体"组中设置字体为"华文新魏"，字号为"五号"，如图 5-76 所示。

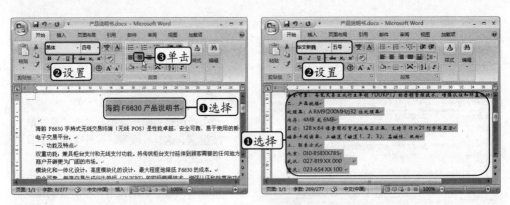

◆ 图 5-75　　　　　　　　　　　　　　◆ 图 5-76

STEP 03. **单击按钮。**单击"段落"组右下角的对话框启动器，如图 **5-77** 所示。

STEP 04. **设置段落格式。**在打开的"段落"对话框的"特殊格式"下拉列表框中选择"首行缩进"选项，在其后面的"磅值"数值框中保持默认设置，单击 确定 按钮，如图 **5-78** 所示。

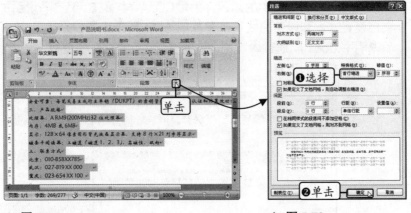

◆ 图 5-77　　　　　　　　　　　　　　◆ 图 5-78

STEP 05. **设置字体格式。**选择"一、功能及特点"文本，在浮动工具栏中设置字号为"小四"，字体颜色为"红色，强调文字颜色 2"，底纹颜色为"黄色"，如图 5-79 所示。

STEP 06. **复制文本格式。**将文本插入点定位在设置字体格式后的"一、功能及特点"文本中，单击"开始"选项卡，在"剪贴板"组中单击"格式刷"按钮，如图 5-80 所示，为文档中的"二、产品规格"和"三、联系方式"文本复制相同的文本格式，完成设置后的效果参见图 5-74。

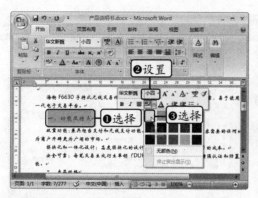

◆ 图 5-79

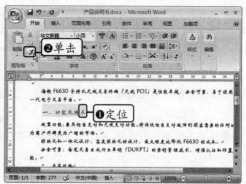

◆ 图 5-80

5.6 疑难解答

学习完本章后，您是否发现自己对设置文本格式的认识又提升到了一个新的阶段？关于文本字体格式设置的相关问题是否已经顺利解决了？下面将为您提供一些设置文本格式方面的常见问题解答。

问：在编辑文档的过程中，不知道按了什么键，文本中行与行之间的距离变得很大，这是怎么回事？

答：这可能是因为不小心按到了设置行距的快捷键。选择段落后，按【Ctrl+1】组合键可以将行距设为 1 倍行距；按【Ctrl+2】组合键可以设为两倍行距；按【Ctrl+5】组合键可以设为 1.5 倍行距。

问：为什么无论在"段落"对话框的"设置值"数值框中输入多小的值，文本中的行间距都不会变小？

答：如果在"段落"对话框的"行距"下拉列表框中选择了"最小值"选项，则行间距的"设置值"不能小于默认值，如果该值小于默认值，系统将使用默认值。此时可以选择"固定值"选项后再进行设置，改变行间距。

5.7 上机练习

本章上机练习一将为"失物招领"文档设置文本和段落格式；上机练习二将为"招标方案"文档设置文本和段落格式，并运用格式刷工具快速复制文本格式。各练习的最终效果及制作提示介绍如下。

练习一 ◎CD:\素材\第 5 章\失物招领.docx ◎CD:\效果\第 5 章\失物招领.docx

① 打开"失物招领"文档，将标题文本的字体设置为"黑体、四号、加粗、居中"。

② 将正文文本的段落格式设置为"首行缩进"，磅值为"2 字符"。

③ 将落款文本设置为右对齐，最终效果如图 5-81 所示。

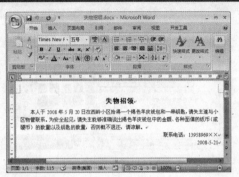

◆ 图 5-81

练习二 ◎CD:\素材\第 5 章\招标方案.docx ◎CD:\效果\第 5 章\招标方案.docx

① 打开"招标方案"文档，选择标题文本，设置字体为"方正大黑简体"，字号为"30.5"，加粗并居中显示。

② 选择第一段正文文本，设置段落格式为"首行缩进"，磅值为"2 字符"。

③ 通过格式刷快速设置所有正文文本的段落格式。

④ 将文本插入点定位在"1.招标项目介绍"文本中，通过格式刷快速设置所有编号文本的字体格式，最终效果如图 5-82 所示。

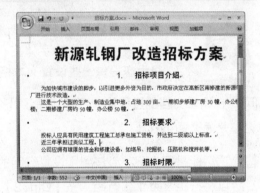

◆ 图 5-82

第6章

在文档中添加图形对象

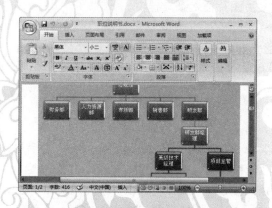

图片、文本框、艺术字、SmartArt 图形和形状等图形对象的应用在办公文档编辑中具有举足轻重的地位，使用恰当不仅能使文档生动、活泼，还可以使文档更加美观、漂亮。Word 2007 中的图形对象还可以应用形状、边框、填充效果、阴影和镜像等样式，合理地组合这些元素可以制作出图文并茂的文档。本章将讲解在文档中添加与编辑图形对象的方法。

6.1 添加图片

在 Word 2007 中，用户不仅可将电脑中存储的图片插入到文档中，而且在 Office 2007 的剪辑管理器中还有许多精美的剪贴画，用户也可将其插入到文档中，并通过对插入的图片进行编辑制作出漂亮的文档。

6.1.1 插入电脑中的图片

在许多办公文档中都添加有与文字相关的图片，这类图片是通过插入操作添加到文档中的。下面将详细讲解如何将保存在电脑中的相关图片插入到文档中。

将●CD:\素材\第 6 章\楼盘 1.jpg 图片和●CD:\素材\第 6 章\楼盘 2.jpg 图片插入到●CD:\素材\第 6 章\楼盘简介.docx 文档中（●CD:\效果\第 6 章\楼盘简介.docx）。

STEP 01. 单击按钮。 打开"楼盘简介"文档，将文本插入点定位到第 2 段文本的末尾，单击"插入"选项卡，单击"插图"组中的"图片"按钮■，如图 6-1 所示。

STEP 02. 插入图片。 在打开的"插入图片"对话框中的"查找范围"下拉列表框中选择要插入图片所在的文件夹，这里选择"第 6 章"文件夹，在下面的列表框中选择要插入的图片"楼盘 1.jpg"，单击 插入(S) 按钮即可将其插入到文档中，如图 6-2 所示。

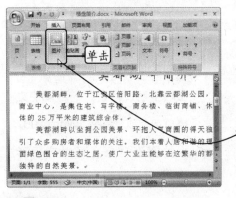

◆ 图 6-1

◆ 图 6-2

STEP 03. 插入其他图片。 用同样的方法在文档末尾处插入"楼盘 2.jpg"图片，插入后的效果如图 6-3 所示。

 温馨小贴士

如果在文档中插入的图片过大，且在当前页中无法显示该图片时，Word 将自动跳到下一页显示。

◆ 图 6-3

秘技播报站

网上有许多漂亮的图片,如果想把它们插入到自己的文档中,可根据图片的具体情况进行操作。如插入不带超级链接的图片:在网页中的图片上单击鼠标右键,在弹出的快捷菜单中选择"复制"命令,回到 Word 文档中,在插入点位置单击鼠标右键,在弹出的快捷菜单中选择"粘贴"命令即可;插入图片的超级链接:打开 Word 文档,将要插入的图片从网页中拖动到文档中即可。

6.1.2 插入剪贴画

Word 2007 还提供了一些精美的剪贴画,将其插入到文档中也可使文档更生动、更形象。

在 ●CD:\素材\第 6 章\电器销售广告.docx 文档中插入剪贴画(●CD:\效果\第 6 章\电器销售广告.docx)。

STEP 01. **单击按钮。**打开"电器销售广告"文档,将文本插入点定位到第 8 行,单击"插入"选项卡,在"插图"组中单击"剪贴画"按钮,如图 6-4 所示。

STEP 02. **插入剪贴画。**打开"剪贴画"任务窗格,在"搜索文字"文本框中输入剪贴画的关键字,这里输入"电气",单击 搜索 按钮,稍后在下方的列表框中将显示出主题中包含该关键字的剪贴画。单击要插入的剪贴画,即可将其插入到文档中,如图 6-5 所示。

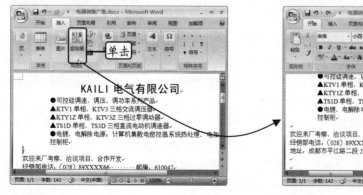

◆ 图 6-4

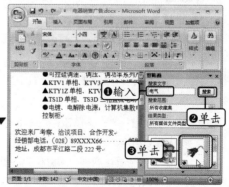

◆ 图 6-5

STEP 03. **查看效果。**返回到文档中可看到插入剪贴画后的效果,如图 6-6 所示。

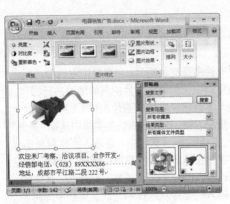

秘技播报站

在"剪贴画"任务窗格中单击下方的 管理剪辑... 超链接，在打开的窗口中可以查看并管理 Microsoft 收藏的剪贴画。

◆ 图 6-6

6.1.3 编辑图片

在文档中插入图片后，"图片工具-格式"选项卡将被激活，如图 6-7 所示。其中列出了"调整"、"图片样式"、"排列"和"大小" 4 个功能组，可用于调整图片的亮度和对比度，设置图片样式以及排列方式和大小等。

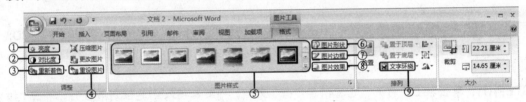

◆ 图 6-7

① **亮度·按钮**：单击该按钮，可调整当前选择图片的亮度参数。

② **对比度·按钮**：单击该按钮，可调整当前选择图片的对比度参数。

③ **重新着色·按钮**：单击该按钮，在弹出的下拉菜单中列出了 18 种预设的颜色模式。将鼠标光标悬停在某一个图标上，即可预览将相应着色样式应用到所选图片中的效果。

④ **重设图片 按钮**：单击该按钮，当前图片将恢复到初始插入状态，所有调整都将取消。

⑤ **"预设样式"列表框**：单击"图片样式"组中的 按钮，弹出预设样式列表。将鼠标光标悬停在其中的一种样式选项上，可预览应用后的效果。如果当前样式符合要求，单击该选项即可应用当前样式。

⑥ **图片形状·按钮**：单击该按钮，将弹出"图片形状"下拉列表，单击形状图标可以为图片设置不同的形状。

⑦ **图片边框·按钮**：单击该按钮，在弹出的下拉菜单中可以设置图片边框的线型、颜色和粗细。

⑧ **图片效果·按钮**：单击该按钮，将弹出"图片效果"下拉菜单，将鼠标光标悬停在某一个子菜单上，将显示子菜单列表，将鼠标光标悬停在某一个效果样式图标上，可预览应用该样式后的效果。单击效果按钮即可应用该样式到当前图片中。

⑨ **文字环绕·按钮**：单击该按钮，将弹出"文字环绕方式"下拉菜单，单击不同的"环绕方式"图标可以设定不同的文字环绕方式。

编辑◐CD:\素材\第 6 章\狗尾草.docx 文档中的图片（◐CD:\效果\第 6 章\狗尾草.docx）。

STEP 01. 调整亮度。打开"狗尾草"文档，选择文档中的图片，单击"图片工具-格式"选项卡，在"调整"组中单击 亮度 · 按钮，在弹出的菜单中选择"+10%"选项，如图 6-8 所示。

STEP 02. 调整对比度。单击"调整"组中的 ◑对比度 · 按钮，在弹出的下拉菜单中选择"+20%"选项，如图 6-9 所示。

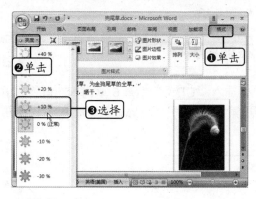

◆ 图 6-8　　　　　　　　　　　　　◆ 图 6-9

STEP 03. 应用图片样式。单击"图片样式"组中的 ▾ 按钮，在弹出的列表中选择"复杂框架，黑色"样式，效果如图 6-10 所示。

STEP 04. 设置图片边框颜色。单击"图片样式"组中的 ☑图片边框 · 按钮，在弹出的下拉菜单中选择"蓝色"选项，如图 6-11 所示。

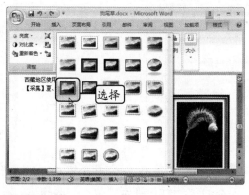

◆ 图 6-10　　　　　　　　　　　　◆ 图 6-11

STEP 05. 设置图片效果。单击"图片样式"组中的 ◌图片效果 · 按钮，在弹出的下拉菜单中选择"阴影/向右偏移"选项，如图 6-12 所示。

STEP 06. 重新着色。单击"调整"组中的 重新着色 · 按钮，在弹出的下拉菜单的"浅色变体"栏中选择第 4 种样式，如图 6-13 所示，完成图片的编辑操作。

◆ 图 6-12

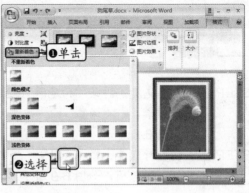

◆ 图 6-13

6.1.4 办公案例——为公司介绍添加图片

本案例将使用 Word 2007 为"公司介绍"文档插入 ●CD:\素材\第 6 章\靠枕.jpg 图片，帮助公司宣传部制作公司宣传企划（●CD:\效果\第 6 章\公司介绍.docx），最终效果如图 6-14 所示。

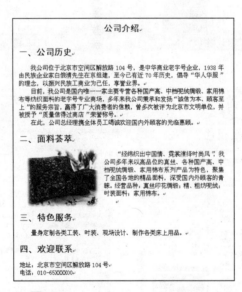

◆ 图 6-14

其具体操作步骤如下。

STEP 01. **单击按钮。**打开"公司介绍"文档（●CD:\素材\第 6 章\公司介绍.docx），将文本插入点定位在"三、特色服务"文本的上一行，单击"插入"选项卡，在"插图"组中单击"图片"按钮■，如图 6-15 所示。

STEP 02. **插入图片。**在打开的"插入图片"对话框中进行相关的设置，插入"靠枕"图片，如图 6-16 所示。

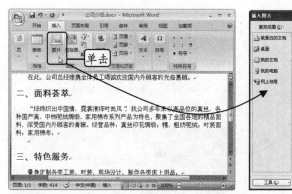

◆ 图 6-15　　　　　　　　　　　　　　　　◆ 图 6-16

STEP 03. 调整对比度。 选择插入的图片，单击"图片工具-格式"选项卡，在"调整"组中单击 对比度 按钮，在弹出的下拉菜单中选择"+20%"选项，如图 6-17 所示。

STEP 04. 调整大小。 将鼠标光标移动到图片右下角的控制点 上，按住鼠标左键不放，向左上方拖动该控制点，直到图片大小符合要求时松开鼠标键，如图 6-18 所示。

◆ 图 6-17　　　　　　　　　　　　　　　　◆ 图 6-18

STEP 05. 设置环绕方式。 单击 文字环绕 按钮，在弹出的下拉菜单中设置图片的环绕方式为"紧密型环绕"，如图 6-19 所示。

STEP 06. 移动图片。 将鼠标光标移动到图片上，拖动图片到如图 6-20 所示的位置后释放鼠标键。

STEP 07. 设置图片样式。 单击"图片样式"组中的 按钮，在弹出的下拉列表中选择"柔化边缘矩形"选项，得到如图 6-14 所示的最终效果。

 温馨小贴士

单击"图片样式"组右下角的对话框启动器 ，在打开的"设置图片格式"对话框中可对图片格式进行更详细的设置。

◆ 图 6-19

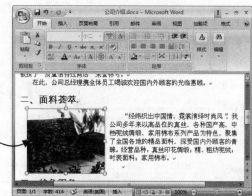

◆ 图 6-20

6.2 添加文本框

文本框分为"横排文本框"和"竖排文本框"两种，主要用于设计较为特殊的文档版式，或者为了排版的需要，将一些文本、图片或者其他对象放置在其中，以便于调整它们在文档中的位置。

6.2.1 插入文本框

文本框其实是基本形状图形下的一种特殊图形。单击"插入"选项卡，在"文本"组中单击"文本框"按钮 ，在弹出的下拉菜单中选择"绘制文本框"命令即可绘制横排文本框，或者选择"绘制竖排文本框"命令绘制竖排文本框。还可以直接采用预设的文本框样式，然后在文本框中输入所需的文本内容即可。

在 CD:\素材\第 6 章\职场沟通.docx 文档中插入预设的文本框（ CD:\效果\第 6 章\职场沟通.docx ）。

STEP 01. **插入文本框。**打开"职场沟通"文档，单击"插入"选项卡，在"文本"组中单击"文本框"按钮 ，在弹出的下拉菜单中选择"飞越型提要栏"选项，如图 6-21 所示。

STEP 02. **输入文字。**此时在文档中可看到插入的文本框，然后直接单击输入所需的文本即可，如图 6-22 所示。

秘技播报站

单击"插图"组中的"形状"按钮 ，在弹出的下拉菜单的"基础形状"栏中单击"横排文本框"按钮 或"竖排文本框"按钮 ，也可以插入文本框。

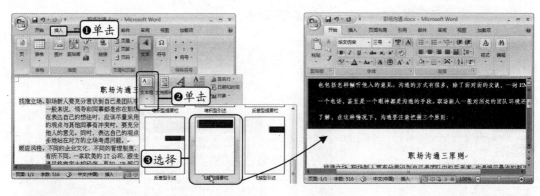

◆ 图 6-21　　　　　　　　　　　　　　　　　◆ 图 6-22

6.2.2　编辑文本框

插入文本框后，将激活"文本框工具-格式"选项卡，如图 6-23 所示，该选项卡中的按钮和列表框的功能与"图片工具-格式"选项卡类似。其中各选项的作用如下。

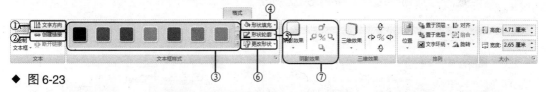

◆ 图 6-23

① 文字方向 **按钮**：单击该按钮，可以在输入横排文字和直排文字间进行切换。

② 创建链接 **按钮**：单击该按钮，可以在多个文本框之间创建链接。

③ **"文本框预设样式"列表框**：将鼠标光标悬停到列表框中列出的预设文本框样式上，当前文本框将显示为该样式预览效果，单击即可应用该样式。

④ 形状填充 · **按钮**：单击该按钮，将显示各种填充颜色和方式，如图片、纹理、渐变和图案等。

⑤ 形状轮廓 · **按钮**：单击该按钮，在弹出的"形状轮廓"下拉列表中可设置文本框边框的线型、颜色和粗细。

⑥ 更改形状 · **按钮**：单击该按钮，在弹出的"文本框形状"下拉列表中可为文本框设置不同的形状。

⑦ **"阴影效果"组**：在该组中单击相应按钮或选择相应选项可以快速设置文本框的阴影效果。

　编辑◯CD:\素材\第 6 章\风景区简介.docx 文档中的文本框（◯CD:\效果\第 6 章\风景区简介.docx）。

STEP 01. **应用文本框样式。** 打开"风景区简介"文档，选择文档中的文本框，单击"文本框工具-格式"选项卡，在"文本框样式"组中单击 按钮，在弹出的列表框中选择"彩色填充，白色轮廓-强调文字颜色 1"样式，如图 6-24 所示。

STEP 02. **改变填充颜色。** 单击"文本框样式"组中的 形状填充 · 按钮，在弹出的下拉菜中选择"深蓝"选项，如图 6-25 所示。

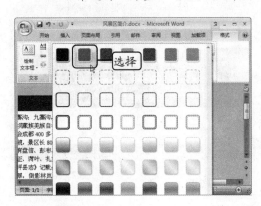

◆ 图 6-24

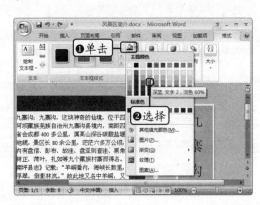

◆ 图 6-25

STEP 03. **改变轮廓颜色。**单击"文本框样式"组中的 形状轮廓 按钮，在弹出的下拉菜单中选择水绿色选项，如图 6-26 所示。

STEP 04. **更改形状。**单击"文本框样式"组中的 更改形状 按钮，在弹出的下拉菜单中选择"椭圆"选项，如图 6-27 所示。

◆ 图 6-26

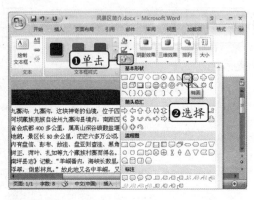

◆ 图 6-27

STEP 05. **调整形状大小。**将鼠标光标移动到文本框右下角的控制点 上，按住鼠标左键不放，向右下方拖动该控制点，直到图片大小符合要求时松开鼠标键，如图 6-28 所示。

STEP 06. **设置形状阴影。**单击"阴影效果"组中的"阴影效果"按钮 ，在弹出的下拉菜单中选择"阴影样式 2"选项，如图 6-29 所示，完成文本框的编辑操作。

 温馨小贴士

如果将文本框设置为无填充颜色和无轮廓样式，在视觉上文本框内的内容就和普通内容一样，同时又能随意移动位置，所以该方法常用在特殊文档的排版工作中。

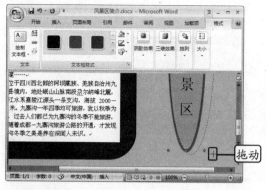

◆ 图 6-28

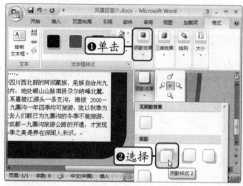

◆ 图 6-29

6.2.3　办公案例——为产品传单添加文本框

本案例将使用 Word 2007 制作一篇产品传单文档，帮助公司宣传新的产品（●CD:\
效果\第 6 章\产品传单.docx），最终效果如图 6-30 所示。

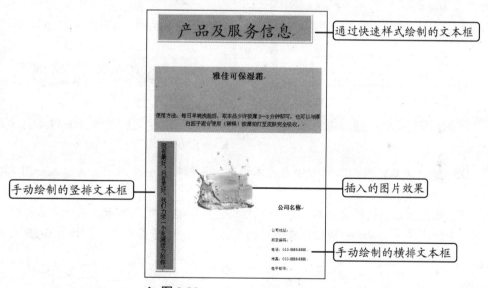

◆ 图 6-30

其具体操作步骤如下。

STEP 01. **单击按钮。** 新建一个空白文档，单击"插入"选项卡，在"插图"组中单击"形
状"按钮，在弹出的下拉菜单中选择"横排文本框"选项，如图 6-31 所示。

STEP 02. **绘制文本框。** 将鼠标光标移动至文档编辑区的顶部，当其变成＋形状时，按住
鼠标左键并拖动，绘制文本框，如图 6-32 所示。

STEP 03. **输入文本。** 释放鼠标键，在文本插入点处单击并输入"产品及服务信息"，如
图 6-33 所示。

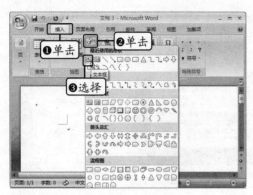

◆ 图 6-31

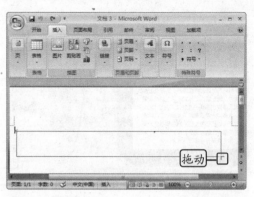

◆ 图 6-32

STEP 04. 填充颜色。 选择文本框，单击"文本框工具-格式"选项卡，在"文本框样式"列表框中选择"彩色填充，白色轮廓-强调文字 3"选项，如图 6-34 所示。

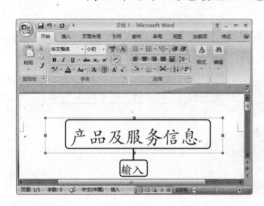

◆ 图 6-33

◆ 图 6-34

STEP 05. 输入文本。 用相同的方法在文本框下方再插入一个文本框，并输入如图 6-35 所示的文本信息。

STEP 06. 填充颜色。 选择文本框，单击"文本框工具-格式"选项卡，在"文本框样式"组中单击 形状填充 按钮，在弹出的下拉菜单中选择茶色选项，如图 6-36 所示。

◆ 图 6-35

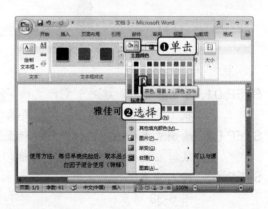

◆ 图 6-36

STEP 07. **单击按钮。** 单击"插图"组中的"形状"按钮，在弹出的列表框中选择"竖
排文本框"选项，如图 6-37 所示。

STEP 08. **绘制文本框。** 将鼠标光标移动至文档编辑区的左侧，当其变成十形状时，按住
鼠标左键并拖动，绘制文本框，然后在其中输入如图 6-38 所示的文本信息。

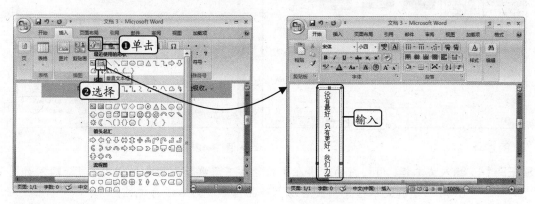

◆ 图 6-37　　　　　　　　　　　　　　　　◆ 图 6-38

STEP 09. **填充颜色。** 选择文本框，单击"文本框工具-格式"选项卡，在"文本框样式"
列表框中选择"彩色填充，白色轮廓-强调文字颜色 5"选项，如图 6-39 所示。

STEP 10. **单击按钮。** 单击"插入"选项卡，然后单击"插图"组中的"图片"按钮，
如图 6-40 所示。

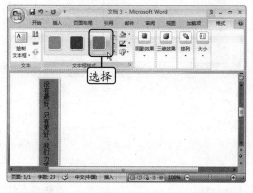

◆ 图 6-39　　　　　　　　　　　　　　　　◆ 图 6-40

STEP 11. **插入图片。** 在打开的"插入图片"对话框的"查找范围"下拉列表框中选择"第
6 章"文件夹，在下面的列表框中选择"保湿霜"选项，单击 插入(S) 按钮，
如图 6-41 所示，插入 CD:\素材\第 6 章\保湿霜.jpg 图片。

STEP 12. **设置文字环绕方式。** 选择图片，单击"图片工具-格式"选项卡，在"排列"
组中单击 文字环绕 按钮，在弹出的下拉菜单中选择"浮于文字上方"命令，
如图 6-42 所示。

STEP 13. **调整图片大小。** 选择插入的图片，将鼠标光标移动到图片右下角的 控制点上，
按住鼠标左键不放，向右下方拖动该控制点，适当放大图片，效果如图 6-43

所示。

◆ 图 6-41

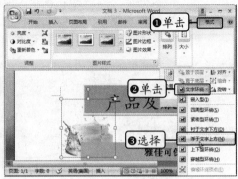

◆ 图 6-42

STEP 14. **插入文本框。**用相同的方法在文档的右下角再插入两个横排文本框，输入如图
6-44 所示的文本信息，最后以 "产品传单" 为名保存文档。

◆ 图 6-43

◆ 图 6-44

6.3 添加艺术字

艺术字在 Word 中可以看作是一种特殊图片，也可以看作是一种特殊的文
本。因为它同时具有普通文本的内容输入性特征和图片的拖动变形性特
征，所以我们经常将带阴影、扭曲、旋转或拉伸等特殊效果的艺术字插入
到文档中，使文档呈现出不同的效果。

6.3.1 插入艺术字

艺术字的插入分为两个步骤，首先需要选择一个样式模版，然后输入艺术字的文本内
容。

在 ●CD:\素材\第 6 章\感谢信.docx 文档中插入艺术字（ ●CD:\效果\第 6 章\感谢信.docx ）。

STEP 01. 单击按钮。 打开"感谢信"文档，将文本插入点定位在第一行的行首，在"插入"选项卡的"文本"组中单击 ▣艺术字· 按钮，在弹出的下拉列表中选择"艺术字样式 9"选项，如图 **6-45** 所示。

STEP 02. 插入艺术字。 在打开的"编辑艺术字文字"对话框的"文本"文本框中输入"感谢信"，在"字体"下拉列表框中选择"华文楷体"选项，在"字号"下拉列表框中选择"36"选项，如图 **6-46** 所示，单击 确定 按钮。

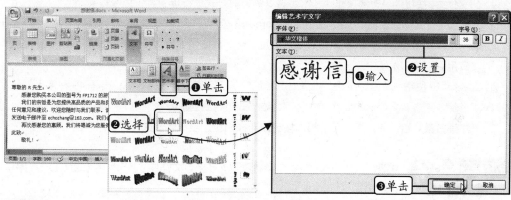

◆ 图 6-45　　　　　　　　　　　　　◆ 图 6-46

STEP 03. 查看艺术字效果。 返回到文档中查看插入艺术字后的效果，如图 **6-47** 所示。

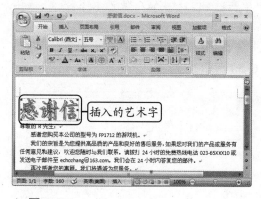

◆ 图 6-47

 秘技播报站

通过拖动所插入艺术字的 8 个方向控制点可以随意调整艺术字的大小。

6.3.2　编辑艺术字

插入艺术字后，将激活"艺术字工具-格式"选项卡，如图 **6-48** 所示。该选项卡中除"文字"和"艺术字样式"组外，其他组与前面已介绍的相应的"格式"选项卡中的功能类似，下面主要讲解"文字"和"艺术字样式"组中主要按钮的功能。

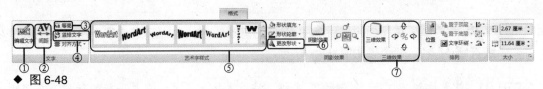

◆ 图 6-48

① "编辑文字"按钮 ![]：单击该按钮，将打开"编辑艺术字文字"对话框，通过该对话框可以重新输入文字内容。

② "间距"按钮 ![]：单击该按钮，将弹出"间距"下拉列表。在其中有"很紧"、"紧密"、"常规"、"稀疏"、"很松"和"自动缩进字符对"等 6 个选项，通过这些选项可编辑艺术字的排列样式。

③ ![] 等高按钮：单击该按钮，当前选择的艺术字将等高排列。

④ ![] 竖排文字按钮：单击该按钮，艺术字将以竖排的方式进行排列。

⑤ "艺术字样式"列表框：在其中列出了 Word 系统自带的 30 种模版样式。将鼠标光标悬停在任意一个样式图标上，当前艺术字将显示应用该样式后的预览效果，单击样式图标即可将相应样式应用到当前艺术字中。

⑥ ![] 更改形状 按钮：单击该按钮，将弹出"形状"下拉列表，在该列表中列出了 40 种常用的艺术字形状，单击需要使用的形状样式即可将该样式应用到当前艺术字中。

⑦ "三维效果"组：在该组中单击相应按钮或选择相应选项可以快速设置艺术字的三维效果。

新手练兵场 编辑 ●CD:\素材\第 6 章\旅行社.docx 文档中的艺术字（●CD:\效果\第 6 章\旅行社.docx）。

STEP 01. **设置文字方向。** 打开"旅行社"文档，选择文档中的艺术字，单击"艺术字工具-格式"选项卡，在"文字"组中单击 ![] 竖排文字按钮，使艺术字竖排，如图 6-49 所示。

STEP 02. **设置文字环绕方式。** 在"排列"组中单击 ![] 文字环绕 按钮，在弹出的下拉列表中选择"浮于文字上方"选项，如图 6-50 所示。

◆ 图 6-49

◆ 图 6-50

STEP 03. **调整艺术字大小。** 按住鼠标左键拖动艺术字到图片的右侧，并通过拖动艺术字右下角的控制按钮调整艺术字的大小，使其与图片高度保持一致，效果如图

6-51 所示。

STEP 04. 设置艺术字形状。 单击"艺术字样式"组中的 更改形状 按钮，在弹出的下拉列表中选择"波形 1"选项，如图 6-52 所示。

◆ 图 6-51

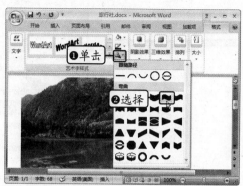

◆ 图 6-52

STEP 05. 改变艺术字轮廓颜色。 单击 形状轮廓 按钮，在弹出的下拉菜单中选择"橄榄色"选项，如图 6-53 所示。

STEP 06. 缩小字间距。 单击"文字"组中的"间距"按钮，在弹出的下拉列表中选择"紧密"选项，如图 6-54 所示，完成艺术字的编辑操作。

◆ 图 6-53

◆ 图 6-54

 温馨小贴士

插入艺术字时，也可以先在文档中输入文本，然后选择文本，在"插入"选项卡的"文本"组的"艺术字"下拉列表框中选择艺术字样式，将所选文本设置为艺术字。

6.3.3　办公案例——为工作总结添加艺术字

本案例将为工作总结文档添加艺术字，制作出漂亮的文档（CD:\效果\第 6 章\工作总结.docx），最终效果如图 6-55 所示。

插入的艺术字效果 —— **2008年年度工作总结**

光阴似箭，一眨眼忙碌的 2008 年就要过去了，新的一年即将到来。经过 2008 年的工作，公司的面貌有了很大的变化，办公室的各项工作也能秩序井然地得到开展，我也深深地知道这离不开公司领导及同事对我们工作的支持，作为我本人也在工作中得到了锻炼和学习，能够认真做好公司下达的各项工作任务，与各部门搞好协调，但在工作中也有很多的不足之处，现将 2008 年的工作情况总结汇报如下：

- 日常工作能够很好地进行，电话接听能及时记录并转答，传真的接收及时传递、文稿的输入打印都能按时准确地完成，保证各部门工作的顺利进行。
- 档案、文件的管理虽做到了严谨、保密，但是缺乏提档记录。因此我们制定《文件查阅登记表》详细记录文件查阅的各种明细，以便备案。
- 办公室是一个职能部门，一定要搞好与其他各部门的配合及协调工作，出现问题及时沟通，商讨解决方法。从每个小的细节入手将各项工作做到最好。
- 我相信在新的一年里，只要大家一起努力、积极敬业、一定会将各项工作做到最好，我们的企业就会不断的发展壮大。

◆ 图 6-55

其具体操作步骤如下。

STEP 01. 单击按钮。 打开"工作总结"文档（ CD:\素材\第 6 章\工作总结.docx），将鼠标光标定位在第一行，单击"插入"选项卡，在"文本"组中单击 艺术字 按钮，在弹出的"艺术字"样式列表中选择"艺术字 8"样式模版，如图 6-56 所示。

STEP 02. 插入艺术字。 在打开的"编辑艺术字文字"对话框的"文本"文本框中输入"2008 年年度工作总结"，并将其字体设置为"华文新魏"，字号设为"36"，如图 6-57 所示，单击 确定 按钮完成艺术字的插入操作。

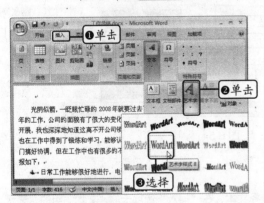

◆ 图 6-56

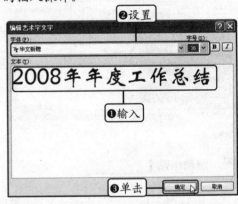

◆ 图 6-57

STEP 03. 设置文字环绕方式。 双击插入的艺术字，切换到"格式"选项卡，单击 文字环绕 按钮右侧的 按钮，在弹出的下拉列表中选择"浮于文字上方"选项，如图 6-58 所示。

STEP 04. 更改形状。 单击 更改形状 按钮右侧的 按钮，在弹出的下拉列表中选择"细上弯弧"选项，如图 6-59 所示。

◆ 图 6-58

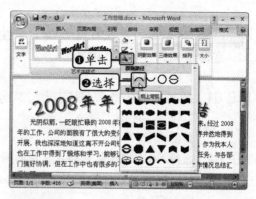

◆ 图 6-59

STEP 05. 填充颜色。 将鼠标光标移到艺术字上，当其变为形状时按住鼠标左键将其向右下方拖动，如图 **6-60** 所示，到适当位置时松开鼠标键。

◆ 图 6-60

秘技播报站

插入艺术字后，Word 默认的艺术字状态为嵌入样式，如果需要移动位置，可以将其设置为"浮于文字上方"样式。

6.4 添加 SmartArt 图形

SmartArt 图形是信息和观点的可视化表现形式，它是 **Word 2007** 新增的一个突出亮点。使用 **SmartArt** 图形能轻松制作出精美的文档和具有设计师水准的插图，特别是在制作公司组织结构图、产品生产流程图和采购流程图等图形时，能将各层次结构之间的关系表述得清晰明了。

6.4.1 插入 SmartArt 图形

插入 SmartArt 图形的方法同插入图片的方法类似，在"插入"选项卡中单击"SmartArt"按钮，将打开"选择 SmartArt 图形"对话框，在该对话框中提供了 80 多种内置的 SmartArt 图形样式，如流程、层次结构、循环和关系等，用户可根据自己的需要将相应样式的 SmartArt 图形插入到文档中。

新手练兵场 在 ◯CD:\素材\第 6 章\生物循环演讲稿.docx 文档中插入基本循环样式 SmartArt 图形,并输入文字(◯CD:\效果\第 6 章\生物循环演讲稿. docx)。

STEP 01. 插入 SmartArt 图形。 打开"生物循环演讲稿"文档,将文本插入点定位在第二段中。单击"插入"选项卡,在"插图"组中单击"SmartArt"按钮 ▦ ,如图 6-61 所示。

STEP 02. 选择 SmartArt 图形样式。 在打开的"选择 SmartArt 图形"对话框中单击"循环"选项卡,在中间的窗格中选择"基本循环"选项,单击 [确定] 按钮,如图 6-62 所示。

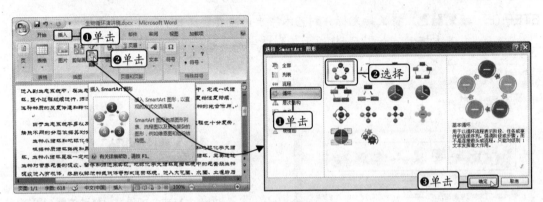

◆ 图 6-61　　　　　　　　　　　　　　　　◆ 图 6-62

STEP 03. 输入文本。 插入 Smart Art 图形后,如果不需要对图形进行编辑,可直接输入文本。这里将鼠标光标定位到图形左侧的文本窗格中,单击"文本"文本框,并分别在前 4 个文本框中输入相应的文字,如图 6-63 所示,选择其他文本框,按【Delete】键删除。

STEP 04. 查看最终效果。 单击窗口左侧窗格右上角的 ✖ 按钮关闭该窗格,完成后即可查看插入的 SmartArt 图形,效果如图 6-64 所示。

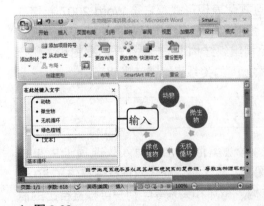

◆ 图 6-63

◆ 图 6-64

温馨小贴士

默认情况下，SmartArt 图形中各图形的分支是有限的，因此在实际应用中，有时其数目可能多也可能少，这时可在"在此处键入文字"窗格的各个文本框后按【Enter】键添加相应的分支，按【Delete】键清除多余的分支。

6.4.2　编辑 SmartArt 图形

插入 SmartArt 图形后，将激活 SmartArt 工具的"设计"和"格式"选项卡，在这两个选项卡中可编辑 SmartArt 图形的布局、样式以及形状样式等。

1. "设计"选项卡

在"设计"选项卡中可为 SmartArt 图形添加图形分支，并为其重新选择布局以及设置 SmartArt 样式等，如图 6-65 所示。

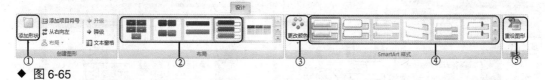

◆ 图 6-65

 ① "添加形状"按钮▣：单击该按钮下方的 ▾ 按钮，在弹出的下拉菜单中可为 SmartArt 图形选择添加形状的位置。

 ② "布局"列表框：在该列表框中可为 SmartArt 图形重新选择布局样式。

 ③ "更改颜色"按钮：单击该按钮，在弹出的下拉列表中可为 SmartArt 图形设置颜色。

 ④ "SmartArt 样式"列表框：在该列表框中可选择 SmartArt 图形样式。

 ⑤ "重设图形"按钮：单击该按钮，将取消对 SmartArt 图形所做的操作，恢复插入时的状态。

2. "格式"选项卡

在"格式"选项卡（如图 6-66 所示）中可设置 SmartArt 图形的形状、形状样式以及艺术字样式等。

◆ 图 6-66

 ① "形状样式"列表框：选择 SmartArt 图形中的形状后，在该列表框中可为该形状设置样式。

 ② "艺术字样式"列表框：在该列表框中可为选择的文字应用艺术字样式。

 ③ 文本填充▾按钮：单击该按钮，在弹出的下拉菜单中可为选择的文字设置文本填充色。

 ④ 文本轮廓▾按钮：单击该按钮，在弹出的下拉菜单中可为选择的文字设置文本边框的样式及颜色。

⑤ 🅰 文本效果 ▾ 按钮：单击该按钮，在弹出的下拉菜单中可为选择的文字设置特殊的文本效果，如发光、阴影等。

对 💿CD:\素材\第 6 章\特比集团简介.docx 文档中插入的 SmartArt 图形进行编辑，包括更改颜色、布局和样式等（💿CD:\效果\第 6 章\特比集团简介.docx）。

STEP 01. **更改颜色。** 打开"特比集团简介"文档，选择 SmartArt 图形。单击"SmartArt 工具-设计"选项卡，在"SmartArt 样式"组中单击"更改颜色"按钮💠，在弹出的列表框中选择"彩色范围-强调文字颜色 3 至 4"选项，如图 6-67 所示。

STEP 02. **应用快速样式。** 单击"SmartArt 样式"组中的"快速样式"按钮📑，在弹出的下拉列表中选择"强烈效果"选项，如图 6-68 所示。

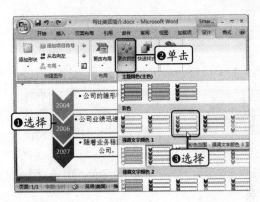

◆ 图 6-67

◆ 图 6-68

STEP 03. **更改布局。** 在"布局"组中单击"更改布局"按钮📇，在弹出的下拉菜单中选择"基本时间线"选项，如图 6-69 所示。

STEP 04. **输入文本。** 选择 SmartArt 图形中间的图形，单击"SmartArt 工具-格式"选项卡，在"形状样式"组中的列表框中选择"浅色 1 轮廓，彩色填充-强调颜色 5"选项，应用该样式，如图 6-70 所示，完成 SmartArt 图形的编辑操作。

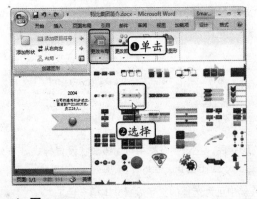

◆ 图 6-69

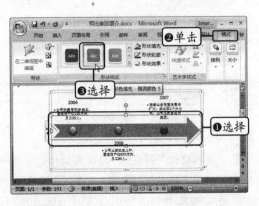

◆ 图 6-70

SmartArt 图形是以嵌入式的方式插入到文档中的，因此不能随意在文档中移动。如果要移动，需先将图形的文字环绕方式更改为其他方式。

6.4.3　办公案例——制作"职位说明书"文档

本案例将为职位说明书文档插入 SmartArt 图形（●CD:\效果\第 6 章\职位说明书.docx），最终效果如图 6-71 所示。

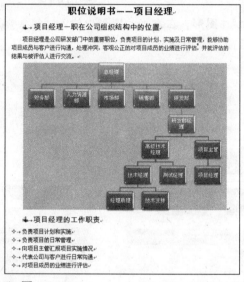

◆ 图 6-71

其具体操作步骤如下。

STEP 01. 插入 SmartArt 图形。 打开"职位说明书.docx"文档（●CD:\素材\第 6 章\职位说明书.docx），将文本插入点定位在第二段末尾，按【Enter】键换行。单击"插入"选项卡，在"插图"组中单击"SmartArt"按钮。

STEP 02. 选择 SmartArt 图形。 在打开的"选择 SmartArt 图形"对话框中单击"层次结构"选项卡，在中间的窗格中选择第一个组织结构图样式，单击　确定　按钮关闭对话框，如图 6-72 所示。

STEP 03. 输入文本。 插入 Smart Art 图形后，将鼠标光标定位到图形左侧的文本窗格中，输入文本。按【Delete】键清除多余的图形分支，效果如图 6-73 所示。

STEP 04. 添加 SmartArt 图形。 选择"市场部"图形，再单击"设计"选项卡，在"创建图形"组中单击"添加形状"按钮，在弹出的下拉菜单中选择"在后面添加形状"命令，如图 6-74 所示。

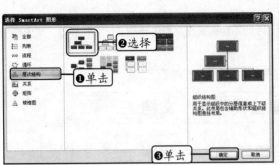

◆ 图 6-72

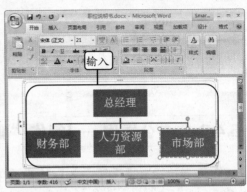

◆ 图 6-73

STEP 05. 编辑 SmartArt 图形。 在添加的图形中输入"销售部",然后用相同的方法在添加的图形后面再添加一个图形,并输入"研发部",如图 6-75 所示。

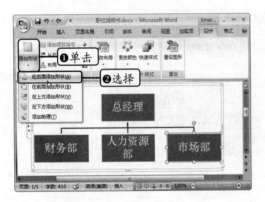

◆ 图 6-74

◆ 图 6-75

STEP 06. 编辑 SmartArt 图形。 继续向下、向左和向右添加图形,并输入如图 6-76 所示的文本。

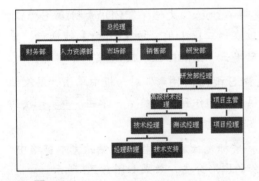

◆ 图 6-76

温馨小贴士

用鼠标右键单击新添加的图形,在弹出的快捷菜单中选择"编辑文字"命令,即可直接在形状中输入与编辑文本。

STEP 07. 改变 SmartArt 图形的布局。 在"布局"组中单击"更改布局"按钮，在弹出的下拉列表框中选择第一行第 3 个选项,如图 6-77 所示。

STEP 08. 更改 SmartArt 图形的样式。 在"SmartArt 样式"组中单击"快速样式"按钮

　　　　　　 ，在弹出的下拉列表框的"三维"栏中选择"优雅"选项，如图 6-78 所示。

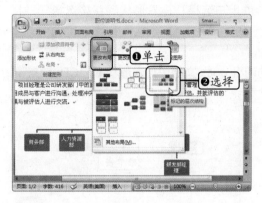

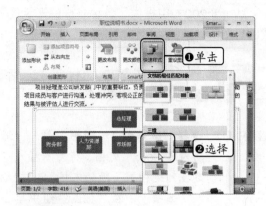

◆ 图 6-77　　　　　　　　　　　　　　　◆ 图 6-78

STEP 09. **更改 SmartArt 图形的颜色。** 单击 "SmartArt" 样式组中的 "更改颜色" 按钮 ，在弹出的下拉列表框中选择 "彩色" 栏中的第 4 个选项，如图 6-79 所示。

STEP 10. **更改 SmartArt 图形的填充颜色。** 单击 "格式" 选项卡，在 "形状样式" 组中 单击 形状填充 ▼ 按钮，在弹出的下拉菜单的 "主题颜色" 栏中选择 "紫色，强 调文字颜色 4，淡色 60%" 选项，如图 6-80 所示，完成本例的操作。

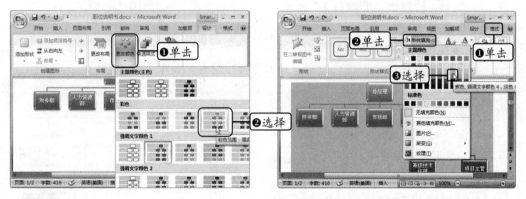

◆ 图 6-79　　　　　　　　　　　　　　　◆ 图 6-80

6.5　添加形状图形

办公文档的格式通常都是比较单一的，使用 Word 2007 提供的多种自选 图形绘制如线条、正方形、椭圆、箭头、流程图、符号和标注等图形，可 以使文档变得更活泼，也能更清楚地说明问题。

快学快用

6.5.1 插入形状图形

Word 2007 中提供了各种各样的形状图形供用户选择，插入形状时直接选择一种样式即可。

新手练兵场　在◎CD:\素材\第 6 章\活动内容.docx 文档中插入形状（◎CD:\效果\第 6 章\活动内容.docx）。

STEP 01. **选择"爆炸形 1"图形。**打开"活动内容.docx"文档，将文本插入点定位到文档第一段的末尾。单击"插入"选项卡，在"插图"组中单击"形状"按钮，在弹出的下拉列表框中选择"爆炸形 1"选项，如图 6-81 所示。

STEP 02. **绘制"爆炸形 1"图形。**返回到 Word 文档中，鼠标光标变为"十"字形状，按住鼠标左键不放并往下拖动鼠标，绘制出"爆炸形 1"的图形，如图 6-82 所示。

STEP 03. **继续绘制"爆炸形 1"图形。**用相同的方法继续在文档中绘制"爆炸形 1"图形，效果如图 6-83 所示。

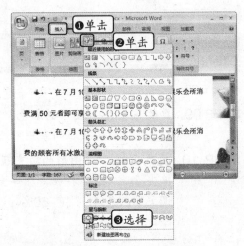
◆ 图 6-81

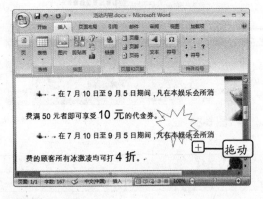
◆ 图 6-82

◆ 图 6-83

 温馨小贴士

在绘制形状图形时，可以配合【Ctrl】或【Shift】键来实现特殊绘制。绘制箭头或线条时，按【Shift】键，可实现水平、垂直或按 15° 角递增与递减绘制。绘制矩形、圆形等其他形状时，按【Ctrl】键将以当前绘制位置为中心点向四周绘制，按【Shift】键则可绘制正方形、正圆形等图形。

6.5.2 编辑形状图形

插入形状图形后，将激活"格式"选项卡，在其中可对绘制好的形状图形的样式、大小、线条样式、颜色以及填充效果等进行设置，使其和文档内容能够更好地结合。

在●CD:\素材\第 6 章\招聘海报.docx 文档中编辑自选图形（●CD:\效果\第 6 章\招聘海报.docx）。

STEP 01. 改变自选图形的形状。 打开"招聘海报.docx"文档，选择文档中的"下箭头"形状，单击"绘图工具-格式"选项卡，在"形状样式"组中单击"更改形状"按钮，在弹出的下拉列表中选择"上箭头"选项，如图 6-84 所示。

STEP 02. 调整自选图形的颜色。 单击"形状样式"列表框右侧的按钮，在弹出的下拉列表框中选择"线性向上渐变-强调文字颜色 6"选项，如图 6-85 所示。

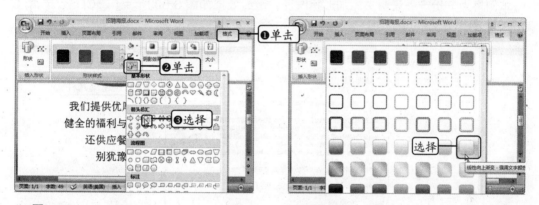

◆ 图 6-84　　　　　　　　　　　　　　◆ 图 6-85

STEP 03. 设置自选图形的轮廓颜色。 在"形状样式"组中单击"形状轮廓"按钮右侧的按钮，在弹出的下拉菜单中选择"橙色，强调文字颜色 6，深色，25%"选项，如图 6-86 所示。

STEP 04. 绘制自选图形的阴影效果。 在"阴影效果"组中单击"阴影效果"按钮，在弹出的下拉列表中选择"阴影样式 1"选项。

STEP 05. 设置"十字星"形状的效果。 选择文档中的两颗"十字星"形状，单击"绘图工具-格式"选项卡，在"形状样式"列表框中选择"彩色填充，白色轮廓-强调文字颜色 2"形状效果，如图 6-87 所示，完成自选图形的编辑操作。

温馨小贴士

在本节中由于讲解需要，在文档中添加了较多的图形。但对于实际办公来说，添加的各种图形能够更加生动地表达内容，但也不能滥用，过多的图形会影响主要内容的表达效果。

◆ 图 6-86

◆ 图 6-87

6.5.3 办公案例——为产品说明书添加形状图形

本例将为一份产品说明书添加形状图形，最终效果如图 6-88 所示（ CD:\效果\第 6 章\产品说明书.docx ）。

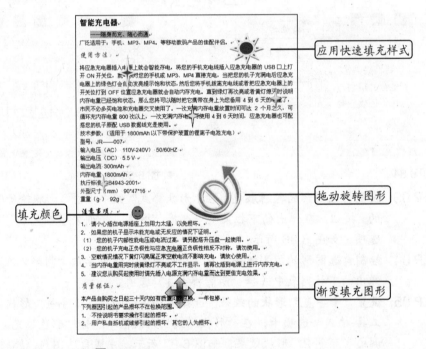

◆ 图 6-88

其具体操作步骤如下。

STEP 01. **选择"太阳形"形状。**打开"产品说明书.docx"文档，将文本插入点定位到文档中。单击"插入"选项卡，在"插图"组中单击"形状"按钮，在弹出的下拉列表中选择"太阳形"形状，如图 6-89 所示。

STEP 02. **绘制"太阳形"图形。**返回到 Word 文档中，鼠标光标变为"十"字形状，按住鼠标左键不放并往下拖动鼠标，绘制出"太阳形"的图形，如图 6-90 所示。

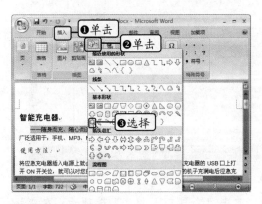

◆ 图 6-89

◆ 图 6-90

STEP 03. **继续绘制其他图形。**用相同的方法继续绘制其他图形，效果如图 6-91 所示。

STEP 04. **旋转图形。**用鼠标单击选择"下弧形箭头"图形，并将鼠标光标移动到旋转控制点上，当其变为 形状时，按下鼠标左键并拖动，图形将随之旋转，如图 6-92 所示。

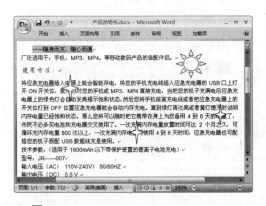

◆ 图 6-91

◆ 图 6-92

STEP 05. **移动图形。**将鼠标光标移动到旋转后的"下弧形箭头"图形的任意位置，当其变为 形状时，按下鼠标左键并拖动，如图 6-93 所示。

STEP 06. **调整图形。**将鼠标光标移动到"下弧形箭头"图形的四周控制点上，按住鼠标左键并拖动，得到如图 6-94 所示的效果。

专家会诊台

Q： 如果需要精确地设置形状的大小，可以通过什么操作来实现？

A： 在形状上单击鼠标右键，在弹出的快捷菜单中选择"设置自选图形格式"命令，打开"设置自选图形格式"对话框，在该对话框中的"大小"选项卡中可以直接输入形状的大小或者缩放百分比。

◆ 图 6-93

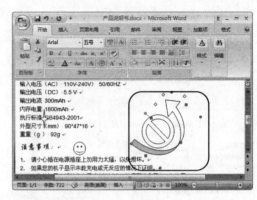

◆ 图 6-94

STEP 07. **应用形状样式。** 选择 "太阳形" 图形，单击 "绘图工具-格式" 选项卡，在 "形状样式" 组的 "样式" 列表框中选择 "彩色填充，白色轮廓-强调文字颜色 2" 选项，如图 6-95 所示。

STEP 08. **填充颜色。** 选择 "笑脸" 图形，单击 "绘图工具-格式" 选项卡，单击 "形状样式" 组中的 "形状填充" 按钮 右侧的 按钮，在弹出的下拉菜单中选择 "红色，强调文字颜色 2，淡色 40%" 选项，如图 6-96 所示。

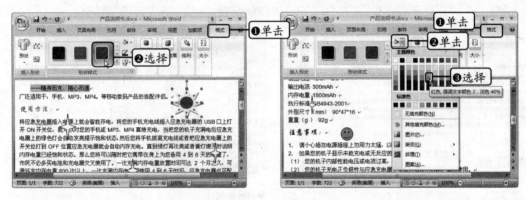

◆ 图 6-95

◆ 图 6-96

STEP 09. **填充渐变颜色。** 选择 "十字箭头" 形状，单击 "绘图工具-格式" 选项卡，单击 "形状样式" 组中的 形状填充 按钮，在弹出的下拉菜单中选择 "渐变" 命令，在弹出的下拉菜单中选择 "中心辐射" 选项，如图 6-97 所示。

STEP 10. **设置文字环绕方式。** 选择 "十字箭头" 形状，在 "格式" 选项卡的 "排列" 组中单击 文字环绕 按钮，在弹出的下拉菜单中选择

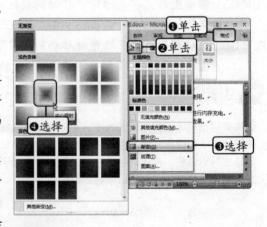

◆ 图 6-97

"衬于文字下方"命令，如图 6-98 所示。

STEP 11. **设置其他图形。**选择其他图形，并按照自己的喜好设置其样式，最终效果如图
6-99 所示。

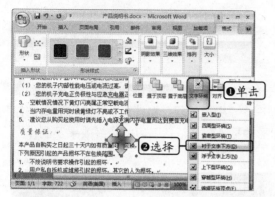

◆ 图 6-98

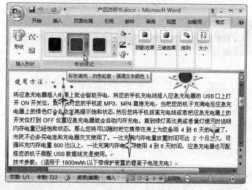

◆ 图 6-99

6.6　疑难解答

学习完本章后，您是否发现自己对添加和编辑图片、文本框、艺术字、
SmartArt 图形以及形状图形的认识又提升到了一个新的台阶？关于其相
关的问题是否已经顺利解决了？下面将为您提供一些关于这些图形对象
操作的常见问题解答，使您的学习路途更加顺畅。

问：如果不修改艺术字的形状等特征，只是修改其颜色，可以吗？

答：可以。选择艺术字，切换到"艺术字工具-格式"选项卡，在"艺术字样式"组中单
击"形状填充"和"形状轮廓"按钮，为其设置填充颜色和轮廓颜色，这样就可在
不改变其他属性的基础上改变艺术字的边框颜色和填充颜色。

问：为什么对图片应用边框效果后，部分阴影、镜像效果无法显示？

答：这是因为部分图片效果在显示上有一定的冲突，例如垂直向下的阴影和垂直向下的
镜像就无法同时显示，这样的效果是无法组合的。建议读者在初学时多使用系统预
设的组合效果，然后在使用的过程中慢慢总结出合理的自定义效果组合。

问：怎样制作图片填充艺术字呢？

答：在文档中插入艺术字，然后在插入的艺术字上单击鼠标右键，在弹出的快捷菜单中
选择"设置艺术字格式"命令，打开"设置艺术字格式"对话框，单击"颜色与线
条"选项卡，在"填充"栏中单击 填充效果(F)... 按钮，打开"填充效果"对话框。单

击"图片"选项卡，再单击其中的 [选择图片(L)...] 按钮，打开"选择图片"对话框，选择一幅图片，单击 [插入(S)] 按钮返回"填充效果"对话框，依次单击各级对话框中的 [确定] 按钮关闭对话框即可。

6.7 上机练习

本章上机练习一将制作一个宣传广告，通过练习巩固艺术字、文本框和图形的插入操作；练习二将制作一个"房屋出租"文档，主要练习文本的输入，艺术字、文本框和形状图形的插入操作。各练习的最终效果及制作提示介绍如下。

练习一　　　　　◎CD:\素材\第 6 章\照片.docx　　◎CD:\效果\第 6 章\老照片.docx

① 打开"照片.docx"文档。

② 选择照片后，在"图片工具-格式"选项卡中单击 [重新着色▼] 按钮，在弹出的下拉菜单中选择"强调文字颜色 6 深色"选项。

③ 调整图片对比度为"-20%"，亮度为"+10%"。

④ 单击 [亮度▼] 按钮，在弹出的下拉菜单中选择"图片修正选项"命令，打开"设置图片格式"对话框。

⑤ 在打开的对话框中单击"线条颜色"选项卡，选中"渐变线"单选按钮，单击"预设颜色"按钮，在弹出的下拉列表中选择"宝石蓝"选项。单击"阴

◆ 图 6-100

影"选项卡，单击"预设"按钮，在弹出的下拉列表中选择"向右偏移"选项，最终效果如图 6-100 所示。

练习二　　　　　　　　　　◎CD:\效果\第 6 章\房屋出租.docx

① 新建一个空白文档，并以"房屋出租"为名将其保存。

② 在该文档中输入正文内容和落款，并设置其字体、字号和颜色等字体格式。

③ 在第一行插入艺术字"房屋出租"，然后通过艺术字工具的"格式"选项卡进行编辑。

④ 在文本中的适当位置插入文本框，并在其中输入文本，然后通过文本框工具的"格式"选项卡对文本框进行编辑。

⑤ 插入形状并在其中插入艺术字，最终效果如图 6-101 所示。

◆ 图 6-101

第7章

在文档中添加表格

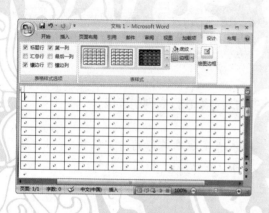

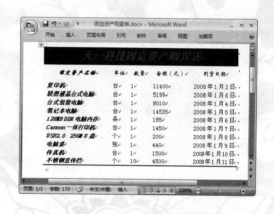

表格是办公文档中经常需要用到的对象，主要用于显示各种数据信息。相对于文字描述，表格更加直观和清晰，所以适当地加入表格可使文档更容易理解。Word 2007 为用户提供了较为强大的表格处理功能，使用它可以方便地制作和编辑各种表格。本章将讲解在文档中插入表格、输入和编辑表格内容、美化表格及使用表格管理数据等相关知识。

7.1 插入表格

表格是由多个单元格按行、列方式组合而成的，主要用于将数据以一组或多组的方式直观地表达出来，方便用户比较与管理。插入表格的方法主要有自动插入、插入任意行数与列数、手动绘制、插入 Excel 电子表格和根据内置样式插入 5 种方式。

7.1.1 自动插入表格

在"插入"选项卡的"表格"组中单击"表格"按钮▦，在弹出的下拉菜单中移动鼠标可以快速插入 8 行 10 列以内的任意表格，插入的表格会自动根据页面调整宽度以及根据当前文本的字号调整高度。

新建一个空白文档，并在其中插入一个 8 行 6 列的表格。

STEP 01. **单击按钮。**新建一个空白文档，将文本插入点定位在首行的行首位置，单击"插入"选项卡，在"表格"组中单击"表格"按钮▦，如图 7-1 所示。

STEP 02. **移动鼠标光标。**在弹出的下拉菜单中移动鼠标光标到表格的第 8 行与第 6 列的交汇处，如图 7-2 所示。

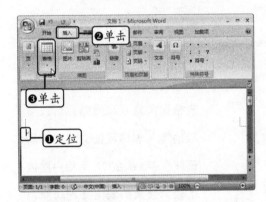

◆ 图 7-1

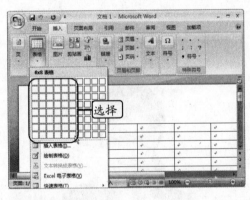

◆ 图 7-2

STEP 03. **插入表格。**单击鼠标左键，即可在文档中快速插入指定行列数的空白表格，如图 7-3 所示。

 温馨小贴士

自动插入的表格每行与每列的高度与宽度都相等。

◆ 图 7-3

7.1.2　插入任意行数与列数的表格

　　自动插入的表格的行列数有限，如果要插入较多行列的表格，可以通过"插入表格"对话框来操作，这种方法在办公中应用十分广泛。在"插入表格"对话框中，允许用户插入任意行数与列数的表格，还可以准确地输入所需的表格行列数，而且还可以根据实际情况调整表格大小。

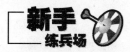
在文档中插入一个 9 行 15 列的表格，并设置表格为固定列宽。

STEP 01.　选择命令。 新建一个空白文档，将文本插入点定位在首行的行首位置，单击"插入"选项卡，在"表格"组中单击"表格"按钮⊞，在弹出的下拉菜单中选择"插入表格"命令，如图 7-4 所示。

STEP 02.　设置参数。 在打开的"插入表格"对话框中输入要插入表格的列数"15"与行数"9"，在"'自动调整'操作"栏中选择表格宽度的调整方法，这里选中"固定列宽"单选按钮，单击 确定 按钮，如图 7-5 所示。

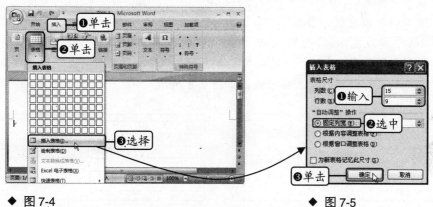

◆ 图 7-4　　　　　　　　　　　　　　　　　◆ 图 7-5

STEP 03.　查看效果。 在文档中即可看到插入的表格，如图 7-6 所示。

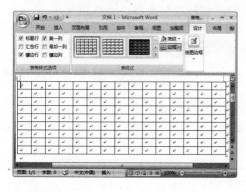

◆ 图 7-6

温馨小贴士

　　"插入表格"对话框中"'自动调整'操作"栏的选项用于调整表格的宽度。选中"固定列宽"单选按钮，可在后面的数值框中精确设定表格的列宽；选中"根据内容调整表格"单选按钮，系统根据在单元格中输入内容的长度自动调整表格宽度；选中"根据窗口调整表格"单选按钮，可根据页面宽度来设置表格宽度。

7.1.3 绘制表格

　　绘制表格即手动绘制不规则的表格，Word 2007 中提供了"绘制表格"功能，使用该功能可以绘制出自己需要的表格样式，还可绘制带有对角线的表格。

新手练兵场 在文档中绘制一个 6 行 6 列的表格，并在表格左上角的单元格中绘制一条对角线。

STEP 01. 选择命令。 新建一个空白文档，单击"插入"选项卡，在"表格"组中单击"表格"按钮，在弹出的下拉菜单中选择"绘制表格"命令，如图 7-7 所示。

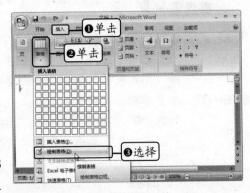

◆ 图 7-7

STEP 02. 绘制表格边框。 此时鼠标光标将变为 形状，在文档中按住鼠标左键不放并拖动鼠标，将出现一个如图 7-8 所示的表格虚框，当其达到合适大小后，释放鼠标键，生成表格边框。

STEP 03. 绘制表格行线。 边框绘制完成后，将鼠标光标移动到表格的左侧边框线上，向右拖动鼠标绘制 5 条表格行线，如图 7-9 所示。

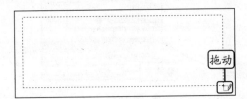

◆ 图 7-8

◆ 图 7-9

STEP 04. 绘制表格列线。 行线绘制完成后，将鼠标光标移动到表格的上部边框线上，纵向拖动鼠标绘制 5 条表格列线，如图 7-10 所示。

STEP 05. 绘制对角线。 将鼠标光标移动到第一行第一个单元格的左上角，向右下角拖动鼠标绘制表格对角线，如图 7-11 所示。

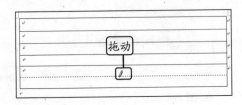

◆ 图 7-10

◆ 图 7-11

STEP 06. 完成表格的绘制。 绘制出需要的表格后，用鼠标双击空白处退出"绘制表格"

状态，完成表格的绘制。

7.1.4　插入 Excel 电子表格

Excel 也是 Office 办公软件中的一个组件，它专门用来制作电子表格。在 Word 中可直接插入 Excel 电子表格，并在其中输入数据及进行数据管理和分析。

在文档中插入一个 6 行 8 列的 Excel 电子表格。

STEP 01. **选择命令。** 新建一个空白文档，将文本插入点定位在首行的行首位置，单击"插入"选项卡，在"表格"组中单击"表格"按钮，在弹出的下拉菜单中选择"Excel 电子表格"命令，如图 7-12 所示。

STEP 02. **调整表格的行列数。** 将鼠标光标移动到虚线框右下角的黑色控制点上，按住鼠标左键向左上方拖动，改变表格大小至 6 行 8 列，如图 7-13 所示。

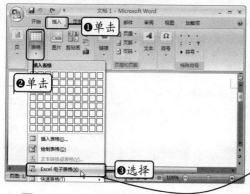

◆ 图 7-12

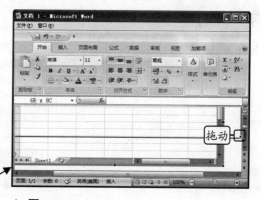

◆ 图 7-13

STEP 03. **完成表格的创建。** 在文档的任意空白处单击，退出 Excel 表格的编辑状态，如图 7-14 所示。若还需在 Excel 表格中进行编辑，可双击它进入编辑状态。

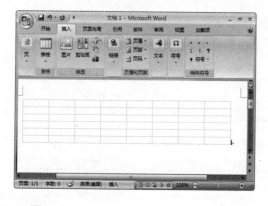

◆ 图 7-14

秘技播报站

在 Excel 中，"A，B，C……"字母表示列标，"1，2，3……"数字表示行标，列标与行标组合起来就形成了一个单元格，如 A1 单元格就是第 A 列与第 1 行相交的单元格。在工作区下方有一个"Sheet1"工作表标签，它表示当前工作表的名称，用来存储相应的数据信息。工作区的右侧与右下方还有一个滑块，拖动它可上下或左右显示更多的单元格。

7.1.5 根据内置样式插入表格

在 Word 中还有一种快速插入表格的方法，即利用系统内置的表格样式插入所需的表格。

在文档中插入一个系统内置的"矩阵"表格。

STEP 01. 选择命令。新建一个空白文档，将文本插入点定位在首行的行首位置，单击"插入"选项卡，在"表格"组中单击"表格"按钮，在弹出的下拉菜单中选择"快速表格/矩阵"命令，如图 7-15 所示。

STEP 02. 调整表格的行列数。在文档中即可看到插入的"矩阵"样式的表格，在该表格中选中所需数据选项或小方格，即可输入并编辑相应的数据，如图 7-16 所示。

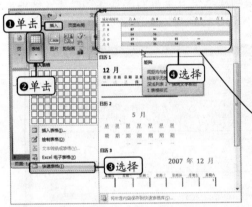

◆ 图 7-15

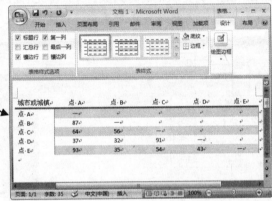

◆ 图 7-16

7.2 输入与编辑表格内容

创建表格后，就可以在表格中输入与编辑表格内容了，其方法与在文档中输入与编辑文本基本相同，下面将详细讲解相关知识。

7.2.1 选择表格对象

要在表格中输入并编辑相应的内容，必须先选择需要编辑的表格对象，也就是指明对哪个或哪些单元格中的数据进行操作。下面分别介绍选择单元格、选择行或列、选择单元格区域和选择整个表格对象的方法。

1. 选择单元格

选择单个单元格主要有如下两种方法。

- ☑ **利用鼠标选择**：先将鼠标光标移动到该单元格的左端线上，当其变为➤形状时，单击鼠标左键即可，如图 7-17 所示。

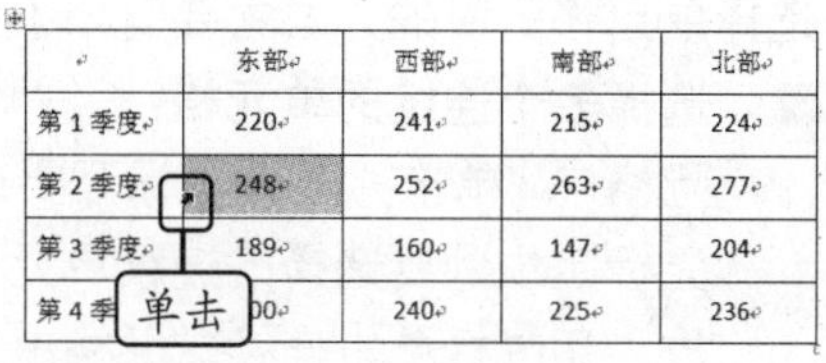

- ☑ **利用键盘选择**：将鼠标光标定位到表格中，按【Shift+Tab】键可以选择上一个单元格，按【Tab】键可选择下一个单元格。

◆ 图 7-17

秘技播报站

在键盘上按方向键【↑】键可选择当前单元格的上一个单元格，按【↓】键可选择当前单元格的下一个单元格，按【←】键可选择当前单元格左侧的单元格，按【→】键可选择当前单元格右侧的单元格。

2. 选择行或列

选择行或列的方法主要有如下几种。

- ☑ **选择一行单元格**：将鼠标光标移动到行的左侧，当其变为◢形状时，单击鼠标左键即可选择该行全部单元格，如图 7-18 所示。

- ☑ **选择一列单元格**：将鼠标光标移动到列的上方，当其变为↓形状时，单击鼠标左键即可将该列单元格全部选中，如图 7-19 所示。

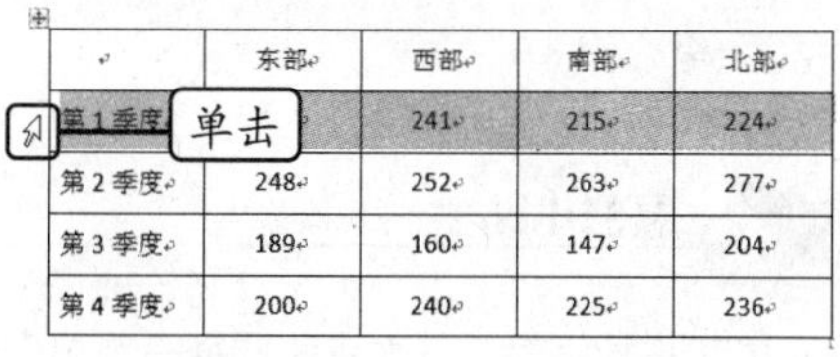

◆ 图 7-18

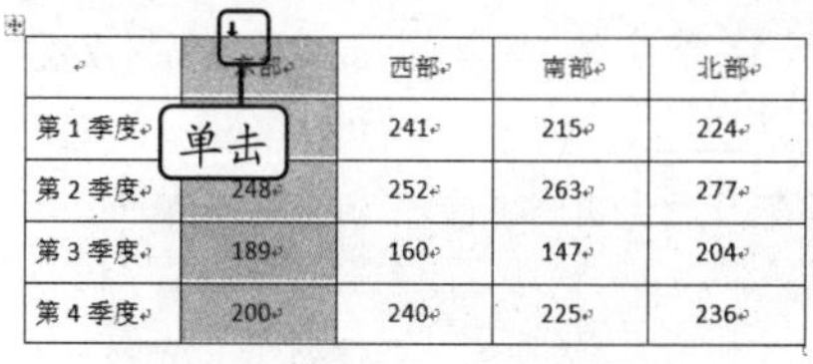

◆ 图 7-19

- ☑ **选择多行单元格**：将鼠标光标移动到行的左侧，当其变为◢形状时，按下鼠标左键向上或向下拖动，即可选择连续的多行单元格，如图 7-20 所示。

- ☑ **选择多列单元格**：将鼠标光标移动到列的上方，当其变为↓形状时，按下鼠标左键向左或向右拖动，即可选择连续的多列单元格，如图 7-21 所示。

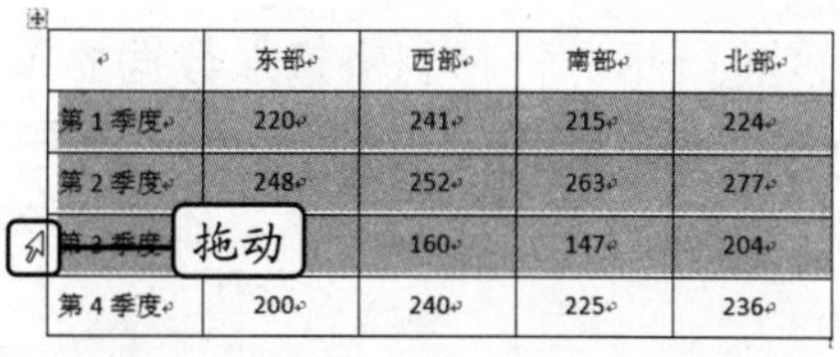

◆ 图 7-20

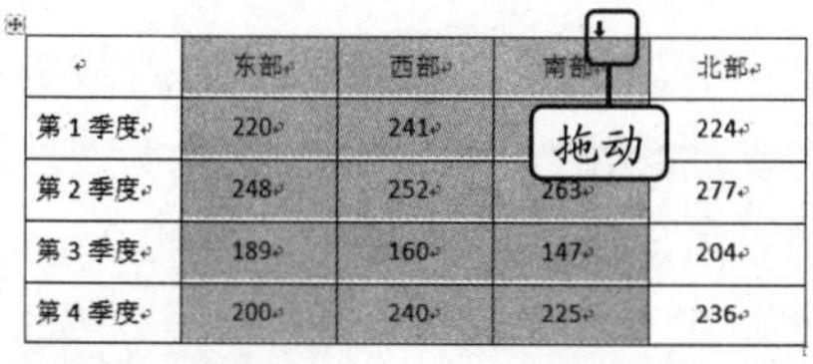

◆ 图 7-21

3. 选择单元格区域

选择单元格区域的方法主要有如下两种。

- ☑ **选择多个连续的单元格**：将鼠标光标定位到要选择的连续单元格区域的第一个单元格中，单击并拖动鼠标至要选择的连续单元格的最后一个单元格，或先将鼠标光标定位到要选择的连续单元格区域的第一个单元格中，然后按住【Shift】键不放，用鼠标单击连续单元格的最后一个单元格，如图 7-22 所示。

- ☑ **选择多个不连续的单元格**：选择任意一个单元格后，按住【Ctrl】键并单击其他单元格，可以选择多个不连续的单元格，如图 7-23 所示。

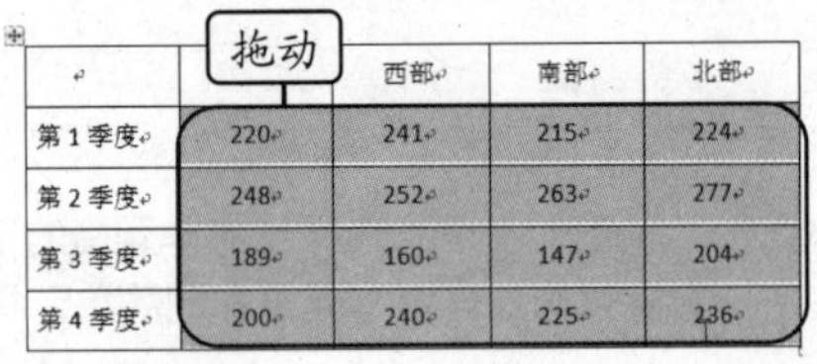

◆ 图 7-22

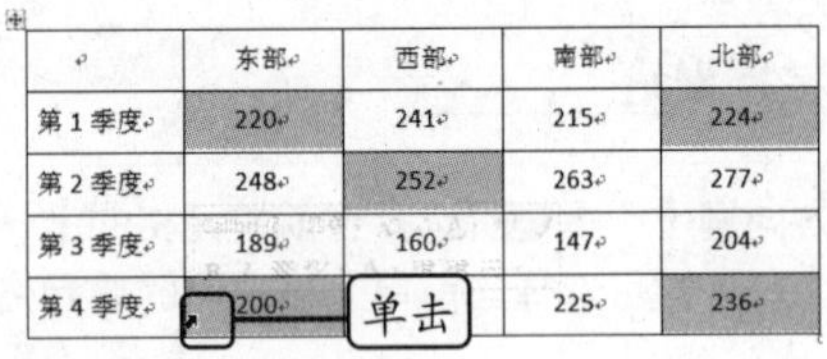

◆ 图 7-23

4. 选择整个表格

选择整个表格的方法主要有如下两种。

- ☑ **结合键盘选择**：按住【Alt】键的同时用鼠标在表格中的任意单元格内双击即可快速选择整张表格。

- ☑ **利用鼠标选择**：将鼠标光标移动到表格的任意位置，表格的左上角就会显示一个 ⊞ 按钮，同时在表格的右下方将出现 □ 按钮，单击这两个按钮中的其中一个，即可将整个表格全部选中，如图 7-24 所示。

◆ 图 7-24

温馨小贴士

输入单元格数据时，一次只能选择一个单元格进行操作。

7.2.2　输入表格内容

输入表格内容就是在单元格中输入数据，只需将鼠标光标移到需输入数据的单元格中，当其变成I形状时，单击鼠标将文本插入点定位到该单元格中，然后输入所需的文本。输入完毕后，再单击其他单元格进行输入。简单地说，可以把一个单元格看作是一个完整的页面来进行输入。

 打开 CD:\素材\第 7 章\购销合同.docx，在表格中输入表格内容
（ CD:\效果\第 7 章\购销合同.docx）。

STEP 01. 输入文本。 打开"购销合同"文档，将文本插入点定位在第一个单元格中，输入文本"产品名称"，如图 **7-25** 所示。

STEP 02. 右移单元格。 按方向键【→】将文本插入点右移一个单元格，输入文本"详细规格"，如图 **7-26** 所示。

◆ 图 7-25

◆ 图 7-26

STEP 03. 输入表格内容。 用相同的方法在第 1 行单元格中输入如图 **7-27** 所示的表格内容。

STEP 04. 输入其他表格内容。 按方向键【↓】将文本插入点移动到下面的单元格中，输入"总计金额"等文本，效果如图 **7-28** 所示。

◆ 图 7-27

◆ 图 7-28

7.2.3　编辑表格内容

在文档中插入表格并输入相应的内容时，若要输入相同的内容，则可利用 Word 提供的移动与复制功能进行编辑。表格制作完成后，常常还需要对内容进行调整，如公司新进员工或老员工离开后，都需要对员工名册表格进行添加或删除记录操作；当要制作一个比较专业的表格时，为了美观，还需要对单元格进行合并与拆分操作。下面就详细讲解各种编辑表格内容的具体操作，以满足用户的实际需求。

1. 移动与复制表格内容

在表格中可以方便地将某个或多个单元格中的内容移动或复制到其他单元格中。移动或复制表格内容与在文档中移动或复制文本的方法类似。

☑　**通过拖动鼠标：** 选择要移动或复制的单元格，按住鼠标左键不放进行拖动，可移

动所选单元格中的内容，在移动的同时按住【Ctrl】键不放可实现复制操作。

☑ **利用鼠标右键菜单**：在选择的单元格上单击鼠标右键，在弹出的快捷菜单中选择"剪切"命令，再在目标位置单击鼠标右键并在弹出的快捷菜单中选择"粘贴"命令可移动表格内容。若选择"复制"命令，再在目标位置选择"粘贴"命令可复制表格内容。

☑ **单击功能区中的按钮**：选择要移动或复制内容的单元格，在"开始"选项卡的"剪贴板"组中单击"剪切"按钮，在目标单元格中定位文本插入点后单击"粘贴"按钮，可移动表格内容。若在"开始"选项卡的"剪贴板"组中单击"复制"按钮，在目标单元格中定位文本插入点，单击"粘贴"按钮可复制表格内容。

 打开 CD:\素材\第 7 章\产品价格表.docx 文档，通过鼠标拖动的方法移动与复制单元格数据（ CD:\效果\第 7 章\产品价格表.docx）。

STEP 01. **输入表格内容。** 将文本插入点定位在第二行与第四列交叉的单元格中，输入 "48 支/件"，如图 7-29 所示。

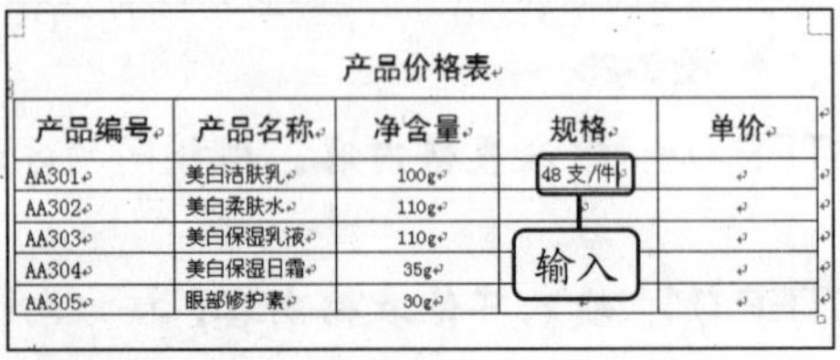

STEP 02. **拖动鼠标。** 选择输入的文本，按下鼠标左键拖动到下方单元格中。在拖动过程中，鼠标光标将变为形状，同时显示一个虚线竖条表示拖动后的目标位置，如图 7-30 所示。

◆ 图 7-29

STEP 03. **移动表格内容。** 拖动到目标位置后，释放鼠标左键，即可将文本 "48 支/件" 移动到原单元格下方的单元格中，如图 7-31 所示。

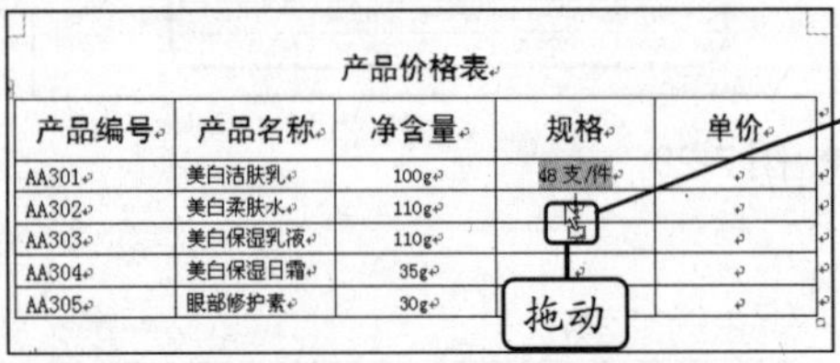

◆ 图 7-30 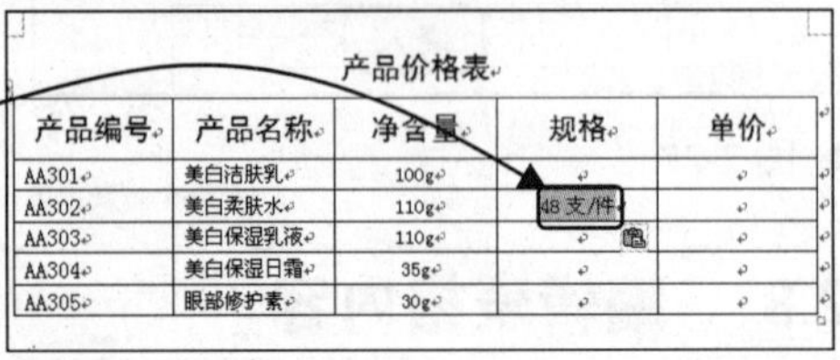　　　　　　　　　　　　　　　　◆ 图 7-31

STEP 04. **拖动鼠标。** 选择移动后的表格内容，按【Ctrl】键的同时将文本拖动到下方单元格中，如图 7-32 所示。

STEP 05. **复制单元格内容。** 释放鼠标左键，即可将选择的单元格内容复制到目标单元格中，如图 7-33 所示。

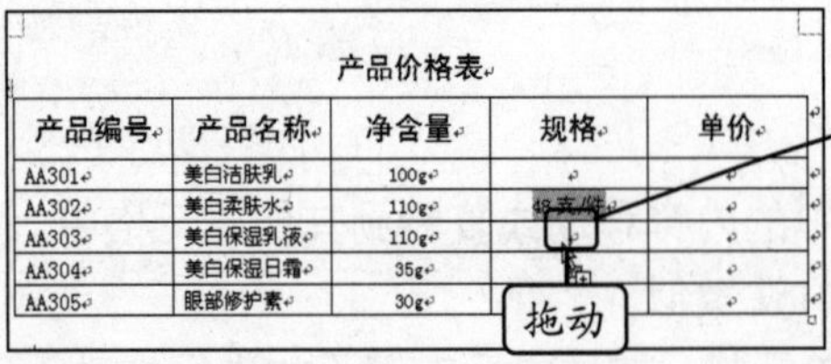

◆ 图 7-32 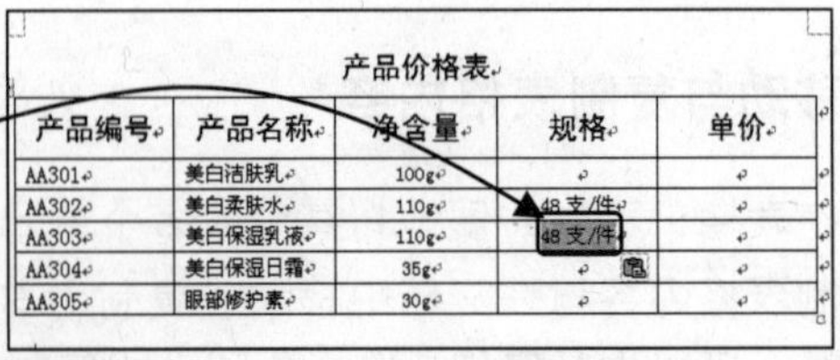　　　　　　　　　　　　　　　　◆ 图 7-33

2. 插入与删除表格元素

如果要在表格中添加数据，可以在要添加数据的位置插入单元格，然后在其中输入数据。而对于无用的单元格，则可将其从表格中删除。插入和删除表格元素的方法如下。

- ☑ **插入表格元素**：将文本插入点定位到要插入单元格的位置，如果要同时插入多个单元格，则在表格中选中数目相同的单元格，然后单击"表格工具-布局"选项卡中"行和列"组右下角的对话框启动器 ，在打开的如图 **7-34** 所示的"插入单元格"对话框中选择一种插入方式，单击 确定 按钮即可。

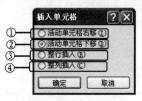

◆ 图 7-34

① **"活动单元格右移"单选按钮**：插入新单元格后，当前单元格向右移动。

② **"活动单元格下移"单选按钮**：插入新单元格后，当前单元格向下移动。

③ **"整行插入"单选按钮**：当前单元格所在行向下移动一行，并在其上方插入整行单元格。

④ **"整列插入"单选按钮**：当前单元格所在列向右移动一列，并在其左侧插入整列单元格。

- ☑ **删除表格元素**：在删除单元格时，同样需要先将文本插入点定位在表格中，然后在"表格工具-布局"选项卡的"行和列"组中选择所需的选项，即可在表格的相应位置删除行与列，同时还可删除表格。如果在"删除"下拉菜单中选择"删除单元格"命令，可打开"删除单元格"对话框，选中前两个单选按钮中的任意一个，单击 确定 按钮，即可删除当前单元格，且其他单元格将向相应的方向移动。

打开 CD:\素材\第 7 章\会议签到表.docx 文档，在其中插入并删除表格元素（ CD:\效果\第 7 章\会议签到表.docx）。

STEP 01. 打开对话框。 在表格中选择第 4 行中的任意单元格，单击"表格工具-布局"选项卡中"行和列"组右下角的对话框启动器 ，在打开的如图 7-35 所示的"插入单元格"对话框中选中"整行插入"单选按钮，单击 确定 按钮。

STEP 02. 插入整行单元格。 此时系统按照所选的插入方式在表格中插入单元格，如图 7-36 所示。

STEP 03. 选中单选按钮。 选择表格中第 3 列中的任意单元格，打开"插入单元格"对话框，在其中选择"整列插入"单选按钮，单击 确定 按钮，如图 7-37 所示。

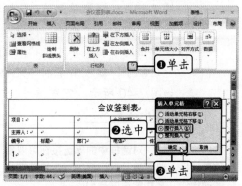

◆ 图 7-35

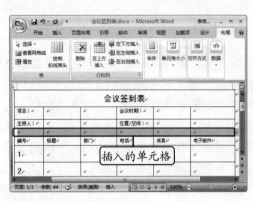

◆ 图 7-36 ◆ 图 7-37

STEP 04. **插入整列单元格。** 此时系统在表格中插入整列单元格，效果如图 7-38 所示。

STEP 05. **输入单元格内容。** 在第 5 行第 3 列单元格中输入 "签名"。

STEP 06. **选中单选按钮。** 在表格中选择第 1 行第 1 列单元格，单击 "行和列" 组中的 "删除" 按钮，在弹出的下拉菜单中选择 "删除单元格" 命令，在打开的 "删除单元格" 对话框中选中 "右侧单元格左移" 单选按钮，单击 确定 按钮，如图 7-39 所示。

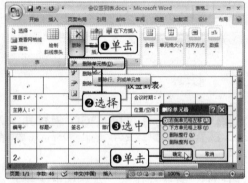

◆ 图 7-38 ◆ 图 7-39

STEP 07. **删除整行单元格。** 在表格中选择第 7 行中的任意单元格，单击 "行和列" 组中的 "删除" 按钮，在弹出的下拉菜单中选择 "删除行" 命令，删除第 7 行单元格，如图 7-40 所示，完成操作。

 温馨小贴士

"删除单元格" 对话框中的单选按钮可以看作是 "插入单元格" 对话框中对应单选按钮的逆操作，其功能正好是相反的。

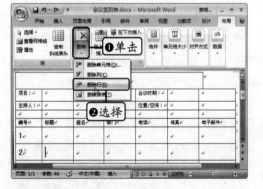

◆ 图 7-40

3. 合并与拆分表格元素

　　编辑表格时，有些表格的表头内容包含了多列或多行文本，此时为了使表格整体看起来更直观，可合并相应的单元格，而且合并单元格后还可根据需要拆分单元格。通过合并与拆分单元格，可以将简单的表格修改成结构复杂的表格。

- ☑ **合并单元格**：将两个或两个以上的相邻单元格合并为一个单元格，合并后各个单元格中原有的数据将同时显示在合并后的单元格中。其方法为：选择需要进行合并的单元格区域后，单击"合并单元格"按钮▦即可。

- ☑ **拆分单元格**：拆分单元格是合并单元格的逆操作，用于将一个或多个相邻的单元格拆分为两个或两个以上的单元格。其方法为：选择需要拆分的单元格或单元格区域后，单击"拆分单元格"按钮▦，在打开的"拆分单元格"对话框中设置拆分的行列数，单击 确定 按钮即可将其拆分。

　　将 CD:\素材\第 7 章\五月牙膏销售记录.docx 文档第一行中的"五月牙膏销售记录"单元格拆分为 5 个单元格，然后再合并为一个单元格。

STEP 01. 设置拆分参数。 打开素材文档，选择"五月牙膏销售记录"单元格，单击"表格工具-布局"选项卡的"合并"组中的"拆分单元格"按钮▦，在打开的"拆分单元格"对话框中将"列数"设置为"5"，"行数"设置为"1"，单击 确定 按钮，如图 7-41 所示。

STEP 02. 拆分单元格。 此时该单元格被拆分为 5 个单元格，效果如图 7-42 所示。

◆ 图 7-41

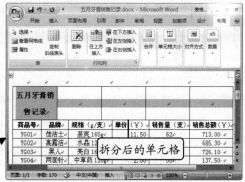

◆ 图 7-42

STEP 03. 单击按钮。 选择第一行单元格，单击"表格工具-布局"选项卡的"合并"组中的"合并单元格"按钮▦，如图 7-43 所示。

STEP 04. 合并单元格。 此时即可看到 5 个单元格合并为 1 个单元格，如图 7-44 所示，完成拆分和合并单元格的操作。

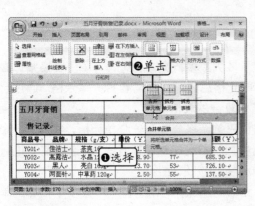

◆ 图 7-43

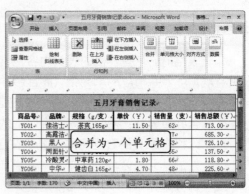

◆ 图 7-44

7.2.4　办公案例——创建与编辑工资表

　　本案例将使用输入与编辑功能制作一个工资表文档，帮助公司统一输入和编辑员工工资（●CD:\效果\第 7 章\工资表.docx），最终效果如图 7-45 所示。

2008 年 1 月份工资表							合并单元格后的效果
编号	姓名	基本工资	提成	生活补贴	迟到	事假	总计
001	蒋琳	￥1,000	￥661	￥120	￥60		￥1,721
002	许丽	￥1,000	￥783	￥120			￥1,903
003	高山	￥1,000	￥1,252	￥120	￥50	￥50	￥2,272
004	李婷婷	￥1,000	￥600	￥120			￥1,720
005	杨飞	￥1,000	￥833	￥120	￥20		￥1,933
006	马静	￥1,000	￥1,200	￥120		￥100	￥2,220
007	张圣	￥1,000	￥468	￥120			￥1,588
008	卢平	￥1,000	￥700	￥120	￥50		￥1,770
009	郝露露	￥1,000	￥1,000	￥120			￥2,120
010	张强	￥1,000	￥980	￥120			￥2,100
011	王功成	￥1,000	￥987	￥120	￥100		￥2,007
总工资							
平均工资							
提成最高者							

插入的单元格

合并单元格后的效果

◆ 图 7-45

　　其具体操作步骤如下。

STEP 01. 设置参数。 新建"工资表"文档，单击"插入"选项卡，在"表格"组中单击"表格"按钮，在弹出的下拉菜单中选择"插入表格"命令。在打开的"插入表格"对话框中输入要插入表格的列数"8"与行数"15"，选中"固定列宽"单选按钮，单击　确定　按钮，如图 7-46 所示。

STEP 02. 插入表格。 文档中插入了一个 15 行 8 列的表格，效果如图 7-47 所示。

STEP 03. 输入表格内容。 在表格中输入如图 7-48 所示的内容。

STEP 04. 合并单元格。 选择第一行单元格，

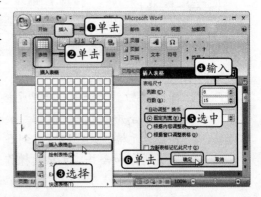

◆ 图 7-46

单击"表格工具-布局"选项卡 的"合并"组中的"合并单元格"按钮，如图 7-49 所示。

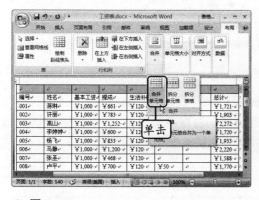

◆ 图 7-47

◆ 图 7-48

STEP 05. 输入单元格内容。 在合并后的单元格中输入"2008 年 1 月份工资表"。用相同的方法合并第 13 行~第 15 行的部分单元格，并输入相应的表格内容，如图 7-50 所示。

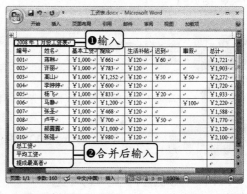

◆ 图 7-49

◆ 图 7-50

STEP 06. 插入整行单元格。 在表格中选择第 13 行中的任意单元格，单击"行和列"组中的"在上方插入"按钮，如图 7-51 所示。

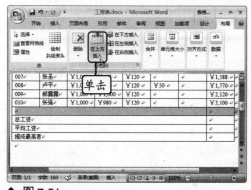

◆ 图 7-51

温馨小贴士

在"表格工具-布局"选项卡的"行和列"组中单击相应的按钮，也可在选择的单元格的上方或下方插入一整行单元格，或在单元格的左侧或右侧插入一整列单元格，与前面讲的通过"插入单元格"对话框进行插入的效果相同。

STEP 07. **拆分单元格。** 由于插入的单元格自动引用所选择单元格的样式，这里选择新插入的单元格，单击"合并"组中的"拆分单元格"按钮，在打开的"拆分单元格"对话框中将"列数"设置为"7"，"行数"设置为"1"，单击 确定 按钮，如图 7-52 所示。

STEP 08. **输入表格内容。** 将该单元格重新拆分为 7 个单元格后，分别输入单元格内容，效果如图 7-53 所示，完成实例的操作。

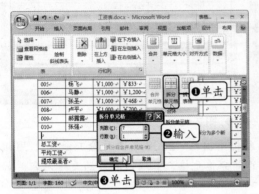

◆ 图 7-52

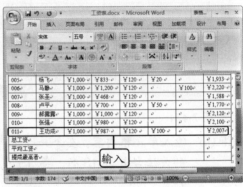

◆ 图 7-53

7.3 美化表格

为了使创建的表格更加美观，可以调整表格的行高与列宽、添加边框与底纹以及设置对齐方式等。若在调整的过程中觉得自己——进行设置比较麻烦，可利用 Word 2007 提供的多种表格样式美化表格。

7.3.1 调整行高与列宽

创建表格时，表格的行高和列宽都采用的是默认值，而在表格各单元格中输入内容的多少并不相等，因此需要对表格的行高和列宽进行适当的调整。调整行高与列宽的常用方法主要有 3 种，下面分别进行讲解。

1. 使用鼠标拖动法进行调整

在 Word 中，拖动鼠标是调整表格行高与列宽的最简单的方法。只需要将鼠标光标移到表格中任意相邻两列的分隔线上，当其变为 ╫ 形状时，向左或向右拖动即可改变列宽，如图 7-54 所示；将鼠标光标移到表格中任意相邻两行的分隔线上，当其变为 ╪ 形状时，向上或向下拖动即可改变行高，如图 7-55 所示。

如果在文档中开启了标尺功能，将文本插入点定位在表格中，标尺中会出现多个制表符。用鼠标拖动上方标尺中的制表符，可调整列宽。用鼠标拖动左侧标尺的制表符，可调整行高。

◆ 图 7-54　　　　　　　　　　　　　　　　◆ 图 7-55

2. 通过组命令自动调整

当表格结构比较简单时，可以在"布局"选项卡的"单元格大小"组中选择相应的命令，让系统自动调整表格的行高与列宽，如图 7-56 所示。

① **根据内容自动调整表格**：根据输入的文本内容自动调整表格的行高和列宽。

② **根据窗口自动调整表格**：以 Web 方式显示文档时，系统将自动调整表格大小以适应浏览器窗口。当更改浏览器窗口大小时，表格也将自动调整大小以适应它。

◆ 图 7-56

③ **固定列宽**：将表格中每列的宽度都设置为当前光标所在列的宽度。

④ **分布行**：使选择的行或单元格具有相等的行高。

⑤ **分布列**：使选择的列或单元格具有相等的列宽。

⑥ **表格行高度/列宽度**：在"表格行高度"数值框和"表格列宽度"数值框中输入相应的数值可精确设置表格的行高与列宽。

3. 通过"表格属性"对话框调整

如果想更精确地设置表格的行高和列宽，可以通过"表格属性"对话框来实现。只需要将鼠标光标定位在需调整表格行高与列宽的单元格中，单击"布局"选项卡的"单元格大小"组的对话框启动器，在打开的"表格属性"对话框的相应选项卡中进行设置，完成后单击 **确定** 按钮即可。

 在 CD:\素材\第 7 章\会议签到表 1.docx 文档中设置单元格的行高与列宽（ CD:\效果\第 7 章\会议签到表 1.docx）。

STEP 01. **拖动鼠标。** 打开"会议签到表 1"文档，拖动第一行单元格的右侧列分隔线，使其与下一行单元格的分隔线对齐，如图 7-57 所示。

STEP 02. **自动调整行高和列宽。** 单击表格左上角的 按钮选择整个表格，单击"布局"选项卡，在"单元格大小"组中单击"自动调整"按钮，在弹出的下拉菜单中选择"根据内容自动调整表格"命令，如图 7-58 所示。

STEP 03. **单击对话框启动器。** 单击"布局"选项卡中"单元格大小"组的对话框启动器，如图 7-59 所示。

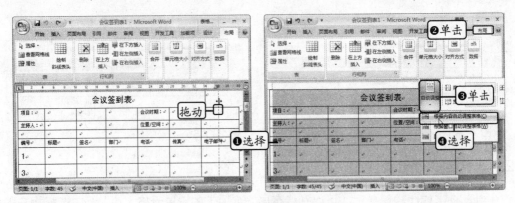

◆ 图 7-57　　　　　　　　　　◆ 图 7-58

STEP 04. 设置行高。 在打开的"表格属性"对话框中单击"行"选项卡，在"尺寸"栏中选中"指定高度"复选框，在其后数值框中输入"1 厘米"，如图 7-60 所示。

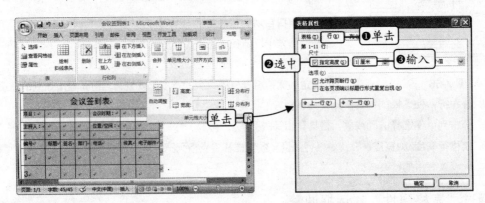

◆ 图 7-59　　　　　　　　　　◆ 图 7-60

STEP 05. 设置列宽。 单击"列"选项卡，在字号栏中选中"指定宽度"复选框，在其后面的数值框中输入"2 厘米"，单击 确定 按钮，如图 7-61 所示。

STEP 06. 完成设置。 完成行高与列宽的精确设置，效果如图 7-62 所示。

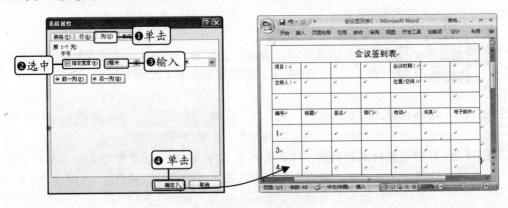

◆ 图 7-61　　　　　　　　　　◆ 图 7-62

秘技播报站

在"行"选项卡中单击 ⬆ 上一行(P) 或 下一行 ⬇(N) 按钮可分别对上一行或下一行进行设置，同样，在"列"选项卡中单击 ◀◀ 前一列(P) 或 后一列(N) ▶▶ 按钮可分别对前一列或后一列进行设置。

7.3.2　添加边框和底纹

为表格添加边框和底纹，可以使其更加美观。添加边框和底纹时，可以为整个表格进行添加，也可以为指定的单元格区域进行添加。

- ☑ **设置表格边框**：为表格设置边框时，可以对边框线条的粗细、颜色和样式等进行设置，同时还可以设定边框线条的显示与否。
- ☑ **设置表格底纹**：底纹即表格的背景颜色，可以为表格中不同类型数据所在的单元格或行列设置不同的底纹颜色，从而便于直观地查看表格数据。

　为 ◎CD:\素材\第 7 章\订货登记表.docx 文档中的表格添加边框和底纹（◎CD:\效果\第 7 章\订货登记表.docx）。

STEP 01. **单击对话框启动器。**打开"订货登记表"文档，单击表格左上角的 ⊞ 按钮选择整个表格，单击"表格工具-设计"选项卡，在"绘制边框"组中单击对话框启动器 ▣，如图 7-63 所示。

STEP 02. **设置外边框。**打开"边框和底纹"对话框后，单击"边框"选项卡，在"设置"栏中选择"方框"选项，在"颜色"下拉列表框中选择"水绿色，强调文字颜色 5"选项，在"宽度"下拉列表框中选择"1.0 磅"选项，如图 7-64 所示。

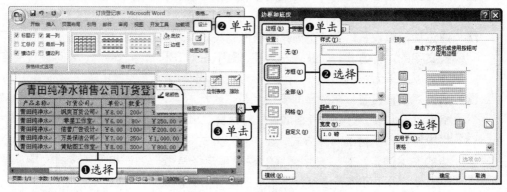

◆ 图 7-63　　　　　　　　　　　　◆ 图 7-64

STEP 03. **设置内边框。**在"设置"栏中选择"自定义"选项，在"样式"下拉列表框中选择第 5 项，在"颜色"下拉列表框中选择"绿色"选项，在"宽度"下拉列表框中选择"0.5 磅"选项，如图 7-65 所示。

STEP 04. **设置底纹。**单击"底纹"选项卡，在"填充"下拉列表框中选择"水绿色，强

调文字颜色 5，淡色 40%"选项，单击[确定]按钮，如图 7-66 所示。完成所有的操作后，表格效果如图 7-67 所示。

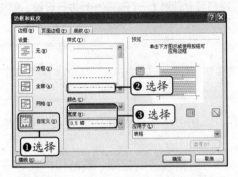

◆ 图 7-65

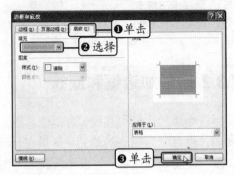

◆ 图 7-66

◆ 图 7-67

温馨小贴士

设置底纹时，为了不影响查看表格中的数据，不宜将底纹颜色设置得太深。

7.3.3 设置对齐方式

在表格中输入内容时，文本内容默认靠左靠上方对齐。当同一行中文本内容多少不一致时，会使内容显得参差不齐，这时需要对表格中的文本进行水平方向和垂直方向的排列，即设置对齐方式。表格内容的对齐方式有多种，如靠上对齐、靠下对齐、靠左对齐、靠右对齐和居中对齐等。为表格设置对齐方式的方法主要有如下两种。

☑ **通过功能组设置**：在"布局"选项卡的"对齐方式"组中单击相应的按钮即可设置文字的对齐方式，如靠上左对齐、靠下右对齐和水平居中等，还可设置文字的方向以及单元格的边距。

☑ **通过对话框设置**：在选择的表格上单击鼠标右键，在弹出的快捷菜单中选择"表格属性"命令，打开"表格属性"对话框。单击"表格"选项卡，在"对齐方式"栏中可选择所需的对齐方式，在"对齐方式"栏的"左缩进"数值框中可输入表格的左缩进量，在"文字环绕"栏中可选择是否允许表格周围绕排文字，单击[确定]按钮即可将表格设置为相应的对齐方式。

7.3.4 套用表格样式

Word 2007 中内置了许多设置好格式的表格样式，通过套用这些内置的样式，可以快速美化表格，使表格美观而且专业。套用表格样式后，还可以根据需要对样式进行各种修改，以满足办公的需要。

为 ◎CD:\素材\第 7 章\固定资产购置表.docx 文档中的表格套用表格样式（◎CD:\效果\第 7 章\固定资产购置表.docx）。

STEP 01. 设置表格格式。 打开"固定资产购置表"文档，将文本插入点定位在表格中的任意位置，单击"表格工具-设计"选项卡，在"表格样式选项"组中选中"标题行"、"镶边行"和"第一列"复选框，如图 7-68 所示。

STEP 02. 选择表格样式。 单击"表样式"列表框右侧的 按钮，在弹出的下拉菜单中选择"彩色型 2"选项，如图 7-69 所示。

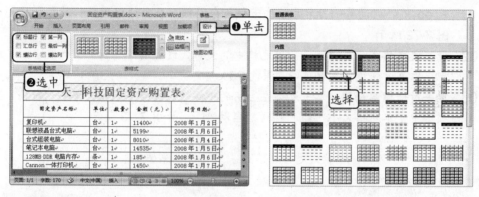

◆ 图 7-68　　　　　　　　　　　　　　　　◆ 图 7-69

STEP 03. 设置表格样式后的效果。 返回表格中即可看到完成表格样式套用后的效果，如图 7-70 所示。

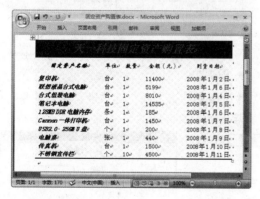

◆ 图 7-70

温馨小贴士

在图 7-69 所示的下拉菜单中选择"修改表格样式"命令，打开"修改样式"对话框，在"属性"栏中可设置表格样式的名称以及样式基准（样式基准即普通表格、彩色底纹和浅色底纹等），在"格式"栏中可设置表格的字体样式、边框与底纹以及对齐方式等。

7.3.5　办公案例——美化超市销售统计表

本案例将使用 Word 2007 美化"超市销售统计表"文档，帮助超市人员美化日常用表（◎CD:\效果\第 7 章\超市销售统计表.docx），最终效果如图 7-71 所示。

晶晶超市销售统计表

编号	商品名称	规格	销售量	单价	总金额
001	真心瓜子	500g	100	￥5.90	￥590.00
002	营养快线	250ml	120	￥3.90	￥468.00
003	康师傅葡萄汁	251ml	115	￥2.40	￥276.00
004	西麦燕麦	700g	74	￥18.90	￥1,398.60
005	皇室燕麦	701g	100	￥15.60	￥1,560.00
006	冠生园蜂蜜	250ml	65	￥10.50	￥682.50
007	九阳电热毯	12m*15m	42	￥39.90	￥1,675.80
008	彩虹电热毯	12m*16m	56	￥42.50	￥2,380.00

右对齐效果

两端对齐效果

◆ 图 7-71

其具体操作步骤如下。

STEP 01. **拖动鼠标。** 打开 "超市销售统计表" 文档（CD:\素材\第 7 章\超市销售统计表.docx），拖动第一行单元格的下侧行分隔线，至合适位置后释放鼠标键，如图 7-72 所示。

STEP 02. **设置文本格式。** 选择第一行单元格中的文本，设置其字体为 "宋体、小二、加粗、红色，强调文字颜色 2，深色 25%"。

STEP 03. **单击对话框启动器。** 单击表格左上角的 ⊞ 按钮选择整个表格，单击 "布局" 选项卡中 "单元格大小" 组的对话框启动器 ，如图 7-73 所示。

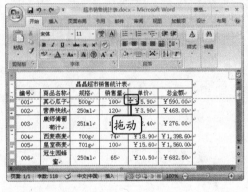

◆ 图 7-72

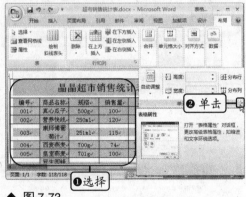

◆ 图 7-73

STEP 04. **设置列宽。** 在打开的 "表格属性" 对话框中单击 "列" 选项卡，在 "字号" 栏中选中 "指定宽度" 复选框，在其后面的数值框中输入 "2.5 厘米"，单击 确定 按钮，如图 7-74 所示。

STEP 05. **拖动鼠标。** 拖动第二列单元格的右侧列分隔线，使单元格中的所有内容显示在一行中。

STEP 06. **选择表格样式。** 单击 "表样式" 列表框右侧的 按钮，在弹出的下拉菜单中选择 "网页型 1" 选项，如图 7-75 所示。

STEP 07. **设置对齐方式。** 选择第二列单元格，单击 "布局" 选项卡 "对齐方式" 组中的 "中部两端

◆ 图 7-74

对齐" 按钮 ，如图 7-76 所示。

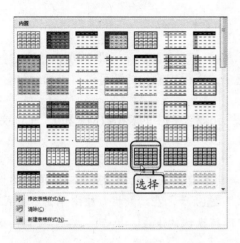

◆ 图 7-75

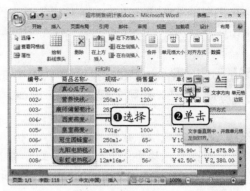

◆ 图 7-76

STEP 08. 设置对齐方式。 选择第 5 列和第 6 列单元格，单击 "布局" 选项卡 "对齐方式" 组中的 "中部右对齐" 按钮 ，如图 7-77 所示，完成本例的操作。

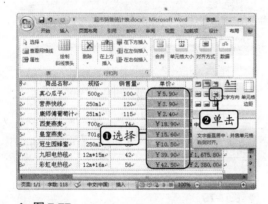

◆ 图 7-77

温馨小贴士

表格也有对齐方式，它是指整个表格在文档页面中所处的位置，有左对齐、居中和右对齐 3 种对齐方式，默认为左对齐。

7.4　管理数据

Word 2007 中的表格具有管理数据的功能，包括计算功能和排序功能。虽然没有专业数据处理软件 Excel 2007 的功能那么强大，但应付日常的办公事务已经绰绰有余了。

7.4.1　计算数据

Word 2007 中提供了一些公式，利用它们可以在表格中进行复杂的运算。在办公中应用最多的数据计算功能包括求和与计算平均值；下面分别讲解在 Word 2007 中进行这

両种计算的操作方法。

1. 求和

求和是指计算所选择单元格中数据的总和，单击"表格工具-布局"选项卡，在"数据"组中单击"公式"按钮 fx，在打开的对话框中选择相应的公式即可进行求和运算。

为 CD:\素材\第 7 章\工资表.docx 文档中的表格数据求和（ CD:\效果\第 7 章\工资表 1.docx）。

STEP 01. 打开对话框。 打开"工资表"文档，将文本插入点定位到"总工资"单元格右侧的单元格中，单击"表格工具-布局"选项卡，在"数据"组中单击"公式"按钮 fx，在打开的"公式"对话框中保持默认的设置，单击 确定 按钮，如图 7-78 所示。

STEP 02. 查看求和结果。 返回表格中即可看到单元格中出现了求和后的结果，如图 7-79 所示。

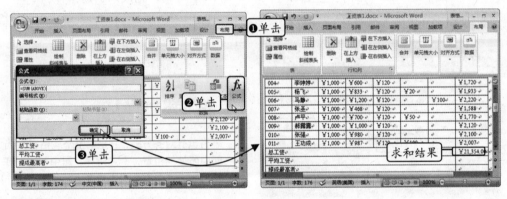

◆ 图 7-78　　　　　　　　◆ 图 7-79

2. 求平均值

计算单元格的平均值也可通过"公式"对话框进行操作，在其中的"粘贴函数"下拉列表框中选择求平均值的公式，并设置数字格式进行计算即可。

为 CD:\素材\第 7 章\工资表 1.docx 文档中的表格数据求平均值（ CD:\效果\第 7 章\工资表 2.docx）。

STEP 01. 打开对话框。 打开"工资表 1"文档，将文本插入点定位到"平均工资"单元格右侧的单元格中，单击"表格工具-布局"选项卡，在"数据"组中单击"公式"按钮 fx，在打开的"公式"对话框的"粘贴函数"下拉列表框中选择"AVERAGE"选项，将"公式"文本框中的内容修改为"=AVERAGE

（H3:H13）"，单击 确定 按钮，如图 7-80 所示。

STEP 02. 查看求平均值结果。 返回表格中即可看到单元格中出现了求平均值后的结果，如图 7-81 所示。

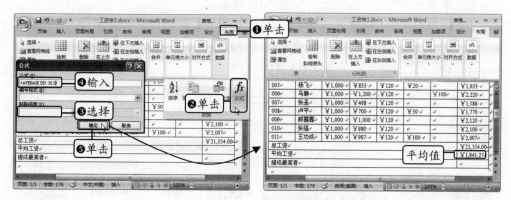

◆ 图 7-80

◆ 图 7-81

 秒技播报站

在 Word 中描述单元格范围时，需要对单元格进行编号。编号规则为：行的代号从上向下依次为 1、2、3，列的代号从左到右依次为 A、B、C，列在前，行在后，组合在一起就是单元格的代号。所以 "C2" 代表第 3 列第 2 行单元格，"G2" 代表第 7 列第 2 行单元格。"C2:G2" 代表要引用从第 2 行第 3 列单元格到第 2 行第 7 列单元格中的所有数据。

7.4.2　排序

使用 Word 2007 的排序功能可以将表格中的文本、数字或数据按升序（A 到 Z、0 到 9 或最早到最晚的日期）或降序（Z 到 A、9 到 0 或最晚到最早的日期）进行排序。在 Word 2007 中，排序主要有以下一些参数。

- ☑ **笔划**：Word 2007 首先排序以标点或符号开头的项目（例如!、#或&），随后是以数字开头的项目，最后是以字母开头的项目。

- ☑ **数字**：Word 2007 忽略数字以外的所有其他字符，数字可以位于段落中的任何位置。

- ☑ **日期**：Word 2007 将下列字符识别为有效的日期分隔符：连字符、斜线（ / ）、逗号和句号。同时 Word 将冒号（：）识别为有效的时间分隔符。如果 Word 无法识别一个日期或时间，会将该项目放置在列表的开头或结尾（依照排列方式是升序还是降序）。

- ☑ **拼音**：Word 2007 将根据拼音的排序规则进行排序。

 将 ◎CD:\素材\第 7 章\工资表2.docx 文档中的表格数据按总工资升序排序（ ◎CD:\效果\第 7 章\工资表 3.docx ）。

STEP 01. 单击按钮。 打开 "工资表2" 文档，选择从第 2 行第 1 列单元格到第 13 行第 8 列单元格之间的表格内容，单击 "表格工具-布局" 选项卡，在 "数据" 组中单击 "排序" 按钮 ，如图 7-82 所示。

STEP 02. 打开对话框。 在打开的 "排序" 对话框的 "主要关键字" 下拉列表框中选择 "列 8"，在 "类型" 下拉列表框中选择 "数字" 选项，选中 "升序" 单选按钮，单击 确定 按钮，如图 7-83 所示。

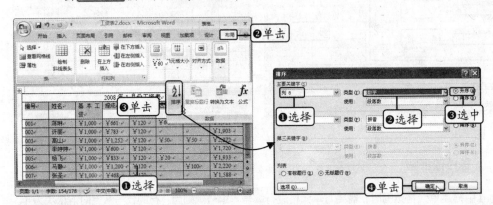

◆ 图 7-82　　　　　　　　　　　　　　　◆ 图 7-83

STEP 03. 查看排序结果。 返回表格中即可看到表格中的数据按照 "总计" 列中的数值大小进行升序排序，效果如图 7-84 所示。

STEP 04. 复制单元格内容。 复制排序单元格区域中 "总计" 列中的最后一个单元格内容到 "提成最高者" 单元格右侧的单元格中，如图 7-85 所示。

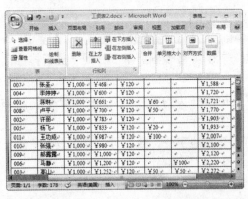

◆ 图 7-84　　　　　　　　　　　　　　　◆ 图 7-85

STEP 05. 单击按钮。 再次选择从第 2 行第 1 列单元格到第 13 行第 8 列单元格之间的表格内容，在 "布局" 选项卡的 "数据" 组中单击 "排序" 按钮 ，如图 7-86 所示。

STEP 06. 设置排序参数。 在打开的 "排序" 对话框的 "主要关键字" 下拉列表框中选择 "列 1"，在 "类型" 下拉列表框中选择 "数字" 选项，选中 "升序" 单选按钮，单击 确定 按钮，如图 7-87 所示。

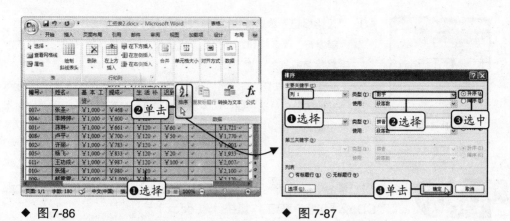

◆ 图 7-86　　　　　　　　　　　　　　　◆ 图 7-87

STEP 07. 查看排序结果。 排序后的效果如图 **7-88** 所示，它是以 "编号" 列中的编号大小进行升序排列的。

◆ 图 7-88

7.5 表格与文本的转换

在 Word 2007 中，为了办公上的方便，可以直接将表格转换为文本，也可以将文本快速转换为表格，下面讲解其具体操作方法。

7.5.1 将表格转换为文本

　　将表格转换为文本是指将表格中的文本内容按原来的顺序提取出来，以文本的方式显示，但这样操作后会丢失一些特殊的格式。

　　要将表格转换为文本，先选择整个表格，然后在 "布局" 选项卡的 "数据" 组中单击 转换为文本 按钮，打开 "表格转换成文本" 对话框，如图 **7-89** 所示，在其中选中相应的单选按钮即可。

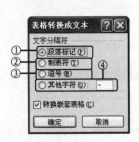

◆ 图 7-89

① "段落标记"单选按钮：将每个单元格中的内容均转换为一个段落。

② "制表符"单选按钮：以制表符代替表格线，这样转换出来的文本内容将保持原来的位置不变。

③ "逗号"单选按钮：将表格线转换为逗号，每行表格转换为一个段落。

④ "其他字符"单选按钮：以自定义的字符代替表格线，在后面的文本框中输入要使用的字符。

新手练兵场 将 CD:\素材\第 7 章\工作量统计表.docx 文档中的表格转换为文本（ CD:\效果\第 7 章\工作量统计表.docx）。

STEP 01. **设置转换参数。**打开"工作量统计表"文档，选择整张表格，在"布局"选项卡的"数据"组中单击 转换为文本 按钮，打开"表格转换成文本"对话框，选中"制表符"单选按钮，单击 确定 按钮，如图 7-90 所示。

STEP 02. **转换成文本。**将表格转换成文本后的效果如图 7-91 所示。

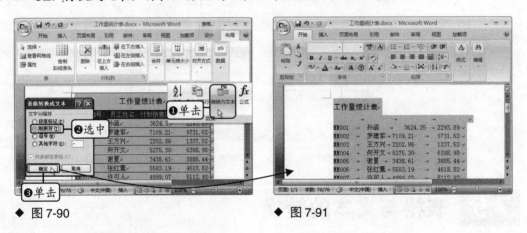

◆ 图 7-90   ◆ 图 7-91

7.5.2　将文本转换为表格

　　将文本转换为表格的操作与将表格转换为文本的操作类似，不同的是需设置表格的列数。方法为：选择要转换为表格的文本，在"插入"选项卡的"表格"组中单击"表格"按钮，在弹出的下拉菜单中选择"文本转换成表格"命令，打开"将文字转换成表格"对话框，在其中即可设置表格的列数。

新手练兵场 将 CD:\素材\第 7 章\工作量统计表 1.docx 文档中的文本转换为表格（ CD:\效果\第 7 章\工作量统计表 1.docx）。

STEP 01. **设置转换参数。**打开"工作量统计表 1"文档，选择所有文本，在"插入"选项卡的"表格"组中单击"表格"按钮，在弹出的下拉菜单中选择"文本转换成表格"命令，打开"将文字转换成表格"对话框，在"列数"数值框中输入"4"，在"'自动调整'操作"栏中选中"根据内容调整表格"单选按钮，在"文字分隔位置"栏中选中"制表符"单选按钮，单击[确定]按钮，如图7-92 所示。

STEP 02. **转换成表格。**将文本转换成表格后的效果如图 7-93 所示。

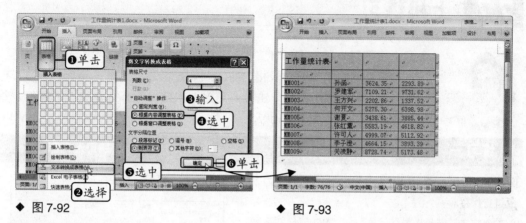

◆ 图 7-92 　　　　　　　　　　　　　　◆ 图 7-93

7.6　疑难解答

学习完本章后，您是否发现自己对 Word 2007 文档中表格的认识又提升到了一个新的台阶？关于表格操作的相关问题是否已经顺利解决了？下面将为您提供一些关于表格操作的常见问题解答，使您的学习路途更加顺畅。

问：表格已经填写完了才发现还需要添加几行内容，除了前面讲解的几种插入表格的方法外，还有没有快捷一点的方法？

答：将文本插入点移动到表格最后一行外的段落标记处，按【Tab】键就可以在表格下方添加一行了。

问：在计算工资的时候，对行进行求和，求和后才发现工资表中有一些数据有错误，这时是不是只修改源数据就行了？

答：不行。在使用 Word 表格计算出了结果以后，若修改了源数据，其计算的结果是不会发生改变的，而只在 Excel 中结果会自动改变。在 Word 中，若修改了源数据，则需要重新计算结果。

问：需要在已有的表格中插入表格，应该怎么办呢？

答：若要在已有的表格中插入表格，可先将文本插入点定位到要插入表格的单元格中，然后单击鼠标右键，在弹出的快捷菜单中选择"插入表格"命令，在打开的对话框中设定相应的参数即可。

7.7 上机练习

本章上机练习一将在 Word 文档中制作"聘用人员登记表"表格，主要练习插入表格、输入与编辑表格内容以及调整行高与列宽的操作；练习二将制作一个"订书表"文档，主要练习设置表格样式和计算数据的操作。各练习的最终效果及制作提示介绍如下。

练习一　　　　　　　CD:\效果\第 7 章\聘用人员登记表.docx

① 新建一个空白文档，并以"聘用人员登记表"为名进行保存。

② 输入文本"聘用人员登记表"和"NO:"，并设置其字体为"宋体"，字号为"小二"，段落格式分别为"居中"和"文本右对齐"。

③ 插入 9 行 7 列的表格，在所需单元格中输入相应的文本。

④ 设置表格的行高和列宽，完成后的效果如图 7-94 所示。

◆ 图 7-94

练习二　　　　　　　CD:\效果\第 7 章\订书表.docx

① 新建一个空白文档，并以"订书表"为名进行保存。

② 绘制表格，输入表格的表头，并设置文本格式为"楷体、四号"，继续输入其他文本，设置其文本格式为"宋体、小四"。

③ 为表格应用"列表型 7"表格样式。

④ 将文本插入点定位在表格右下角的单元格中，单击"表格工具-布局"选项卡，在"数据"组中单击"公式"按钮 fx，在打开的"公式"对话框中保持默认的设置，单击 确定 按钮，完成后的效果如图 7-95 所示。

◆ 图 7-95

第8章

在文档中添加图表

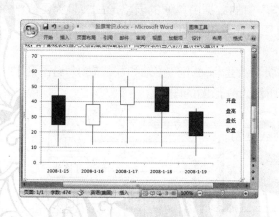

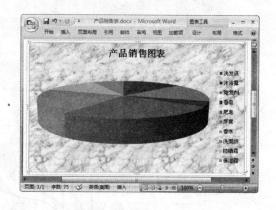

在 Word 2007 中，不仅能够插入表格，还可以将表格数据以图表的形式展现在文档中，并且插入图表时，系统会自动调用 Excel。通过图表，不但可以使表格的界面更加美观，方便查看与对比数据，还可以直观地对数据进行分析。本章将详细介绍图表的基本知识，并讲解创建和编辑图表的方法。

8.1 认识图表

图表就是将工作表中的数据以图表的方式显示，让数据更直观、更形象、更容易理解。通过图表可以更方便地管理和分析表格中的数据。在 Word 2007 中，可以插入多种类型的图表。

8.1.1 图表的组成部分

图表是重要的数据分析工具之一，将工作表中的数据由单一的表格形式转换为图表形式，能让数据表达更清楚、更容易理解，而且图表还具有帮助分析数据、查看数据的差异、走势预测和发展趋势预测等功能。

一张完整的图表主要包括图表标题、图表区、坐标轴（分类轴和数值轴）、绘图区、数据系列、网格线和图例等部分，如图 8-1 所示为柱形图的图表。

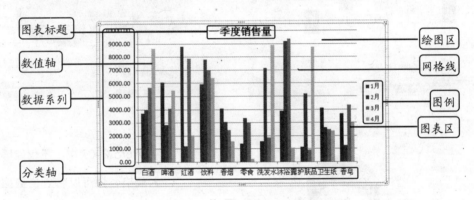

◆ 图 8-1

 温馨小贴士

图表的类型有多种，不同的图表类型，其图表区中的项目所处的位置也不相同。

8.1.2 图表的类型

Word 提供了 10 多种标准类型和多种自定义类型图表，如柱形图、折线图、条形图、饼图、XY 散点图、股价图、圆环图、曲面图和雷达图等。用户可为不同的表格数据选择合适的图表类型，使信息突出显示，让图表更具阅读性。常用的图表类型有如下几种。

- ☑ **柱形图**：用于显示一段时间内数据的变化情况，或描绘各项目之间数据的比较。它强调一段时间内数据值的变化，常用于表示一段时间内的数量，如图 8-2 所示。
- ☑ **折线图**：用于显示随时间（根据常用比例设置）而变化的连续数据。在折线图中，类别数据沿水平轴均匀分布，所有值数据沿垂直轴均匀分布。它强调的是数据的时间性和变动性，非常适用于显示在相等时间间隔下数据的变化趋势，如图 8-3 所示。

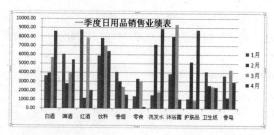
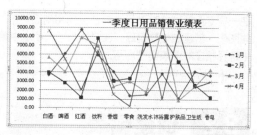

◆ 图 8-2　　　　　　　　　　　　　　◆ 图 8-3

☑ **条形图**：用于描绘各项目之间数据的差异。它常应用于分类标签较长的图表的绘制，如图 8-4 所示。

☑ **饼图**：用于显示每一数值在总数值中所占的比例。它只显示一个系列的数据比例关系，如果有几个系列同时被选中，图表只显示其中的一个系列，如图 8-5 所示。

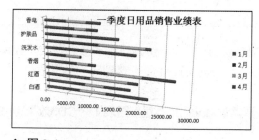
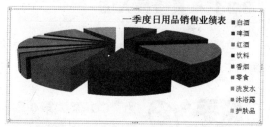

◆ 图 8-4　　　　　　　　　　　　　　◆ 图 8-5

☑ **XY 散点图**：用于显示若干数据系列中各数值之间的关系，或者将两组数据绘制为 xy 坐标的一个系列。类似于折线图，它可以显示单个或者多个数据系列的数据在相等时间间隔条件下的变化趋势，常用于比较成对的数据，如图 8-6 所示。

☑ **股价图**：用于描绘股价的波动情况，例如，可以使用股价图来显示每天或每年股价的波动情况。必须按正确的顺序组织数据才能创建股价图。股价图有 4 种子图表类型，包括盘高–盘低–收盘图、开盘–盘高–盘低–收盘图、成交量–盘高–盘低–收盘图和成交量–开盘–盘高–盘低–收盘图。如图 8-7 所示即为一股价图。

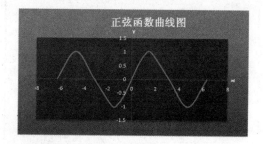

◆ 图 8-6　　　　　　　　　　　　　　◆ 图 8-7

秘技播报站

在一些专业领域或特殊场合中还会使用到圆环图、面积图、气泡图、雷达图和圆锥图等图表。要使用这些图表，创建表格数据后，在"插入"选项卡中单击"图表"组中的 其他图表 · 按钮，在弹出的下拉菜单中选择相应的图表类型即可。

8.2 创建图表

对图表有了基本的认识后，即可尝试为不同的表格数据创建相应的图表。在 Word 2007 中，可以轻松地创建 Excel 2007 中具有专业外观的各种类型的图表。下面就介绍两种创建图表的方法。

8.2.1 直接插入法

在文档中插入图表时，需要先选择图表的样式，在插入一份预设图表后，系统将自动调用 Excel 表格，在表格中对图表数据进行编辑，关闭 Excel 即可得到需要的图表。

 为 ●CD:\素材\第 8 章\股票常识.docx 文档插入图表（●CD:\效果\第 8 章\股票常识.docx）。

STEP 01. **单击按钮。**打开"股票常识"文档，将文本插入点定位到文本的下面。单击"插入"选项卡，在"插图"组中单击"图表"按钮 ，如图 8-8 所示。

STEP 02. **选择图表样式。**在打开的"插入图表"对话框的左侧单击"股价图"选项卡，在右侧的窗格中选择要插入的图表样式，这里选择"开盘-盘高-盘低-收盘图"样式，单击 确定 按钮，如图 8-9 所示。

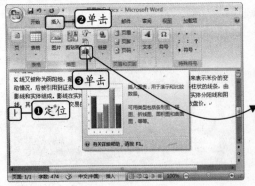

◆ 图 8-8

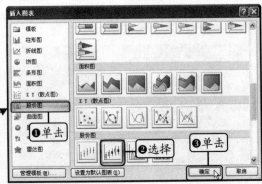

◆ 图 8-9

STEP 03. **打开 Excel 表格。**系统自动打开一个 Excel 表格，在表格中显示了该图的含义，输入内容后单击"关闭"按钮×关闭该文档，如图 8-10 所示。

STEP 04. **查看图表效果。**返回到 Word 中即可看到插入图表后的效果，如图 8-11 所示。

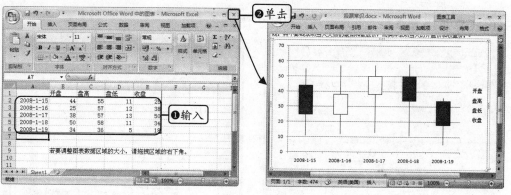

◆ 图 8-10　　　　　　　　　　　　　　　　　　　　　◆ 图 8-11

8.2.2　插入表格法

在 Word 2007 中插入图表除了直接插入法外，还可以通过 Word 中的表格插入图表。

　下面先在 Word 中插入 Excel 电子表格，然后通过插入表格法在文档中插入图表（●CD:\效果\第 8 章\产品销售数量表.docx）。

STEP 01. **选择命令。**新建一个空白文档，将文本插入点定位在首行的行首位置，单击"插入"选项卡，在"表格"组中单击"表格"按钮，在弹出的下拉菜单中选择"Excel 电子表格"命令，如图 8-12 所示。

STEP 02. **输入单元格内容。**将鼠标光标移动到创建的表格中，输入如图 8-13 所示的单元格内容，并设置表头字体为"华文仿宋、14、居中"，其他文本为"隶书、12、居中"。

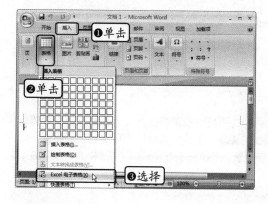
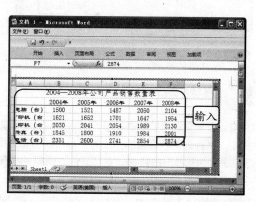

◆ 图 8-12　　　　　　　　　　　　　　　　　　　　　◆ 图 8-13

STEP 03. **选择折线图样式。** 选择表格中第 1 行第 1 列到第 7 行第 6 列的单元格区域，单击"插入"选项卡，在"图表"组中单击"折线图"按钮 ∿∿，在弹出的下拉菜单的"二维折线图"栏中选择"带数据标记的堆积折线图"选项，如图 8-14 所示。

STEP 04. **插入图表。** 在表格中插入如图 8-15 所示的图表。

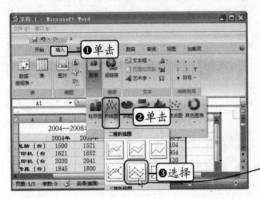

◆ 图 8-14

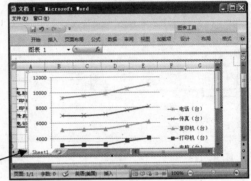

◆ 图 8-15

STEP 05. **调整图表的大小。** 将鼠标光标移动到虚线框右下角的黑色控制点上，按住鼠标左键向右下方拖动，至图表内容显示完全时释放鼠标键，如图 8-16 所示。

STEP 06. **完成图表的创建。** 在文档的任意空白处单击，退出 Excel 表格编辑状态，完成图表的创建，如图 8-17 所示。

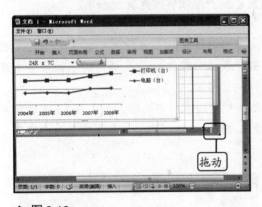

◆ 图 8-16

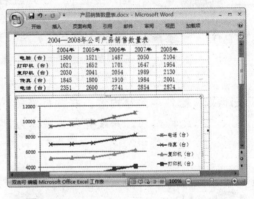

◆ 图 8-17

 温馨小贴士

用户可以自定义喜爱的图表类型，即将从网络中下载得到的图表以图表模板（*.crtx）另存到图表模板文件夹中。另存为图表模板的方法为：单击要另存为模板的图表，单击"设计"选项卡，在"类型"组中单击"另存为模板"按钮 📇，在打开的对话框的"保存位置"下拉列表框中选择"图表"文件夹，在"文件名"下拉列表框中输入适当的图表模板名称。

8.3　编辑图表

在文档中插入图表后，系统会自动显示出图表工具的"设计"、"布局"和"格式"选项卡，在其中可分别设置图表的样式、布局以及相应的格式等，使插入的图表更加直观，实用性更强。

8.3.1　设置图表类型

在文档中创建图表后，如果感觉创建的图表类型不能够满足实际需求，还可以重新选择一种图表类型。

在●CD:\素材\第 8 章\簇状棱锥图.docx 文档中，将簇状棱锥图更改为条形图（●CD:\效果\第 8 章\簇状棱锥图.docx）。

STEP 01. 单击按钮。 打开"簇状棱锥图"文档，选择插入的图表，单击"图表工具-设计"选项卡，在"类型"组中单击"更改图表类型"按钮📊，如图 8-18 所示。

STEP 02. 设置图表类型。 在打开的"更改图表类型"对话框左侧的"模板"栏中单击"条形图"选项卡，在右侧的窗格中选择"三维簇状条形图"选项，单击 确定 按钮，如图 8-19 所示。

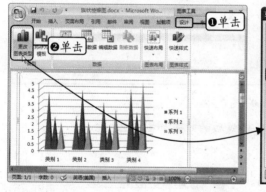

◆ 图 8-18

◆ 图 8-19

STEP 03. 查看设置后的效果。 将原来的簇状棱锥图更改为条形图，效果如图 8-20 所示。

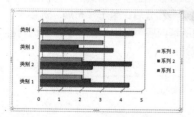

◆ 图 8-20

温馨小贴士

图表大致分为三维与二维两种，如果将三维图表转换为二维图表，系统会提示用户需要合并图形。

8.3.2 设置图表文字格式

图表中的默认文字格式常常不能达到满意的效果，这时需要重新设置。在设置字体时，可直接在"字体"组中进行操作，也可打开相应的"字体"对话框进行设置。

通过"字体"对话框为 ⊙CD:\素材\第 8 章\饼图.docx 文档中的图表设置文字格式（⊙CD:\效果\第 8 章\饼图.docx）。

STEP 01. **选择命令。** 打开"饼图"文档，选择插入的图表，在图表上单击鼠标右键，在弹出的快捷菜单中选择"字体"命令，如图 8-21 所示。

STEP 02. **设置字体格式。** 在打开的"字体"对话框中单击"字体"选项卡，在"字体样式"下拉列表框中选择"倾斜"选项，在"大小"下拉列表框中选择"13"，然后设置字体颜色为"橙色，强调文字颜色 6，深色 50%"，下划线线型为"粗波浪线"，下划线颜色为"橙色，强调文字颜色 6，深色 25%"，单击"字符间距"选项卡，设置字符之间的间距为"12"，单击 确定 按钮，如图 8-22 所示。

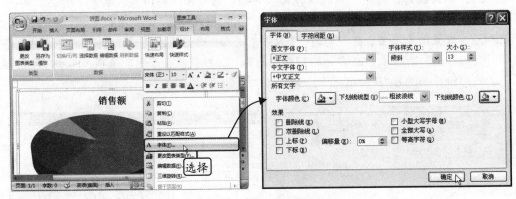

◆ 图 8-21　　　　　◆ 图 8-22

STEP 03. **查看设置后的效果。** 设置图表文字格式后的效果如图 8-23 所示。

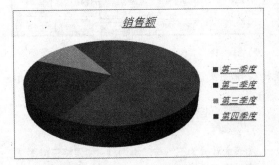

◆ 图 8-23

 温馨小贴士

在设置图表字体格式的过程中，还可根据需要设置某一部分数据的字体格式。其方法是：选择图表的某一部分后，单击"布局"选项卡，在"当前所选内容"组中单击"设置所选内容格式"按钮。

8.3.3 设置图表坐标轴格式

　　坐标轴包括数值轴与分类轴，在设置坐标轴格式时，只能选中需要设置格式的某类坐标轴进行设置，而不能同时选中数值轴与分类轴。

 为 💿CD:\素材\第 8 章\面积图.docx 文档中的图表设置坐标轴格式
（💿CD:\效果\第 8 章\面积图.docx）。

STEP 01. 调节图表的大小。 打开"面积图"文档，选择插入的图表，将鼠标光标移动到图表右下角的黑色控制点上，单击并拖动鼠标调整图表的大小，如图 8-24 所示。

STEP 02. 设置坐标轴格式。 单击"图表工具-布局"选项卡，在"坐标轴"组中单击"坐标轴"按钮 ，在弹出的菜单中选择"主要横坐标轴/显示从右向左坐标轴"命令，如图 8-25 所示。

◆ 图 8-24

◆ 图 8-25

STEP 03. 查看设置后的效果。 设置图表坐标轴格式后的效果如图 8-26 所示。

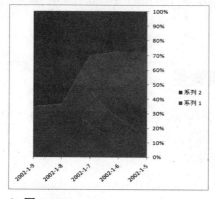

◆ 图 8-26

8.3.4　设置绘图区背景

　　绘图区背景色的设置作为图表绘图区的一个设置部分，也是用户在编辑图表时经常进行的一个操作。

　为 CD:\素材\第 8 章\折线图.docx 文档中的图表设置绘图区背景（ CD:\效果\第 8 章\折线图.docx ）。

STEP 01. **设置绘图区背景颜色。**打开"折线图"文档，选择插入的图表中需要设置背景颜色的绘图区域，单击"图表工具-格式"选项卡，在"形状样式"组中单击"形状填充"按钮 ，在弹出的下拉菜单中选择"水绿色，强调文字颜色 5，淡色 40%"选项，如图 8-27 所示。

STEP 02. **查看设置后的效果。**设置图表绘图区背景后的效果如图 8-28 所示。

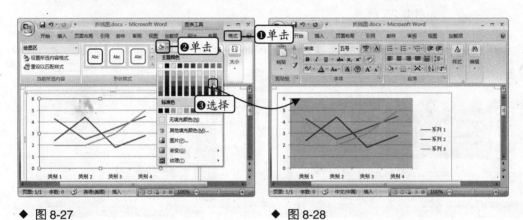

◆ 图 8-27　　　　　　　　　　　　　　◆ 图 8-28

温馨小贴士

虽然图表是一个整体，但是图表中的各个部分是可以单独进行填充或设置的，其设置后的效果不会影响图表其他区域的显示。

8.3.5　设置图表背景

　　图表背景色的填充方法与绘图区颜色填充的方法基本相同，唯一不同之处就是选取的对象不同。对图表填充背景时，不仅可以为其填充背景颜色，还可以为其添加图片或设置渐变和纹理等效果，使图表更加美观。

　为 CD:\素材\第 8 章\折线图 1.docx 文档中的图表设置图表背景（ CD:\效果\第 8 章\折线图 1.docx ）。

STEP 01. **选择命令。** 打开"折线图 1"文档，选择插入的图表，单击"图表工具-格式"选项卡，在"形状样式"组中单击"形状填充"按钮 ，在弹出的下拉菜单中选择"图片"命令，如图 8-29 所示。

STEP 02. **设置背景图片。** 在打开的"插入图片"对话框中选择需要插入的 CD:\素材\第 8 章\图片.jpg 图片，单击 插入(S) 按钮，如图 8-30 所示。

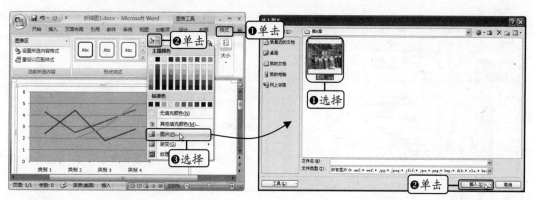

◆ 图 8-29　　　　　　　　　　　　　　◆ 图 8-30

STEP 03. **选择命令。** 在图表中可以看到插入的图片并未填充到绘图区。单击"布局"选项卡，在"背景"组中单击"绘图区"按钮 ，在弹出的下拉菜单中选择"无"命令，如图 8-31 所示。

STEP 04. **查看设置后的效果。** 取消绘图区中的单色填充后的效果如图 8-32 所示。

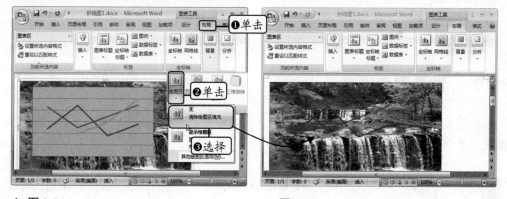

◆ 图 8-31　　　　　　　　　　　　　　◆ 图 8-32

8.3.6　添加图表标题

为图表添加标题可以让图表表达的意思一目了然，其操作方法非常简单。

为 CD:\素材\第 8 章\柱形图.docx 文档中的图表添加图表标题(CD:\效果\第 8 章\柱形图.docx)。

STEP 01. 选择命令。 打开"柱形图"文档，选择插入的图表，单击"图表工具-布局"选项卡，在"标签"组中单击"图表标题"按钮，在弹出的下拉菜单中选择"图表上方"命令，如图 8-33 所示。

STEP 02. 查看设置后的效果。 在图表上方修改插入的图表标题名为"3 系列柱形图"，效果如图 8-34 所示。

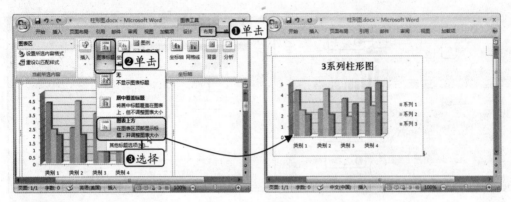

◆ 图 8-33

◆ 图 8-34

温馨小贴士

在对图表进行布局处理时，若需要快速布局，可单击"布局"选项卡，在下面的组中选择相应的命令即可，这样操作起来不仅非常方便，还可提高工作效率。

温馨小贴士

在"设计"选项卡的"图表样式"组中列举了许多种图表样式，用户可根据需要直接应用这些图表样式。

8.3.7 设置图表样式

创建图表后，可以快速将一个预定义的样式应用到图表中，而无需通过手动添加或更改图表元素来设置图表样式。

为 CD:\素材\第 8 章\圆环图.docx 文档中的图表设置图表样式（ CD:\效果\第 8 章\圆环图.docx ）。

STEP 01. 选择图表样式。 打开"圆环图"文档，选择插入的图表，单击"图表工具-设计"选项卡，在"图表样式"组中单击 按钮，在弹出的下拉列表中选择"样式 47"选项，如图 8-35 所示。

STEP 02. 查看设置后的效果。 应用样式后，返回图表查看设置后的效果，如图 8-36 所示。

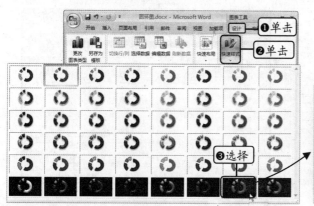

◆ 图 8-35

◆ 图 8-36

8.4 办公案例——为产品销售表制作图表

本章介绍了在文档中插入与编辑图表的方法。下面运用本章所学的知识为产品销售表制作图表，最终效果如图 8-37 所示（ CD:\效果\第 8 章\产品销售表.docx ）。

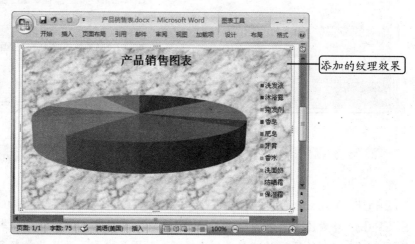

◆ 图 8-37

其具体操作步骤如下。

STEP 01. **定位文本插入点。** 打开"产品销售表"文档（ CD:\素材\第 8 章\产品销售表.docx），在表格下方输入"图表:"，将文本插入点定位到下一行行首。

STEP 02. **单击按钮。** 单击"插入"选项卡，在"插图"组中单击"图表"按钮，如图 8-38 所示。

STEP 03. **选择图表类型。** 在打开的"插入图表"对话框的左侧单击"柱形图"选项卡，在右侧的窗格中选择"簇状柱形图"选项，单击 确定 按钮，如图 8-39 所示。

Word 2007 办公应用融会贯通

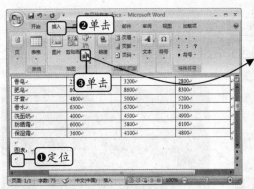

◆ 图 8-38

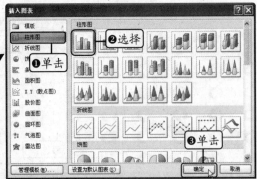

◆ 图 8-39

STEP 04. **插入图表。** 返回到 Word 中即可在定位文本插入点的位置看到插入的图表，并且系统自动打开 Excel 文档。

STEP 05. **复制表格内容。** 选择"产品销售表"文档中的表格内容，按【Ctrl+C】组合键复制选择的内容，如图 8-40 所示。

STEP 06. **粘贴表格内容。** 返回到 Excel 文档中，按住鼠标左键不放并拖动选择表格，然后按【Ctrl+V】组合键粘贴刚才复制的表格内容，如图 8-41 所示。

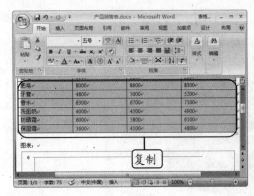

◆ 图 8-40

◆ 图 8-41

STEP 07. **关闭 Excel 文档。** 在 Excel 文档中，单击"关闭"按钮×，退出文档编辑状态。

STEP 08. **查看图表效果。** 返回到 Word 中即可看到插入的图表的效果，如图 8-42 所示。

STEP 09. **设置绘图区的背景色。** 选择插入的图表中需要设置背景颜色的绘图区域，单击"图表工具-格式"选项卡，在"形状样式"组中单击"形状填充"按钮，在弹出的下拉菜单中选择"橙色，强调文字颜色 6，淡色 60%"选项，如图 8-43 所示。

STEP 10. **设置图表区的格式。** 单击"图表工具-格式"选项卡，在"当前所选内容"组中的"图表元素"下拉列表框中选择"图表区"选项，单击"设置所选内容格式"按钮，如图 8-44 所示。

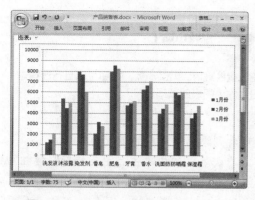

◆ 图 8-42

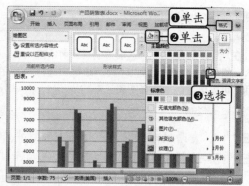

◆ 图 8-43

STEP 11. **设置填充的纹理。** 在打开的"设置图表区格式"对话框的左侧单击"填充"选
项卡，在右侧的窗格中选中"图片或纹理填充"单选按钮，单击"纹理"右侧
的■▼按钮，如图 8-45 所示。

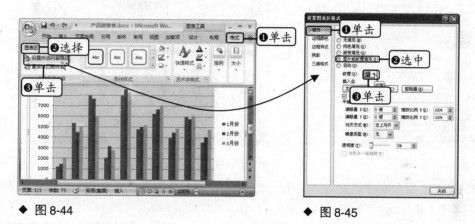

◆ 图 8-44　　　　　　　　　　　　　　　　◆ 图 8-45

STEP 12. **选择选项。** 在弹出的下拉列表框中选择"白色大理石"选项，如图 8-46 所示。

STEP 13. **设置填充的纹理。** 返回"设置图表区格式"对话框中，在"平铺选项"栏中
设置透明度为"24%"，单击 关闭 按钮，如图 8-47 所示。

◆ 图 8-46

◆ 图 8-47

 温馨小贴士

通过在"图表工具-格式"选项卡的"当前所选内容"组中的"图表元素"下拉列表框中选择选项，可以更准确地选择图表元素。

 温馨小贴士

在设置纹理时，单击 文件(F)... 按钮可以自行选择图片作为图表的纹理。

STEP 14. **查看纹理效果。** 返回到 Word 中即可看到添加纹理后的图表的效果。

STEP 15. **选择命令。** 单击"布局"选项卡，在"标签"组中单击"图表标题"按钮，在弹出的下拉菜单中选择"图表上方"命令，如图 8-48 所示。

STEP 16. **输入图表标题。** 在"图表标题"文本框中输入"产品销售图表"文本，效果如图 8-49 所示。

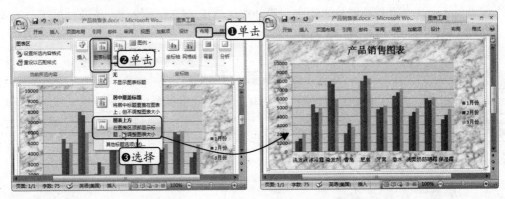

◆ 图 8-48　　　　　　　　　　　　　◆ 图 8-49

STEP 17. **单击按钮。** 单击"图表工具-设计"选项卡，在"类型"组中单击"更改图表类型"按钮，如图 8-50 所示。

STEP 18. **设置图表类型。** 在打开的"更改图表类型"对话框左侧的"模板"栏中单击"饼图"选项卡，在右侧的窗格中选择"三维饼图"选项，单击 确定 按钮，如图 8-51 所示，完成实例的操作。

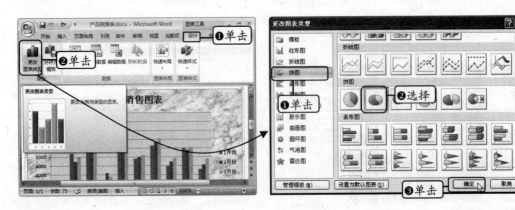

◆ 图 8-50　　　　　　　　　　　　　◆ 图 8-51

8.5　疑难解答

学习完本章后，您是否发现自己对在 Word 中添加和编辑图表的认识又提升到了一个新的台阶？关于编辑图表的相关问题是否已经顺利解决了？下面将为您提供一些关于图表操作的常见问题解答，使您的学习路途更加顺畅。

问：创建的图表可以隐藏吗？

答：可以。在有图表的文档中按【Ctrl+6】组合键可隐藏图表，再次按【Ctrl+6】组合键又可重新显示图表。

问：图表与 SmartArt 图形很相似，它们有什么区别？

答：图表是数字值或数据的可视图示，它与 SmartArt 图形的不同之处在于图表是为数字设计的，即可使用表格将冗长烦杂、不易理解的数据制成图表，供使用者一目了然地查看与阅读。

问：单击图表标题或坐标轴标题后，为何拖动四角上的控制柄不能改变其大小？

答：图表标题和坐标轴标题的大小不能通过鼠标拖动法来改变，而需要通过设置字号的方法来改变，设置字号后，系统会自动调节其大小。

问：可以修改默认的图表类型吗？

答：可以。选择图表中的图表区，单击鼠标右键，在弹出的快捷菜单中选择"更改图表类型"命令，打开"更改图表类型"对话框，在其中选择需要的图表类型，然后单击 确定 按钮。

8.6　上机练习

本章上机练习一将在"业绩统计表"文档中插入折线图图表，并调整其位置和大小；上机练习二将在练习一的基础上，为插入的图表重新设置图表类型、文字格式、图表样式，并添加图表标题。各练习的最终效果及制作提示介绍如下。

练习一　　⊙CD:\素材\第 8 章\业绩统计表.docx　⊙CD:\效果\第 8 章\业绩统计表.docx

① 打开"业绩统计表"文档，将文本插入点定位在表格的下一行行首。

② 插入"折线图"图表，将表格内容复制到打开的 Excel 文档中。

③ 拖动鼠标改变图表的位置。

④ 拖动鼠标改变图表的大小，使其宽度与表格的宽度一致，最终效果如图 8-52 所示。

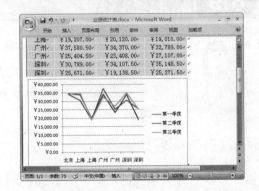

◆ 图 8-52

练习二　　⊙CD:\素材\第 8 章\业绩统计表 1.docx　⊙CD:\效果\第 8 章\业绩统计表 1.docx

① 打开素材文档。

② 将文档中的图表类型更改为"簇状柱形图"。

③ 设置图表样式为"样式 44"。

④ 设置图表中的文字格式为"12、黄色"。

⑤ 为图表添加标题"业绩统计图表"，最终效果如图 8-53 所示。

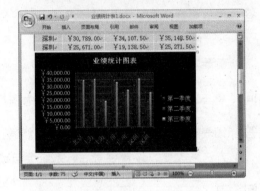

◆ 图 8-53

第 9 章

设置页面版式

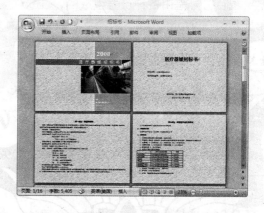

在一些办公文档中，文本内容具有一定的层次关系，这时可以通过设置项目符号、编号和多级列表来体现。在一些特殊的文档中，为了使文档更加美观，用户还可以为其添加背景、边框和封面以及进行分栏和首字下沉等特殊格式排版。另外，不同的文档需要的页面大小不同，如制作合同需要较大的页面，而制作贺卡或名片等则需要较小的页面。本章将详细讲解页面版式设置的相关知识。

9.1 设置项目符号、编号和多级列表

在制作较长的文档时，为了使文档中的内容重点突出、层次分明、条理清晰，方便阅读者阅读和理解，可以使用 Word 2007 的项目符号、编号和多级列表功能，在重要的内容前面添加项目符号、编号和多级列表。

9.1.1 设置项目符号

项目符号是由各种符号组成的，通过对文档中的重要内容设置项目符号，可以使其突出显示。在 Word 2007 中，默认情况下，为文档内容设置的项目符号为●。

1. 创建已有的项目符号

在 Word 2007 中，系统已经提供了几种项目符号，包括●、■、◆、♣、✓、➢和◇等。

为●CD:\素材\第 9 章\劳动合同法之违约金.docx 文档中的内容设置项目符号（●CD:\效果\第 9 章\劳动合同法之违约金.docx）。

STEP 01. 选择命令。 打开"劳动合同法之违约金"文档，将文本插入点定位到文本"合同终止单位要'补偿'"中的任意位置，单击"开始"选项卡，在"段落"组中单击"项目符号"按钮 ⊞ 右侧的 · 按钮，在弹出的下拉菜单中的"项目符号库"栏中选择"方形"选项 ■，如图 9-1 所示。

STEP 02. 完成操作。 用相同的方法为文档中的其他并列的内容设置相同的项目符号，效果如图 9-2 所示。

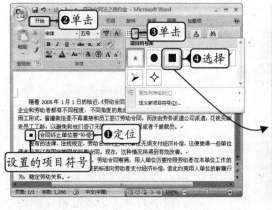

◆ 图 9-1

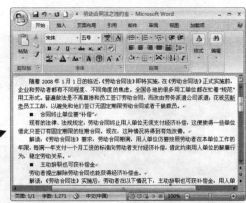

◆ 图 9-2

秘技播报站

在文档中，如果要对内容设置相同的项目符号，可以先为某段内容设置项目符号，然后再通过 格式刷 按钮来为其他的内容复制格式，这样既方便，又节约了大量的时间。其方法是：将文本插入点定位到设置了项目符号的段落中，然后单击"开始"选项卡，在"剪贴板"组中单击 格式刷 按钮，最后在要设置相同项目符号的文本中的任意位置单击鼠标即可。

2. 定义符号项目符号

在 Word 2007 中，除了可以使用系统提供的几种项目符号外，用户还可以根据需要定义新的符号项目符号，如📖、✎和✌等。

为 CD:\素材\第 9 章\九寨沟介绍.docx 文档中的内容设置符号项目符号（ CD:\效果\第 9 章\九寨沟介绍.docx）。

STEP 01. **选择命令。**打开"九寨沟介绍"文档，将文本插入点定位到文本"树正群海景区"所在段落中的任意位置，单击"开始"选项卡，在"段落"组中单击"项目符号"按钮≡右侧的 按钮，在弹出的下拉菜单中选择"定义新项目符号"命令，如图 9-3 所示。

STEP 02. **单击按钮。**在打开的"定义新项目符号"对话框中单击 符号(S)... 按钮，如图 9-4 所示。

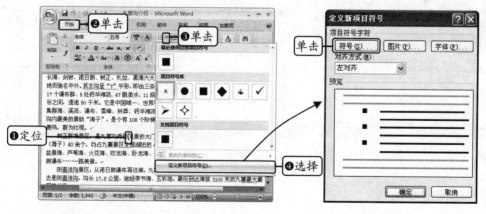

◆ 图 9-3　　　　　　　　　　　　　◆ 图 9-4

STEP 03. **定义项目符号。**在打开的"符号"对话框的列表框中选择"书本"选项📖，然后单击 确定 按钮，如图 9-5 所示。

STEP 04. **选择项目符号。**返回"定义新项目符号"对话框中，单击 确定 按钮。单击"开始"选项卡，在"段落"组中单击"项目符号"按钮≡右侧的 按钮，在弹出的下拉菜单的"项目符号库"栏中选择自定义的"书本"选项📖，如图

9-6 所示。

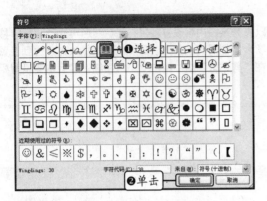

◆ 图 9-5

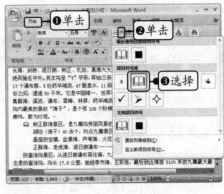

◆ 图 9-6

STEP 05. **设置项目符号。**将文本插入点定位到文本"则查洼沟景区"所在段落的任意位置，单击"开始"选项卡，在"段落"组中单击"项目符号"按钮 ▤，设置项目符号后的效果如图 9-7 所示。

STEP 06. **完成操作。**单击"开始"选项卡，在"剪贴板"组中单击 ✔格式刷 按钮，将鼠标光标移动到要设置相同项目符号的段落上，此时鼠标光标变为 ♣ 形状，单击鼠标，然后用相同的方法设置其他段落的项目符号，最终效果如图 9-8 所示。

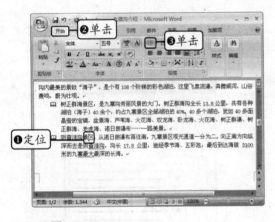

◆ 图 9-7

◆ 图 9-8

3. 定义图片项目符号

在 Word 2007 中，系统提供的项目符号中包括一个图片项目符号，即 ♣，与定义符号项目符号相同，用户也可以根据需要定义新的图片项目符号，如 ◉、◈和✹等。

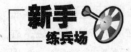
为 ◉CD:\素材\第 9 章\职场沟通三原则.docx 文档中的内容设置图片项目符号（◉CD:\效果\第 9 章\职场沟通三原则.docx）。

STEP 01. 单击按钮。 打开"职场沟通三原则"文档，单击"开始"选项卡，在"段落"组中单击"项目符号"按钮 ☷ 右侧的 ˇ 按钮，在弹出的下拉菜单中选择"定义新项目符号"命令，在打开的"定义新项目符号"对话框中单击 图片(P)... 按钮，如图 9-9 所示。

STEP 02. 选择图片项目符号。 在打开的"图片项目符号"对话框的列表框中选择"bullets，spirals，swirls"选项，单击 确定 按钮，如图 9-10 所示。

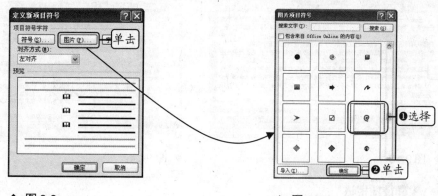

◆ 图 9-9　　　　　　　　　　　　　　　　◆ 图 9-10

STEP 03. 单击按钮。 返回到"定义新项目符号"对话框中，单击 确定 按钮，将文本插入点定位到文档的标题中，然后再打开"定义新项目符号"对话框，单击 图片(P)... 按钮，在打开的"图片项目符号"对话框中单击 导入(I)... 按钮。

STEP 04. 选择图片项目符号。 在打开的"将剪辑添加到管理器"对话框中选择如图 9-11 所示的图片（ ◯CD:\素材\第 9 章\图片.jpg），然后单击 添加(A) 按钮，返回到"图片项目符号"对话框中，单击 确定 按钮，返回到"定义新项目符号"对话框中，单击 确定 按钮，为第一段设置项目符号后的效果如图 9-12 所示。

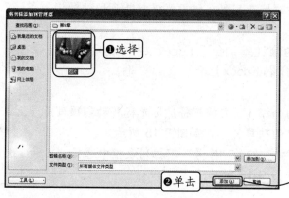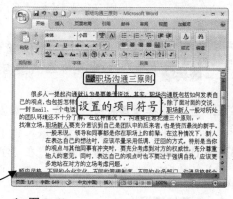

◆ 图 9-11　　　　　　　　　　　　　　　　◆ 图 9-12

STEP 05. 设置项目符号。 将文本插入点定位到文本"找准立场"所在的段落，单击"开始"选项卡，在"段落"组中单击"项目符号"按钮 ☷ 右侧的 ˇ 按钮，在弹出的下拉菜单中选择"bullets，spirals，swirls"选项，设置项目符号后的效果

如图 9-13 所示。

STEP 06. **设置其他的项目符号。**用相同的方法为下面的其他段落设置项目符号，完成所有的操作，效果如图 9-14 所示。

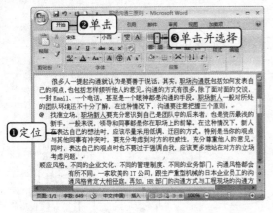

◆ 图 9-13

◆ 图 9-14

秘技播报站

在使用一种项目符号后，单击"项目符号"按钮 右侧的 按钮，在弹出的下拉菜单中将会出现"最近使用过的项目符号"栏，并在其中显示出刚才使用过的项目符号。

4. 修改项目符号

在设置项目符号后，如果对其不满意，还可以将其修改成其他的项目符号。另外，项目符号与文本相同，也具有字号等属性。默认情况下，设置的项目符号的大小由它所在段文本的字号决定，但用户也可以通过修改项目符号的各种属性使其达到最佳效果。

修改 CD:\素材\第 9 章\九寨沟介绍 1.docx 文档中的项目符号(CD:\效果\第 9 章\九寨沟介绍 1.docx)。

STEP 01. **选择项目符号。**打开"九寨沟介绍 1"文档，将鼠标光标移动到项目符号上，单击鼠标左键，选择该文档中的项目符号，如图 9-15 所示。

STEP 02. **修改项目符号的属性。**在"字体"组的"字号"下拉列表框中选择"三号"选项，单击"加粗"按钮 B ，如图 9-16 所示。

秘技播报站

用户定义新的项目符号时，在"定义新项目符号"对话框中单击 字体(F)... 按钮，在打开的"字体"对话框中也可以设置其大小、字体及其他属性。

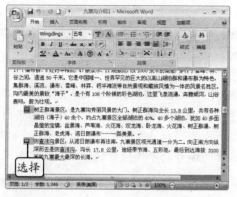

◆ 图 9-15

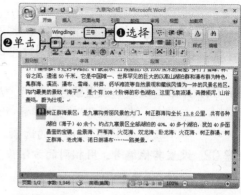

◆ 图 9-16

STEP 03. **修改项目符号的类型。** 在"段落"组中单击"项目符号"按钮 ☰ 右侧的 · 按钮，在弹出的下拉菜单中选择"星形"选项，如图 9-17 所示，完成所有的操作，修改项目符号后的效果如图 9-18 所示。

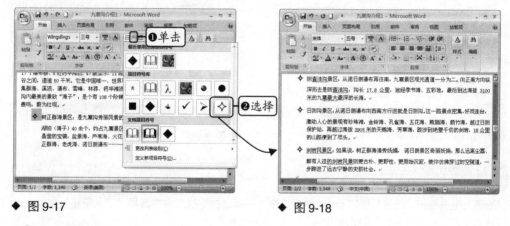

◆ 图 9-17   ◆ 图 9-18

 温馨小贴士

修改项目符号时，最好不要修改其字体，因为对于大多数字体，项目符号都不能正常显示。

9.1.2 设置编号

通过对文本设置编号，可以将文档中的文本以编号的形式顺序排列，其设置方法与设置项目符号类似，它主要用于操作步骤、论文中的主要论点以及合同条款等方面。

1. 创建编号

创建编号的方法与创建项目符号的方法相同，如果对默认的编号不满意，也可以定义新的编号。

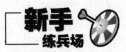 为 CD:\素材\第 9 章\展销合同.docx 文档中的内容设置编号（ CD:\效果\第 9 章\展销合同.docx）。

STEP 01. **为第二段文本设置编号。**打开"展销合同"文档，将文本插入点定位到第二段文本中，在"段落"组中单击"编号"按钮右侧的按钮，在弹出的下拉菜单中选择如图 9-19 所示的选项。

STEP 02. **设置其他编号。**用相同的方法设置其他的编号，完成所有的操作，最终效果如图 9-20 所示。

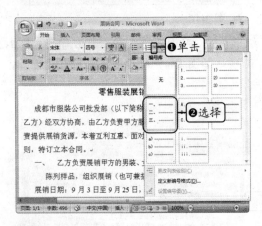

◆ 图 9-19

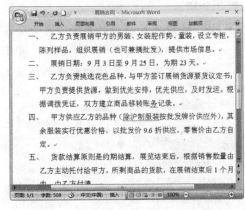

◆ 图 9-20

温馨小贴士

在"段落"组中单击"编号"按钮右侧的按钮，在弹出的下拉菜单中选择"定义新编号格式"命令，在打开的"定义新编号格式"对话框中可以设置其他的编号。

2. 修改编号

由于编号是以一定的顺序排列而成的，因此用户不仅可以修改编号的类型，还可以修改编号的起始编号，甚至可以对其字体进行任意的修改。

 修改 CD:\素材\第 9 章\展销合同 1.docx 文档中的编号（ CD:\效果\第 9 章\展销合同 1.docx）。

STEP 01. **修改编号类型。**打开"展销合同 1"文档，将鼠标光标移动到编号上，单击鼠标左键，选择该文档中的编号，然后在"段落"组中单击"编号"按钮右侧的按钮，在弹出的下拉菜单中选择如图 9-21 所示的选项。

STEP 02. **修改编号的起始编号。**单击"编号"按钮右侧的按钮，在弹出的下拉菜单中选择"设置编号值"命令，在打开的"起始编号"对话框的"值设置为"数值框中输入"2"，单击 确定 按钮，如图 9-22 所示。

◆ 图 9-21 ◆ 图 9-22

STEP 03. 修改编号的属性。选择修改后的编号，单击"开始"选项卡，在"字体"组的"字体"下拉列表框中选择"方正卡通简体"选项，在"字号"下拉列表框中选择"小二"选项，然后单击"字体颜色"按钮 **A** 右侧的 按钮，在弹出的下拉菜单中的"标准色"栏中选择"紫色"选项，修改编号的颜色，完成所有的操作，最终效果如图9-23 所示。

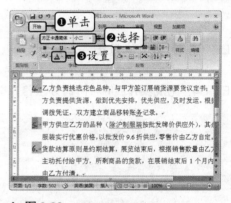

◆ 图 9-23

9.1.3 设置多级列表

多级列表是将编号层次关系进行多级缩进排列。如果一个列表下还包含下一级列表，而下级列表中又包含子列表时，就需要用到多级列表，它经常用于图书或手册的目录中。

创建多级列表的方法与创建编号的方法相同。从本质上来说，多级列表属于编号中阿拉伯数字类的编号，只是它具有层级关系。

在 CD:\素材\第 9 章\招标方案.docx 文档中创建多级列表（ CD:\效果\第 9 章\招标方案.docx）。

STEP 01. 创建多级列表。打开"招标方案"文档，选择除标题外的所有正文内容，然后在"段落"组中单击"多级列表"按钮 ，在弹出的下拉菜单中选择如图 9-24 所示的选项。

STEP 02. 修改多级列表。 选择多级列表 1.2 中的所有文本，在"段落"组中单击"增加缩进量"按钮，此时多级列表 1.2 变为 1.1.1，并且 1.3 变为 1.2，如图 9-25 所示。

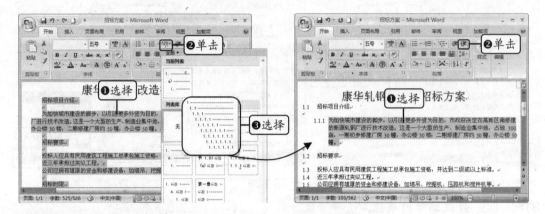

◆ 图 9-24   ◆ 图 9-25

STEP 03. 修改多级列表。 选择多级列表 1.3、1.4 和 1.5 中的所有文本，在"段落"组中单击"增加缩进量"按钮，修改后的效果如图 9-26 所示。

STEP 04. 完成操作。 用相同的方法修改其他的多级列表，修改后的效果如图 9-27 所示。

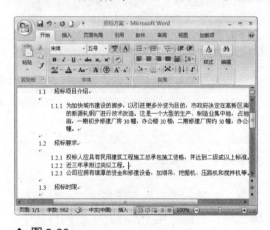

◆ 图 9-26

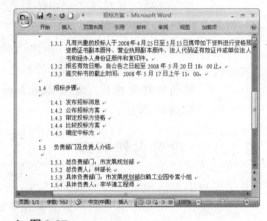

◆ 图 9-27

 温馨小贴士

如果要将一个多级列表向上提升一个层级，可以选择该多级列表中所有的文本，然后单击"段落"组中的"减少缩进量"按钮即可。另外，如果想要修改多级列表的类型，可以参考修改项目符号和编号的方法来修改多级列表。

9.2　添加背景和边框

在 Word 2007 中，除了可以为文本和表格等设置背景和边框外，还可以为页面设置背景和边框，从而使制作的文档更加美观。下面就详细介绍设置页面颜色、添加边框和底纹以及为文档添加水印背景的方法。

9.2.1　设置页面背景

在 Word 2007 默认的页面中制作文档时，制作出来的页面可能会比较单调，这时就可以通过设置页面背景来使文档更加生动。

1.　设置纯色页面背景

设置纯色页面背景是指把整个页面用一种颜色表现出来。使用纯色设置的页面对视觉的冲击较大，如果选择的颜色与文档其他部分的颜色不协调，制作出来的文档的效果会比较差。

将 CD:\素材\第 9 章\公司事务用纸.docx 文档的页面的颜色设置为纯色（ CD:\效果\第 9 章\公司事务用纸.docx）。

STEP 01. **打开文档。** 启动 Word 2007，单击 "Office" 按钮，在弹出的菜单中选择 "打开" 命令，打开如图 9-28 所示的 "公司事务用纸" 文档。

STEP 02. **设置颜色。** 单击 "页面布局" 选项卡，在 "页面背景" 组中单击 页面颜色 · 按钮，在弹出的下拉菜单的 "主题颜色" 栏中选择 "橄榄色，强调文字颜色 3，淡色 60%" 选项，如图 9-29 所示，完成纯色页面背景的设置。

◆ 图 9-28

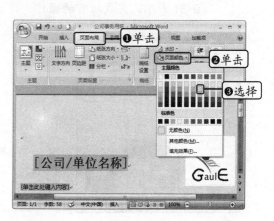

◆ 图 9-29

如果对"页面颜色"下拉菜单中提供的颜色不满意，还可以在"页面颜色"下拉菜单中选择"其他颜色"命令，然后在打开的"颜色"对话框中设置需要的颜色。

2. 设置渐变色页面背景

设置渐变颜色是指把整个页面用一种或两种颜色以渐变的形式表现出来，其中以一种颜色进行渐变时，将会在选择的颜色和黑色之间进行渐变。

为●CD:\素材\第9章\晋降条件.docx 文档的页面设置渐变颜色（●CD:\效果\第9章\晋降条件.docx）。

STEP 01. **打开文档。** 打开"晋降条件"文档，单击"页面布局"选项卡，在"页面背景"组中单击 页面颜色 按钮，在弹出的下拉菜单中选择"填充效果"命令，如图 9-30 所示。

STEP 02. **设置颜色。** 在打开的"填充效果"对话框中单击"渐变"选项卡，在"颜色"栏中选中"双色"单选按钮，在"颜色 1"下拉列表框中选择"深红"选项，在"颜色 2"下拉列表框中选择"红色"选项，然

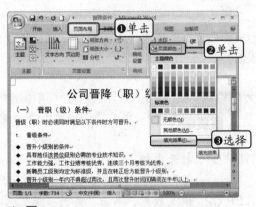

◆ 图 9-30

后在"底纹样式"栏中选中"中心辐射"单选按钮，单击 确定 按钮，如图 9-31 所示，完成所有的操作，设置渐变色后的效果如图 9-32 所示。

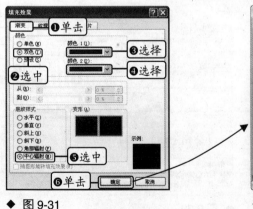

◆ 图 9-31

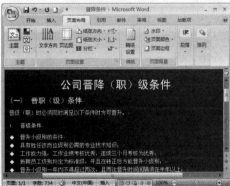

◆ 图 9-32

3. 设置纹理页面背景

通过为页面设置纹理效果，可以改变页面的颜色，使制作的文档的页面更具有吸引力。

为 CD:\素材\第 9 章\商品销售价订价程序.docx 文档的页面设置纹理
（ CD:\效果\第 9 章\商品销售价订价程序.docx ）。

STEP 01. **打开文档。**打开"商品销售价订价程序"文档，单击"页面布局"选项卡，在
"页面背景"组中单击 页面颜色· 按钮，在弹出的下拉菜单中选择"填充效果"
命令。

STEP 02. **设置纹理。**在打开的"填充效果"对话框中单击"纹理"选项卡，在"纹理"
列表框中选择"画布"选项，单击 确定 按钮，如图 9-33 所示，完成所有的
操作，设置纹理后的效果如图 9-34 所示。

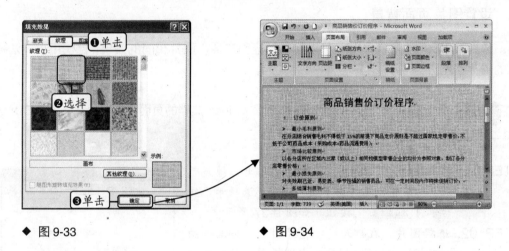

◆ 图 9-33   ◆ 图 9-34

4. 设置图案页面背景

Word 2007 提供了 48 种图案，用户可以根据需要来选择图案作为文档的背景。

为 CD:\素材\第 9 章\日历.docx 文档的页面设置图案（ CD:\效果\第
9 章\日历.docx ）。

STEP 01. **打开文档。**打开"日历"文档，单击"页面布局"选项卡，在"页面背景"组
中单击 页面颜色· 按钮，在弹出的下拉菜单中选择"填充效果"命令。

STEP 02. **设置图案。**在打开的"填充效果"对话框中单击"图案"选项卡，在"图案"
列表框中选择"草皮"选项，在"前景"下拉列表框中选择"橄榄色，强调文
字颜色 3，淡色 80%"选项，在"背景"下拉列表框中选择"橄榄色，强调文
字颜色 3，淡色 40%"选项，单击 确定 按钮，如图 9-35 所示，完成所有的

操作，设置图案后的效果如图 9-36 所示。

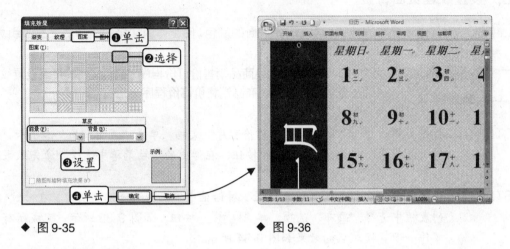

◆ 图 9-35　　　　　　　　　　◆ 图 9-36

5. 设置图片页面背景

通过为页面设置图片背景，可以使文档达到与插入图片相同的效果，但使用该方法插入的图片不能进行大小、排列方式等的设置。

 为 CD:\素材\第 9 章\信纸.docx 文档的页面设置图片背景（ CD:\效果\第 9 章\信纸.docx）。

STEP 01. **单击按钮。** 打开"信纸"文档，打开"填充效果"对话框，在其中单击"图片"选项卡，然后单击 选择图片(L) 按钮，如图 9-37 所示。

STEP 02. **选择图片。** 在打开的"选择图片"对话框的"查找范围"下拉列表框中选择图片所在的位置，在下面的列表框中选择图片"背景"（ CD:\素材\第 9 章\背景.jpg），单击 插入(S) 按钮，如图 9-38 所示。

STEP 03. **查看效果。** 返回"填充效果"对话框中，单击 确定 按钮，完成所有的操作，插入图片后的效果如图 9-39 所示。

◆ 图 9-37

 秘技播报站

在"填充效果"对话框中单击"纹理"选项卡，然后单击 其他纹理(O)... 按钮，在打开的"选择纹理"对话框中选择一张图片，单击 插入(S) 按钮，返回"填充效果"对话框，单击 确定 按钮也可以为页面设置图片背景。

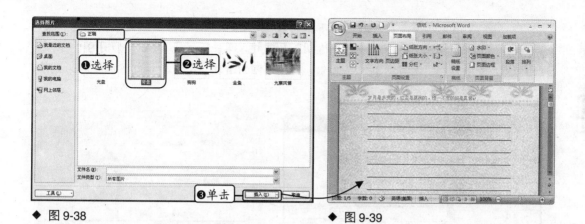

◆ 图9-38　　　　　　　　　　　　　　　　　　◆ 图9-39

9.2.2　为文档添加水印背景

为文档添加水印背景是指将文本或图片以水印的方式设置为页面背景，它常常用于公司或机关文件的制作。

1. 添加文字水印

文字水印多用于说明文件的属性，如常见的一些重要文档中都带有"机密文件"字样的水印。

为●CD:\素材\第9章\推广策划书.docx 文档添加水印背景（●CD:\效果\第9章\推广策划书.docx）。

STEP 01. **打开文档。** 打开"推广策划书"文档，单击"页面布局"选项卡，在"页面背景"组中单击 水印 · 按钮，在弹出的下拉菜单中选择"自定义水印"命令，如图9-40所示。

STEP 02. **设置文字水印。** 在打开的"水印"对话框中选中"文字水印"单选按钮，在"文字"下拉列表框中选择"原本"选项，在"字体"下拉列表框中选择"幼圆"选项，在"字号"下拉列表框中选择

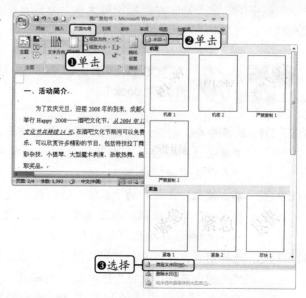

◆ 图9-40

"144"选项，在"颜色"下拉列表框中选择"红色，强调文字颜色 2，深色 50%"选项，取消选中"半透明"复选框，单击 确定 按钮，如图 9-41 所示。

STEP 03. **查看效果。** 返回到工作界面中，拖动右侧的滑块，查看添加文字水印后的效果，如图 9-42 所示。

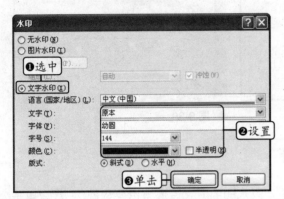

◆ 图 9-41

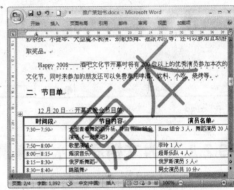

◆ 图 9-42

 温馨小贴士

单击 水印 ▾ 按钮，在弹出的下拉菜单中的"机密"和"紧急"栏中选择相应的选项，可以直接添加水印背景。另外，在添加水印背景后，在"水印"下拉菜单中选择"删除水印"命令，可以将水印删除。

2. 添加图片水印

图片水印在大多数情况下用于美化文档，如一些书刊页面背景通常为一些淡化后的图片。电脑中的任意图片文件都能设置为图片水印，在添加图片水印后，用户还能对图片的缩放比例进行调整。

 为 ◉CD:\素材\第 9 章\短文.docx 文档设置图片水印（ ◉CD:\效果\第 9 章\短文.docx ）。

STEP 01. **选择命令。** 打开"短文"文档，单击"页面布局"选项卡，在"页面背景"组中单击 水印 ▾ 按钮，在弹出的下拉菜单中选择"自定义水印"命令。

STEP 02. **单击按钮。** 在打开的"水印"对话框中选中"图片水印"单选按钮，取消选中"冲蚀"复选框，单击 选择图片(P)... 按钮，如图 9-43 所示。

STEP 03. **选择图片。** 在打开的"插入图片"对话框的"查找范围"下拉列表框中选择图片的保存位置，在下面的列表框中选择如图 9-44 所示的图片（ ◉CD:\素材\第 9 章\水印背

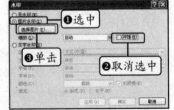

◆ 图 9-43

景.docx），然后单击 <u>插入(S)</u> 按钮。

STEP 04. **查看效果。** 返回到"水印"对话框中，单击 <u>确定</u> 按钮，插入图片水印后的效果如图 9-45 所示。

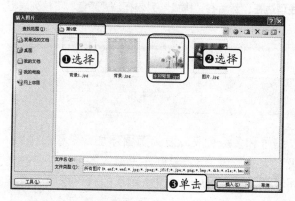

◆ 图 9-44

◆ 图 9-45

9.2.3 添加页面边框

为页面添加边框不仅可以美化文档，还可以将其作为一个界限，使用户在编辑文档时，能够避免输入的文本、插入的图片和表格等超出页面的范围。

为 ●CD:\素材\第 9 章\短文.docx 文档设置页面边框（●CD:\效果\第 9 章\短文 1.docx）。

STEP 01. **选择边框的类型。** 打开"短文"文档，在"页面背景"组中单击 页面边框 按钮，在打开的"边框和底纹"对话框中单击"页面边框"选项卡，在"艺术型"下拉列表框中选择如图 9-46 所示的选项，然后单击 <u>确定</u> 按钮。

STEP 02. **查看效果。** 返回到工作界面中，拖动右侧的滑块，查看设置页面边框后的效果，如图 9-47 所示。

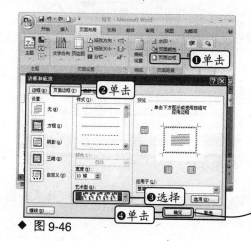

◆ 图 9-46

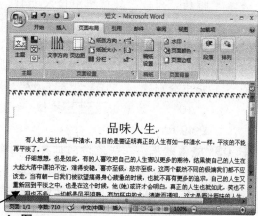

◆ 图 9-47

秘技播报站

在"边框和底纹"对话框中选择一种艺术型边框后，可以在其中的"宽度"数值框中设置边框的大小。另外，在该对话框的"设置"栏中还可以选择线型边框，然后在"样式"列表框、"颜色"下拉列表框和"宽度"数值框中进行相应的设置。

9.3 特殊格式排版

在为文档设置项目符号、编号和多级列表以及为页面添加背景和边框后，这篇文档就已经具有了吸引人的特色，但若要制作出让人的目光久留的文档，这还远远不够。下面我们就学习 Word 2007 提供的分栏排版、首字下沉和中文版式等几种特殊排版功能，使文档条理清晰，更具个性化。

9.3.1 分栏排版

分栏排版是指将一个页面分为多栏进行排版，它是一种新闻样式的排版方式，常被应用于报刊、杂志、图书和广告单等印刷品中。分栏排版可以将页面平均分为多栏，也可以自行设置每栏的宽度。

 对 CD:\素材\第 9 章\公司简介.docx 文档进行分栏排版（ CD:\效果\第 9 章\公司简介.docx ）。

STEP 01. **选择命令。**打开"公司简介"文档，单击"页面布局"选项卡，在"页面设置"组中单击 分栏 按钮，在弹出的下拉菜单中选择"更多分栏"命令，如图 9-48 所示。

STEP 02. **设置参数。**在打开的"分栏"对话框的"列数"数值框中输入"4"，然后选中"分隔线"复选框，取消选中"栏宽相等"复选框，在"1"、"2"、"3"和"4"栏的第一个数值框中分别输入"10"、"7"、"7"和"10"，然后单击 确定 按钮，如图 9-49 所示。

STEP 03. **查看效果。**在快速访问工具栏上单击鼠标右键，在弹出的快捷菜单中选择"功能区最小化"命令，将功能区最小化，完成所有的操作，效果如图 9-50 所示。

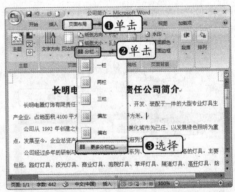

◆ 图 9-48

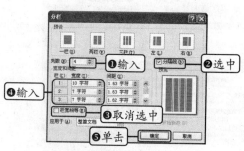

◆ 图 9-49

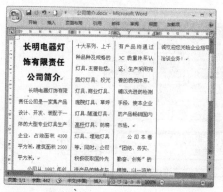

◆ 图 9-50

秘技播报站

在"页面设置"组中单击 分栏 按钮，在弹出的下拉菜单中选择其中的选项可以快速进行分栏。

9.3.2　首字下沉

在制作一些特殊的文档时，为了突出显示段落中的第一个文本，可以使用 Word 提供的首字下沉功能进行排版。

　将 CD:\素材\第 9 章\修己文摘.docx 文档中第一段的第一个字设置为首字下沉（ CD:\效果\第 9 章\修己文摘.docx）。

STEP 01. **选择命令。** 打开"修己文摘"文档，将文本插入点定位到第一段中，单击"插入"选项卡，在"文本"组中单击 首字下沉 按钮，在弹出的下拉菜单中选择"首字下沉选项"命令，如图 9-51 所示。

STEP 02. **设置参数。** 在打开的"首字下沉"对话框中的"位置"栏中选择"下沉"选项，在"选项"栏的"字体"下拉列表框中选择"隶书"选项，在"下沉行数"数值框中输入"2"，在"距正文"数值框中输入"0.2"，单击 确定 按钮，如图 9-52 所示。完成所有的操作后的效果如图 9-53 所示。

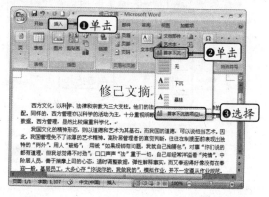

◆ 图 9-51

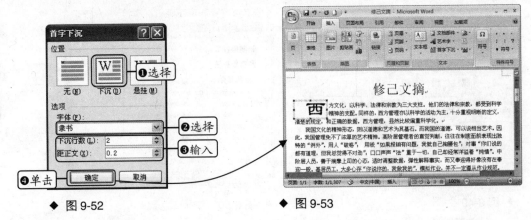

◆ 图 9-52　　　　　　　　　　◆ 图 9-53

9.3.3　竖直排版

中国的文化历史悠久,特别是在文字方面。以前中国的文字并不是以水平方向排列的,而是在竖直方向从右向左排列的。在制作文档时,为了体现出古文化的感觉,可以使用Word 提供的竖直排版功能将文字以竖直方向排列。

在 CD:\素材\第 9 章\新闻稿.docx 文档中将文字竖直排列(CD:\效果\第 9 章\新闻稿.docx)。

STEP 01. **选择选项。** 打开"新闻稿"文档,单击"页面布局"选项卡,在"页面设置"组中单击"文字方向"按钮,在弹出的下拉菜单中选择"垂直"选项,如图9-54 所示。

STEP 02. **查看效果。** 完成所有的操作,竖直排列文字后的效果如图 9-55 所示。

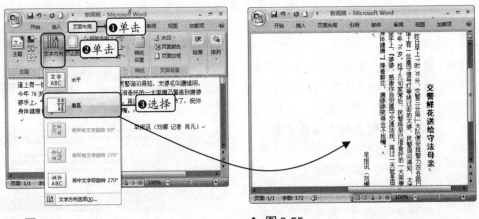

◆ 图 9-54　　　　　　　　　　◆ 图 9-55

9.4　设置页面格式

用户在新建文档时，使用的是默认的页面格式，但有时根据文档内容需要自定义页面的格式。页面格式的设置主要包括设置页边距、文字方向、纸张、页眉和页脚以及页码等。

9.4.1　设置页边距

页边距是指页面中文字与页面上、下、左、右边线的距离，它可以控制页面中文档内容的宽度和长度。

 在 CD:\素材\第 9 章\工作计划.docx 文档中设置页边距（ CD:\效果\第 9 章\工作计划.docx）。

STEP 01. **选择命令。**打开"工作计划"文档，单击"页面布局"选项卡，在"页面设置"组中单击"页边距"按钮，在弹出的下拉菜单中选择"自定义边距"命令，如图 9-56 所示。

STEP 02. **设置参数。**在打开的"页面设置"对话框中的"页边距"栏的"上"、"下"、"左"、"右"和"装订线"数值框中分别输入"3"、"3"、"4"、"4"和"1"，在"装订线位置"下拉列表框中选择"左"选项，单击 确定 按钮，如图 9-57 所示，完成所有的操作，此时可看到页面中文字与页面上、下、左、右边线的距离加宽了。

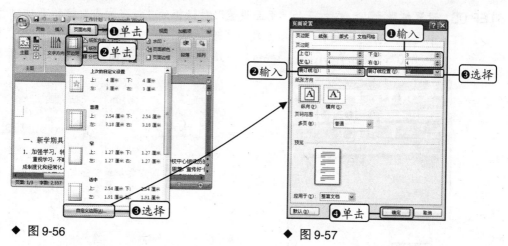

◆ 图 9-56　　　　　　　　　　◆ 图 9-57

9.4.2　设置纸张的大小和方向

不同的文档要求的页面大小也不同，因此在制作文档时还需要设置页面的大小，即选

择纸型。每一种纸型的高度与宽度都有标准的规定，如 16 开的大小是 18.4 厘米×26 厘米，A4 的大小是 29.7 厘米×21 厘米。另外，在 Word 2007 中还可设置纸张的方向。

 在 ◯CD:\素材\第 9 章\诗.docx 文档中设置纸张的大小和方向（◯CD:\效果\第 9 章\诗.docx）。

STEP 01. **设置纸张方向。** 打开"诗"文档，单击"页面布局"选项卡，在"页面设置"组中单击 纸张方向 按钮，在弹出的下拉列表中选择"横向"选项，如图 9-58 所示。

STEP 02. **选择命令。** 在"页面设置"组中单击 纸张大小 按钮，在弹出的下拉菜单中选择"其他页面大小"命令，如图 9-59 所示。

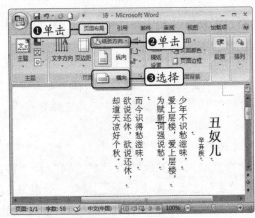

◆ 图 9-58

◆ 图 9-59

STEP 03. **设置纸张大小。** 在打开的"页面设置"对话框的"纸张大小"栏的下拉列表框中选择"自定义大小"选项，在"宽度"和"高度"数值框中分别输入"17"和"10"，然后单击 确定 按钮，如图 9-60 所示，页面效果如图 9-61 所示。

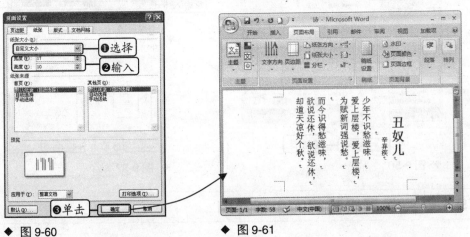

◆ 图 9-60

◆ 图 9-61

9.4.3　设置页眉和页脚

通过 Word 的页眉和页脚功能，可以在文档每页的顶部或底部添加相同的内容，如公司徽标、公司名称、文档标题或页码等。通过为文档设置页眉和页脚，可以使页面更加美观和便于阅读。

1.　切换到页眉和页脚的编辑状态

在 Word 中创建的文档，其本身就已经包含了空白的页眉和页脚。如果要在文档中设置页眉和页脚，首先需要切换到页眉和页脚的编辑状态，其方法主要有以下两种。

☑　单击"插入"选项卡，在"页眉和页脚"组中单击 ▤页眉 ▾ 按钮或 ▤页脚 ▾ 按钮，在弹出的下拉菜单中选择"编辑页眉"或"编辑页脚"命令。

☑　在文档中的页眉和页脚处双击鼠标左键。

2.　插入内置的页眉和页脚

在 Word 2007 中，系统提供了多种页眉和页脚，用户可以通过选择它们来插入不同类型的页眉和页脚。在插入页眉和页脚时，不仅可以为文档的奇数页和偶数页插入相同的页眉和页脚，还可以为它们插入不同类型的页眉和页脚。

在 ◉CD:\素材\第 9 章\资源管理计划.docx 文档中插入页眉和页脚（ ◉CD:\效果\第 9 章\资源管理计划.docx）。

STEP 01. **选择页眉页脚的类型。** 打开"资源管理计划"文档，单击"插入"选项卡，在"页眉和页脚"组中单击 ▤页眉 ▾ 按钮，在弹出的下拉菜单中选择"传统型"选项，如图 9-62 所示。

STEP 02. **选中复选框。** 此时自动打开"页眉和页脚工具-设计"选项卡，在"选项"组中选中"奇偶页不同"复选框，如图 9-63 所示。此时页眉左下角的 页眉 - 第 1 节 - 图标变为 奇数页页眉 - 第 1 节 - 图标。

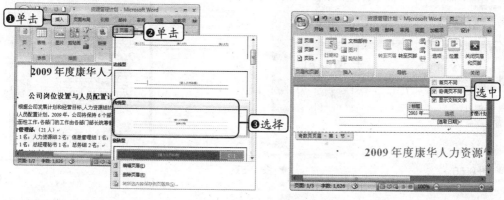

◆ 图 9-62　　　　　　　　　　　　　　　◆ 图 9-63

STEP 03. **为偶数页插入页眉。**将文本插入点定位到偶数页的页眉处，在"页眉和页脚工具-设计"选项卡的"页眉和页脚"组中单击 页眉 按钮，在弹出的下拉菜单中选择"条纹型"选项，如图 9-64 所示，为偶数页插入页眉。

STEP 04. **为奇数页插入页脚。**将文本插入点定位到奇数页的页脚处，在"页眉和页脚工具-设计"选项卡的"页眉和页脚"组中单击 页脚 按钮，在弹出的下拉菜单中选择"传统型"选项，如图 9-65 所示，为奇数页插入页脚。

◆ 图 9-64

◆ 图 9-65

STEP 05. **为偶数页插入页脚。**将文本插入点定位到偶数页的页脚处，在"页眉和页脚工具-设计"选项卡的"页眉和页脚"组中单击 页脚 按钮，在弹出的下拉菜单中选择"条纹型"选项，如图 9-66 所示，为偶数页插入页脚。

STEP 06. **退出页眉和页脚的编辑状态。**在"页眉和页脚工具-设计"选项卡的"关闭"组中单击 按钮，退出页眉和页脚的编辑状态，插入页眉和页脚后的效果如图 9-67 所示。

◆ 图 9-66

◆ 图 9-67

3. 在页眉与页脚处输入文本

办公人员在制作文档时，有时插入的系统内置的页眉和页脚中含有"输入文字"等信息，这时就需要输入文本，完善插入的页眉和页脚。

 在 ●CD:\素材\第 9 章\面试信.docx 文档的页眉中输入文本（●CD:\效果\第 9 章\面试信.docx）。

STEP 01. 输入文本。打开"面试信"文档，在页眉处双击鼠标左键，单击文本"键入文档标题"，此时将出现一个"标题"文本框，在其中输入文本"文康实业股份有限公司"，如图 9-68 所示。

STEP 02. 定位文本插入点并输入文本。将文本插入点定位到所输入文本下方的回车符处，输入文本"专用信纸"，如图 9-69 所示。在"页眉和页脚工具-设计"选项卡的"关闭"组中单击 ✕ 按钮，退出页眉和页脚的编辑状态。

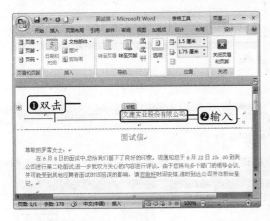

◆ 图 9-68

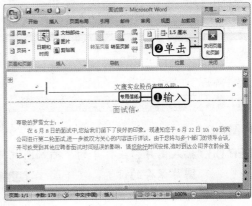

◆ 图 9-69

 秘技播报站

在没有插入系统内置页眉和页脚的文档中，也可以在页眉和页脚处输入文本。另外，对于页眉和页脚处的文本，用户可以对其进行设置，其设置方法与在文档中设置文本的方法相同。

4. 在页眉与页脚处插入对象

在 Word 2007 中，用户可以像在文档中插入对象一样，在页眉和页脚处插入对象，包括日期和时间、图片、剪贴画、形状以及文档部件等。其中文档部件是指在文档中经常会出现的内容，如作者、单位电话、单位地址等。要在页眉和页脚处插入对象，既可以通过"插入"选项卡来实现，也可以通过"页眉和页脚工具-设计"选项卡中的"插入"组来插入，这两种插入方法与在文档中插入对象的操作相同。

在 ◉CD:\素材\第9章\面试信1.docx 文档的页眉中插入文档部件"备注"和图片 ◉CD:\素材\第 9 章\背景 1.jpg（◉CD:\效果\第 9 章\面试信 1.docx）。

STEP 01. **插入文档部件。** 打开"面试信 1"文档，在页眉处双击鼠标左键，在打开的"页眉和页脚工具-设计"选项卡中的"插入"组中单击 文档部件·按钮，在弹出的下拉菜单中选择"文档属性/备注"命令，如图 9-70 所示。

STEP 02. **输入备注内容。** 此时页眉处将出现"备注"输入框，直接输入文本"机密"，然后将文本插入点定位到文本"专用信纸"的右侧，在"页眉和页脚工具-设计"选项卡的"插入"组中单击 图片按钮，如图 9-71 所示。

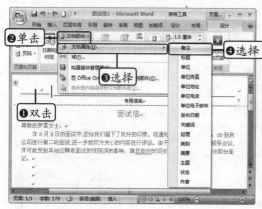

◆ 图 9-70

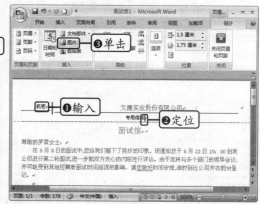

◆ 图 9-71

STEP 03. **插入图片。** 在打开的"插入图片"对话框中的"查找范围"下拉列表框中选择图片保存的位置，在下面的列表框中选择图片"背景 1"，单击 插入(S) 按钮插入图片，如图 9-72 所示。

STEP 04. **调整图片的环绕方式。** 返回到 Word 文档的工作界面，单击"图片工具-格式"选项卡，在"排列"组中单击 文字环绕·按钮，在弹出的下拉菜单中选择"衬于文字下方"命令，如图 9-73 所示。

◆ 图 9-72

STEP 05. **调整图片的角度和大小。** 单击"旋转"按钮，在弹出的下拉菜单中选择"垂直翻转"命令，然后通过拖动图片上的控制点，改变图片的大小，并将其移动到如图 9-74 所示的位置。

◆ 图 9-73

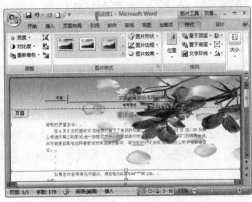

◆ 图 9-74

STEP 06. **设置图片效果。** 在"图片样式"组中单击 图片效果· 按钮，在弹出的下拉菜单中选择"三维旋转/倾斜右下"命令，如图 9-75 所示。

STEP 07. **设置图片亮度和对比度。** 在"调整"组中将图片的亮度设置为"-10%"，对比度设置为"-10%"，然后退出页眉和页脚的编辑状态，完成所有的操作，最终效果如图 9-76 所示。

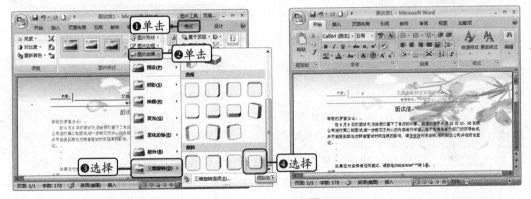

◆ 图 9-75   ◆ 图 9-76

9.4.4 设置页码

对于一些较长的文档，为了便于排列和阅读，可以为文档添加上页码。

1. 插入页码

在 Word 2007 中，用户不仅可以在页面的下方插入连续编号的数字类型的页码，还可以在页面的其他位置插入各种类型的页码。

在●CD:\素材\第 9 章\员工手册.docx 文档中插入页码（●CD:\效果\第 9 章\员工手册.docx）。

STEP 01. **插入页码。** 打开"员工手册"文档，单击"插入"选项卡，在"页眉和页脚"组中单击 页码 按钮，在弹出的下拉菜单中选择"页面底端"命令，在弹出的列表框中选择"堆叠纸张 2"选项，如图 9-77 所示。

STEP 02. **查看效果。** 此时系统将在页面的右下角插入页码，同时进入页眉和页脚的编辑状态，并打开"页眉和页脚工具-设计"选项卡，如图 9-78 所示。

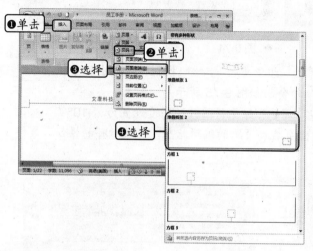

◆ 图 9-77

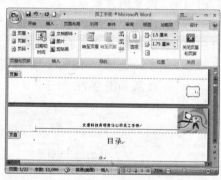

◆ 图 9-78

2. 设置页码格式

插入页码后，页码默认的起始值为阿拉伯数字 1，但是有时并不一定要以阿拉伯数字 1 开始插入页码，此时就可以通过设置页码格式来满足自己的需要。

在●CD:\素材\第 9 章\员工手册 1.docx 文档中插入页码（●CD:\效果\第 9 章\员工手册 1.docx）。

STEP 01. **选择命令。** 打开"员工手册 1"文档，单击"插入"选项卡，在"页眉和页脚"组中单击 页码 按钮，在弹出的下拉菜单中选择"设置页码格式"命令，如图 9-79 所示。

STEP 02. **设置页码格式。** 在打开的"页码格式"对话框的"编号格式"下拉列表框中选择一种编号格式，在"页码编号"栏中选中"起始页码"单选按钮，在其后的数值框中输入"20"，如图 9-80 所示。

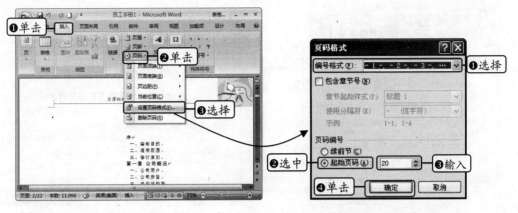

◆ 图 9-79

◆ 图 9-80

STEP 03. **查看效果。** 在文档第一页的页脚处双击鼠标左键，进入页眉页脚的编辑状态，单击插入的页码，向右拖动其右侧中间的控制点，使插入的页码完全显示出来，此时就可看到以前的数值"1"变为了"-20-"，效果如图9-81所示。

◆ 图 9-81

9.5 插入分页符和分节符

通常情况下，在 Word 中输入完一页文本内容后，Word 将自动分页，但在创建一些特殊文档时，用户也可以根据需要在文档中插入分页符或分节符，以便将文档中不同的章节分页显示。

在 CD:\素材\第 9 章\公司简介.docx 文档中插入分页符（ CD:\效果\第 9 章\公司简介 1.docx）。

STEP 01. **插入分页符。** 打开"公司简介"文档，将文本插入点定位到正文第三段的段首，单击"页面布局"选项卡，在"页面设置"组中单击"分隔符"按钮 ，在弹出的下拉列表中选择"分页符"选项，如图9-82所示。

STEP 02. **查看插入的分页符。** 此时可以看到在正文第二段的下方出现了如图9-83所示的分页符，并且其下方的文本在下一页中显示。

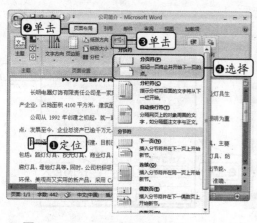

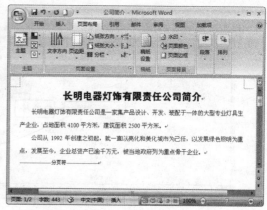

◆ 图 9-82　　　　　　　　　　　　　　　　◆ 图 9-83

STEP 03. **插入分节符。**将文本插入点定位到第二页第一段中的文本"同时"之前，在"页面设置"组中单击"分隔符"按钮，在弹出的下拉列表中选择"分节符"栏中的"连续"选项，如图 9-84 所示。

STEP 04. **查看插入的分节符。**返回到工作界面中，此时可以看到系统自动在文本插入点处插入分节符，如图 9-85 所示。

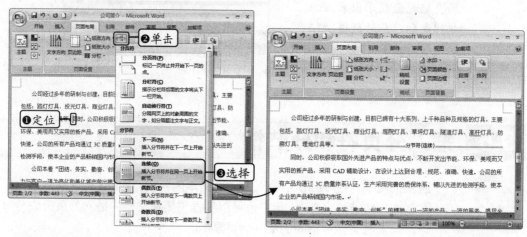

◆ 图 9-84　　　　　　　　　　　　　　　　◆ 图 9-85

 专家会诊台

Q： 为什么我在插入分页符和分节符后，文档中并没有出现分页符和分节符？

A： 在默认情况下，插入的分页符和分节符是不会显示出来的，用户可以通过单击"Office"按钮，在弹出的菜单中单击 Word 选项 按钮，然后在打开的"Word 选项"对话框的"显示"选项卡中选中"显示所有格式标记"复选框，单击 确定 按钮显示插入的分页符和分节符。另外，如果要删除插入的分页符或分节符，可以先将文本插入点定位于上一页或节的末尾，按【Delete】键，也可以将文本插入点定位于下一页或节的开始处，按【BackSpace】键。

9.6 应用封面

在利用 Word 2007 制作办公文档时，很多类型的文档都需要制作一个精美的封面，下面就来介绍插入与编辑封面的方法。

9.6.1 插入封面

在 Word 2007 中，系统提供了一个预先设计好样式的封面库，用户可以根据需要在文档的首页自动插入精美的封面。

在●CD:\素材\第 9 章\资源管理计划 1.docx 文档中插入封面（●CD:\效果\第 9 章\资源管理计划 1.docx）。

STEP 01. **插入封面。**打开"资源管理计划 1"文档，单击"插入"选项卡，在"页"组中单击 封面 按钮，在弹出的下拉菜单中选择"条纹型"选项，如图 9-86 所示。

STEP 02. **查看效果。**插入的封面位于文档的首页，如图 9-87 所示。

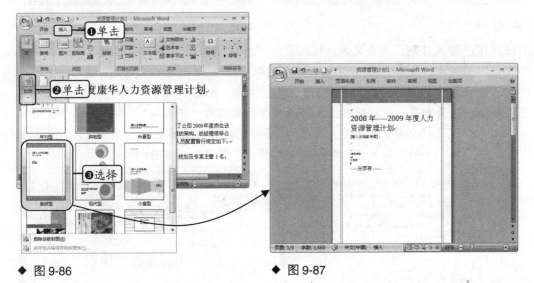

◆ 图 9-86　　　　　　　　　　　　　　　◆ 图 9-87

9.6.2 编辑封面

插入的封面中包括一些提示输入信息的输入框，用户可以根据需要在其中输入标题、作者和日期等信息。

新手练兵场

在 ●CD:\素材\第 9 章\资源管理计划 2.docx 文档中编辑封面（●CD:\效果\第 9 章\资源管理计划 2.docx ）。

STEP 01. 修改标题文本。 打开"资源管理计划 2"文档，在插入的封面中将鼠标光标移动到文本"2008 年-----2009 年度人力资源管理计划"上，此时该文本将以蓝底黑字显示，单击鼠标左键，在出现的"标题"输入框中将文本"-----"修改为"——"，如图 9-88 所示。

STEP 02. 修改标题对齐方式。 选择"标题"输入框中的所有文本，单击"开始"选项卡，在"段落"组中单击"居中"按钮，使文本居中对齐，如图 9-89 所示。

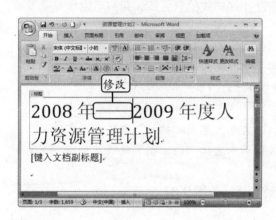

◆ 图 9-88

◆ 图 9-89

STEP 03. 修改日期。 单击文本"键入文档副标题"，在出现的"副标题"输入框中输入文本"康华集团"，单击文本"选取日期"，在出现的"日期"输入框中单击 按钮，在弹出的列表中单击 今日(T) 按钮，如图 9-90 所示。

STEP 04. 查看效果。 用相同的方法修改作者的姓名为"罗康华"，单击文本"wt"，在出现的"公司"输入框中单击 公司 图标，选择该文本框，然后按【Delete】键删除"公司"输入框，完成所有的操作，效果如图 9-91 所示。

◆ 图 9-90

◆ 图 9-91

9.7　办公案例——设置招标书的页面版式

本实例将综合应用本章所学的知识设置招标书的页面版式（●CD:\效果\第 9 章\招标书.docx），主要包括为文档设置背景和页面格式，插入分页符和分节符以及添加封面，最终效果如图 9-92 所示。

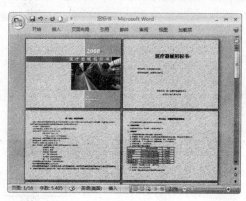

◆ 图 9-92

其具体操作步骤如下。

STEP 01. **选择命令。** 打开"招标书"文档（●CD:\素材\第 9 章\招标书.docx），单击"页面布局"选项卡，在"页面设置"组中单击"页边距"按钮，在弹出的下拉菜单中选择"自定义边距"命令。

STEP 02. **设置页边距和纸张方向。** 在打开的"页面设置"对话框的"页边距"栏的"上"、"下"、"左"和"右"数值框中均输入"1.5"，在"纸张方向"栏中选择"横向"选项，然后单击 确定 按钮，如图 9-93 所示。

STEP 03. **删除回车符。** 在第一页中删除文本"医疗器械招标书"上、下方各一个回车符，删除文本"招标器械名称: 血液净化治疗仪"下方的两个回车符，以及文本"第一部分　投标邀请函"上方的一个回车符，如图 9-94 所示。

◆ 图 9-93

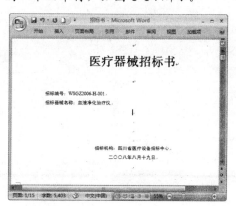

◆ 图 9-94

STEP 04. **插入分页符。**删除文本"第二部分 招标项目说明及要求"上方的所有回车符，将文本插入点定位到文本"第三部分 投标人须知"的开头处，单击"页面布局"选项卡，在"页面设置"组中单击"分隔符"按钮，在弹出的下拉列表中选择"分页符"选项，此时系统在该处插入分页符，如图 9-95 所示。

STEP 05. **插入分节符。**删除文本"第四部分 附件"上方的部分回车符，使文本位于该页的顶部，将文本插入点定位到文本"附件 2"的左侧，在"页面设置"组中单击"分隔符"按钮，在弹出的下拉列表中选择"连续"选项，插入分节符，如图 9-96 所示。

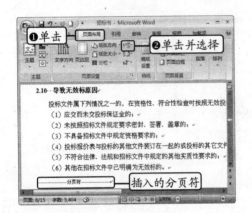

◆ 图 9-95

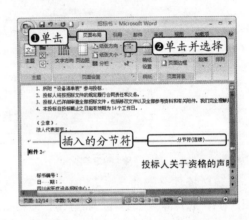

◆ 图 9-96

STEP 06. **插入其他分节符。**将文本插入点定位到附件 3 中文本"日 期:"的右侧，按【Enter】键，插入一个回车符。然后用前面介绍的方法在文本"附件 4"的左侧插入分节符，如图 9-97 所示。

STEP 07. **插入页码。**单击"插入"选项卡，在"页眉和页脚"组中单击"页码"按钮，在弹出的下拉菜单中选择"页边距"命令，在弹出的列表框中选择"圆（右侧）"选项，如图 9-98 所示。

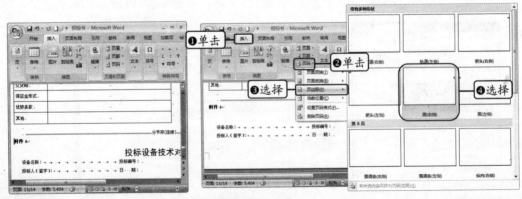

◆ 图 9-97   ◆ 图 9-98

STEP 08. **设置文本的对齐方式。**在第一页中选择所插入页码中的文本"1"，单击"开始"选项卡，在"段落"组中单击"居中"按钮▇，使文本居中对齐，然后退出页眉和页脚的编辑状态，如图 9-99 所示。

STEP 09. **填充效果。**在"页面背景"组中单击 页面颜色 按钮，在弹出的下拉菜单中选择"填充效果"命令，在打开的"填充效果"对话框中单击"纹理"选项卡，在下面的列表框中选择"水滴"选项，然后单击 确定 按钮，如图 9-100 所示。

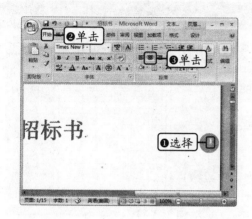

◆ 图 9-99

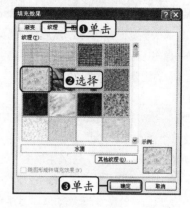

◆ 图 9-100

STEP 10. **插入封面。**单击"插入"选项卡，在"页"组中单击"封面"按钮 封面 ，在弹出的下拉菜单中选择"运动型"选项，插入封面，然后在插入的封面的相应位置输入信息，完成所有的操作，最终效果参见图 9-92。

9.8 疑难解答

学习完本章后，您是否已经掌握设置文档页面版式的方法？关于设置文档页面版式的相关问题是否已经顺利解决了？下面就为您提供一些相关的常见问题解答。

问：文档的页眉上有一根线条，不能将其删除，该怎么办呢？

答：选中页眉上的段落文字或段落标记，单击"开始"选项卡，在"段落"组中单击"边框"按钮▇右侧的▼按钮，在弹出的下拉菜单中选择"边框和底纹"命令，在打开的"边框和底纹"对话框中选择"无"边框样式即可删除该线条。

问：为什么我在为文本添加多级列表后，多级列表中并没有出现层级关系呢？

答：这可能是因为你选择的文本的缩进量都是一样的，只有选择的文本的缩进量不一样，添加多级列表后，多级列表中才会出现层级关系。

9.9 上机练习

本章上机练习一将为文档设置页边距、纸张大小以及添加纹理背景；上机练习二将为文档设置页眉和页脚以及为文档插入封面。各练习的最终效果及制作提示介绍如下。

练习一　　CD:\素材\第 9 章\应聘人员登记表.docx　　CD:\效果\第 9 章\应聘人员登记表.docx

① 打开"应聘人员登记表"文档，然后打开"页面设置"对话框，单击"页边距"选项卡，在其中将页面的上、下、左、右边距分别设置为"0.7"、"0.7"、"0.85"和"0.83"。

② 单击"纸张"选项卡，在其中将纸张的宽度和高度分别设置为"16.5"和"20"。

③ 打开"填充效果"对话框，在其中单击"纹理"选项卡，在列表框中选择"羊皮纸"选项，为文档添加纹理背景，完成所有的操作，最终效果如图 9-101 所示。

◆ 图 9-101

练习二　　CD:\素材\第 9 章\广告策略.docx　　CD:\效果\第 9 章\广告策略.docx

① 打开"广告策略"文档，在偶数页插入"现代型（奇数页）"页眉，然后在"页眉和页脚工具-设计"选项卡的"选项"组中选中"奇偶页不同"复选框，在奇数页插入"现代型（偶数页）"页眉。

② 在偶数页和奇数页中分别插入"现代型（偶数页）"页脚和"现代型（奇数页）"页脚。

③ 修改插入的页眉和页脚的大小，然后在页眉和页脚处输入文本信息。

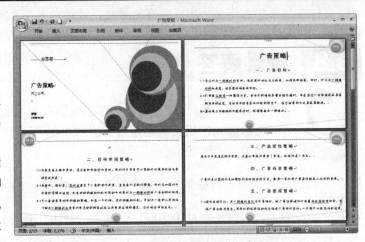

◆ 图 9-102

④ 在文档中插入"现代型"封面，然后在封面中输入相关的文本信息，完成所有的操作，最终效果如图 9-102 所示。

第 10 章

打印文档

在制作完办公文档后,可以将其打印出来,以便查阅和保存等。而在进行打印之前,为了使打印出来的文档更加真实、美观,并能及时发现文档中隐含的错误,还可以在 Word 中预览打印效果。本章就来介绍打印 Word 文档的相关知识,包括设置常规打印参数,设置文档在打印时的显示方式以及打印类型等。

10.1 认识与连接打印机

在制作好文档后，一般都需要将文档打印成稿，以便传阅，这时我们就需要使用到日常办公中不可或缺的打印设备——打印机。下面就来介绍打印机的类型以及它与电脑连接的方法。

10.1.1 打印机的类型

打印机按打印方式不同可分为针式打印机、喷墨打印机和激光打印机 3 种，不同的打印机具有不同的用途，下面分别进行介绍。

- ☑ **喷墨打印机**：喷墨打印机如图 10-1 所示，它可分为黑白和彩色两种，采用墨水作为打印原料，具有打印精度较高、噪音较低、价格适中等优点，但打印速度较慢，墨水消耗量较大，适用于打印精度要求较高的图像或图文混排的文稿的打印。

- ☑ **激光打印机**：激光打印机如图 10-2 所示，它采用硒鼓作为打印原料，打印效果非常好，可以提供高速度、高品质以及高精度的打印质量，是目前办公领域使用最广泛的打印机类型。

- ☑ **针式打印机**：针式打印机如图 10-3 所示，它利用机械和电路驱动原理，使打印针撞击色带和打印介质而实现打印。它具有价格便宜、维护费用低、打印速度较高以及可以打印连续纸张等优点，但打印时噪音大，打印质量较粗糙，主要适用于多联票据或账单的打印。

◆ 图 10-1

◆ 图 10-2

◆ 图 10-3

 温馨小贴士

有些喷墨打印机可以同时实现黑白和彩色打印，这类打印机通常安装有黑白和彩色 2 个墨盒，其中有些打印机则可实现黑白与彩色互换打印，在打印单色内容时，更换为黑白色墨盒，在打印彩色内容时，更换为彩色墨盒。

10.1.2 连接打印机

要用打印机打印文档，首先就要将电脑与打印机连接，一台电脑可以与多台打印机连接。在连接好打印机后，还需要对打印机进行设置才能进行正常的打印。

 将打印机连接到电脑上。

STEP 01. 数据线连接电脑。 关闭电脑，将打印机数据线的一端连接到电脑主机箱上相应的接口中，如图 10-4 所示。

STEP 02. 数据线连接打印机。 将打印机数据线的另一端连接到打印机上，然后将打印机电源与外部电源进行连接，打开电脑和打印机，并将打印纸放入打印机中。

STEP 03. 单击超链接。 选择"开始/打印机和传真"命令，在打开的"打印机和传真"窗口中单击左侧任务窗格中的"添加打印机"超链接，如图 10-5 所示。

◆ 图 10-4

◆ 图 10-5

STEP 04. 选择选项。 在打开的"添加打印机向导"对话框中单击 下一步(N) 按钮，打开"本地或网络打印机"设置框，选中"连接到此计算机的本地打印机"单选按钮，取消选中"自动检测并安装即插即用打印机"复选框，单击 下一步(N) 按钮，如图 10-6 所示。

STEP 05. 单击按钮。 在打开的"选择打印机端口"设置框中单击 下一步(N) 按钮，如图 10-7 所示。

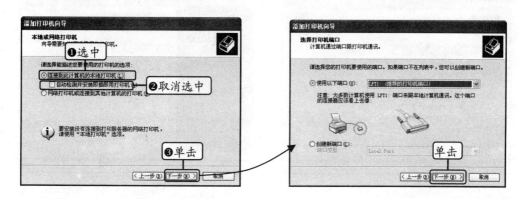

◆ 图 10-6

◆ 图 10-7

STEP 06. 单击按钮。 在打开的"安装打印机软件"设置框的列表框中选择要安装的打印机的厂商型号，如果未找到所需安装的打印机的厂商型号，则需要用户从电脑中自行查找驱动程序，这里单击 从磁盘安装(H)... 按钮，如图 10-8 所示。

STEP 07. 选择驱动器。 在打开的"从磁盘安装"对话框中单击 浏览(B)... 按钮，打开"查找文件"对话框，在"查找范围"下拉列表框中选择驱动程序所在的位置，在中间的列表框中选择以.inf 为扩展名的驱动程序文件，如图 10-9 所示，单击 打开(O) 按钮。

◆ 图 10-8　　　　　　　◆ 图 10-9

STEP 08. 命名打印机。 在打开的"命名打印机"设置框的"打印机名"文本框中输入安装的打印机名称，这里输入"HP 2500C"，选中下方的"是"单选按钮，将其设置为默认打印机，单击 下一步(N) 按钮，如图 10-10 所示。

STEP 09. 打印测试页。 在打开的"打印测试页"对话框中选中"是"单选按钮，确认打印测试页，单击 下一步(N) 按钮。

STEP 10. 测试打印效果。 在打开的提示对话框中提示用户已完成安装，并显示打印机的相关信息，如图 10-11 所示。单击 完成 按钮，完成所有的操作。

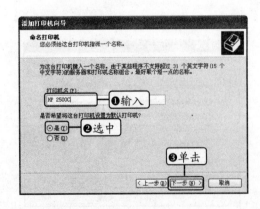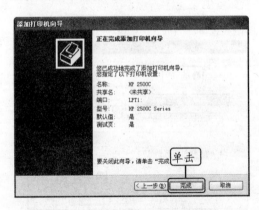

◆ 图 10-10　　　　　　　◆ 图 10-11

10.2 打印预览

在打印文档前，用户应该对文档进行打印预览，以便查看文档被打印在纸张上的真实效果并及时发现文档中的错误。在预览过程中，如果对文档中的某些地方不太满意，可以在预览窗口中或返回到文档的编辑状态下进行修改，直到满意后再进行打印。

单击"Office"按钮，在弹出的菜单中选择"打印/打印预览"命令，打开如图 10-12 所示的预览窗口。通过其中的状态栏可以查看文档的总页码和当前预览的页码；通过"显示比例"组可以设置适当的显示比例进行查看；通过"页面设置"组可以设置文档的页边距、纸张方向和纸张大小等。

在进行打印预览后，如果确认文档的内容、格式都正确无误，便可在"打印"组中单击"打印"按钮，在打开的"打印"对话框中设置打印参数打印文档。

◆ 图 10-12

10.3 设置打印参数

在打印文档之前，用户可以在"打印"对话框中设置打印参数，包括设置纸张类型、打印方向、打印份数、页面范围以及双面打印文档等。

10.3.1 设置纸张类型

一般的打印机都有两个纸盒，我们可以根据打印机中所用纸张的大小选择打印机的纸盒、打印的纸张大小。另外，如果电脑连接有多台打印机，此时还需要选择打印机。

 设置打印的纸张类型后，打印 CD:\素材\第 10 章\合同书.docx 文档。

STEP 01. **选择命令。** 打开"合同书"文档，单击"Office"按钮，在弹出的菜单中选择"打印"命令，如图 10-13 所示。

STEP 02. **选择打印机。** 在打开的"打印"对话框的"打印机"栏中的"名称"下拉列表框中选择一个连接到电脑上的打印机，这里选择"\\打印机\HP LaserJet P3005 PCL6"选项，然后单击 属性(P) 按钮，如图 10-14 所示。

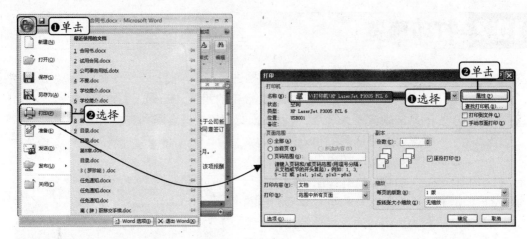

◆ 图 10-13　　　　　　◆ 图 10-14

STEP 03. 设置纸张类型。 在打开的"打印机上的 HP LaserJet P3005 PCL6 文档属性"
对话框的"纸张选项"栏中的"尺寸"下拉列表框中选择"A4"选项，在"来
源"下拉列表框中选择"纸盒 2"选项，在"类型"下拉列表框中选择"普通
纸"，单击 确定 按钮，如图 10-15 所示。

STEP 04. 打印文档。 返回到"打印"对话框中，单击 确定 按钮即可打印文档。

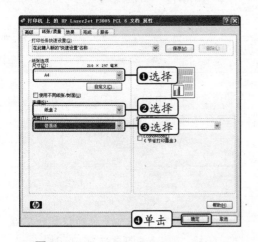

◆ 图 10-15

　温馨小贴士

如果"尺寸"下拉列表框中的选项不符合要求，还
可以单击其下面的 自定义(C)... 按钮，在打开的对话
框中设置纸张尺寸。选择纸盒时，一定要根据打印
机中打印纸所在的纸盒来进行选择，如打印纸放在
纸盒 1 中，这时就要选择纸盒 1。另外，对于使用
喷墨打印机的用户，为了节省墨水，在设置打印参
数时最好选中"节省打印墨盒"复选框并在"打印
质量"下拉列表框中选择节省模式。

10.3.2　设置打印份数和页面范围

　　在办公过程中打印文档时，一般都需要打印多份，以便于多人翻阅。另外，有时在打
印文档时，可能只需要打印文档中的部分页面，这时就需要用户在打印之前，对打印份数
和页面范围进行设置。

 将 CD:\素材\第 10 章\管理.docx 文档中的第 2 页和第 3 页打印 3 份。

STEP 01. 选择命令。 打开"管理"文档，单击
"Office"按钮 ，在弹出的菜单中选
择"打印"命令，如图 10-16 所示。

STEP 02. 设置打印份数和页面范围。 在打开的"打
印"对话框的"打印机"栏中的"名称"
下拉列表框中选择"\\打印机\HP
LaserJet P3005 PCL6"选项，在"页
面范围"栏中选中"页码范围"单选按
钮，在其后面的文本框中输入文本"2,
3"，在"副本"栏的"份数"数值框中
输入"3"，然后单击 属性(E) 按钮，
如图 10-17 所示。

◆ 图 10-16

STEP 03. 设置纸张类型。 在打开的对话框的"纸
张选项"栏中的"尺寸"下拉列表框中选择"A4"选项，选中"节省打印墨
盒"复选框，在"打印质量"下拉列表框中选择"600dpi"选项，单击 确定
按钮，如图 10-18 所示，返回"打印"对话框，单击 确定 按钮即可打印文
档。

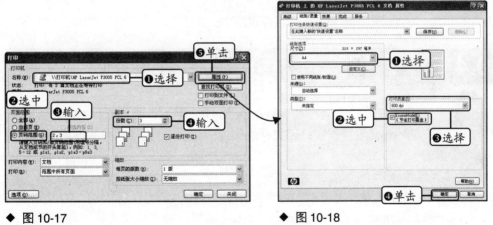

◆ 图 10-17   ◆ 图 10-18

 秘技播报站

在打印文档时，如果只需打印文本插入点所在的页面，即当前页，在"页面范围"栏中选中"当前页"
单选按钮即可。如果只打印文档中的奇数页或偶数页，在"打印"下拉列表框中选择相应的选项即可。

10.3.3 双面打印文档

有时为了节约纸张，可以在纸张的两面都打印文档，这主要用于打印非正式的文档，如在最终完成文档的制作前，为了查看文档打印在纸张上的效果，就可以双面打印文档。

根据不同的打印机，双面打印文档可以分为手动双面打印和自动双面打印两种方式，自动双面打印文档是由打印机自动处理的，而手动双面打印文档则需要用户的帮助才能完成打印。下面以手动双面打印文档为例来讲解双面打印文档的方法。

手动双面打印文档的方法很简单，在打印机的"文档属性"对话框中单击"完成"选项卡，在"文档选项"栏中选中"双面打印（手动）"复选框，如图 10-19 所示，设置其他参数后打印文档。在打印机打印完纸张的一面后，用户只需将纸张直接放入打印机的纸盒中，打印机将自动在纸张的另一面打印文档。

◆ 图 10-19

 秘技播报站

用户也可以通过打印奇数页和偶数页的方法来双面打印文档，其方法为：打印完奇数页后，将纸张直接放入纸盒中，然后打印偶数页。

10.4 办公案例——打印"人力资源计划"文档

本案例将综合运用本章所介绍的知识打印"人力资源计划"文档。通过本案例，读者可掌握打印文档的相关知识，包括打印预览和设置打印参数等。

其具体操作步骤如下。

STEP 01. **放大显示文档。** 打开"人力资源计划"文档（●CD:\素材\第 10 章\人力资源计划.docx），单击"Office"按钮●，在弹出的菜单中选择"打印/打印预览"命令，在打开的预览窗口中的"显示比例"组中单击●按钮，使文档以 100%的比例显示，如图 10-20 所示。

STEP 02. **查看文档效果。** 滚动鼠标滑轮，查看当前页中的文本，在确定内容无误后，在"预览"组中单击●下一页按钮，查看下一页的内容。用相同的方法查看其他页的效果，我们会发现第 3 页中的文本"四、人力资源管理计划的实施及调整"与前面内容的间距过大，如图 10-21 所示。

STEP 03. **修改文档。** 在"预览"组中单击"关闭打印预览"按钮●，返回到文档编辑窗口，删除"四、人力资源管理计划的实施及调整"上方多余的回车符。单击"Office"按钮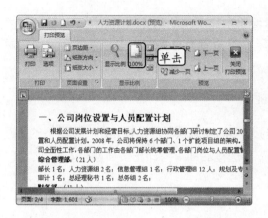，在弹出的菜单中选择"打印/打印"命令。

◆ 图 10-20

◆ 图 10-21

STEP 04. **设置页面范围和打印份数。** 在打开的"打印"对话框的"打印机"栏中的"名称"下拉列表框中选择"\\打印机\HP LaserJet P3005 PCL6"选项，在"页面范围"栏中选中"全部"单选按钮，在"副本"栏的"份数"数值框中输入"10"，单击 属性(P) 按钮，如图 10-22 所示。

STEP 05. **设置纸张类型。** 在打开的"打印机上的 HP LaserJet P3005 PCL6 文档属性"对话框的"纸张选项"栏中的"尺寸"下拉列表框中选择"16K 195×270mm"选项，在"来源"下拉列表框中选择"纸盒1"选项，选中"节省打印墨盒"复选框，在"打印质量"下拉列表框中选择"600dpi"选项，单击 确定 按钮，如图 10-23 所示。

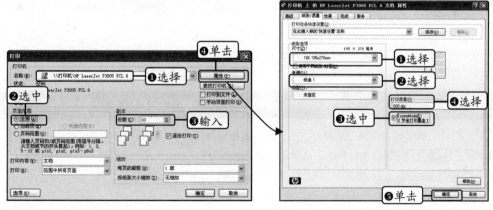

◆ 图 10-22　　　　　　　　　　　　　　　　◆ 图 10-23

STEP 06. **打印文档。** 返回到"打印"对话框中，单击 确定 按钮即可打印文档。

10.5 疑难解答

学习完本章后,您是否已经掌握了打印文档的相关知识? 关于打印文档的相关问题是否已经顺利解决了? 下面就为您提供一些相关的常见问题解答。

问:为什么无法打印设置了页面颜色的文档呢?

答:单击"打印"对话框中的 选项(O)... 按钮,打开"Word 选项"对话框,在右侧窗格的"打印选项"栏中选中"打印背景色和图像"复选框后即可打印出页面颜色。

问:怎么取消已经打印的文档呢?

答:在打印文档时,状态栏中将出现打印机图标 ,双击该图标打开"打印任务"窗口,在其中显示了正在打印的当前文档,选择"文档/取消"命令可取消当前打印任务。

10.6 上机练习

本章上机练习一将练习连接打印机;上机练习二将练习打印一篇文档。各练习的制作提示介绍如下。

练习一

① 关闭电脑,将打印机的数据线与电脑主机的接口和打印机的接口相连接,然后将电脑和打印机的电源与外部电源相连接。

② 添加打印机与设置打印机。

③ 测试打印效果。

练习二　　　　　　　　　　　　　　　　　　 CD:\素材\第 10 章\业绩统计表.docx

① 打开"打印"对话框,在其中选择打印机,以及设置页面范围和打印份数。

② 单击 属性(E) 按钮,在打开的对话框中设置纸张类型。

③ 单击 确定 按钮返回到"打印"对话框中,单击 确定 按钮打印文档。

高级应用篇

Word 2007 还有一些高级应用的功能，包括 Word 2007 高级排版应用、长文档的编排与处理、邮件合并与信封功能，以及网络与信息共享功能等。在这一篇中我们将分别介绍这些功能的相关知识。

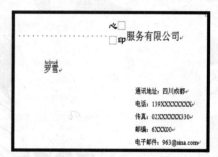

第 11 章

Word 2007 高级排版应用

 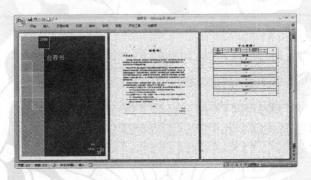

在制作文档时，可能会制作风格相似的文档，如果重复制作，就会浪费大量的时间和精力。使用 Word 中的样式和模板功能可以快速制作具有相似风格的文档。使用拼音指南、带圈字符和合并字符等功能，还可以制作出具有中文版式特色的文档。下面我们就来详细介绍有关 Word 2007 高级排版方面的应用。

11.1 中文版式的妙用

针对中文用户的排版需要，Word 2007 提供了具有中文特色的版式，如拼音指南、带圈字符、纵横混排、合并字符和双行合一等功能。下面就详细介绍中文版式的妙用。

11.1.1 拼音指南

拼音指南是指为汉字标注汉语拼音，常用于儿童读物和小学课本中。在排版过程中如果遇到不清楚读音的汉字，也可以使用拼音指南功能为汉字查询拼音。

为 ●CD:\素材\第 11 章\诗.docx 文档中的标题标注拼音（●CD:\效果\第 11 章\诗.docx）。

STEP 01. **选择文本。** 打开"诗"文档，选择标题文本"丑奴儿"，单击"开始"选项卡，在"字体"组中单击"拼音指南"按钮 ，如图 11-1 所示。

STEP 02. **设置参数。** 在打开的"拼音指南"对话框的"对齐方式"下拉列表框中选择"居中"选项，在"字号"数值框中输入"10"，然后单击 确定 按钮，如图 11-2 所示。

◆ 图 11-1

STEP 03. **查看效果。** 返回到工作界面中，此时可以看到选择的文本的上方出现了文本的拼音，如图 11-3 所示。

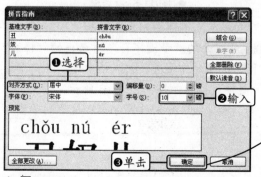

◆ 图 11-2

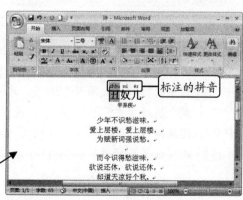

◆ 图 11-3

秘技播报站

如果不需要拼音标注，可以打开"拼音指南"对话框，在其中单击 全部删除(V) 按钮即可。

11.1.2　带圈字符

带圈字符是中文字符的一种特殊形式，它常用于突出显示比较重要的文本，如注册符号®和数字符号①等。

　为 CD:\素材\第 11 章\笑话.docx 文档中标题中的文本设置不同的带圈样式（ CD:\效果\第 11 章\笑话.docx）。

STEP 01. **选择文本。** 打开"笑话"文档，选择标题中的文本"国"，然后单击"开始"选项卡，在"字体"组中单击"带圈字符"按钮 ，如图 11-4 所示。

STEP 02. **设置样式。** 在打开的"带圈字符"对话框的"样式"栏中选择"增大圈号"选项，在"圈号"栏的"圈号"列表框中选择圆圈样式，然后单击 确定 按钮，如图 11-5 所示。

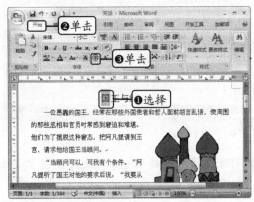

◆ 图 11-4　　　　　　　　　　　　　　◆ 图 11-5

STEP 03. **设置其他样式。** 此时文本"国"的外面添加上了圆圈。选择文本"王"，在"字体"组中单击"带圈字符"按钮 ，在打开的"带圈字符"对话框的"样式"栏中选择"增大圈号"选项，在"圈号"栏的"圈号"列表框中选择三角形样式，然后单击 确定 按钮，设置带圈样式后的效果如图 11-6 所示。

STEP 04. **完成操作。** 用相同的方法为文本"与"和"线"分别设置方框和棱形的带圈样式，设置后的效果如图 11-7 所示。

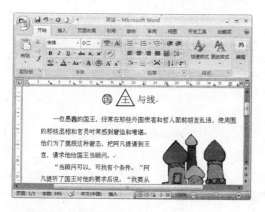

◆ 图 11-6

◆ 图 11-7

11.1.3　纵横混排

纵横混排与竖直排版有相当大的不同，通过纵横混排，既可以在文档中插入横排的文本，也可以插入竖排的文本，它常用于编排杂志、报刊等。

将●CD:\素材\第 11 章\散文.docx 文档中的文本进行纵横混排（●CD:\效果\第 11 章\散文.docx）。

STEP 01. **选择命令。** 打开"散文"文档，选择标题中的文本"学会"，然后单击"开始"选项卡，在"段落"组中单击"中文版式"按钮 ，在弹出的下拉菜单中选择"纵横混排"命令，如图 11-8 所示。

STEP 02. **查看效果。** 在打开的"纵横混排"对话框中取消选中"适应行宽"复选框，单击 确定 按钮，纵横混排后的效果如图 11-9 所示。

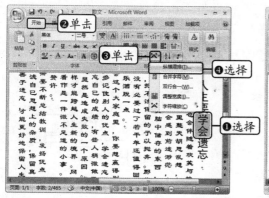

◆ 图 11-8

◆ 图 11-9

11.1.4 合并字符

合并字符是指将多个字符以 1 个字符的宽度占位。设置合并字符的方法与设置文本纵横混排的方法相似，即选择需要合并的字符，在"段落"组中单击"中文版式"按钮，在弹出的下拉菜单中选择"合并字符"命令即可。

11.1.5 双行合一

双行合一是指将两行文字显示在一行文字的空间内，它常用于注释文本内容，其方法为：选择要进行设置的文本，在"段落"组中单击"中文版式"按钮，在弹出的下拉菜单中选择"双行合一"命令，在打开的"双行合一"对话框中单击 确定 按钮即可。

11.1.6 办公案例——设置名片的格式

本实例将对名片中的文本进行字符合并和标注拼音操作，其最终效果如图 11-10 所示（CD:\效果\第 11 章\名片.docx）。

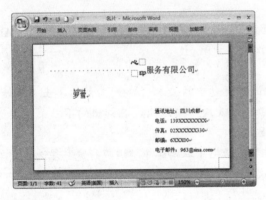

在办公过程中，经常需要制作名片，用户可以通过纵横混排来制作竖排的名片

◆ 图 11-10

其具体操作步骤如下。

STEP 01. **选择命令。** 打开"名片"文档（CD:\素材\第 11 章\名片.docx），选择文本"心印"，然后在"段落"组中单击"中文版式"按钮，在弹出的下拉菜单中选择"合并字符"命令，如图 11-11 所示。

STEP 02. **设置参数。** 在打开的"合并字符"对话框的"字体"下拉列表框中选择"隶书"选项，在"字号"下拉列表框中选择"10"选项，然后单击 确定 按钮，如图

◆ 图 11-11

11-12 所示。

STEP 03. **设置拼音指南。** 选择文本"罗雪"，在"字体"组中单击"拼音指南"按钮，在打开的"拼音指南"对话框中的"对齐方式"下拉列表框中选择"居中"选项，在"字体"下拉列表框中选择"微软雅黑"选项，单击 组合(G) 按钮，将这两个字组合为一体，然后单击 确定 按钮，如图 11-13 所示。

◆ 图 11-12　　　　　　　　　　　　　　　　◆ 图 11-13

11.2　新建和应用样式

样式是字符格式（如字体、字号和字形等）与段落格式（如段落对齐、缩进、项目符号和编号等）的设置组合。应用样式时，将同时应用该样式中所有的格式设置。

11.2.1　自动套用样式

在 Word 2007 中，系统提供了多种样式供用户选择，可直接将其套用到文档中。

为 ●CD:\素材\第 11 章\读者回信.docx 文档中的文本套用系统提供的样式（●CD:\效果\第 11 章\读者回信.docx）。

STEP 01. **设置标题样式。** 打开"读者回信"文档，选择标题文本"成都道向科技读者服务部"，单击"开始"选项卡，在"样式"组的"快速样式"列表框中选择"明显强调"选项，如图 11-14 所示。

STEP 02. **查看效果。** 选择除标题以外的文本，在"样式"组的"快速样式"列表框中选择"明显强调"选项，得到如图 11-15 所示的效果。

温馨小贴士

在套用样式后，如果不需要该样式，可以清除套用的样式，其方法是：选择要清除样式的文本，在"样式"组的"快速样式"列表框中选择"清除样式"选项即可。

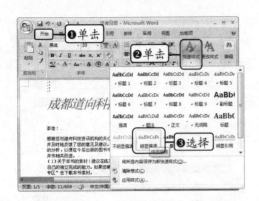

◆ 图 11-14

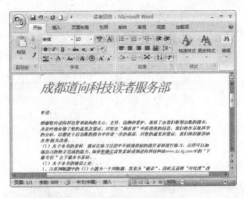

◆ 图 11-15

11.2.2 新建样式

如果 Word 2007 中提供的样式无法满足需要，用户还可以根据自己的需要建立新的样式。

在●CD:\素材\第 11 章\工作计划.docx 文档中新建样式，并为文档中的文本应用新建的样式（●CD:\效果\第 11 章\工作计划.docx）。

STEP 01. **选择文本。**打开"工作计划"文档，将文本插入点定位到文本"一、新学期具体工作补充要点"中，单击"样式"组右下角的对话框启动器▣，在打开的"样式"任务窗格中单击下方的"新建样式"按钮▣，如图 11-16 所示。

STEP 02. **设置样式名称。**在打开的"根据格式设置创建新样式"对话框的"名称"文本框中输入样式名称"常用样式"，然后单击对话框左下角的 格式(O)▼ 按钮，在弹出的下拉菜单中选择"字体"命令，如图 11-17 所示。

◆ 图 11-16

◆ 图 11-17

STEP 03. **设置样式字体。**在打开的"字体"对话框的"中文字体"下拉列表框中选择"隶书"选项，在"字形"列表框中选择"加粗"选项，在"字号"列表框中选择"小三"选项，在"字体颜色"下拉列表框中选择"标准色"栏中的"浅绿"选项，单击 确定 按钮，如图 11-18 所示。

STEP 04. **查看新建的样式。**返回到"根据格式设置创建新样式"对话框中，单击 确定 按钮，此时在"样式"任务窗格中将出现一个新样式，并且文本"一、新学期具体工作补充要点"将应用该样式，如图 11-19 所示。

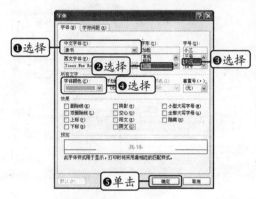

◆ 图 11-18

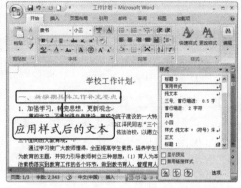

◆ 图 11-19

STEP 05. **应用样式。**将文本插入点定位到文本"二、德育工作"中，在"样式"任务窗格中单击新建的样式"常用样式"，此时文本"二、德育工作"将自动应用该样式，如图 11-20 所示。

STEP 06. **完成操作。**用相同的方法为其他的文本应用新建的样式"常用样式"，完成所有的操作，最终效果如图 11-21 所示。

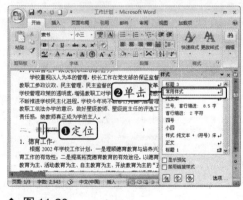

◆ 图 11-20

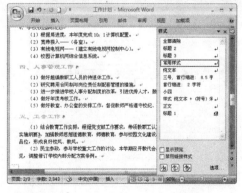

◆ 图 11-21

11.2.3　修改样式

不管是系统提供的样式，还是用户自己新建的样式，都可以根据需要对其进行修改。

修改 CD:\素材\第 11 章\工作计划 1.docx 文档中的样式"常用样式"
（ CD:\效果\第 11 章\工作计划 1.docx）。

STEP 01. 选择命令。 打开"工作计划 1"文档，将文本插入点定位到应用了"常用样式"的文本中，将鼠标光标移动到"样式"任务窗格中的"常用样式"上，此时将出现下拉列表框，单击 按钮，在弹出的下拉菜单中选择"修改"命令，如图 11-22 所示。

STEP 02. 修改样式。 在打开的"修改样式"对话框中单击 B 按钮，使其呈凸起状态，在"字体颜色"下拉列表框中选择"自动"选项，然后单击"增加缩进量"按钮，最后单击 确定 按钮，如图 11-23 所示。

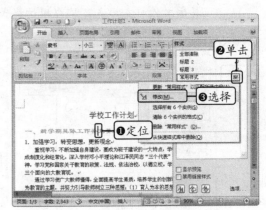

◆ 图 11-22

STEP 03. 查看效果。 返回到工作界面中，此时应用了该样式的文本都将发生变化，并且在"样式"任务窗格中将出现一个名为"常用样式+右侧：1 字符"的样式，效果如图 11-24 所示。

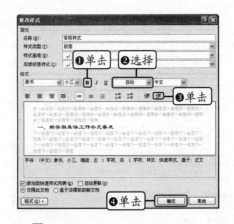

◆ 图 11-23

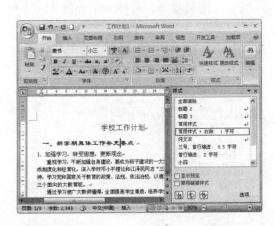

◆ 图 11-24

11.2.4　复制样式

在制作一篇文档时，如果需要应用与其他文档相同的样式，可以通过复制样式的方法快速实现。

复制 CD:\素材\第 11 章\工作计划 1.docx 文档中的样式 "常用样式" 到 CD:\素材\第 11 章\读者回信.docx 文档中（ CD:\效果\第 11 章\读者回信 1.docx）。

STEP 01. 定位文本插入点。 打开 "工作计划 1" 文档，将文本插入点定位到文本 "一、新学期具体工作补充要点" 中，单击 "样式" 组右下角的对话框启动器，在打开的 "样式" 任务窗格中单击下方的 "管理样式" 按钮，如图 11-25 所示。

STEP 02. 打开对话框。 在打开的 "管理样式" 对话框中单击 导入/导出(X)... 按钮，在打开的 "管理器" 对话框中单击右侧的 关闭文件(E) 按钮，如图 11-26 所示。

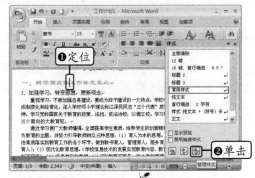

◆ 图 11-25

◆ 图 11-26

STEP 03. 打开文档。 单击 打开文件(E)... 按钮，在打开的 "打开" 对话框的 "查找范围" 下拉列表框中选择 "读者回信" 文档所在的位置，在 "文件类型" 下拉列表框中选择 "所有文件" 选项，在中间的列表框中选择 "读者回信" 文档，单击 打开(O) 按钮，如图 11-27 所示。

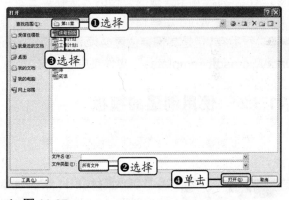

◆ 图 11-27

STEP 04. 复制样式。 返回到 "管理器" 对话框中，在 "在工作计划 1 中" 列表框中选择 "常用样式" 选项，单击 复制(C) -> 按钮，然后单击 关闭 按钮，如图 11-28 所示，在打开的对话框中单击 是(Y) 按钮，保存复制样式后的 "读者回信" 文档。

STEP 05. 查看复制的样式。 单击 "Office" 按钮，在弹出的菜单中选择 "打开" 命令，打开 "读者回信" 文档，打开 "样式" 任务窗格，即可看到复制的样式，如图 11-29 所示。

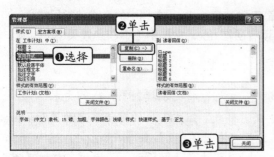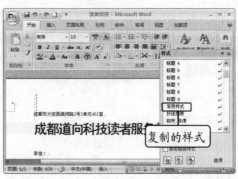

◆ 图 11-28　　　　　　　　　　　　　　　◆ 图 11-29

11.3 创建和使用模板

使用 Word 中自带的模板或用户自己创建的模板可以快速创建具有特殊格式的文档,这特别适用于创建专业文档以及与模板具有相同的格式的文档。下面就详细介绍创建和使用模板的方法。

11.3.1 新建模板

模板是设置了基本结构的文档,在 Word 2007 中内置有一定数量的模板,用户可以直接调用。新建基于模板的文档的方法在第三章中已经详细介绍过了,这里不再赘述。我们也可以通过 Word 新建模板,其方法是:将设置好格式的文档以"Word 模板"的保存类型进行另存,但是其保存位置必须是在"C:\Documents and Settings\用户名\Application Data\Microsoft\Templates"文件夹中,这样才能成为 Word 的模板。

11.3.2 使用创建的模板

将设置好格式的文档保存为模板后,就可以根据保存的模板创建新的文档。

将 CD:\素材\第 11 章\公司事务用纸.docx 文档另存为模板,并根据该模板创建一个新的文档(CD:\效果\第 11 章\公司事务用纸.docx)。

STEP 01. **选择命令。** 打开"公司事务用纸"文档,单击"Office"按钮 ,在弹出的菜单中选择"另存为/Word 模板"命令,如图 11-30 所示。

STEP 02. **选择保存位置。** 在打开的"另存为"对话框的"保存位置"下拉列表框中选择 C 盘中"Templates"文件夹,然后单击 保存(S) 按钮,如图 11-31 所示。

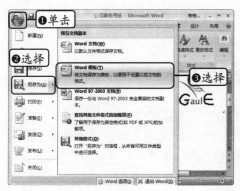

◆ 图 11-30

◆ 图 11-31

STEP 03. 打开对话框。 关闭"公司事务用纸"文档，然后单击"**Office**"按钮，在弹出的菜单中选择"新建"命令，在打开的"新建"对话框中单击左侧"模板"栏中的"我的模板"选项卡。

STEP 04. 新建文档。 在打开的对话框的列表框中选择"公司事务用纸"选项，在"新建"栏中选中"文档"单选按钮，然后单击 确定 按钮，如图 11-32 所示，完成所有的操作。根据"公司事务用纸"模板创建的文档如图 11-33 所示。

◆ 图 11-32　　　　　　　　　　　　　◆ 图 11-33

11.4　宏的妙用

宏是一系列命令和指令的组合，它可以作为单个命令执行并自动完成某项任务。在 Word 2007 高级排版应用中，用户可以通过创建宏自动执行频繁使用的操作，以提高工作效率。

11.4.1 | 录制新宏

宏既可以通过宏录制器录制一系列操作来创建，也可以通过在 Visual Basic 编辑器中输入 Visual Basic for Applications 代码进行创建。在 Word 2007 中，宏是通过宏录制器来创建的。

 启动 Word 2007，在其中录制名为"通讯录"的宏。

STEP 01. 显示"开发工具"选项卡。 启动 Word 2007，单击"Office"按钮，在弹出的菜单中单击 Word 选项(I) 按钮，在打开的"Word 选项"对话框中单击"常用"选项卡，然后选中"在功能区显示'开发工具'选项卡"复选框，单击 确定 按钮，如图 11-34 所示。

STEP 02. 单击按钮。 此时在功能区中将显示"开发工具"选项卡，单击该选项卡，在"代码"组中单击 录制宏 按钮，如图 11-35 所示。

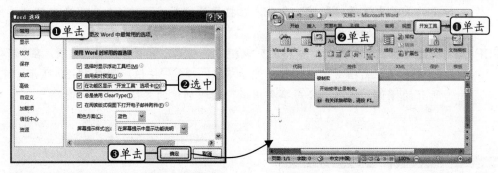

◆ 图 11-34　　　　　　　　　　　　　◆ 图 11-35

STEP 03. 输入宏名。 在打开的"录制宏"对话框的"宏名"文本框中输入文本"通讯录"，单击"键盘"按钮，如图 11-36 所示。

STEP 04. 指定快捷键。 在打开的"自定义键盘"对话框中将鼠标光标定位到"请按新快捷键"文本框中，按【Ctrl+A】组合键输入文本"Ctrl+A"，然后单击 指定(A) 按钮，如图 11-37 所示。此时输入的文本将在"请按新快捷键"文本框中消失，并出现在"当前快捷键"列表框中，单击 关闭 按钮开始录制宏。

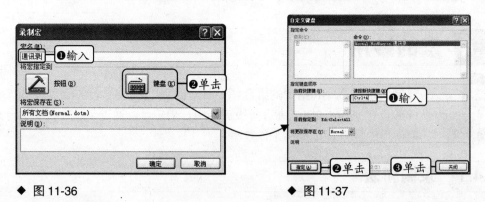

◆ 图 11-36　　　　　　　　　　　　　◆ 图 11-37

STEP 05. 绘制表格。 文档中的鼠标光标变成了 形状，输入文本"通讯录"，单击"插入"选项卡，在"表格"组中单击"表格"按钮，在弹出的下拉菜单中拖动鼠标，绘制一个 5 列 3 行的表格，如图 11-38 所示。

STEP 06. **输入并设置表格。** 通过键盘上的方向键，在绘制的表格的第一行中依次输入文本 "姓名"、"地址"、"邮政编码"、"电话" 和 "电子邮件"，然后按【↑】键，将文本插入点定位到文本 "通讯录" 的右侧，将其对齐方式设置为 "居中"，如图 11-39 所示。

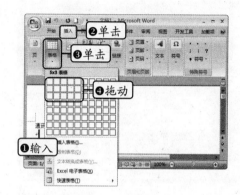

◆ 图 11-38

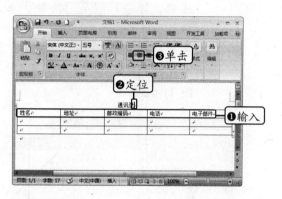

◆ 图 11-39

STEP 07. **完成操作。** 用相同的方法将表格第一行中的文本的对齐方式设置为 "居中"，单击 "开发工具" 选项卡，在 "代码" 组中单击 "停止录制" 按钮，如图 11-40 所示，完成录制宏的操作。

　温馨小贴士

在录制宏时，可以用鼠标选择命令和选项，但不能选择文本，只有使用键盘才能选择文本。

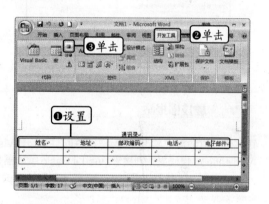

◆ 图 11-40

11.4.2　运行宏

完成宏的录制后，即可将其保存在 Word 2007 中，如果以后需要创建与宏相同的文档，只需执行该宏即可。在 Word 2007 中运行宏的方法主要有以下两种。

☑ **通过快捷键运行：** 按录制宏时指定的快捷键。

☑ **通过 "宏" 对话框运行：** 按【Alt+F8】组合键或在 "代码" 组中单击 "宏" 按钮，在打开的 "宏" 对话框中选择创建的宏，然后单击 运行(R) 按钮。

　运行录制的 "通讯录" 宏。

STEP 01. **单击按钮。**单击"开发工具"选项卡，在"代码"组中单击"宏"按钮，如图 11-41 所示。

STEP 02. **运行宏。**在打开的"宏"对话框的"宏名"列表框中选择"通讯录"选项，单击 运行(R) 按钮，如图 11-42 所示。

STEP 03. **查看效果。**关闭"宏"对话框，此时文档中显示出制作的通讯录，如图 11-43 所示。

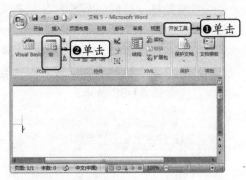

◆ 图 11-41

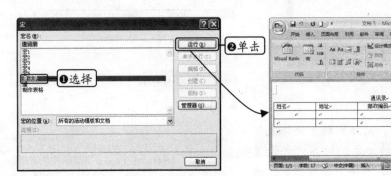

◆ 图 11-42 　　　　　　　　　　◆ 图 11-43

秘技播报站

在"宏"对话框中单击 创建(C) 按钮，可打开 Visual Basic 编辑器，在其中可输入 Visual Basic for Applications 代码重新创建宏。Visual Basic 编辑器是一种环境，用于编写新的和修改已有的 Visual Basic for Applications 代码以及过程，它包括完整的调试工具集，用于查找代码中的语法、运行时和逻辑问题。

11.4.3　编辑宏

宏录制完成后，若对录制的宏不满意，还可以通过 Visual Basic 编辑器对其进行编辑。

编辑录制的宏。

STEP 01. **打开对话框。**单击"开发工具"选项卡，在"代码"组中单击"宏"按钮，在打开的"宏"对话框的"宏名"列表框中选择"通讯录"选项，单击 编辑(E) 按钮，如图 11-44 所示。

STEP 02. **编辑宏。**打开 Visual Basic 编辑器，将文本插入点定位到文本"电话"的右侧，输入文本"号码"，单击"保存"按钮，保存对宏的修改，然后单击"关闭"按钮关闭 Visual Basic 编辑器，如图 11-45 所示。

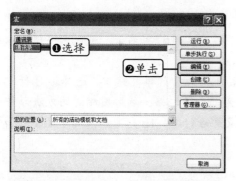

◆ 图 11-44

◆ 图 11-45

STEP 03. 完成编辑。 返回到 Word 2007 的工作界面中，按【Ctrl+A】组合键运行编辑后的宏，效果如图 11-46 所示。

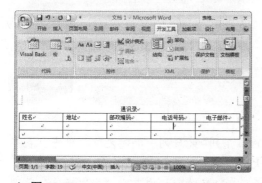

◆ 图 11-46

温馨小贴士

如果要删除创建的宏，在"宏"对话框中的"宏名"列表框中选择要删除的宏，然后单击 删除(D) 按钮即可。

11.4.4 办公案例——制作并运行宏

本实例将根据本节所学的知识，将制作"个人简历"表格的过程录制为宏，然后在"自荐书"文档中运行宏，得到如图 11-47 所示的效果（●CD:\效果\第 11 章\自荐书.docx）。

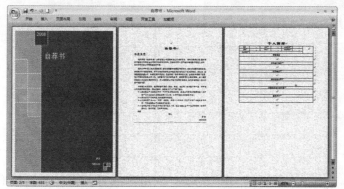

◆ 图 11-47

其具体操作步骤如下。

STEP 01. 插入表格。 单击"插入"选项卡，在"表格"组中单击"表格"按钮，在弹出的下拉菜单中选择"插入表格"命令，在打开的"插入表格"对话框的"列数"和"行数"数值框中分别输入"7"和"15"，单击 确定 按钮插入表格，如图 11-48 所示。

STEP 02. **合并单元格。** 将文本插入点定位到第 3 行第 2 列单元格中，选择第 3 行中第第 2 列~第 6 列的单元格，将其合并为一个单元格。然后用相同的方法合并第 7 列中第 1 行~第 3 行中的单元格以及第 4 行~第 15 行中所有的单元格，如图 11-49 所示。

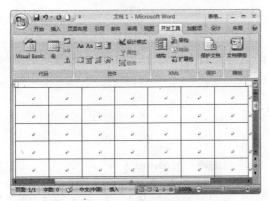

◆ 图 11-48

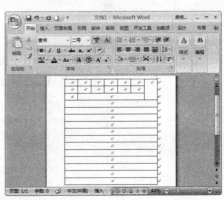

◆ 图 11-49

STEP 03. **调整单元格的行高。** 选择第 1 行中的第 1 列~第 6 列中的单元格，单击"表格工具-布局"选项卡，单击"单元格大小"组中的对话框启动器，在打开的"表格属性"对话框中单击"行"选项卡，在"尺寸"栏中选中"指定高度"复选框，在其后面的数值框中输入"0.5"，在"行高值是"下拉列表框中选择"固定值"选项，然后单击 确定 按钮，如图 11-50 所示。

STEP 04. **调整其他单元格的行高。** 用相同的方法设置表格中其他单元格的行高，设置后的效果如图 11-51 所示。

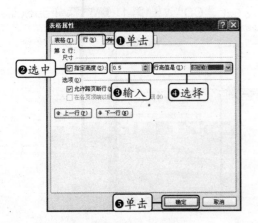

◆ 图 11-50

◆ 图 11-51

STEP 05. **输入文本。** 将文本插入点定位到第 1 行第 1 列单元格中，单击"开始"选项卡，在"字体"组中设置字体及字号，然后在单元格中输入文本"姓名"。用相同的方法设置并输入如图 11-52 所示的文本，制作出表格，然后选择表格，按【Ctrl+C】组合键复制表格。

STEP 06. **新建宏。** 新建一个空白文档，单击"开发工具"选项卡，在"代码"组中单击 录制宏 按钮，在打开的"录制宏"对话框中的"宏名"文本框中输入文本"个人简历"，单击"键盘"按钮，如图 11-53 所示。

◆ 图 11-52

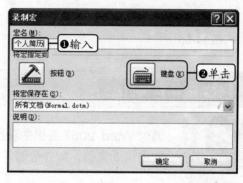

◆ 图 11-53

STEP 07. **指定快捷键。** 在打开的"自定义键盘"对话框中将鼠标光标定位到"请按新快捷键"文本框中，按【Ctrl+Q】组合键，指定宏的快捷键，单击 指定(A) 按钮，然后单击 关闭 按钮开始录制宏，如图 11-54 所示。

STEP 08. **输入并设置文本。** 单击"开始"选项卡，在"字体"组中设置字体为"隶书"，字号为"二号"，单击"加粗"按钮 B，然后输入文本"个人简历"，并将所输入文本的对齐方式设置为"居中对齐"，效果如图 11-55 所示。

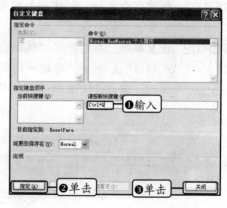

◆ 图 11-54

STEP 09. **粘贴表格。** 按【Enter】键换行，按【Ctrl+V】组合键粘贴复制的表格，然后单击"开发工具"选项卡，在"代码"组中单击"停止录制"按钮，完成宏的录制，如图 11-56 所示。

STEP 10. **运行宏。** 打开"自荐书"文档，将文本插入点定位到需要运行宏的位置，按【Ctrl+Q】组合键运行宏，完成所有的操作，最终效果参见图 11-47。

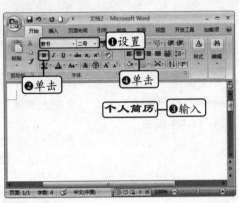

◆ 图 11-55

◆ 图 11-56

11.5 稿纸设置

通过 Word 2007 提供的稿纸功能，用户可以创建方格式、行线式或外框式的稿纸文档，如办公时常用的稿纸就可以通过它来制作。

新建一个空白文档，并将其设置为方格式稿纸（●CD:\效果\第 11 章\稿纸设置.docx）。

STEP 01. **新建空白文档。** 新建一个空白文档，单击"页面布局"选项卡，在"稿纸"组中单击"稿纸设置"按钮 ，如图 11-57 所示。

STEP 02. **设置稿纸。** 在打开的"稿纸设置"对话框的"格式"下拉列表框中选择"方格式稿纸"选项，在"行数×列数"下拉列表框中选择"20×25"选项，单击 确认 按钮，如图 11-58 所示，制作的稿纸效果如图 11-59 所示。

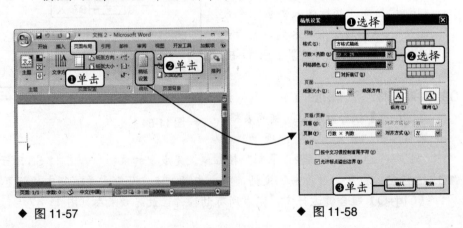

◆ 图 11-57

◆ 图 11-58

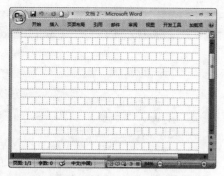

◆ 图 11-59

温馨小贴士

在打开的"稿纸设置"对话框中还可以设置稿纸中方格的线的颜色，以及稿纸的页眉和页脚。

11.6 疑难解答

学习完本章后,您是否已经掌握了 Word 2007 高级排版应用的相关知识？关于其相关的问题是否已经顺利解决了？下面就为您提供一些关于 Word 2007 高级排版应用的常见问题解答，使您的学习之路更加顺畅。

问："录制宏"对话框中的 按钮有什么作用呢？

答：单击该按钮将打开"Word 选项"对话框，在该对话框中可以将录制的宏指定到快速访问工具栏中。

问：为什么我在录制宏后，关闭了录制宏所在的文档，在其他文档中就不能运行刚才创建的宏？

答：如果在"录制宏"对话框中的"将宏保存在"下拉列表框中选择当前文档，那么录制的宏只在该文档中有效，在其他文档中不能运行该宏。如果选择"所有文档"选项，那么即使退出 Word 2007，当再一次启动 Word 2007 后仍可以运行该宏。

问：可不可以将稿纸文档转换为普通文档呢？

答：可以。在"稿纸设置"对话框中的"格式"下拉列表框中选择"非稿纸文档"选项，单击 确认 按钮即可。

11.7 上机练习

本章上机练习一将使用中文版式和宏的相关知识,将为文本设置中文版式的过程录制为宏；上机练习二将一个包含有内容的文档设置为稿纸文档。各练习的最终效果及制作提示介绍如下。

练习一　　⊙CD:\素材\第 11 章\水调歌头.docx　　⊙CD:\效果\第 11 章\水调歌头.docx

① 打开"水调歌头"文档，打开"录制宏"和"自定义键盘"对话框，在其中创建一个快捷键为【Ctrl+M】，名为"中文版式"的宏。

② 开始录制宏，在文档中选择标题文本，在"拼音指南"对话框中为其添加字体为"黑体"，字号为"13"，居中对齐的拼音。

③ 选择文本"苏轼"，使用纵横混排功能将其设置为横排文本。

④ 停止宏的录制，完成所有的操作，进行中文版式的设置后的文档如图 11-60 所示。

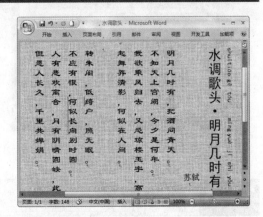

◆ 图 11-60

练习二　　⊙CD:\素材\第 11 章\书信.docx　　⊙CD:\效果\第 11 章\书信.docx

① 打开"书信"文档，打开"稿纸设置"对话框，在其中的"格式"下拉列表框中选择"行线式稿纸"选项，在"行数×列数"下拉列表框中选择"24×25"选项。

② 在"网格颜色"下拉列表框中选择"蓝-灰"选项，在"纸张方向"栏中选择"横向"选项，单击 确认 按钮，完成所有的操作，最终效果如图 11-61 所示。

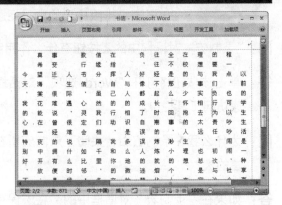

◆ 图 11-61

第 12 章
长文档的编排与处理

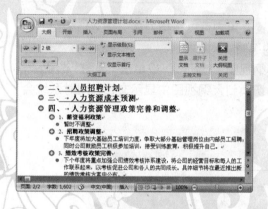

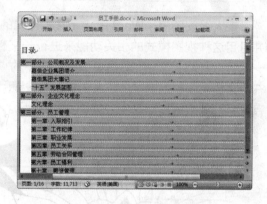

在办公过程中，有时需要使用 Word 编排一些篇幅较长的文档，这时如果使用普通的方法对这些文档进行编辑或处理，操作起来就会非常不便。为了使用户能更快更准确地把握这种长文档的主题与结构，Word 2007 提供了大纲视图、目录、书签和批注等功能。本章将详细介绍在 Word 2007 中编辑长文档的相关知识。

12.1 大纲视图

 大纲视图是以缩进文档标题的形式表明该标题在文档结构中的级别的页面浏览方式。长文档中一般会包含多级标题，结构也相对复杂，使用大纲视图不但可以以提纲的形式清晰地显示文档结构，还可以用主控文档来方便地控制显示文档中的内容，方便用户对长文档进行浏览。

12.1.1 使用大纲方式查看文档

在大纲视图中，Word 简化了文本格式的设置，用户可以将精力集中在文档结构上，并可用这种视图模式的相关功能来进行长文档的编辑。

打开一篇长文档，单击窗口视图栏中的"大纲视图"按钮，或单击"视图"选项卡，在"文档视图"组中单击"大纲视图"按钮，切换到大纲视图中显示文档，同时系统会自动打开"大纲"选项卡，如图 12-1 所示。

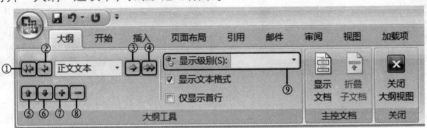

◆ 图 12-1

① "提升至标题 1" 按钮：单击该按钮，可将项目升为大纲的最高级别。

② "升级" 按钮：单击该按钮，可提升项目的级别。

③ "降级" 按钮：单击该按钮，可降低项目的级别。

④ "降级为正文" 按钮：单击该按钮，可将项目降为大纲的最低级别。

⑤ "上移" 按钮：单击该按钮，可在大纲内上移项目。

⑥ "下移" 按钮：单击该按钮，可在大纲内下移项目。

⑦ "展开" 按钮：单击该按钮，可展开所选项目。

⑧ "折叠" 按钮：单击该按钮，可折叠所选项目。

⑨ "显示级别" 下拉列表框：单击该按钮，可设定在大纲中要显示的级别。

 温馨小贴士

切换到大纲视图后，文档中每个标题前面都会显示一个 "➕" 标记，表示该标题下还包含有下级标题或者正文内容。双击 "➕" 标记，可以快速将标题折叠或展开。

打开 CD:\素材\第 12 章\人力资源管理计划.docx 文档，并以大纲视图方式浏览该文档。

STEP 01. **切换到大纲视图。** 打开"人力资源管理计划"文档，单击窗口视图栏中的"大纲视图"按钮 ，切换到大纲视图，如图 12-2 所示。可以看到每级标题前都有一个"+"标记，同时各级标题的缩进也不同。

STEP 02. **设置大纲显示级别。** 在"大纲工具"组中的"显示级别"下拉列表框中选择要显示的级别，即可将文档按照所选级别显示，这里选择"2 级"选项，如图 12-3 所示。

◆ 图 12-2

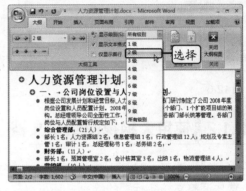

◆ 图 12-3

STEP 03. **显示 2 级标题。** 显示 2 级标题后的效果如图 12-4 所示。将文本插入点定位在第四项上，单击"大纲工具"组中的"展开"按钮 。

STEP 04. **展开标题。** 展开标题后的第四项效果如图 12-5 所示，继续单击"展开"按钮 展开下级标题。

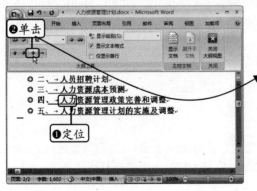

◆ 图 12-4

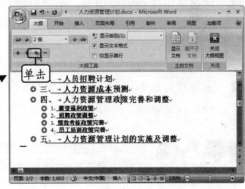

◆ 图 12-5

STEP 05. **查看效果。** 继续展开标题后的第四项效果如图 12-6 所示。

温馨小贴士

单击某个标题前的""标记，可以快速将该标题下的正文与下级标题全部选中，如图 12-7 所示。

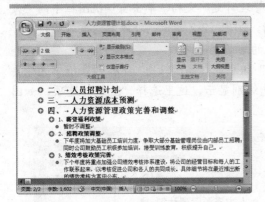

◆ 图 12-6

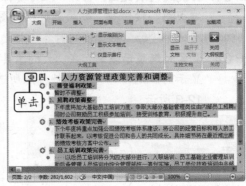

◆ 图 12-7

12.1.2 使用大纲视图组织文档

在大纲视图下，用户可以方便地对文档内容进行重组，主要包括更改文档中指定章节的位置与调整文档各标题的级别，还可以轻易地插入其他文档内容。

1. 调整章节位置

文本的位置并不是一成不变的，在大纲视图中可根据需要调整章节或段落的位置。调整方法主要有两种，一是通过鼠标拖动来任意调整，二是逐段上移或下移。

☑ **通过鼠标拖动调整位置**：将鼠标光标指向章节标题前面的""标记，若要移动段落，则指向段落前的●标记，然后按住鼠标左键不放，并拖动鼠标调整段落的位置。在拖动过程中，文档中将显示一条虚线表示移动位置，拖动到目标位置后，释放鼠标左键。

☑ **逐段移动章节或段落**：选择要移动的标题或段落后，单击"大纲工具"组中的"上移"按钮或"下移"按钮，即可逐段上移或逐段下移。

通过单击按钮的方式调整 CD:\素材\第 12 章\人力资源管理计划.docx 文档中章节的位置（ CD:\效果\第 12 章\人力资源管理计划.docx）。

STEP 01. **设置大纲显示级别。**打开"人力资源管理计划"文档，切换到大纲视图，在"大纲工具"组中的"显示级别"下拉列表框中选择"2 级"选项，如图 12-8 所示。

STEP 02. **单击按钮。**将文本插入点定位在第五项上，在"大纲工具"组中单击"上移"按钮，如图 12-9 所示。

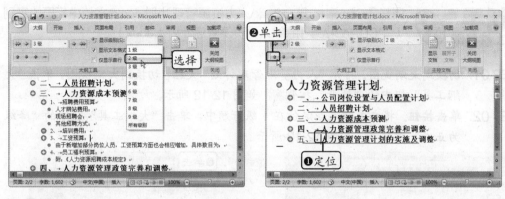

◆ 图 12-8　　　　　　　　　　　　　　　　◆ 图 12-9

STEP 03. **查看调整位置后的效果。**此时即可看到文本插入点处的文本向上移动了，如图 12-10 所示。

STEP 04. **完成操作。**在"关闭"组中单击"关闭大纲视图"按钮❌退出大纲视图方式，回到页面视图中，文档中的内容也进行了相应的移动，如图 **12-11** 所示。

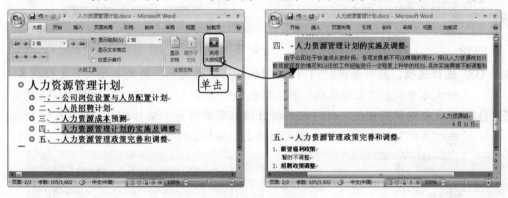

◆ 图 12-10　　　　　　　　　　　　　　　　◆ 图 12-11

2.　调整标题级别

长文档中包含了多级标题，如 1 级标题、2 级标题以及 3 级标题等，其中 1 级标题是标题的最高级别，而正文则是最低级别。通常情况下，在调整标题级别时，1 级标题将不能提升，而正文则不能再降低。调整标题级别的方法主要有如下两种。

- ☑　**逐级提升或降低标题级别：**将文本插入点定位到要调整级别的标题中，单击"大纲工具"组中的"升级"按钮➡，可逐级提升标题级别；单击"降级"按钮➡，可逐级降低标题级别。单击"提升至标题 1"按钮➡，则不论当前标题级别如何，都将直接提升为标题 1 级别；单击"降级为正文"按钮➡，则直接降低为正文级别。

- ☑　**直接选择标题级别：**将文本插入点定位到要调整级别的标题中，在"大纲工具"组中的"大纲级别"下拉列表框中选择标题级别，即可将当前标题更改为选择的级别。

 调整 CD:\素材\第 12 章\人力资源管理计划.docx 文档中标题的级别
（ CD:\效果\第 12 章\人力资源管理计划 1.docx）。

STEP 01. **切换到大纲视图。**打开"人力资源管理计划"文档，切换到大纲视图。单击"大
纲工具"组中的"展开"按钮，如图 12-12 所示。

STEP 02. **单击按钮。**将文本插入点定位在 1 级标题中，单击"大纲工具"组中的"降级
为正文"按钮，如图 12-13 所示。

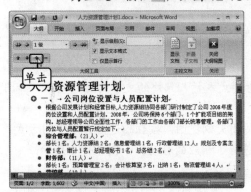

◆ 图 12-12

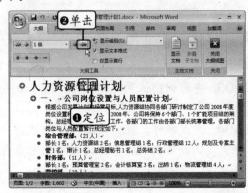

◆ 图 12-13

STEP 03. **选择选项。**此时原来的 1 级标题被降为正文文本。将文本插入点定位在第 3
行文本中，在"大纲级别"下拉列表框中选择"1 级"选项，如图 12-14 所示。

STEP 04. **退出大纲视图方式。**此时原来的 3 级标题升级为 1 级标题，如图 12-15 所示。
在"关闭"组中单击"关闭大纲视图"按钮退出大纲视图方式。

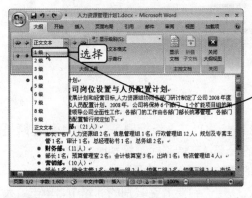

◆ 图 12-14

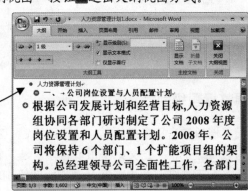

◆ 图 12-15

 秘技播报站

按【Alt+Shift+←】组合键，可以逐级提升标题级别；按【Alt+Shift+→】组合键，可以逐级降低标题级别。

3. 插入子文档

在长文档的编辑过程中常常需要调用其他的文档，这都是通过在大纲视图中插入子文档的方式来操作的。

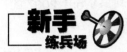

在●CD:\素材\第 12 章\人力资源管理计划.docx 文档中插入●CD:\素材\第 12 章\人力资源招聘成本规定.docx 子文档（●CD:\效果\第 12 章\人力资源管理计划 2.docx）。

STEP 01. **打开文档。** 打开"人力资源管理计划"文档，切换到大纲视图。将文本插入点定位在要插入子文档的位置上，单击"主控文档"组中的"显示文档"按钮，如图 12-16 所示。

STEP 02. **单击按钮。** 在"主控文档"组中单击 插入 按钮，如图 12-17 所示。

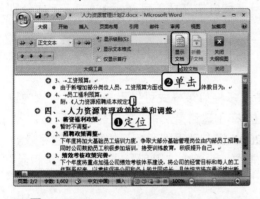

◆ 图 12-16

◆ 图 12-17

STEP 03. **选择子文档。** 在打开的"插入子文档"对话框的"查找范围"下拉列表框中选择子文档的存放位置，在下面的列表框中选择"人力资源招聘成本规定"文档，单击 打开(0) 按钮，如图 12-18 所示。

STEP 04. **查看插入的子文档。** 返回到大纲视图中查看插入子文档后的效果，如图 12-19 所示。

◆ 图 12-18

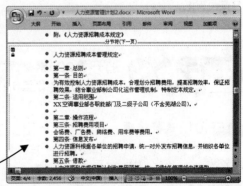

◆ 图 12-19

12.2 制作文档目录

在编辑内容较多的文档时，一般都需要在文档开始前插入目录，以便在浏览时快速查找需要的页面。目录类似一篇文档的纲要，通过它，用户可把握全文的结构，也方便在打印以及装订成册后阅读。利用 Word 2007 的插入目录功能可快速完成目录文档的制作。

12.2.1 创建目录

当用户在编辑制作长文档时，为了使观看者对制作的文档能一目了然，可为该文档创建目录。制作好目录后，只需按【Ctrl】键，再单击目录中的某个页码，就可以将文本插入点快速定位到该页码的标题处。

在 Word 中创建目录分为以标题样式制作目录和自定义插入目录两种方式，下面分别进行讲解。

1. 以标题样式制作目录

Word 2007 提供了一个目录样式库，其中有多种目录样式可供用户选择，且该内置样式已经定义了目录格式、显示标题级别等属性。在创建目录之前，首先需要标记目录项，并从目录样式库中选择目录样式，然后 Word 2007 将自动根据所标记的标题创建目录。

创建目录最简单的方法是使用内置的目录样式，即单击"引用"选项卡，在"目录"组中单击"目录"按钮📋，在弹出的下拉菜单中选择所需的目录样式。

温馨小贴士

标记目录项主要有两种方法：一种是选择要应用标题样式的标题，单击"开始"选项卡，在"样式"组中选择所需的样式，如果选择了要将其样式设置为主标题的文本，可选择"快速样式"库中名为"标题1"的样式；另一种是若希望目录包括没有设置为标题格式的文本，可选择要在目录中包括的文本，单击"引用"选项卡，在"目录"组中单击 添加文字 按钮，在弹出的下拉菜单中选择要将所选内容标记为的级别，如想设置为目录中的主级别，则选择"级别 1"，重复操作直到希望显示的所有文本都出现在目录中为止。

打开 CD:\素材\第 12 章\员工手册.docx 文档，在文档中插入目录（ CD:\效果\第 12 章\员工手册.docx）。

STEP 01. 选择选项。 打开"员工手册"文档，将文本插入点定位在文档标题的下一行，单击"引用"选项卡，在"目录"组中单击"目录"按钮📋，在弹出的下拉菜单中选择"自动目录 1"选项，如图 12-20 所示。

STEP 02. 插入目录。 此时即以文档部件的形式在文本插入点处插入所选样式的目录，如

图 12-21 所示。

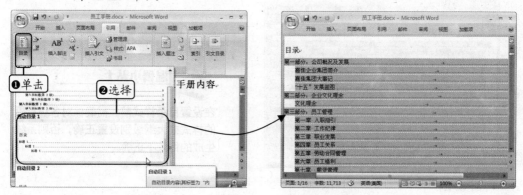

◆ 图 12-20　　　　　　　　　　　◆ 图 12-21

2. 自定义插入目录

　　如果用户要自己设置目录的样式、显示的标题级别等属性，可以通过"插入目录"命令在文档中自定义插入目录。

 为●CD:\素材\第 12 章\管理.docx 文档创建目录（●CD:\效果\第 12 章\管理.docx）。

STEP 01. **单击按钮。** 打开"管理"文档，将文本插入点定位在第 1 页的"目录"文本的下一行，单击"引用"选项卡，在"目录"组中单击"目录"按钮，在弹出的下拉菜单中选择"插入目录"命令，如图 12-22 所示。

STEP 02. **设置目录样式。** 在打开的"目录"对话框的"常规"栏的"格式"下拉列表框中选择"正式"选项，在"显示级别"数值框中输入"3"，单击 确定 按钮，如图 12-23 所示。

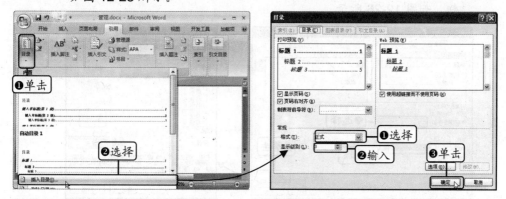

◆ 图 12-22　　　　　　　　　　　◆ 图 12-23

STEP 03. **插入目录。** 返回操作界面中，即可发现系统在文本插入点处添加了目录，如图 12-24 所示。

◆ 图 12-24

温馨小贴士

在设置目录样式前，需确保对各级标题的样式或大纲级别设置正确，否则系统生成的目录不正确。

12.2.2 编辑目录

Word 一般采用目录模板的默认样式编制目录，如果对添加的目录并不满意，还可根据自己的需要对所添加目录的样式、字体等进行设置。

新手练兵场 打开 CD:\素材\第 12 章\管理目录.docx 文档，编辑目录中的文本样式（ CD:\效果\第 12 章\管理目录.docx）。

STEP 01. 单击按钮。 打开"管理目录"文档，单击"引用"选项卡，在"目录"组中单击"目录"按钮，在弹出的下拉菜单中选择"插入目录"命令。

STEP 02. 设置制表符样式。 在打开的"目录"对话框中的"制表符前导符"下拉列表框中选择需要的目录制表符，在"格式"下拉列表框中选择"来自模板"选项，单击 修改(M)... 按钮，如图 12-25 所示。

STEP 03. 单击按钮。 在打开的"样式"对话框中保持默认的设置不变，单击 修改(M)... 按钮，如图 12-26 所示。

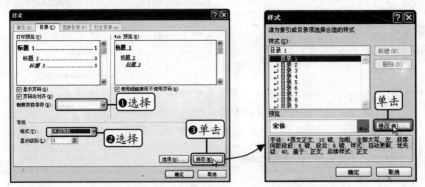

◆ 图 12-25　　　　　　◆ 图 12-26

STEP 04. 设置文本样式。 在打开的"修改样式"对话框的"格式"栏中设置文本字体为"方正隶二简体"，字号为"小四"，单击 确定 按钮，如图 12-27 所示。

STEP 05. **单击按钮。**返回到"样式"对话框中，在"预览"栏中即可查看修改后的文本样式，单击 `确定` 按钮。返回到"目录"对话框中，保持默认设置不变，单击 `确定` 按钮，如图 12-28 所示。

◆ 图 12-27　　　　　　　　　　◆ 图 12-28

STEP 06. **替换目录。**在打开的对话框中询问用户是否要替换所选的目录，单击 `是(Y)` 按钮，如图 12-29 所示。

STEP 07. **查看编辑后的目录效果。**返回到操作界面中，即可查看编辑后的目录样式，如图 12-30 所示。

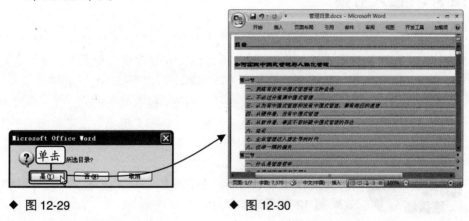

◆ 图 12-29　　　　　　　　　　◆ 图 12-30

 秘技播报站

在"目录"对话框的"目录"选项卡中单击 `选项(O)...` 按钮，在打开的"目录选项"对话框的"有效样式"栏中查找应用于文档中的标题的样式，在"目录级别"栏中键入 1 到 9 中的一个数字，指示希望标题样式代表的级别，完成后单击 `确定` 按钮，并在"目录"对话框中选择与目录相关的其他选项，可创建基于已应用的自定义样式的目录。

12.2.3 更新目录

为文档创建目录后，如果日后对文档内容进行了调整或修改，那么就必须对目录进行同步的更新。其方法是：选择目录后，单击"目录"组中的 更新目录 按钮，在打开的如图 12-31 所示的"更新目录"对话框中选择更新方式，单击 确定 按钮即可。更新目录时，如果文档标题没有变化，则只需更新页码；如果对文档标题进行了修改，则需要更新整个目录。

◆ 图 12-31

12.3 使用书签

在查阅和编辑长文档时，常常会因为文档太长，利用手动滚屏的方法很难找到上一次查阅的位置，而且对一些重要的内容，也因为不好标注，再次查阅或编辑时，总会浪费很长的时间。因此 Word 2007 提供了书签功能来快速实现定位，以提高工作效率。

12.3.1 插入书签

我们在阅读现实生活中的书籍时，也经常用到书签，它就是为了标记阅读位置而夹在书里的卡片。而我们这里讲的书签是指加以标识和命名的位置或选择的文本，是用于帮助用户记录位置而插入的一种符号，它可显示在屏幕上，但不打印在文档中。

要使用书签来定位，首先应在需定位处插入书签。插入书签的方法是：将文本插入点定位到需插入书签的位置，然后单击"插入"选项卡，在"链接"组中单击"书签"按钮，在打开的"书签"对话框中进行相应的设置，完成后单击 添加(A) 按钮即可。

打开 CD:\素材\第 12 章\管理制度.docx 文档，在其中插入书签(CD:\效果\第 12 章\管理制度.docx)。

STEP 01. **定位文本插入点。**打开"管理制度"文档，将文本插入点定位到第三页第 4 点文本后，单击"插入"选项卡，在"链接"组中单击"书签"按钮，如图 12-32 所示。

STEP 02. **输入书签名。**在打开的"书签"对话框中的"书签名"文本框中输入"第 4 点"，选中"隐藏书签"复选框，单击 添加(A) 按钮，如图 12-33 所示。

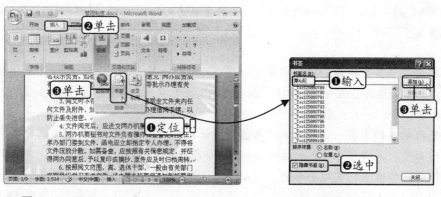

◆ 图 12-32　　　　　　　　　　　　　　　　　　◆ 图 12-33

STEP 03. 查看添加的书签。 返回到 Word 中，完成书签的添加操作，在插入点将显示一个 I 图标，如图 **12-34** 所示。

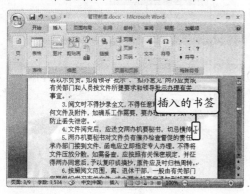

◆ 图 12-34

温馨小贴士

插入书签时，要注意书签名必须以文字或字母开头，可包含数字但不能有空格，还可以用下划线来分隔文字。

　秘技播报站

在插入书签时，可在插入点位置插入书签，也可将一段文本选中后再添加书签。

12.3.2 | 定位书签

在文档中插入书签后，就可以利用书签来快速定位到该位置的内容。定位书签的方法主要有以下两种。

☑ 　在"查找与替换"对话框中单击"定位"选项卡，在"定位目标"列表框中选择"书签"选项，再输入书签名称即可进行定位操作。

☑ 　单击"插入"选项卡，在"链接"组中单击"书签"按钮，在打开的"书签"对话框的"排序依据"栏中选择所需的书签名显示顺序，若要显示隐藏的书签，可选中"隐藏书签"复选框，然后在"书签名"列表框中选择要定位的书签，单击 定位(G) 按钮。

新手练兵场 打开 CD:\素材\第 12 章\管理制度 1.docx 文档，在其中定位插入的书签。

STEP 01. 单击"书签"按钮。 打开"管理制度 1"文档，将文本插入点定位在文档的任意位置，单击"插入"选项卡，在"链接"组中单击"书签"按钮，如图 12-35 所示。

STEP 02. 定位插入的书签。 在打开的"书签"对话框的"书签名"列表框中选择要定位的书签"第 4 点"，单击 定位(G) 按钮，如图 12-36 所示，文档将快速定位到书签所在的位置，完成后单击 关闭 按钮，返回 Word 文档中开始浏览。

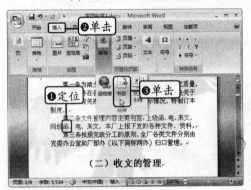

◆ 图 12-35

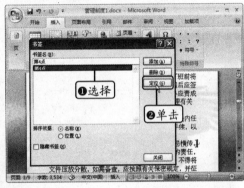

◆ 图 12-36

12.3.3 编辑书签

书签的编辑操作主要包括隐藏书签、显示书签和删除书签等，下面分别进行讲解。

1. 隐藏书签

如果不需要书签显示出来，可以将其隐藏。隐藏书签的方法主要有以下两种。

- ☑ 在插入了书签的文档中单击"Office"按钮，在弹出的菜单中单击 Word 选项(I) 按钮，在打开的"Word 选项"对话框中单击"高级"选项卡，在"显示文档内容"栏中取消选中"显示书签"复选框，完成后单击 确定 按钮。
- ☑ 单击"插入"选项卡，在"链接"组中单击"书签"按钮，在打开的"书签"对话框中选中"隐藏书签"复选框，单击 添加(A) 按钮。

新手练兵场 打开 CD:\素材\第 12 章\管理制度 1.docx 文档，隐藏插入的书签（ CD:\效果\第 12 章\管理制度 1.docx）。

STEP 01. 单击按钮。 打开"管理制度 1"文档，单击"Office"按钮，在弹出的菜单中单击 Word 选项(I) 按钮，如图 12-37 所示。

STEP 02. 取消选中复选框。 在打开的"Word 选项"对话框的左侧单击"高级"选项卡，在"显示文档内容"栏中取消选中"显示书签"复选框，完成后单击 确定 按钮，如图 12-38 所示。

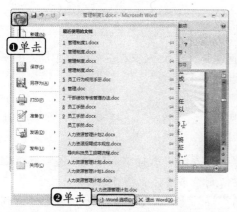

◆ 图 12-37

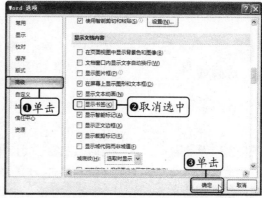

◆ 图 12-38

STEP 03. **隐藏书签。** 返回到 Word 中，即可查看到隐藏书签后的效果，如图 12-39 所示。

◆ 图 12-39

温馨小贴士

在"显示文档内容"栏中取消选中"显示书签"复选框不但会隐藏当前文档中的书签，所有 Word 文档中的书签都将被隐藏。

2. 显示书签

如果要在插入了书签的位置表示出该处已插入书签，可以将其显示出来。显示书签的方法与隐藏书签的方法恰好相反，显示书签的方法主要有以下两种。

- ☑ 在插入了书签的文档中单击"Office"按钮，在弹出的菜单中单击 Word 选项 按钮，在打开的"Word 选项"对话框中单击"高级"选项卡，在"显示文档内容"栏中选中"显示书签"复选框，完成后单击 确定 按钮。
- ☑ 单击"插入"选项卡，在"链接"组中单击"书签"按钮，在打开的"书签"对话框中取消选中"隐藏书签"复选框，单击 添加(A) 按钮。

温馨小贴士

当某个书签或包含书签的文字已被删除，系统将打开显示"错误! 未找到引用源"的提示对话框。

3. 删除书签

如果不再需要书签，可以将其删除。

打开 CD:\素材\第 12 章\管理制度 1.docx 文档，删除其中插入的书签
（ CD:\效果\第 12 章\管理制度 1.docx）。

STEP 01. **打开文档。** 打开"管理制度 1"文档，单击"插入"选项卡，在"链接"组中
单击"书签"按钮 。

STEP 02. **单击按钮。** 在打开的"书签"对话框的列表框中选择要删除的书签，取消选中
"隐藏书签"复选框，单击 删除(D) 按钮删除书签，如图 12-40 所示。

STEP 03. **删除书签。** 单击"书签"对话框中的 关闭 按钮，返回到 Word 中即可看到删
除书签后的效果，如图 12-41 所示。

◆ 图 12-40　　　　　　　　　　　　　◆ 图 12-41

12.4 插入并编辑批注

对文档进行审阅时，如果只需对文档中的某处内容进行补充说明或提出意
见，可以在文档的该位置使用批注来说明意见和建议，方便文档审阅者与
编辑者之间进行交流。

12.4.1 插入批注

在制作一些需要上报的文档（如报告、申请书等）时，上级通常会审阅这些文件并进
行评注，通过 Word 2007 提供的批注功能就可以实现。使用批注时，需要先在文档中插
入一个批注，然后在批注中输入注释内容。

在 ◯CD:\素材\第 12 章\干部绩效考核管理办法.docx 文档中添加批注
（ ◯CD:\效果\第 12 章\干部绩效考核管理办法.docx）。

STEP 01. 打开文档。 打开"干部绩效考核管理办法"文档，在文档中选择要进行批注的内容，这里选择文档第 2 页中的第 4 行的"绩效考核"文本，单击"审阅"选项卡，在"批注"组中单击"新建批注"按钮 ，如图 12-42 所示。

STEP 02. 输入批注内容。 在左侧打开的窗格的"批注"栏中输入如图 12-43 所示的批注内容，输入完毕后单击窗格右上角的 × 按钮关闭该窗格。

◆ 图 12-42　　　　　　　　　　　　◆ 图 12-43

12.4.2 编辑批注

插入批注后，还可以对其进行编辑，包括设置批注的显示和隐藏状态，设置批注格式和删除批注等，下面分别进行讲解。

1. 显示和隐藏批注

在文档中插入批注后，还可以设置批注的显示和隐藏状态。单击"审阅"选项卡，在"修订"组中单击 显示标记 按钮，在弹出的下拉菜单中选择"批注"选项，其前面出现 ☑ 标记，则表示显示批注，否则表示隐藏批注。

当文档中添加了多个批注时，可以根据需要显示或隐藏文档中的所有批注，或只显示指定审阅者的批注。单击 显示标记 按钮，在弹出的下拉菜单中选择"审阅者"选项，在其子菜单中指定相应的审阅者，文档将显示所指定的审阅者添加的批注；如果选择"所有审阅者"选项，则显示所有批注。

显示批注时，可以选择将批注显示在文档左侧的窗格中，或显示在文档下面的窗格中，还可以将批注以批注框的形式显示在文档中，或以嵌入方式显示在文档中，或者仅在批注框中显示批注和格式。前面插入的批注即是以嵌入方式显示在文档中的，这种方式不能直接查看批注的具体内容。

在 CD:\素材\第 12 章\干部绩效考核管理办法 1.docx 文档中设置批注的显示样式（ CD:\效果\第 12 章\干部绩效考核管理办法 1.docx ）。

STEP 01. 打开文档。 打开"干部绩效考核管理办法 1"文档，选择文档中插入的批注，单击"审阅"选项卡，在"修订"组中单击 显示标记·按钮，在弹出的下拉菜单中选择"批注"选项，如图 12-44 所示。

STEP 02. 隐藏批注。 批注标识被隐藏，效果如图 12-45 所示。

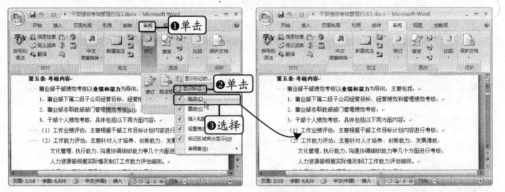

◆ 图 12-44　　　　　　　　　　◆ 图 12-45

STEP 03. 显示批注。 再次在"修订"组中单击 显示标记·按钮，在弹出的下拉菜单中选择"批注"选项，显示批注。

STEP 04. 垂直审阅窗格。 选择文档中插入的批注，在"修订"组中单击 审阅窗格·按钮右侧的·按钮，在弹出的下拉菜单中选择"垂直审阅窗格"命令，使"审阅"窗格显示在文档左侧，如图 12-46 所示。

STEP 05. 水平审阅窗格。 在"修订"组中单击 审阅窗格·按钮右侧的·按钮，在弹出的下拉菜单中选择"水平审阅窗格"命令，使"审阅"窗格显示在文档下方，如图 12-47 所示。

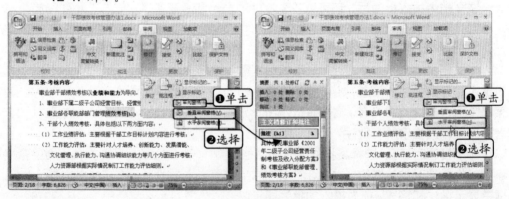

◆ 图 12-46　　　　　　　　　　◆ 图 12-47

STEP 06. 关闭窗格。 再次在"修订"组中单击 审阅窗格·按钮右侧的·按钮，在弹出的下拉菜单中选择"水平审阅窗格"命令，关闭该窗格，如图 12-48 所示。

STEP 07. 选择选项。 选择文档中插入的批注，在"修订"组中单击"批注框"按钮 ，在弹出的下拉菜单中选择"在批注框中显示修订"命令，如图 12-49 所示。

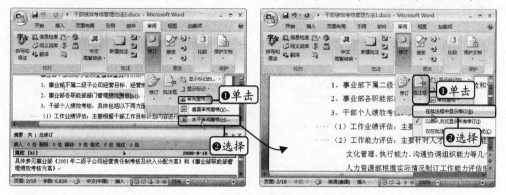

◆ 图 12-48 　　　　　　　　　　◆ 图 12-49

STEP 08. 显示批注框。 批注以批注框的形式显示在文档左侧，效果如图 12-50 所示。

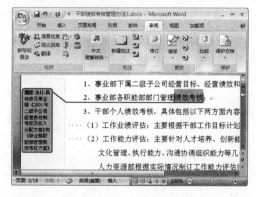

◆ 图 12-50

温馨小贴士

当批注以嵌入方式显示在文档中时，将鼠标光标移动到被批注的文本上，将出现一个浮动框，其中显示了部分批注内容；将鼠标光标移动到批注框上，将出现对批注框的一段蓝底黑字的说明文字。

2. 设置批注格式

在批注框中设置文本格式的方法与设置普通文本相同，在"开始"选项卡的相应组中选择所需的命令或单击相应的按钮，也可以在浮动工具栏中进行设置。如果要设置批注框，则需在"修订"组中单击"修订"按钮 ，在弹出的下拉菜单中选择"修订选项"命令，然后在打开的"修订选项"对话框的"批注框"栏中进行相应的设置。

 对 CD:\素材\第 12 章\干部绩效考核管理办法 2.docx 文档中的批注进行设置（ CD:\效果\第 12 章\干部绩效考核管理办法 2.docx）。

STEP 01. 设置文本格式。 打开"干部绩效考核管理办法 2"文档，选择批注框中的批注内容，在出现的浮动工具栏中设置文本字体为"黑体"，字号为"小四"，设置完成后在窗口空白处单击鼠标确认设置，如图 12-51 所示。

STEP 02. 选择选项。 选择批注框，单击"审阅"选项卡，在"修订"组中单击"修订"按钮 下的 按钮，在弹出的下拉菜单中选择"修订选项"命令，如图 12-52 所示。

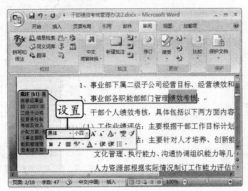

◆ 图 12-51

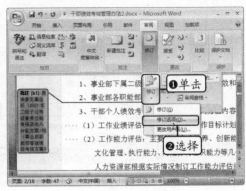

◆ 图 12-52

STEP 03. 设置批注框格式。 在打开的"修订选项"对话框中的"批注框"栏的"指定宽度"数值框中输入"2.5厘米"，在"边距"下拉列表框中选择"靠右"选项，单击 确定 按钮，如图 12-53 所示。

STEP 04. 查看设置后的效果。 在文档中添加的批注将显示在 Word 文档的右侧且宽度变小，如图 12-54 所示。

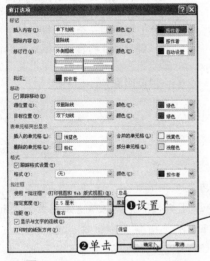

◆ 图 12-53

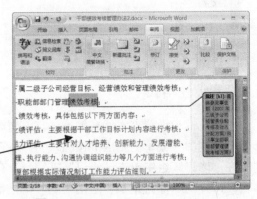

◆ 图 12-54

3. 删除批注

在为文档添加批注并将文档返回给编排者后，编排者在打开文档后，就可以查看到批注内容并将批注删除。删除批注的方法主要有以下两种。

- ☑ **单击按钮删除批注**：如果仅删除一个批注，将鼠标光标定位到批注中，在"批注"组中单击"删除"按钮 即可；如果要同时删除文档中的所有批注，单击"删除"按钮 右侧的 按钮，在弹出的下拉菜单中选择"删除文档中的所有批注"
命令即可。

☑ **通过快捷菜单删除批注：** 在要删除的批注上单击鼠标右键，在弹出的快捷菜单中
选择"删除批注"命令。

删除 CD:\素材\第 12 章\干部绩效考核管理办法 3.docx 文档中的批注
（ CD:\效果\第 12 章\干部绩效考核管理办法 3.docx）。

STEP 01. **选择选项。** 打开"干部绩效考核管理办法 3"文档，选择文档中的批注，单击
"审阅"选项卡，在"批注"组中单击"删除"按钮 右侧的 按钮，在弹出
的下拉菜单中选择"删除"命令，如图 12-55 所示。

STEP 02. **查看删除后的效果。** 文档中的批注被删除，效果如图 12-56 所示。

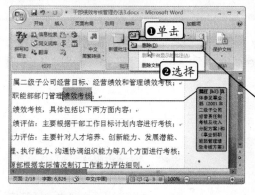

◆ 图 12-55

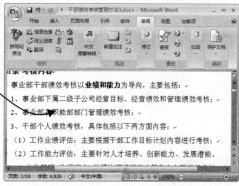

◆ 图 12-56

12.5 长文档的编辑技巧

长文档在编辑时，由于其文档内容多，打开速度慢，在页面之间翻动较不
方便，为此，Word 2007 提供了拆分窗口、快速定位、字数统计、拼写
和语法检查等功能，使用户在对长文档进行编辑时更加方便。

12.5.1 拆分窗口

在编辑长文档的过程中，如果需要在文档的两部分之间移动或复制文本，可将窗口拆
分为两个窗格。一个窗格用于显示所需的文字或图形，另一个窗格用于显示文字或图形的
目标位置，选择文字或图形后，将其拖动过拆分条，就可以快速地移动或复制了。

打开 CD:\素材\第 12 章\成功心法.docx 文档，并将其窗口拆分为两个
窗格。

STEP 01. **打开文档。** 打开"成功心法"文档,单击"视图"选项卡,在"窗口"组中单击拆分按钮,如图 12-57 所示。

STEP 02. **移动鼠标光标。** 在窗口中出现一条拆分条,移动鼠标光标,该拆分条也随之移动。将鼠标光标移动到要拆分的位置,单击鼠标左键,如图 12-58 所示。

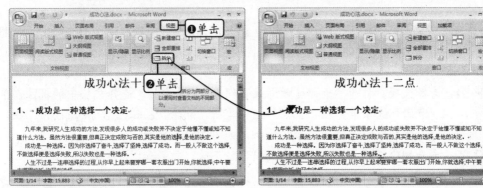

◆ 图 12-57　　　　　　　　◆ 图 12-58

STEP 03. **查看拆分窗口后的效果。** 此时 Word 中将显示两个窗格,效果如图 12-59 所示。

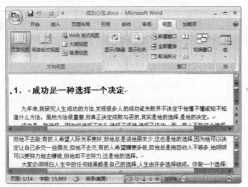

◆ 图 12-59

　温馨小贴士

将拆分条拖动到原位置或编辑区底端,窗口又将变为一个。双击拆分条也可还原文档状态。

12.5.2　快速定位

Word 2007 提供的快速定位功能,可以使用户方便地将文本插入点定位到某一位置。

打开 CD:\素材\第 12 章\成功心法.docx 文档,使用快速定位功能将文本插入点快速定位到文档第 3 页中。

STEP 01. **单击按钮。** 打开"成功心法"文档,在"编辑"组中单击查找按钮右侧的按钮,在弹出的下拉菜单中选择"查找"命令,如图 12-60 所示。

STEP 02. **移动鼠标光标。** 在打开的"查找和替换"对话框中单击"定位"选项卡,在"定位目标"列表框中选择定位的根据,这里选择"页"选项,在后面的"输入页号"文本框中输入"3",单击定位按钮,如图 12-61 所示。

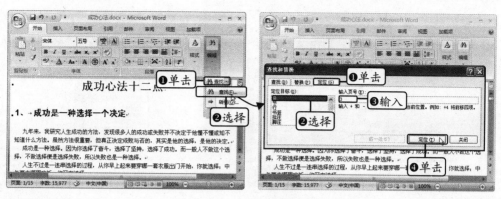

◆ 图 12-60　　　　　　　　　　　　　　　◆ 图 12-61

STEP 03. 完成操作。 单击"查找和替换"对话框中的 ▭关闭▭ 按钮，返回到 Word 中，查看快速定位页号后的效果，如图 12-62 所示。

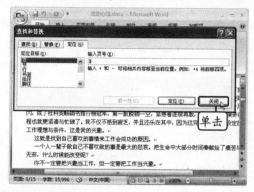

◆ 图 12-62

温馨小贴士

使用"查找和替换"对话框的"定位"选项卡进行定位时，若第一次的定位点不是用户需要的位置，还可以重新定位，直到找到用户所需位置再关闭该对话框。

12.5.3　字数统计

在做毕业论文或写报告时常常会有字数要求，可是这些文档一般都很长，因此要自己进行统计是很麻烦的。这时就可以使用 Word 2007 提供的字数统计功能快速对文档中的字数、行数和页数等信息进行统计。

　打开 CD:\素材\第 12 章\成功心法.docx 文档，统计该文档的总字数和行数等信息。

STEP 01. 打开文档。 打开"成功心法"文档，单击"审阅"选项卡，在"校对"组中单击 ▭字数统计▭ 按钮，如图 12-63 所示。

STEP 02. 查看文档的相关信息。 在打开的"字数统计"对话框中显示出文档的页数、行数和字数等信息，如图 12-64 所示。

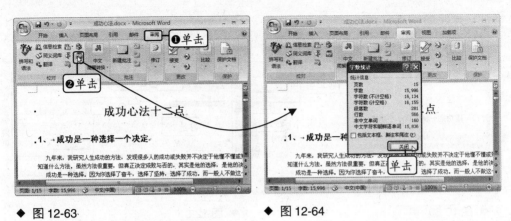

◆ 图 12-63　　　　　　　　◆ 图 12-64

12.5.4　拼写和语法检查

在文档输入过程中，不可避免地会出现拼写或语法错误，而人工校对这些错误又是非常繁琐的，这时就可以使用 Word 2007 提供的拼写和语法检查功能进行快速的检查，从而提高文档的检查和校对速度。

1. 手动进行拼写和语法检查

文档内容编辑完成后，可通过"拼写和语法检查"功能检查文档中的拼写和语法错误。

　检查 CD:\素材\第 12 章\成功心法.docx 文档中的拼写和语法错误（ CD:\效果\第 12 章\成功心法.docx ）。

STEP 01. **单击按钮。**打开"成功心法"文档，将文本插入点定位到文档最前面，单击"审阅"选项卡，在"校对"组中单击"拼写和语法"按钮，如图 12-65 所示。

STEP 02. **检查错误。**此时 Word 将从文本插入点处开始检查，识别到错误后，将打开"拼写和语法"对话框显示错误，并在"建议"文本框中显示更正建议，按照建议进行更正，或单击 忽略一次(I) 按钮继续检查，如图 12-66 所示。

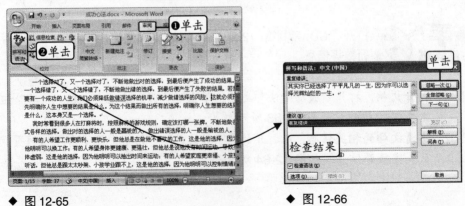

◆ 图 12-65　　　　　　　　◆ 图 12-66

STEP 03. **无法识别的错误。**对于 Word 无法正确识别的错误，则在检查到之后仅提示"输入错误或特殊用法"，如图 12-67 所示，此时用户可自行决定是否更改，然后单击 下一句(X) 按钮继续检查。

STEP 04. **修改错误。**如果 Word 能够识别检查到的错误，则将在"建议"文本框中显示更改建议，此时可单击 更改(C) 按钮接受更改建议，如图 12-68 所示。

◆ 图 12-67

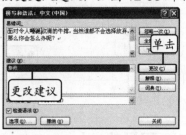

◆ 图 12-68

STEP 05. **检查完毕。**文档检查完毕后，会打开如图 12-69 所示的提示框，告知用户检查完毕，单击 确定 按钮关闭提示框。

◆ 图 12-69

温馨小贴士

Word 只能识别常规的拼写和语法错误，对于一些特殊用法就可能会识别为错误，此时需要用户自行决定是否修改。

2. 输入时自动检查

　　Word 2007 还提供了在用户输入文本时自动检查拼写和语法的功能。设置 Word 自动检查后，当用户输入了错误的或 Word 不可识别的文本时，Word 就会在该文本下标记红色或绿色的波浪线，红色波浪线表示 Word 可以识别该错误并提供有相应的更正建议，绿色波浪线表示 Word 无法识别该错误。在一定的语言范围内，Word 能自动检测文字的拼写或语法有无错误，便于操作者键入时进行检查。

设置输入时自动检查拼写和语法错误。

STEP 01. **设置选项。**在 Office 菜单中单击 Word 选项(I) 按钮，在打开的"Word 选项"对话框的左侧单击"校对"选项卡，在"在 Word 中更正拼写和语法时"栏中选中"键入时检查拼写"与"键入时标记语法错误"复选框，单击 确定 按钮，如图 12-70 所示。

STEP 02. **查看 Word 给予的建议或提示。**设置完成后，当输入 Word 无法识别的文本时，文本下方就会自动标有波浪线，单击鼠标右键，即可查看 Word 给予的更改建议或提示，如图 12-71 所示。

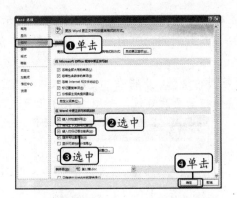

◆ 图 12-70

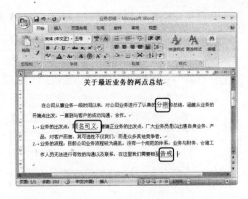

◆ 图 12-71

12.5.5 翻译功能

在 Word 中输入文本后，可以快速对词或词组进行中英文互译，并显示详细的翻译结果。在文档中选择要进行翻译的词组后，单击"校对"组中的 翻译 按钮，系统将在窗口中显示"信息检索"窗格并显示相应的翻译结果，如图 12-72 所示。显示"信息检索"窗格后，可以在"搜索"文本框中输入要翻译的词组，单击 按钮进行翻译。

◆ 图 12-72

温馨小贴士

如果要将英文词组翻译为中文，选择英文词组后单击 翻译 按钮即可。

12.6 办公案例——编排年终总结报告

本章学习了通过大纲视图查看文档、组织文档的方法，以及文档目录、书签和批注的制作与编辑，还有一些长文档的编辑技巧。本案例将结合所讲内容编排"年终总结报告"文档，最终效果如图 12-73 和图 12-74 所示（CD:\效果\第 12 章\年终总结报告.docx）。

其具体操作步骤如下。

◆ 图 12-73

◆ 图 12-74

STEP 01. 打开文档。 打开"年终总结报告"文档（💿CD:\素材\第 12 章\年终总结报告.docx），将文本插入点定位到文档最前面，单击"审阅"选项卡，在"校对"组中单击"拼写和语法"按钮🔤，如图 12-75 所示。

STEP 02. 检查错误。 系统从文本插入点处开始检查，在打开的"拼写和语法"对话框中根据"建议"文本框中的建议进行更正，修改文档中的错误，如图 12-76 所示。

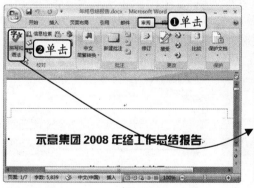

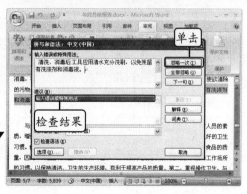

◆ 图 12-75

◆ 图 12-76

STEP 03. 更正错误。 如果 Word 能够识别检查到的错误，则将在"建议"文本框中显示正确的更正结果，此时可单击 更改(C) 按钮接受更改建议。

STEP 04. 修改完毕。 检查并修改文档中的错误后，在打开的如图 12-77 所示的提示框中单击 确定 按钮关闭对话框。

STEP 05. 统计字数。 在"校对"组中单击🔤字数统计按钮，如图 12-78 所示。

STEP 06. 查看文档的相关信息。 在打开的如图 12-79 所示的"字数统计"对话框中查看文档的页数、行数和字数等信息是否符合报告的要求，并根据实际情况进行相应的编辑。

专家会诊台

Q：如果只需统计某一部分的字数，需要怎么操作呢？

A：选择需要统计字数的文本后再执行字数统计操作。

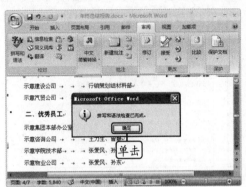

◆ 图 12-77

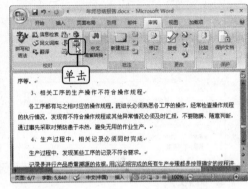

◆ 图 12-78

STEP 07. **选择目录样式。** 将文本插入点定位在文档标题的下一行，单击"引用"选项卡，
在"目录"组中单击"目录"按钮，在弹出的下拉菜单中选择"自动目录 1"
选项，如图 12-80 所示。

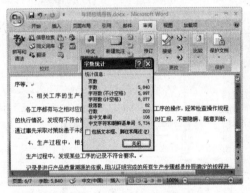

◆ 图 12-79

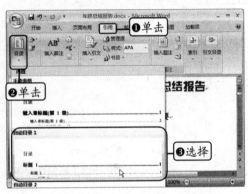

◆ 图 12-80

STEP 08. **插入目录。** 在文本插入点处插入所选样式的目录，选择第四部分中第一标题和
第二标题之间的不需要的目录部分，按【Delete】键将其删除，如图 12-81 所
示。

STEP 09. **设置目录样式。** 在"目录"组中单击"目录"按钮，在弹出的下拉菜单中选
择"插入目录"命令，打开"目录"对话框，在"制表符前导符"下拉列表框
中选择第 2 种样式，在"格式"下拉列表框中选择"优雅"选项，单击 确定
按钮，如图 12-82 所示。

STEP 10. **替换目录。** 弹出提示对话框，询问用户是否要替换所选的目录，单击 确定 按钮。

STEP 11. **新建批注。** 在文档第 2 页第 2 标题下面的段落中选择"不足和问题"，单击"审
阅"选项卡，在"批注"组中单击"新建批注"按钮，如图 12-83 所示。

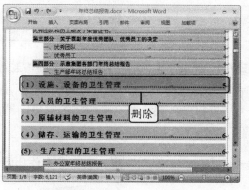

◆ 图 12-81

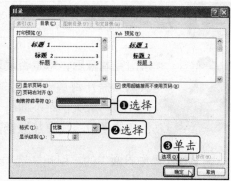

◆ 图 12-82

STEP 12. **输入批注内容。**在显示的批注框中输入如图 12-84 所示的批注内容，然后继续添加其他批注。

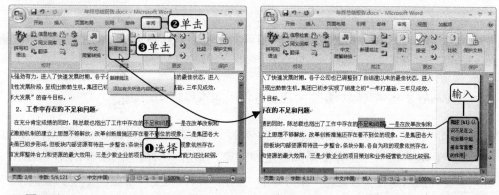

◆ 图 12-83　　　　　　　　　　　　　　◆ 图 12-84

STEP 13. **定位文本插入点。**将文本插入点定位到第 3 页第 3 段文本的后面，单击"插入"选项卡，在"链接"组中单击"书签"按钮，如图 12-85 所示。

STEP 14. **输入书签名。**在打开的"书签"对话框中的"书签名"文本框中输入"看到此"，单击 添加(A) 按钮，如图 12-86 所示，完成本实例的操作。

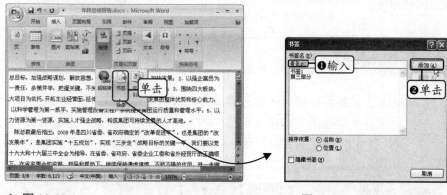

◆ 图 12-85　　　　　　　　　　　　　　◆ 图 12-86

12.7 疑难解答

学习完本章后，您是否发现自己对 Word 2007 中长文档的编排和处理的认识又提升到了一个新的台阶？关于编辑长文档时遇到的相关问题是否已经顺利解决了？下面将为您提供一些关于长文档编排的常见问题解答，使您的学习路途更加顺畅。

问：在 Word 操作界面中的"引用"选项卡中有一个"索引"组，它有什么作用呢？

答：索引是一种常见的文档注释。标记索引项本质上是插入了一个隐藏的代码，便于作者查询。创建索引的方法为：选择要标记的文本，单击"引用"选项卡，在"索引"组中单击"标记索引项"按钮或单击 插入索引 按钮，在打开的"索引"对话框中单击 标记索引项(M)... 按钮，在打开的"标记索引项"对话框中输入主索引项，必要时也可输入次索引项，然后单击 标记(M) 按钮，即可将索引项插入到文档中，完成后单击 关闭 按钮。

问：在 Word 文档中可以对需要的项目进行顺序编号吗？

答：使用 Word 提供的标题题注功能可以对文档中插入的图形、公式和表格等进行统一编号，其方法为：选择要添加题注的对象，单击"引用"选项卡，在"题注"组中单击"插入题注"按钮，在打开的"题注"对话框的"标签"下拉列表框中选择最能恰当地描述该对象的标签，如图片、表格或公式等。如果列表框中未提供正确的标签，可单击 新建标签(N)... 按钮，在打开的"新建标签"对话框的"标签"文本框中键入新的标签，单击 确定 按钮。返回"题注"对话框，在"题注"文本框中键入要显示在标签之后的任意文本（包括标点），再选择所需的任何其他选项，完成后单击 确定 按钮即可。

12.8 上机练习

本章上机练习一将对一份已经编排完毕的文档进行调整与重组，通过练习巩固在大纲视图中调整文档结构的方法；练习二将为"班级管理"文档插入目录和批注，主要练习目录和批注的插入操作。各练习的最终效果及制作提示介绍如下。

练习一 ◎CD:\素材\第 12 章\毕业论文.docx ◎CD:\效果\第 12 章\毕业论文.docx

① 打开"毕业论文"文档，切换到大纲视图。

② 在"大纲工具"组中的"显示级别"下拉列表框中
　 选择"2 级"选项。

③ 将鼠标光标指向标题"2.压疮的评估与防护措失"
　 前的⊕标记，用鼠标将其拖动到标题"3.压疮治疗
　 新进展"的下面。

④ 在"显示级别"下拉列表框中选择"所有级别"选
　 项，显示所有文本。

⑤ 选择文档中第 1 行文本，将其设置为 1 级标题，最
　 终效果如图 12-87 所示。

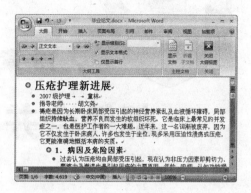

◆ 图 12-87

练习二　　　●CD:\素材\第 12 章\班级管理.docx　　　●CD:\效果\第 12 章\班级管理.docx

① 打开"班级管理"文档，在文档开始处插入目录。

② 选择要添加批注的文本，单击"批注"组中的"新
　 建批注"按钮 。

③ 在批注框中输入批注内容，然后用同样的方法在文
　 档中添加其他批注，如图 12-88 所示。

④ 添加完毕后，将文档保存。这样其他用户在打开文
　 档后，就可以看到添加的批注内容。

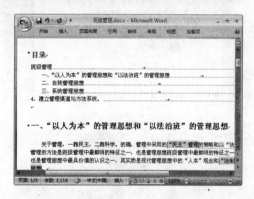

◆ 图 12-88

第 13 章

邮件合并与信封功能

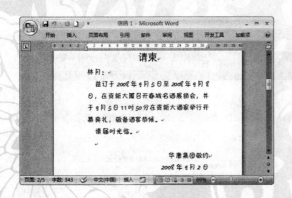

如果要制作和分发成批内容相同但对象不同的文档，如通知、邀请信和请柬等，通过手工制作的方式实现将大大降低工作效率，而使用 Word 2007 提供的邮件合并功能就可以解决该问题。下面就详细介绍使用邮件合并向导合并文档，以及创建信封的相关知识。

13.1　使用邮件合并

邮件合并是一种可以发送同一文档给许多对象的方法，它可以将内容有变化的部分制作成数据源，如姓名或地址等，而将文档内容相同的部分制作成一个主文档，然后将数据源中的信息合并到主文档中。邮件合并功能主要包括建立主文档、建立数据源和合并数据 3 个部分。

13.1.1　创建主文档

创建主文档是指创建文档的主体框架和相同的内容部分，用户可以事先或在邮件合并的过程中通过新建文档的方式来创建主文档，也可以根据已有的文档和 Word 2007 内置的模板来创建主文档。

1.　通过新建文档创建主文档

通过新建文档创建主文档的方法很简单，新建一个空白文档并输入需要的文本后，单击"邮件"选项卡，在"开始邮件合并"组中单击"开始邮件合并"按钮，在弹出的下拉菜单中选择"邮件合并分步向导"命令。在打开的"邮件合并"任务窗格的"选择文档类型"栏中选择文档的类型，单击"下一步：正在启动文档"超链接，在打开的任务窗格中的"选择开始文档"栏中选中"使用当前文档"单选按钮即可。

2.　根据已有文档创建主文档

在进行邮件合并时如果有相关的文档，可以直接打开已有文档作为主文档，然后在插入合并域前将文档有变化的部分删除，以域来代替，最后在打开的"邮件合并"任务窗格的"选择开始文档"栏中选中"使用当前文档"单选按钮即可。

3.　根据模板创建主文档

Word 2007 提供了典雅型、现代型和专业型等多种风格的邮件合并传真及信函模板，在进行邮件合并时，可以根据模板创建主文档。

 根据模板创建主文档（●CD:\效果\第 13 章\主文档.docx）。

STEP 01. **开始邮件合并。**新建一个空白文档，单击"邮件"选项卡，在"开始邮件合并"组中单击"开始邮件合并"按钮，在弹出的下拉菜单中选择"邮件合并分步向导"命令，如图 13-1 所示。

STEP 02. **选择文件类型。**在"邮件合并"任务窗格的"选择文档类型"栏中选中"信函"单选按钮，单击"下一步：正在启动文档"超链接，如图 13-2 所示。

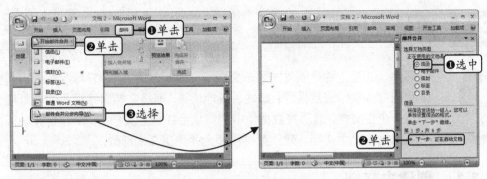

◆ 图 13-1　　　　　　　　　　　　　◆ 图 13-2

STEP 03. **选择开始文档。**在打开的任务窗格中的"选择开始文档"栏中选中"从模板开始"单选按钮，然后单击"选择模板"超链接，如图 13-3 所示。

STEP 04. **选择模板。**在打开的"选择模板"对话框中单击"信函"选项卡，在其中的列表框中选择"市内信函"选项，单击 确定 按钮，如图 13-4 所示。

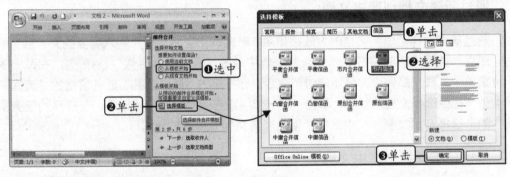

◆ 图 13-3　　　　　　　　　　　　　◆ 图 13-4

STEP 05. **完成操作。**在设置了模板的文档中输入相应的内容，即可作为主文档。

秘技播报站

在选择开始文档时，若选中"从现有文档开始"单选按钮，则表示可以选择并打开已进行过邮件合并的文档，将其作为主文档。

13.1.2　创建和打开数据源

　　数据源是指包含要合并到文档中的信息的文件，如要在邮件合并中使用的名称和地址列表等。创建好主文档后，必须连接到相关的数据源才能使用数据源中的名称和地址列表信息。

1. 创建数据源

　　创建数据源的方法主要有以下几种。

☑ **Microsoft Office 通讯录**：在邮件合并时，可直接在"Outlook 联系人列表"中检索联系人信息。

☑ **Microsoft Excel 工作表**：任意 Excel 工作表或 Excel 工作簿内命名的区域都可以作为数据源。

☑ **Microsoft Access 数据库**：Access 中的任意表或数据库中定义的查询也可作为数据源。

☑ **文本文件**：可以使用包含数据域（由制表符或逗号分隔）和数据记录（由段落标记分隔）的任何文本文件。

☑ **不同类型的通讯簿**：如 Microsoft Outlook 通讯簿和使用 Microsoft Exchange Server 创建的个人通讯录等。

☑ **Word 表格**：可以将 Word 文档作为数据源，该文档应该包含一个表格，表格的第一行包含表头，其他行包含要合并的记录。

 使用 Microsoft Office 通讯录创建一个名为"客户资料卡"的数据源（●CD:\效果\第 13 章\客户资料卡.docx）。

STEP 01. 选择收件人。 单击"邮件"选项卡，在"开始邮件合并"组中单击"选择收件人"按钮 ，在弹出的下拉菜单中选择"键入新列表"命令，如图 13-5 所示。

STEP 02. 输入文本。 在打开的"新建地址列表"对话框中单击"职务"列中的蓝色区域，将文本插入点定位到该列中，输入文本"业务员"，用相同的方法在其他列中输入文本，完成后的效果如图 13-6 所示。

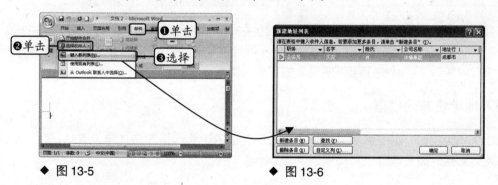

◆ 图 13-5　　　　　　　　◆ 图 13-6

 秘技播报站

用户也可以使用"邮件合并"任务窗格来打开"新建地址列表"对话框，其方法为：在"邮件合并"任务窗格的"选择文档类型"栏中选择文档类型，单击"下一步：正在启动文档"超链接，然后单击"下一步：选取收件人"超链接，在打开的任务窗格中选中"键入新列表"单选按钮，再单击"创建"超链接即可。

STEP 03. 新建条目。 单击 新建条目(N) 按钮，新建一个条目，用相同的方法输入文本，继续单击 新建条目(N) 按钮新建条目并输入文本，然后单击 确定 按钮，如图 13-7 所示。

STEP 04. **设置样式。** 在打开的"保存通讯录"对话框中的"保存位置"下拉列表框中选择保存的位置，在"文件名"下拉列表框中输入"客户资料卡"，单击 保存(S) 按钮保存新建的数据源，如图 13-8 所示。

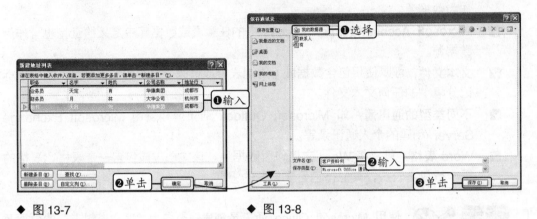

◆ 图 13-7   ◆ 图 13-8

2. 打开数据源

如果用户想使用已经创建的数据源，就需要先将其打开，其方法为：在"开始邮件合并"组中单击"选择收件人"按钮，在弹出的下拉菜单中选择"使用现有列表"命令，在打开的"选择数据源"对话框中选择需要的数据源，单击 打开(O) 按钮即可。

13.1.3 插入合并域

只有插入合并域后的 Word 文档才能称之为主文档。将合并域插入主文档时，这些邮件合并域需映射到数据源中相应的信息列。插入的合并域分为按照英语的语法和语序设置的地址块和问候语，以及按汉语语法设置的其他合并域。

1. 插入地址块和问候语

地址块和问候语基本的编制方法是完全按照英语的语法和语序来进行设置的，通常用于制作英文文档时插入地址块和问候语。

 在 CD:\素材\第 13 章\通知.docx 文档中插入地址块和问候语（ CD:\效果\第 13 章\通知.docx）。

STEP 01. **选择收件人列表。** 打开"通知"文档，将文本插入点定位在第二行的回车符前，打开"邮件合并"任务窗格，在"邮件"选项卡的"开始邮件合并"组中单击 开始邮件合并 按钮，在弹出的下拉菜单中选择"信函"选项，进入"邮件合并"任务窗格的第 3 步，在其中选中"使用现有列表"单选按钮，单击"下一步：撰写信函"超链接，如图 13-9 所示。

STEP 02. **选择数据源。** 在打开的"选取数据源"对话框的"查找范围"下拉列表框中选择数据源保存的位置，在下面的列表框中选择"客户资料卡"选项（🖜CD:\素材\第13章\客户资料卡.mdb），单击 打开⑩ 按钮，如图13-10所示。

STEP 03. **选择收件人。** 在打开的"邮件合并收件人"对话框中的列表框中选择职务为"总经理"的选项，单击 确定 按钮。返回到"邮件合并"任务窗格中，单击"下一步：撰写信函"超链接，然后在"撰写信函"栏中单击"地址块"超链接，如图13-11所示。

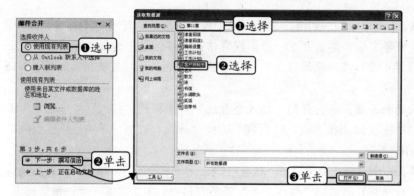

◆ 图13-9　　　　◆ 图13-10

◆ 图13-11

STEP 04. **插入地址块。** 在打开的"插入地址块"对话框中取消选中"选择格式以插入收件人名称"和"插入通信地址"复选框，单击 确定 按钮，如图13-12所示。

STEP 05. **插入问候语。** 返回到"邮件合并"任务窗格中，单击"问候语"超链接，在打开的"插入问候语"对话框中的"问候语格式"栏中的第一个下拉列表框中选择"无"选项，单击 确定 按钮，如图13-13所示。

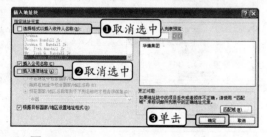

◆ 图13-12

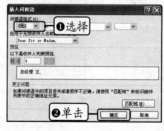

◆ 图13-13

STEP 06. **查看效果。** 返回到"邮件合并"任务窗格中，单击"下一步：预览信函"超链接，插入的地址块和问候语如图13-14所示。

STEP 07. **完成操作。** 在"邮件合并"任务窗格中单击"下一步：完成合并"超链接，完成邮件合并操作。

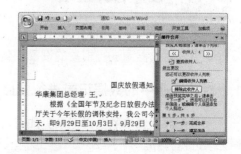

◆ 图13-14

2. 插入其他合并域

对于制作中文文档的用户来说，还可以使用其他合并域来插入称呼、地址等内容。这比较符合中国人的阅读习惯，因此可以大大提高文档的可读性。

 在 ●CD:\素材\第 13 章\通知.docx 文档中插入其他合并域(●CD:\效果\第 13 章\通知 1.docx)。

STEP 01. **撰写信函。** 打开"通知"文档，将文本插入点定位在第二行的回车符前，在"邮件合并"任务窗格中单击"下一步：撰写信函"超链接，进入"邮件合并"任务窗格的第 4 步，在"撰写信函"栏中单击"其他项目"超链接，如图 13-15所示。

STEP 02. **选择插入的合并域。** 在打开的"插入合并域"对话框的"插入"栏中选中"数据库域"单选按钮，在"域"列表框中选择"姓氏"选项，单击 插入(I) 按钮，如图 13-16 所示。

STEP 03. **查看效果。** 在"域"列表框中选择"职务"选项，单击 插入(I) 按钮，再单击 关闭 按钮关闭对话框。返回到"邮件合并"任务窗格中，单击"下一步：预览信函"超链接，在打开的窗格中单击"下一步：完成合并"超链接，插入的其他合并域如图 13-17 所示。

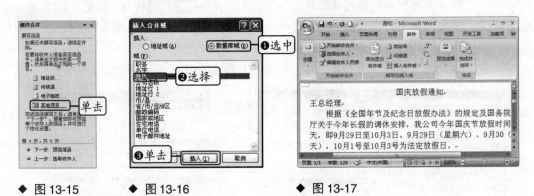

◆ 图 13-15　　◆ 图 13-16　　◆ 图 13-17

13.1.4　设置合并选项

在使用邮件合并功能时，并不是每次都需要向数据源中所有的收件人发送邮件，此时就需要用户对数据源进行相关的设置和整理，主要包括排序和筛选两个方面。

1. 对数据源中的数据记录进行排序

为了使数据源中的数据记录更加有条理，让我们一目了然，用户可以对数据源中的数据记录进行排序。

　对 CD:\素材\第 13 章\公司职员资料.mdb 数据源中的数据进行排序。

STEP 01. 单击超链接。 新建一个空白文档，在"邮件合并"任务窗格的第 3 步中选择"公司职员资料"数据源，然后单击"编辑收件人列表"超链接，如图 13-18 所示。

STEP 02. 排列列表。 在打开的"邮件合并收件人"对话框中单击"调整收件人列表"栏中的"排序"超链接，在打开的"筛选和排序"对话框中的"排序依据"下拉列表框中选择"职务"选项，选中其后的"升序"单选按钮，单击 确定 按钮，如图 13-19 所示，以职务的升序来排列列表。

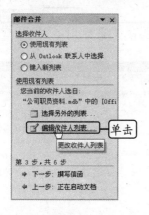

◆ 图 13-18

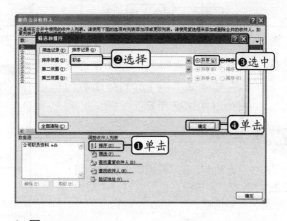

◆ 图 13-19

 秘技播报站

在"邮件合并收件人"对话框中单击条目名称右侧的▼按钮，在弹出的下拉菜单中选择"升序排序"或"降序排序"命令，也可以对数据源中的数据进行排序。如果直接单击条目名称所对应的按钮，系统将自动从小到大进行排序。

2. 从数据源中筛选指定的数据记录

从数据源中筛选指定的数据记录的操作与进行排序的操作相似。

　筛选 CD:\素材\第 13 章\公司职员资料.mdb 数据源中指定的数据。

STEP 01. 单击超链接。 新建一个空白文档，用前面介绍的方法打开"公司职员资料"数据源，然后单击"编辑收件人列表"超链接。

STEP 02. 选择命令。 在打开的"邮件合并收件人"对话框中单击"职务"条目名称右侧的▼按钮，在弹出的下拉菜单中选择"高级"命令，如图 13-20 所示。

STEP 03. 设置筛选参数。 在打开的"筛选和排序"对话框中的"域"下拉列表框中选择

"职务"选项,在"比较对象"文本框中输入"设计部经理",在"比较关系"
下拉列表框中选择"小于或等于"选项,单击 确定 按钮,如图 13-21 所示。

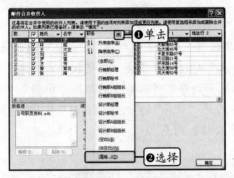

◆ 图 13-20

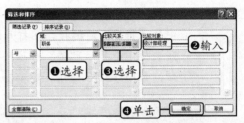

◆ 图 13-21

STEP 04. 查看效果。 返回到"邮件合并收件
人"对话框中,可看到筛选后的结
果如图 13-22 所示。

 温馨小贴士

单击"邮件"选项卡,在"开始邮件合并"组
中单击 编辑收件人列表 按钮,也可以打开"邮件
合并收件人"对话框。

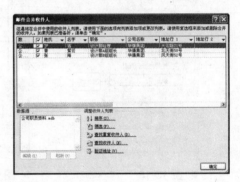

◆ 图 13-22

13.1.5 合并文档

主文档和数据源设置好后,需要将两者进行合并,如合并到新文档中或打印机上等,
从而完成邮件合并操作。

1. 将合并文档汇集到新文档

通过将合并文档汇集到新文档中,可以使不同收件人的信函在同一个新文档中显示,
以方便我们查看与修改。

 将 CD:\素材\第 13 章\通知 1.docx 文档中的主文档和数据源合并到新
文档中(CD:\效果\第 13 章\信函 1.docx)。

STEP 01. 编辑单个信函。 打开"通知 1"文档,根据前面介绍的方法进入"邮件合并"
任务窗格的第 5 步,在"邮件合并"任务窗格中单击"下一步:完成合并"超
链接,在打开的任务窗格中单击"编辑单个信函"超链接,如图 13-23 所示。

STEP 02. **设置合并记录。** 在打开的"合并到新文档"对话框中选中"全部"单选按钮，单击 ◻确定 按钮，如图 13-24 所示。

STEP 03. **查看效果。** 系统自动创建一个名为"信函1"的新文档，拖动窗口右侧的滑块，可以看到要发给数据源中收件人的信函均显示在该文档中，如图 13-25 所示。

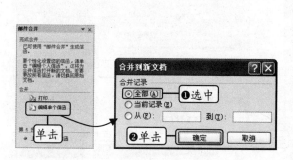

◆ 图 13-23　　◆ 图 13-24

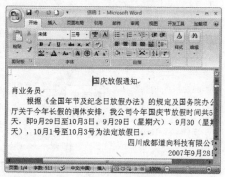

◆ 图 13-25

2. 直接合并到打印机上

合并到打印机是指将收件人的信函通过打印机打印出来，其方法为：在"邮件合并"任务窗格的第 6 步操作中单击"打印"超链接，在打开的如图 13-26 所示的"合并到打印机"对话框中设置打印记录，单击 ◻确定 按钮，在打开的"打印"对话框中设置打印参数，单击 ◻确定 按钮即可打印文档。

◆ 图 13-26

13.1.6　办公案例——制作"请柬"文档

本案例将使用本节所学的创建主文档、创建数据源、插入合并域和合并文档知识制作具有不同称谓、相同正文的请柬（●CD:\效果\第 13 章\请柬.docx），最终效果如图 13-27 所示。

其具体操作步骤如下。

STEP 01. **选择命令。** 打开"请柬"文档（●CD:\素材\第 13 章\请柬.docx），单击"邮件"选项卡，在"开始邮件合并"组中单击"开

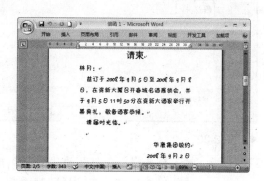

◆ 图 13-27

始邮件合并"按钮 📄，在弹出的下拉菜单中选择"邮件合并分步向导"命令。

STEP 02. **选择文件类型。** 在打开的"邮件合并"任务窗格的"选择文档类型"栏中选中
"信函"单选按钮，单击"下一步：正在启动文档"超链接，如图 13-28 所示。

STEP 03. **选择开始文档。** 在打开的任务窗格中的"选择开始文档"栏中选中"使用当前
文档"单选按钮，单击"下一步：选取收件人"超链接，如图 13-29 所示。

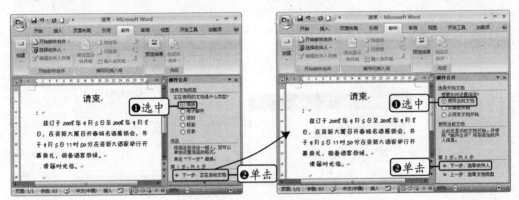

◆ 图 13-28　　　　　　　　　　　　　　　◆ 图 13-29

STEP 04. **选择数据源。** 在打开的任务窗格中直接单击"下一步：撰写信函"超链接，在
打开的"选取数据源"对话框的"查找范围"下拉列表框中选择数据源保存的
位置，在下面的列表框中选择"客户资料卡"选项 (●CD:\素材\第 13 章\客户
资料卡.mdb)，单击 打开(①) 按钮，如图 13-30 所示。

STEP 05. **撰写信函。** 在打开的"邮件合并收件人"对话框中单击 确定 按钮，返回到
文档窗口中。将文本插入点定位到冒号的左侧，单击"邮件合并"任务窗格中
的"下一步：撰写信函"超链接，然后单击"其他项目"超链接，如图 13-31
所示。

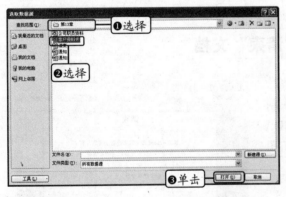

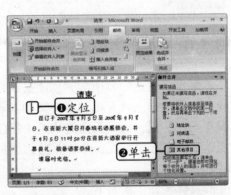

◆ 图 13-30　　　　　　　　　　　　　　　◆ 图 13-31

STEP 06. **插入合并域。** 在打开的"插入合并域"对话框中的"插入"栏中选中"数据库
域"单选按钮，在"域"列表框中选择"姓氏"选项，单击 插入(①) 按钮，插
入姓氏。在"域"列表框中选择"名字"选项，单击 插入(①) 按钮，插入名字，
如图 13-32 所示，然后单击 关闭 按钮关闭对话框。

STEP 07. **合并文档。**返回到"邮件合并"任务窗格中，单击"下一步：预览信函"超链接，然后单击"下一步：完成合并"超链接，在打开的任务窗格中单击"编辑单个信函"超链接，如图 13-33 所示。

◆ 图 13-32　　　　　　　　　　　◆ 图 13-33

STEP 08. **查看效果。**在打开的"合并到新文档"对话框中选中"全部"单选按钮，单击 确定 按钮，系统自动创建一个新文档，将其进行保存，完成所有的操作，最终效果参见图 13-27。

13.2 制作信封

 对于习惯通过邮寄的方式将信息传递给对方的用户，使用 Word 2007 创建信封的功能，就可以快速制作出属于自己风格的信封。

13.2.1 制作单个信封

对于常用英文写信的用户，可以通过 Word 2007 中的"邮件"选项卡中的"信封"按钮 来制作单个信封。

 制作单个信封（ CD:\效果\第 13 章\信封.docx）。

STEP 01. **创建信封。**单击"邮件"选项卡，在"创建"组中单击"信封"按钮 ，如图 13-34 所示。

STEP 02. **设置收信人与寄信人。**在打开的"信封和标签"对话框中的"收信人地址"文本框中输入收信人的地址，取消选中"省略"复选框，在"寄信人地址"文本框中输入寄信人地址，如图 13-35 所示，单击 选项(O)... 按钮。

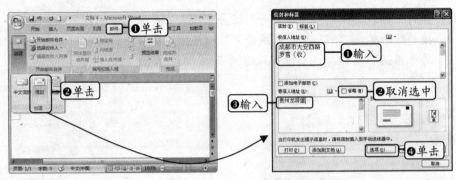

◆ 图 13-34　　　　　　　　　　　◆ 图 13-35

STEP 03. **设置信封格式。**在打开的"信封选项"对话框中的"信封尺寸"下拉列表框中
选择"普通2（110×176毫米）"选项，在"收信人地址"栏中的"距上边"
数值框中输入"2.5"，单击 确定 按钮，如图 13-36 所示。

STEP 04. **查看效果。**返回"信封和标签"对话框，单击 添加到文档(A) 按钮，在打开的提示
对话框中单击 是(Y) 按钮，完成制作信封的操作，效果如图 13-37 所示。

◆ 图 13-36　　　　　　　　　　　◆ 图 13-37

13.2.2　通过邮件合并制作大批信封

　　在邮件合并中的收件人往往有多个，而且在数据源中也可创建相应的收件人地址信
息，此时便可通过邮件合并制作大批信封，使其在打印时能分别打印出各收件人的地址。

制作大批信封（●CD:\效果\第 13 章\大批信封.docx）。

STEP 01. **选择文档类型。**新建一个空白文档，打开"邮件合并"任务窗格，在"选择文
档类型"栏中选中"信封"单选按钮，单击"下一步：正在启动文档"超链接，
如图 13-38 所示。

STEP 02. **设置信封格式。**在打开的下一步任务窗格中单击"信封选项"超链接，在打开
的"信封选项"对话框中的"信封尺寸"下拉列表框中选择"普通1（102×165）

毫米"选项,在"收信人地址"栏中的"距上边"数值框中输入"2.5",单击
确定 按钮,如图 13-39 所示。

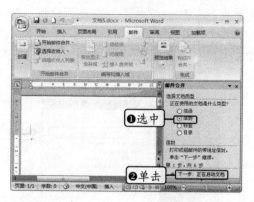

◆ 图 13-38

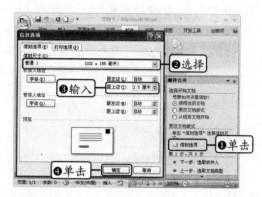

◆ 图 13-39

STEP 03. **选择数据源。**系统自动在文档编辑区中创建一个相应大小的信封文档,单击任
务窗格中的"下一步:选取收件人"超链接,再在打开的任务窗格中单击"浏
览"超链接,指定包括了收件人及相关地址的数据源文件。

STEP 04. **插入合并域。**在任务窗格中单击"下一步:选取信封"超链接,然后单击"其
他项目"超链接,为信封插入如图 13-40 所示的合并域。

STEP 05. **查看效果。**在任务窗格中单击"下一步:预览信封"超链接,预览信封的内容,
然后使用与合并文档相同的方法合并信封,效果如图 13-41 所示。

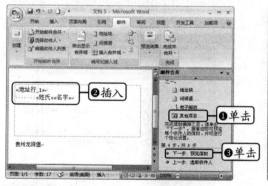

◆ 图 13-40

◆ 图 13-41

13.2.3　通过向导制作统一格式的信封

对于中国用户来说,一般都是使用统一格式的国家标准信封,Word 2007 提供的使用
向导制作统一格式信封的功能为中国用户带来极大的方便。

通过向导制作统一格式的信封(CD:\效果\第 13 章\向导信封.docx)。

STEP 01. **创建中文信封。** 新建一个空白文档，单击"邮件"选项卡，在"创建"组中单击"中文信封"按钮，如图 13-42 所示。

STEP 02. **选择信封样式。** 在打开的"信封制作向导"对话框中单击 下一步(N)> 按钮，在打开的"选择信封样式"设置框中的"信封样式"下拉列表框中选择一种样式，这里选择"国内信封-ZL（230×120）"选项，单击 下一步(N)> 按钮，如图 13-43 所示。

◆ 图 13-42

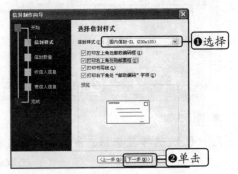

◆ 图 13-43

STEP 03. **选择生成信封的方式。** 在打开的"选择生成信封的方式和数量"设置框中选中"键入收信人信息，生成单个信封"单选按钮，单击 下一步(N)> 按钮，如图 13-44 所示。

STEP 04. **输入收信人的信息。** 在打开的"输入收信人信息"设置框中的"姓名"、"称谓"、"单位"、"地址"和"邮编"文本框中输入如图 13-45 所示的信息，单击 下一步(N)> 按钮。

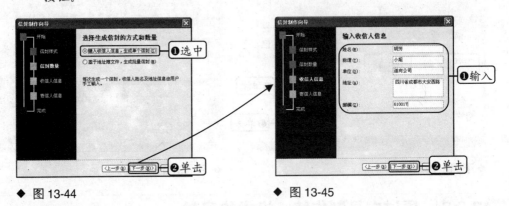

◆ 图 13-44

◆ 图 13-45

秘技播报站

如果要制作大量的具有相同格式的信封，在"选择生成信封的方式和数量"设置框中选中"基于地址簿文件，生成批量信封"单选按钮，可通过打开 Excel 工作簿来输入收件人的信息，从而制作大量的具有相同格式的信封。

STEP 05. **输入寄信人的信息。** 在打开的"输入寄信人信息"设置框中的"姓名"、"单位"、

"地址"和"邮编"文本框中输入相应的信息，单击 下一步(N)> 按钮，如图 13-46 所示。

STEP 06. **查看效果。** 在打开的对话框中单击 完成(F) 按钮，系统自动生成一个新的文档，将前面设置的信息插入到文档中，如图 13-47 所示。

◆ 图 13-46　　　　　　　　　　　　　　　　　◆ 图 13-47

13.3 疑难解答

学习完本章后，您是否已经掌握了 Word 2007 邮件合并与信封功能的相关知识？关于其相关的问题是否已经顺利解决了？下面就为您提供一些关于 Word 2007 邮件合并与信封功能的常见问题解答，使您的学习之路更加顺利。

问： 为什么我使用"地址块"超链接插入的地址格式不一样呢？

答： 如果数据源包含其他国定或地区的地址，Word 将根据收件人地址的国家或地区来设置地址格式。如果希望所有的地址都使用同一格式，可以在插入地址时，在打开的"插入地址块"对话框中取消选中"根据目标国家/地区设置地址格式"复选框来关闭该功能。

问： 收信人通常不相同，但自己作为寄信人不会变，那么在制作信封时，可不可以让 Word 默认寄信人地址，不需要每次输入？

答： 可以。单击"**Office**"按钮 ，在弹出的菜单中单击 Word 选项(I) 按钮，在打开的"Word 选项"对话框中单击"高级"选项卡，在"常规"栏的"通讯地址"文本框中输入寄信人的地址，单击 确定 按钮即可。

13.4 上机练习

本章上机练习一将使用邮件合并的相关知识制作 "辞呈" 文档；上机练习二将使用 Word 2007 的信封功能制作一个信封。各练习的最终效果及制作提示介绍如下。

练习一　　　　CD:\素材\第 13 章\辞呈.docx　　　CD:\效果\第 13 章\辞呈.docx

① 打开 "辞呈" 文档，将其作为主文档。

② 在 "邮件合并" 任务窗格中单击 "浏览" 超链接，打开 "公司职员资料" 数据源。

③ 在文档第二行的冒号前插入 "姓氏"、"名字" 和 "职务" 合并域。

④ 单击 "编辑单个信函" 超链接，在打开的 "合并到新文档" 对话框中选中 "全部" 单选按钮，单击 确定 按钮合并文档，最终效果如图 13-48 所示。

◆ 图 13-48

练习二　　　　　　　　　CD:\效果\第 13 章\我的信封.docx

① 新建一个空白文档，

② 打开 "信封制作向导" 对话框，在其中设置信封的样式，输入收信人的信息、寄信人的信息，完成信封的制作，最终效果如图 13-49 所示。

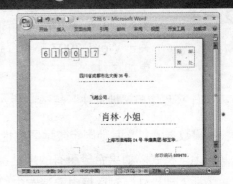

◆ 图 13-49

第 14 章

网络与信息共享

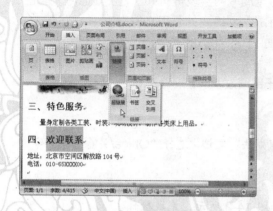

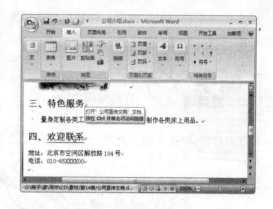

Word 2007 提供了强大的网络功能，除了可以在局域网中共享文档外，在 Internet 中也能共享文档，还可以通过文档内容与网页进行链接，并与 Internet 实现信息共享。对于经常收发电子邮件的用户，还可以通过网络将使用 Word 2007 制作的邮件、信封等文档直接发送到电子邮箱中。本章将对 Word 提供的网络与信息共享功能进行详细讲解。

14.1 在网络中共享文档

现在是信息时代，将编辑好的 Word 文档放在网络中共享，可以让更多的人了解信息，获得相关资源。下面将分别介绍在局域网中和在 Internet 中共享文档的方法。

14.1.1 在局域网中共享文档

在日常办公中，为了提高办公效率，可以通过局域网实现资料共享，使其他用户能直接查看并编辑自己的文档。只需将自己的文档存放在网络中的公用文件夹中，局域网中的其他用户便可通过"网上邻居"来访问该文件夹中的文档，并可以对其进行修改。

新手练兵场 打开◎CD:\素材\第 14 章\干部绩效考核管理办法.docx 文档，将其共享在局域网中。

STEP 01. 打开文档。 打开"干部绩效考核管理办法"文档，选择"Office/另存为"命令，如图 14-1 所示。

STEP 02. 共享文档。 在打开的"另存为"对话框的"保存位置"下拉列表框中选择"共享文档"选项，单击 保存(S) 按钮，如图 14-2 所示，完成操作。

◆ 图 14-1

◆ 图 14-2

专家会诊台

Q：若要将多个 Word 文档进行共享，有没有更简便的方法呢？

A：将需要共享的 Word 文档放在同一个文件夹中，然后将该文件夹进行共享，即可允许局域网中的其他用户访问该文件夹，并可控制访问的权限。

14.1.2 在 Internet 上共享文档

在 Internet 上共享文档和在局域网中共享文档都是将文档放入可共享的位置，但在 Internet 上共享文档要复杂得多。

无论是要打开 Internet 上的共享文档，还是要将自己的文档存放在 Internet 上与他人共享，首先需将电脑连接到 Internet 中，这样就可以通过 Word 来打开 Internet 上任意位置的文档。如果要将文档共享在 Internet 上，用户还需拥有访问某个 FTP 站点的权限，且该 FTP 站点还必须支持文件上传功能。

1. 将 FTP 站点添加至 Internet 站点列表

在"打开"或"保存"对话框中的 Internet 站点列表中添加一个 FTP 站点，就能方便地打开该 FTP 站点上的文档或将文件保存到该 FTP 站点中，而不必每次都输入文档的完整 URL。

将 FTP 站点"192.168.0.200"添加到 Internet 站点列表中。

STEP 01. **选择命令。**在打开的 Word 文档中选择"Office/打开"命令，如图 14-3 所示。

STEP 02. **打开对话框。**在打开的"打开"对话框的"查找范围"下拉列表框中选择"FTP 位置"选项，在下面的列表框中选择"添加/更改 FTP 位置"选项，单击 打开(O) 按钮，如图 14-4 所示。

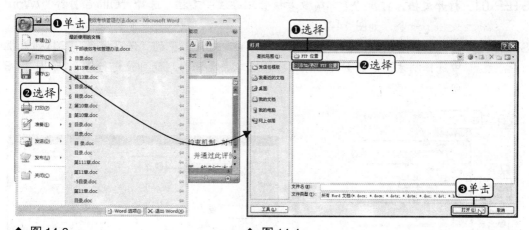

◆ 图 14-3　　　　　　　　　　◆ 图 14-4

STEP 03. **添加 FTP 站点。**在打开的"添加/更改 FTP 位置"对话框的"FTP 站点名称"文本框中输入"FTP://192.168.0.200"。若要匿名登录，则可选中"匿名"单选按钮；若拥有该站点的访问权限，则选中"用户"单选按钮，然后输入用户名和密码。单击 添加(A) 按钮，该 FTP 站点即被添加到"FTP 站点"列表中，如图 14-5 所示，单击 确定 按钮。

STEP 04. **添加完成后的站点文件夹。**此时在"打开"对话框的 FTP 位置文件夹中出现

了 "FTP://192.168.0.200" 文件夹，如图 14-6 所示，关闭 "打开" 对话框。

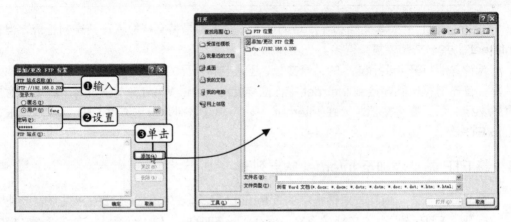

◆ 图 14-5　　　　　　　　◆ 图 14-6

2. 将文档保存到 FTP 中

将 Word 文档保存到 FTP 站点的方法与文档的一般保存方法相似。

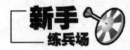 将 ◎CD:\素材\第 14 章\干部绩效考核管理办法.docx 文档保存到前面添加的 "192.168.0.200" 站点中。

STEP 01. **打开文档。** 打开 "干部绩效考核管理办法" 文档，选择 "Office/另存为/Word 文档" 命令，如图 14-7 所示。

STEP 02. **将文档保存到站点。** 在打开的 "另存为" 对话框中的 "保存位置" 下拉列表框中选择刚才创建的 FTP 站点。打开后双击要保存到的目录进行保存，如图 14-8 所示。

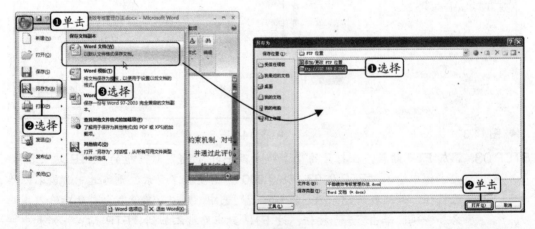

◆ 图 14-7　　　　　　　　◆ 图 14-8

14.2　与 Internet 信息共享

Word 2007 提供了链接电子邮件地址及 Internet 网址等内容的功能，允许用户直接将电子邮件地址及 Internet 网址以超链接的方式插入 Word 文档中，此后在编辑这些文档时只需单击相应的超链接，便可启动相关电子邮件软件发送电子邮件或启动浏览器打开相应的网址。

14.2.1　用 Word 2007 发送电子邮件

在 Word 2007 中有一个电子邮件按钮，通过它可以在工作的时候直接将所编辑的文档以邮件正文或附件的形式发送电子邮件。

1. 以正文形式发送邮件

要将文档作为正文发送电子邮件，首先需要将"发送至邮件接收人"命令添加到快速访问工具栏中，然后单击"发送至邮件接收人"按钮 ，并在文档中进行相应的设置。

打开 CD:\素材\第 14 章\财会论文.docx 文档，以正文的方式发送电子邮件。

STEP 01. 打开文档。 打开"财会论文"文档，单击"Office"按钮 ，在弹出的菜单中单击 Word 选项(I) 按钮，如图 14-9 所示。

STEP 02. 设置选项。 在打开的"Word 选项"对话框的左侧窗格中单击"自定义"选项卡，在"从下列位置选择命令"下拉列表框中选择"所有命令"选项，在下面的列表框中选择"发送至邮件接收人"选项，单击 添加(A) >> 按钮向快速访问工具栏添加该命令，最后单击 确定 按钮，如图 14-10 所示。

◆ 图 14-9　　　　　　　　　　　　◆ 图 14-10

STEP 03. 添加"发送至邮件接收人"按钮。 返回文档界面即可看到"发送至邮件接收人"

按钮 出现在快速访问工具栏中。

STEP 04. **展开发送邮件页面。** 单击 "发送至邮件接收人" 按钮 ，展开邮件发送页面，单击 收件人 按钮，如图 14-11 所示。

STEP 05. **添加收件人地址。** 打开 "选择姓名：联系人" 对话框，在列表框中显示了 Outlook Express 通讯簿中的联系人地址，在其中选择邮件收件人的地址，单击 收件人 (Q) -> 按钮，使选择的收件人的地址显示在 "收件人" 文本框中，单击 确定 按钮，如图 14-12 所示。

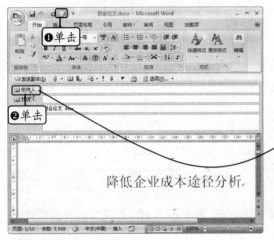

◆ 图 14-11

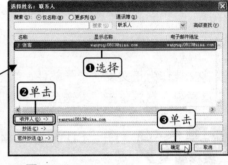

◆ 图 14-12

STEP 06. **发送邮件。** 返回邮件窗口后单击 发送副本(S) 按钮，即可将文档以正文的形式发送给对方，如图 14-13 所示。

◆ 图 14-13

秘技播报站

在 "选择姓名：联系人" 对话框中，可通过单击 收件人 (Q) -> 和 抄送 (C) -> 按钮来打开相应的对话框，在其中选择收件人，并添加到对应的文本框中。

2. 以附件形式发送邮件

以正文形式发送的文档，收件人收取后不能直接对其进行编辑。只有将文档以附件形式发送，对方收到邮件后才可直接在附件栏中打开并进行编辑，完成后也能很方便地将文档发送回来。以附件形式发送文档的方法非常简单，只需在 Word 文档中选择"Office/发送/电子邮件"命令即可。

当第一次以附件形式发送邮件时，将打开如图 14-14 所示的提示对话框，根据提示在"控制面板"中单击"邮件"图标，在打开的对话框中根据提示添加配置文件。

◆ 图 14-14

14.2.2 创建和编辑超链接

默认情况下，在 Word 2007 中输入的网址和电子邮件地址将自动转换为超链接，即字体为蓝色，带有下划线的文本，单击它可转换到相应的地址。在 Word 中也可根据需要创建超链接。

通过超链接，用户可以将文档中的内容与电脑中的任意文件、程序、网站地址或电子邮件进行链接，从而通过文档就可以快速打开所链接的文件、程序、网页或启动邮件客户端程序。

1. 链接到文件

利用 Word 2007 提供的插入功能可以直接在文档中插入一个超链接。将文档中的内容与电脑中的程序或文件进行链接后，通过链接内容就可以快速启动程序或打开文件。

通过超链接将 ◎CD:\素材\第 14 章\公司宣传文稿.docx 文档链接到 ◎CD:\素材\第 14 章\公司介绍.docx 文档中（ ◎CD:\效果\第 14 章\公司介绍.docx）。

STEP 01. **打开文档。**打开"公司介绍"文档，选择"欢迎联系"文本，单击"插入"选项卡，在"链接"组中单击"超链接"按钮 ，如图 14-15 所示。

STEP 02. **选择链接文件。**在打开的"插入超链接"对话框的"查找范围"下拉列表框中选择链接文件的保存位置"第 14 章"，在列表框中选择"公司宣传文稿"文档，单击 屏幕提示(P)... 按钮，如图 14-16 所示。

STEP 03. **设置超链接屏幕提示。**在打开的"设置超链接屏幕提示"对话框中输入对超链接的提示内容，单击 确定 按钮，如图 14-17 所示。

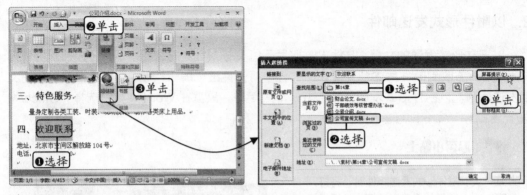

◆ 图 14-15　　　　　◆ 图 14-16

STEP 04. **查看屏幕提示内容。** 在返回的对话框中单击 确定 按钮，即可为文本添加超链接。添加链接后的文本的颜色将变为蓝色，同时自动添加下划线。将鼠标光标移动到链接文本上时，将打开浮动框显示屏幕提示内容，如图 **14-18** 所示。

◆ 图 14-17　　　　　◆ 图 14-18

STEP 05. **单击超链接。** 按住【Ctrl】键的同时单击超链接文本，打开链接的文档，如图 **14-19** 所示。同时文本颜色由蓝色变为紫色，表示该链接被单击过，如图 **14-20** 所示。

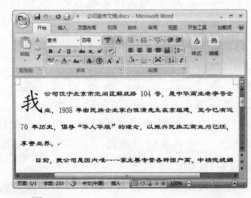

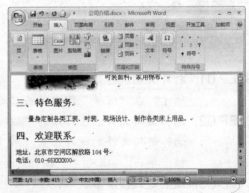

◆ 图 14-19　　　　　◆ 图 14-20

2. 链接网页或电子邮件

将文档中的内容与网页或电子邮件链接后，单击链接内容，即可启动 IE 进入所链接的网页或启动邮件客户端程序。其设置方法与链接文件的方法大致相同，打开"插入超链接"对话框后，在"地址"下拉列表框中输入相应的网址或电子邮件地址，单击 [确定] 按钮。如图 14-21 所示为输入的网址，如图 14-22 所示为输入的电子邮件地址。

◆ 图 14-21

◆ 图 14-22

 温馨小贴士

在"地址"下拉列表框中输入网页地址后，Word 会自动在地址前添加"Http://"；如果输入邮件地址，则在邮件地址前自动添加"mailto:"。

除了直接插入超链接外，在 Word 2007 中，还可以通过自动更正功能将输入的内容转换为超链接。也就是说，如果直接在文档中输入了网址或电子邮件地址，Word 会自动识别并链接到对应的地址，而无需用户对超链接进行设置，如图 14-23 所示。

◆ 图 14-23

 **秘技播报站**

如果事先已经将网址或电子邮件地址输入到了 Word 文档中，要将其转换为超链接，只需选择相应的文本内容，然后在"插入"选项卡的"链接"组中单击 按钮，或者单击鼠标右键，在弹出的快捷菜单中选择"插入超链接"命令，在打开的"插入超链接"对话框中进行设置即可。

3. 编辑超链接

创建超链接后，还可根据需要对其进行编辑，如取消下划线、修改超链接名称、修改超链接文字的外观以及取消超链接等。

☑ **清除超链接的下划线**：为了避免超链接的下划线在打印文档时影响到打印效果，可以取消下划线，方法是：选择超链接文本后，在"开始"选项卡的"字体"组中单击 **u** 按钮，或按【Ctrl+U】组合键。

☑ **修改超链接名称**：在超链接上单击鼠标右键，在弹出的快捷菜单中选择"编辑超链接"命令，打开"编辑超链接"对话框，在其中根据需要进行修改。

☑ **更改超链接文字的外观**：超链接的字体颜色默认为"蓝色"，若要更改超链接文字的格式，只需选择超链接的文本，然后设置其字体格式。

☑ **取消超链接**：要取消已设置的超链接，可以在该超链接上单击鼠标右键，在弹出的快捷菜单中选择"取消超链接"命令，原有的超链接就会变成普通文本。

 打开●CD:\素材\第 14 章\公司介绍 1.docx 文档，编辑其中的超链接（●CD:\效果\第 14 章\公司介绍 1. docx）。

STEP 01. 打开文档。 打开"公司介绍 1"文档，选择"欢迎联系"超链接，单击鼠标右键，在弹出的快捷菜单中选择"编辑超链接"命令，如图 14-24 所示。

STEP 02. 编辑超链接。 在打开的"编辑超链接"对话框的"要显示的文字"文本框中输入"联系方式"，单击 确定 按钮，如图 14-25 所示。返回文档中，可看到超链接文本更改为"联系方式"。

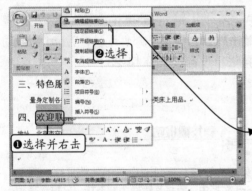

◆ 图 14-24

◆ 图 14-25

STEP 03. 设置超链接字体。 单击"开始"选项卡，在"字体"组的"字体"下拉列表框中选择"迷你简雪君"选项。单击"字体颜色"按钮▲·，在弹出的下拉菜单中选择"红色，强调文字颜色 2，深色 25%"选项，如图 14-26 所示。返回文档中，可看到超链接文本的字体和颜色发生了变化。

STEP 04. 清除超链接的下划线。 在"字体"组中单击 u 按钮右侧的·按钮，在弹出的下拉菜单中选择"其他下划线"命令，打开"字体"对话框。在"字体"选项卡的"下划线线型"下拉列表框中选择"无"选项，单击 确定 按钮，如图 14-27 所示。返回文档中，可看到超链接文本下方的下划线消失了。

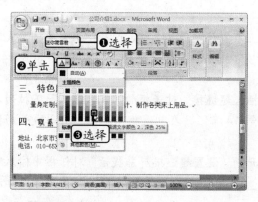

◆ 图 14-26

◆ 图 14-27

STEP 05. 取消超链接。在超链接上单击鼠标右键，在弹出的快捷菜单中选择"取消超链接"命令，如图 14-28 所示。

STEP 06. 完成操作。返回文档中，可看到超链接文本变成了普通的文本，但对其进行的文本格式设置依然保留，效果如图 14-29 所示。

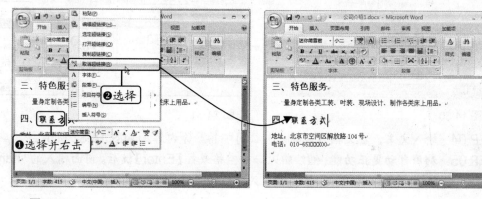

◆ 图 14-28　　　　　　　　　　　　　　　◆ 图 14-29

要取消 Word 自动创建的网址或邮件地址超链接，可在输入完毕后按【BackSpace】键或【Ctrl+Z】组合键。

14.3 办公案例——发送"上市宣传手册"文档

本实例将结合超链接和用 Word 2007 发送电子邮件的相关知识，为"海韵集团上市宣传手册"文档插入超链接，制作完成后再以邮件的形式发送给对方（ CD:\效果\第 14 章\海韵集团上市宣传手册.docx ）。通过本实例，读者可加深对本章内容的理解。

其具体操作步骤如下。

STEP 01. **打开文档。** 打开"海韵集团上市宣传手册"文档，选择"海韵集团"文本，单击"插入"选项卡，在"链接"组中单击"超链接"按钮 🐝，如图 14-30 所示。

STEP 02. **选择链接文件。** 在打开的"插入超链接"对话框的"查找范围"下拉列表框中选择链接文件的保存位置"第 14 章"，在列表框中选择"公司成长历程"文档，单击 屏幕提示(P)... 按钮。

STEP 03. **设置超链接屏幕提示。** 在打开的"设置超链接屏幕提示"对话框中输入对超链接的提示内容，连续单击 确定 按钮，如图 14-31 所示，为文本添加超链接成功。

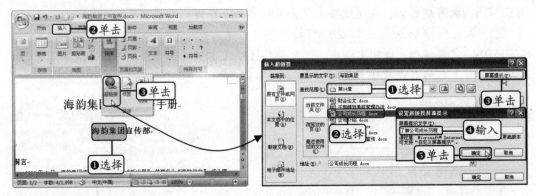

◆ 图 14-30 ◆ 图 14-31

STEP 04. **输入文本。** 在文档末尾输入"公司邮箱"等内容，如图 14-32 所示。

STEP 05. **利用自动更正功能。** 继续输入一个空格或按【Enter】键后，前面输入的"haiyunzhijia@122.com"文本自动变为超链接，如图 14-33 所示。

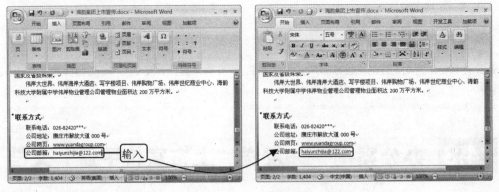

◆ 图 14-32 ◆ 图 14-33

STEP 06. **展开发送邮件页面。** 单击快速访问工具栏中的"发送至邮件接收人"按钮 📧，展开邮件发送页面。单击 📧收件人 按钮，如图 14-34 所示。

STEP 07. **添加收件人地址。** 打开"选择姓名：联系人"对话框，选择联系人为"张雪"，

单击 收件人(0) -> 按钮，单击 确定 按钮，如图 14-35 所示。

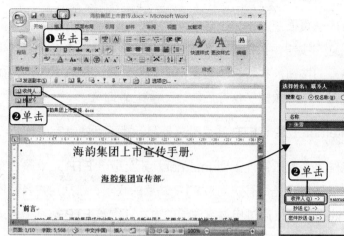

◆ 图 14-34　　　　　　　　　　　　　　　◆ 图 14-35

STEP 08. 发送邮件。 返回邮件窗口后单击 发送副本(S) 按钮，即可将文档以电子邮件正文的形式发送给对方，如图 14-36 所示。

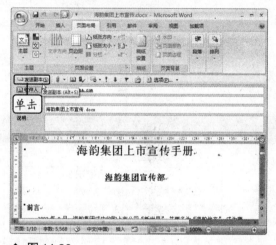

◆ 图 14-36

秘技播报站

在"编辑超链接"对话框中单击 删除链接(R) 按钮，可取消超链接，但原有超链接的文本下仍保留有下划线。按一次【Ctrl+U】组合键可取消超链接的下划线，按两次该组合键可添加超链接的下划线。

14.4 疑难解答

学习完本章后，您是否发现自己对 Word 2007 中的网络与信息共享知识的认识又提升到了一个新的台阶？关于共享文档与信息时遇到的相关问题是否已经顺利解决了？下面将为您提供一些关于共享文档与发送邮件的常见问题解答，使您的学习路途更加顺畅。

问： 在使用 Word 2007 发送电子邮件的过程中，若"选择姓名：联系人"对话框中没有联系人记录，该怎么添加呢？

答：在 Word 文档展开的邮件发送页面中单击"创建规则"按钮，在打开的"检查姓名"对话框中单击 新建联系人(N)... 按钮，在打开的"添加新地址"对话框中选择"创建联系人"选项，单击 确定 按钮。在打开的对话框中输入联系人的基本信息，如姓名、单位、部门和职务等，最后单击"保存后新建"按钮即可。

问：为什么在 Word 中登录 Internet 上某个 FTP 站点时总是提示找不到站点？

答：原因很多，首先要确认电脑是否能正常连接到 Internet，其次是该 FTP 站点是否支持上传和下载功能，最后确认用户是否有访问该 FTP 站点的权限，包括用户名和密码是否正确。目前，在 Internet 上可通过申请或注册的方式获得该 FTP 站点上传或下载的权根（分配一个用户名及密码），这样用户便可将自己的一些文件或作品上传到该 FTP 站点进行保存或供他人下载使用。

14.5 上机练习

本章上机练习将为文档中的文本添加超链接，通过练习巩固超链接的设置方法。该练习的最终效果及制作提示介绍如下。

练习　　　　●CD:\效果\第 14 章\公司概况.docx

① 新建一个空白文档并保存为"公司概况"，输入如图 14-37 所示的文本内容。
② 选择文本"请访问公司网站了解更多"，打开"超链接"对话框，在"地址"下拉列表框中输入公司网址。
③ 选择文本"与公司邮件联系"，打开"超链接"对话框，在"地址"下拉列表框中输入公司邮箱地址。
④ 为文本添加超链接后，按住【Ctrl】键，用鼠标单击链接，即可打开公司网页或启动邮件客户端程序发送电子邮件。

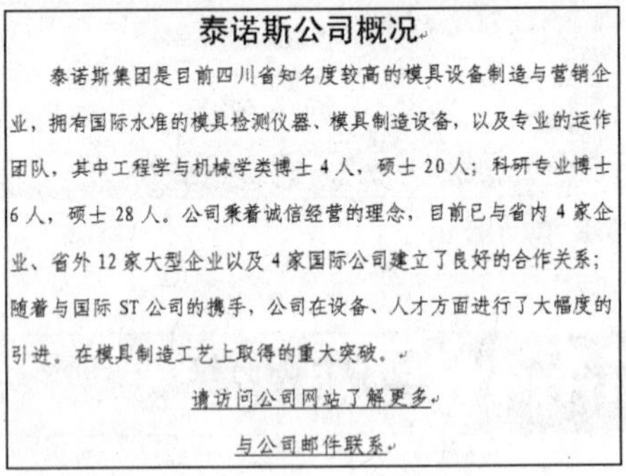

泰诺斯公司概况

泰诺斯集团是目前四川省知名度较高的模具设备制造与营销企业，拥有国际水准的模具检测仪器、模具制造设备，以及专业的运作团队，其中工程学与机械学类博士 4 人，硕士 20 人；科研专业博士 6 人，硕士 28 人。公司秉着诚信经营的理念，目前已与省内 4 家企业、省外 12 家大型企业以及 4 家国际公司建立了良好的合作关系；随着与国际 ST 公司的携手，公司在设备、人才方面进行了大幅度的引进，在模具制造工艺上取得的重大突破。

请访问公司网站了解更多
与公司邮件联系

◆ 图 14-37

综合实例篇

Word 2007 的功能非常强大，结合不同的功能可以制作出不同的文档效果。这一篇中我们将运用不同的知识点分别制作策划方案文档、公司管理文书、行政事务文档和商务礼仪文书，通过实例来巩固本书前面所学的知识，并掌握 Word 在文档制作方面的应用。

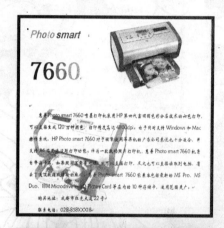

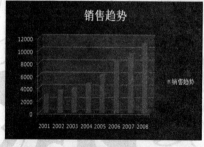

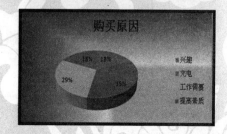

第 15 章

制作策划方案文档

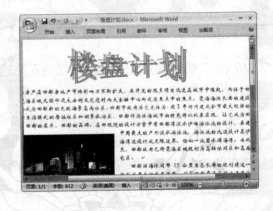

一个公司的运营离不开完整的企业策划方案，而一个完整的方案则包括策划目的、市场分析、营销目标、营销策略、广告宣传、经费预算和效果预测等环节。在日常办公应用中，根据不同事件可以制作不同的策划方案。本章将通过产品宣传海报和楼盘计划的制作，介绍策划方案文档的制作流程。

15.1　制作产品宣传海报

商品经济的今天，广告宣传的作用是不可忽略的，好的广告可以使人产生购买欲望，达到促销的目的。本节中制作的宣传海报又称招贴，是广告的一种表现形式。

15.1.1　实例目标

在广告发展的初期，海报是其主要的表现形式。通常需将其张贴在相关的场所，起到广告宣传作用。随着经济的发展，广告宣传的结构发生了变化，也出现了许多新的广告手法，如写实主义绘画、平面剪贴、超现实主义手法、漫画和摄影制版技术等，以创造出超现实的视觉冲击力来吸引消费者注意。但广告的核心仍然是对商品信息的传达，作为广告主要表现形式的海报，考虑到其宣传对象是读者，因而在制作上特别强调迎合读者的口味和阅读习惯，强调可读性。

海报并无固定的格式，可以根据内容的不同来安排表现形式。海报的一般写法及格式如下。

- ☑ **标题**：海报的标题写法没有具体的格式要求，大都是直接将活动内容作为标题，如"春晓演奏会"，也可将描述性的文字作为标题。
- ☑ **内容**：该部分需要表达活动的目的、意义、项目、时间和地点等，如果是较正式的晚会之类的海报，在正文的右下方可以写上"欢迎参加"等内容作为结束语，或写上主办单位的名称和发布日期。

本例将制作一张关于打印机上市的宣传海报，该海报的标题即为该打印机的型号，标题右方是该打印机的外观，表现出了该海报的目的，下面还通过描述性文字表达出打印机的主要功能，在最下方写上了购买此打印机的地址和联系电话，如图 15-1 所示（●CD:\效果\第 15 章\打印机海报.docx）。整个海报形象生动、内容醒目，起到了很好的宣传作用。

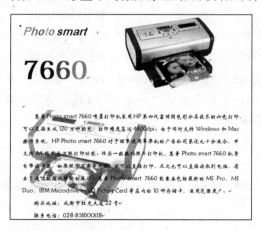

◆ 图 15-1

15.1.2 制作过程

要制作这样一张海报，首先需要设置文档的页面大小和页边距，限定整个文档的范围，然后在文档中输入与海报内容相关的文本，并设置文本格式，接下来添加图片，并进行设置，最后将编辑好的海报文档打印输出到纸张上。

其具体操作步骤如下。

STEP 01. **新建文档。**新建一个空白文档，单击"页面布局"选项卡，在"页面设置"组中单击 纸张大小 · 按钮，在弹出的下拉菜单中选择"其他页面大小"命令，如图 15-2 所示。

STEP 02. **设置纸张大小。**在打开的"页面设置"对话框中单击"纸张"选项卡，在"纸张大小"栏的下拉列表框中选择"自定义大小"选项，在"宽度"和"高度"数值框中分别输入"21.5"和"28"，保持默认的页边距，单击 确定 按钮，如图 15-3 所示。

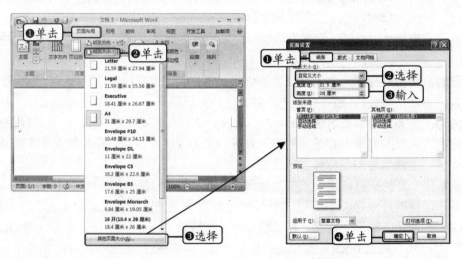

◆ 图 15-2　　　　　　　　　　　　　　◆ 图 15-3

STEP 03. **输入文本。**单击 按钮，在弹出的下拉菜单中选择"保存"命令，在打开的对话框中以"打印机海报"为名保存该文档，然后输入海报文本内容。

STEP 04. **设置标题样式。**选择标题文本"Photo smart 7660"，单击"开始"选项卡，在"样式"组的列表框中选择"标题 1"样式，将文本格式设置为"标题 1"样式，如图 15-4 所示。

 温馨小贴士

在制作过程中，要注意整体的把握。读者在制作时可根据需要添加其他一些元素，使文档更加美观，如添加背景、插入文本框和艺术字等。

STEP 05. **设置字体格式。**选择"Photo smart"文本，设置其字体格式为"Arial Unicode

MS、二号、加粗、斜体"，如图 15-5 所示。

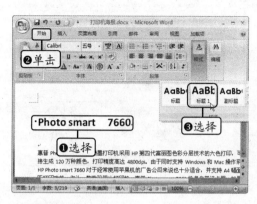

◆ 图 15-4

◆ 图 15-5

STEP 06. **设置字体格式。**选择 "7660" 文本，设置其字体格式为 "Kozuka Mincho Pro M、48、加粗"。为 "Photo smart 7660" 文本中的各字母分别设置颜色，效果如图 15-6 所示。

STEP 07. **设置正文格式。**选择正文文本，设置其字体格式为 "华文新魏、11、蓝色"，设置段落格式为 "首行缩进 2 字符"。

STEP 08. **插入图片。**将文本插入点定位在正文文本前，单击 "插入" 选项卡，在 "插图" 组中单击 "图片" 按钮，如图 15-7 所示。

◆ 图 15-6

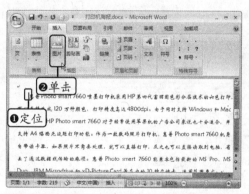

◆ 图 15-7

STEP 09. **选择图片。**在打开的 "插入图片" 对话框中选择 "打印机" 图片（◐CD:\素材\第 15 章\打印机.jpg），单击 插入(S) 按钮，如图 15-8 所示。

STEP 10. **调整图片大小。**在文档中插入图片后，通过鼠标拖动的方法调整图片的大小。在 "图片工具 格式" 选项卡的 "排列" 组中单击 文字环绕 按钮，在弹出的下拉菜单中选择 "紧密型环绕" 命令，如图 15-9 所示。

STEP 11. **复制图片。**按住【Ctrl】键的同时，用鼠标拖动的方法将图片复制一份，然后拖动鼠标调整复制的图片的大小。

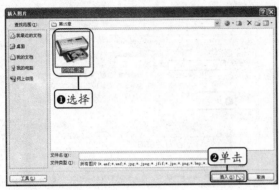

◆ 图 15-8

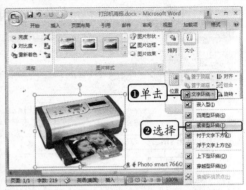

◆ 图 15-9

STEP 12. **水平翻转图片。** 单击 "排列" 组中的 旋转 按钮, 在弹出的下拉菜单中选择 "水平翻转" 命令, 翻转图片, 效果如图 15-10 所示。

STEP 13. **设置图片环绕方式。** 单击 "排列" 组中的 文字环绕 按钮, 在弹出的下拉菜单中选择 "衬于文字下方" 命令, 如图 15-11 所示。

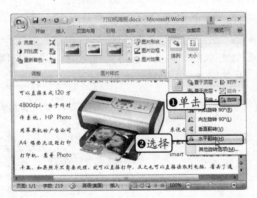

◆ 图 15-10

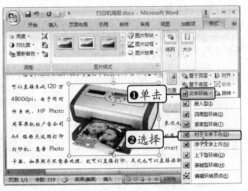

◆ 图 15-11

STEP 14. **重新着色。** 单击 "调整" 组中的 重新着色 按钮, 在弹出的下拉菜单中选择 "灰度" 选项, 将图片调整为灰度图, 如图 15-12 所示。

STEP 15. **设置图片亮度。** 单击 "调整" 组中的 亮度 按钮, 在弹出的下拉菜单中选择 "+40%" 选项, 调整图片的亮度, 如图 15-13 所示。

STEP 16. **设置图片对比度。** 单击 "调整" 组中的 对比度 按钮, 在弹出的下拉菜单中选择 "-20%" 选项, 调整图片的对比度, 如图 15-14 所示。

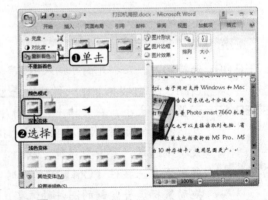

◆ 图 15-12

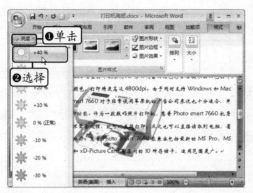

◆ 图 15-13

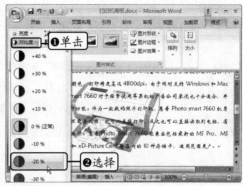

◆ 图 15-14

STEP 17. 打印文档。 单击 按钮，在弹出的下拉菜单中选择 "打印" 命令，如图 15-15 所示。

STEP 18. 单击按钮。 在打开的 "打印" 对话框中单击 属性(P) 按钮，如图 15-16 所示。

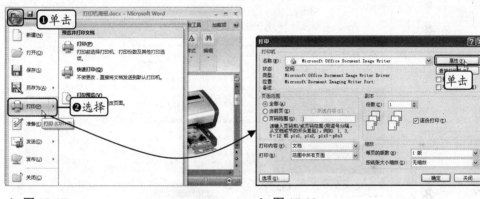

◆ 图 15-15　　　　　　　　　　　　　◆ 图 15-16

STEP 19. 自定义打印。 在打开的对话框的 "纸张选项" 栏中单击 自定义(C)... 按钮，如图 15-17 所示。

STEP 20. 设置打印参数。 在打开的 "自定义纸张尺寸" 对话框的 "宽度" 文本框中输入 "215"，在 "长度" 文本框中输入 "280"，连续单击 确定 按钮，如图 15-18 所示，打印文档，完成本实例的操作。

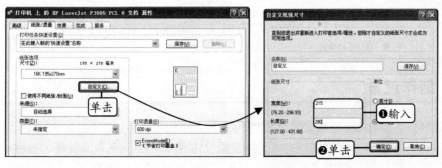

◆ 图 15-17　　　　　　　　　　　　　◆ 图 15-18

15.2 制作楼盘计划

房地产开发商在购买土地进行楼盘开发前,都会进行一系列周密的楼盘计划,拟定相关计划书,内容大致包括对开发项目进行 SWOT 分析、目标市场分析、消费群定位、项目投资规模、项目发展纲要、项目营销策略纲要、财务计划、风险控制和资金筹集等。

15.2.1 实例目标

本例制作的 "楼盘计划" 文档,除了涉及文档的新建、文本的输入和格式化等知识外,还将练习在文档中添加图片、表格和艺术字等操作,最后以邮件的形式发送到邮箱里,最终效果如图 15-19 所示(CD:\效果\第 15 章\打印机海报.docx)。

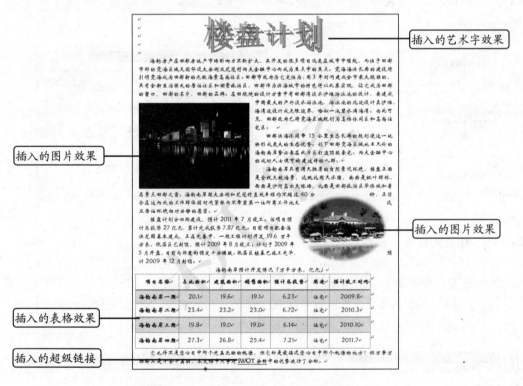

◆ 图 15-19

15.2.2 制作过程

要制作这样一个文档,首先需要设置文档的页面大小和页边距,限定整个文档的范围,然后在文档中输入与楼盘计划相关的文本,并设置文本格式,接下来添加表格、图片和超链接等内容,并进行设置,最后将此文档以电子邮件的形式发送到邮箱中。

其具体操作步骤如下。

STEP 01. **设置页面大小。**新建一个空白文档，单击"页面布局"选项卡，在"页面设置"组中单击"页边距"按钮，在弹出的下拉菜单中选择"适中"选项，如图 15-20 所示。

STEP 02. **输入文本。**单击按钮，在弹出的下拉菜单中选择"保存"命令，在打开的对话框中以"楼盘计划"为名保存该文档，然后输入楼盘计划文本内容，如图 15-21 所示。

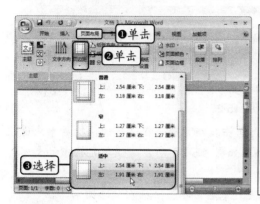

◆ 图 15-20

海韵房产在田都房地产市场影响力不断扩大，其开发的很多项目迅速在城市中崛起，而位于田都市郊的霭海区域又因邻近大安街及花冠村两大金融中心而成为焦点中的焦点。霭海海滨长廊的建设将引领霭海成为田都新的无敌海景高尚社区。田都市政府为它定位为：用 3 年时间建成全市最大规模的、具有全新生活模式的居住社区和湖景旅游区，田都作为滨海城市的特色将以此来实现，让它成为田都的窗口、田都的名片、田都的品牌。在田规院的设计方案中有田都海淡水沙滩游泳池的设计，要建成中国最大的户外淡水游泳池、游泳池的北边设计真沙滩，海湾边设计成无限边界，恰似一池碧水涌海湾。由此可见，田都政府已将霭海区域规划为高档休闲区和高尚住宅区。

田都滨海休闲带 15 公里生态长廊的规划使这一地块形成更大的生态优势。创下田都霭海区域地王天价的海韵南岸势必要在此片区打造顶级豪宅。两大金融中心的成功人士便可构建这样的人群。

海韵南岸具有得天独厚的自然景观环境，楼盘正面是全线无敌海景，远眺北国天水园，南面是枫叶群林，西面是沙河高尔夫球场，北面是田都旅游区华侨城和著名景点田都之窗。海韵南岸距大安街和花冠村直线车程均不超过 40 分钟，正符合在这两处的工作群体因时间紧张而不希望第一住所席工作地太远且居住环境相对安静的愿望。

楼盘计划分四期建设，预计 2011 年 7 月竣工。该项目预计总投资 27 亿元，累计完成投资 7.87 亿元。目前项目配置海滨花园基本建成，正在完善中，一期工程计划开发 19.6 万平方米，低层区已封顶，预计 2009 年 8 月竣工；计划于 2009 年 5 月开盘，目前内部意向预定十分踊跃。低层区桩基已施工完毕，预计 2009 年 12 月封顶。

◆ 图 15-21

STEP 03. **设置正文格式。**选择输入的所有文本，设置其段落格式为"首行缩进 2 字符"，字体格式为"华文新魏，11"，字体颜色为"红色，强调文字颜色 2，深色 25%"，如图 15-22 所示。

STEP 04. **插入表格。**将文本插入点定位在输入的文本的下一行行首，单击"插入"选项卡，在"表格"组中单击"表格"按钮，在弹出的下拉菜单中移动鼠标，设置表格大小为"7×5"，如图 15-23 所示。

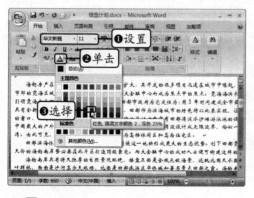

◆ 图 15-22

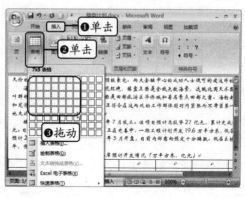

◆ 图 15-23

STEP 05. **输入表格内容。**在表格中输入相关的内容，完成"海韵南岸预计开发情况"表格的创建，如图 15-24 所示。

STEP 06. **设置表格格式。**将鼠标光标移动到表格的左上方，单击按钮，将表格全选，单击"表格工具-设计"选项卡，在"表样式"组的列表框中选择"浅色网格，强调文字颜色 5"样式，如图 15-25 所示。

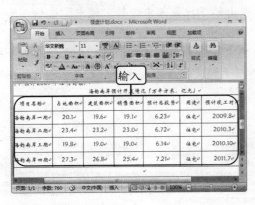

◆ 图 15-24

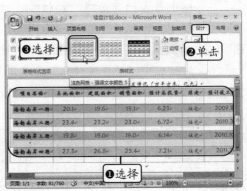

◆ 图 15-25

STEP 07. **设置单元格对齐方式。** 在选择的表格上单击鼠标右键，在弹出的快捷菜单中选择"单元格对齐方式/水平居中"命令，如图 15-26 所示，使单元格中的文本居中对齐，完成表格的制作。

STEP 08. **插入图片。** 将文本插入点定位在第一段文本后，单击"插入"选项卡，在"插图"组中单击"图片"按钮，如图 15-27 所示。

◆ 图 15-26

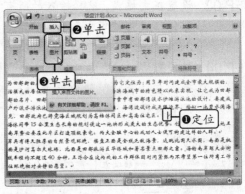

◆ 图 15-27

STEP 09. **选择图片。** 在打开的"插入图片"对话框中分别选择"楼盘 1"（CD:\素材\第 15 章\楼盘 1.jpg）和"楼盘 2"（CD:\素材\第 15 章\楼盘 2.jpg）图片，将其插入到文档中，如图 15-28 所示。

STEP 10. **调整图片大小。** 在文档中插入图片后，通过鼠标拖动的方法分别调整这两幅图片的大小。

STEP 11. **设置"楼盘 1"图片的文字环绕方式。** 选择文档中插入的"楼盘 1"图片，单击"排列"组中的 文字环绕 按钮，在弹出的下拉菜单中选择"四周型环绕"命令，如图 15-29 所示。

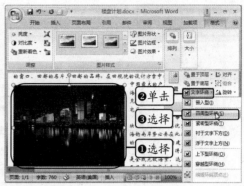

◆ 图 15-28   ◆ 图 15-29

STEP 12. **设置"楼盘2"图片的图片样式。**设置"楼盘2"图片的文字环绕方式为"紧密型环绕",然后在"图片工具-格式"选项卡的"图片样式"组的列表框中选择"柔化边缘椭圆"样式,如图15-30所示。

STEP 13. **设置图片对比度。**单击"调整"组中的⬤对比度▾按钮,在弹出的下拉菜单中选择"+10%"选项,调整图片的对比度,如图 15-31 所示。

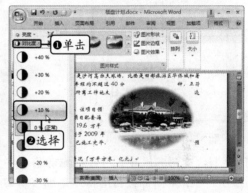

◆ 图 15-30   ◆ 图 15-31

STEP 14. **插入艺术字。**将文本插入点定位在文档起始位置,单击"插入"选项卡,在"文本"组中单击"艺术字"按钮⒜,在弹出的下拉列表中选择"艺术字样式 4"选项,如图 15-32 所示。

STEP 15. **编辑艺术字文本。**在打开的"编辑艺术字文字"对话框的文本框中输入"楼盘计划"文本,将字体设置为"宋体",字号设置为"54",单击加粗按钮**B**,单击 确定 按钮,如图 15-33 所示。

STEP 16. **设置艺术字样式。**单击"艺术字工具-格式"选项卡,在"艺术字样式"组中设置艺术字的形状填充颜色为"橙色",形状轮廓颜色为"橙色,强调文字颜色 6,深色 50%",在"阴影效果"组中单击"阴影效果"按钮▢,在弹出的下拉菜单的"投影"栏中选择"阴影样式 1"选项,设置阴影在艺术字的左后方显示,如图 15-34 所示。

◆ 图 15-32　　　　　　　　　　　　　◆ 图 15-33

STEP 17. **设置艺术字的文字环绕方式。** 在"排列"组中单击 文字环绕 按钮，在弹出的下拉菜单中选择"衬于文字下方"命令，如图 15-35 所示。

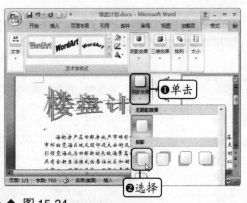

◆ 图 15-34　　　　　　　　　　　　　◆ 图 15-35

STEP 18. **变形艺术字。** 用鼠标拖动艺术字上面中间的形状控制点，调整艺术字形状，使其中间部位凹陷得不是那么厉害，如图 15-36 所示。

STEP 19. **添加水印。** 单击"页面布局"选项卡，在"页面背景"组中单击"水印"按钮，在弹出的下拉菜单中选择"机密 1"选项，如图 15-37 所示。

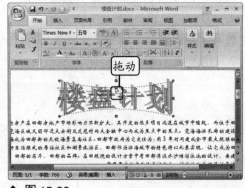

◆ 图 15-36　　　　　　　　　　　　　◆ 图 15-37

STEP 20. 单击按钮。 在文档底部输入说明文本，选择输入的 "SWOT 分析" 文本，单击 "插入" 选项卡，在 "链接" 组中单击 "超链接" 按钮🔵，如图 15-38 所示。

STEP 21. 设置链接文档。 在打开的 "插入超链接" 对话框的 "查找范围" 下拉列表框中选择光盘文件中的 "第 15 章" 文件夹，在列表框中选择 "项目 SWOT 分析" 文件（◎CD:\素材\第 15 章\项目 SWOT 分析.docx），单击 屏幕提示(P)... 按钮，如图 15-39 所示。

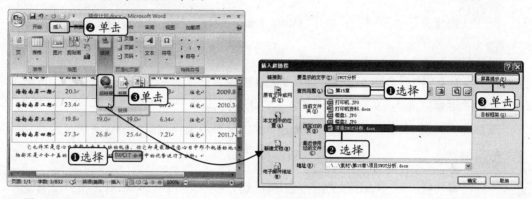

◆ 图 15-38 　　　　　　　　　　　◆ 图 15-39

STEP 22. 设置超链接屏幕提示。 在打开的 "设置超链接屏幕提示" 对话框中输入对超链接的提示内容，如图 15-40 所示。设置完毕后，依次单击 确定 按钮，即可为文本添加超链接。

STEP 23. 展开发送邮件页面。 单击快速访问工具栏中的 "发送至邮件接收人" 按钮🗐，展开邮件发送页面。单击 🖾收件人 按钮，如图 15-41 所示。

◆ 图 15-40 　　　　　　　　　　　◆ 图 15-41

STEP 24. 添加收件人地址。 打开 "选择姓名：联系人" 对话框，选择联系人为 "张雪"，单击 收件人(O) -> 按钮，单击 确定 按钮。

STEP 25. 发送邮件。 返回邮件窗口后单击 🗐发送副本(S) 按钮，即可将文档以电子邮件正文的形式发送给对方，完成实例的制作。

15.3 疑难解答

学习完本章后,您是否会制作产品宣传海报或计划书了呢? 制作本章案例时遇到的相关问题是否已经顺利解决了? 下面将为您提供一些关于删除表格内容和图片样式的常见问题解答,使您的学习路途更加顺畅。

问: 为什么选择几行单元格后,按【Delete】键不能删除行,而只是将表格中的文本删除?

答: 这是因为直接按【Delete】键,Word 会认为是要删除表格中的文本信息。此时只有按前面讲解的方法,通过单击"表格工具-布局"选项卡,在"行和列"组中单击"删除"按钮▣或单击鼠标右键,在弹出的快捷菜单中选择相应的命令来删除表格中的行或列。

问: 为什么每次插入到 Word 文档中的图片都是"嵌入型"的,能否将所插入图片的默认文字环绕方式改为其他类型呢?

答: 可以。在"Word 选项"对话框的左侧单击"高级"选项卡,在右侧的窗格中的"剪切、复制和粘贴"栏中的"将图片插入/粘贴为"下拉列表框中选择所需的图片插入/粘贴方式即可。

15.4 上机练习

本章上机练习将使用 Word 2007 制作"华逸旅行社专题旅游手册"文档,主要练习插入图片、艺术字与打印文件等操作。该练习的最终效果及制作提示介绍如下。

练习　　　CD:\效果\第 15 章\华逸旅行社专题旅游手册.docx

① 新建一个空白文档,并以"华逸旅行社专题旅游手册"为名进行保存,设置页面大小为"24X27"。

② 输入相关的文本内容,插入旅行社的标志"华逸旅行"及相关图片,并根据自己的喜好对图片进行设置,最终效果如图 15-42 所示。

③ 将编辑好的文档打印预览后进行彩打。

◆ 图 15-42

第 16 章

制作公司管理文书

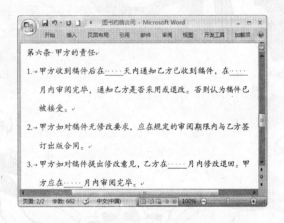

公司管理文书是一类在办公应用中经常制作的文档，它主要用于协助办公人员发布消息和管理公司各方面事务，因此一个优秀的办公人员必须学会制作各种公司管理文书。下面我们就通过制作秘书手册和合同类文档，来讲解制作公司管理文书的相关知识。

16.1 制作秘书手册

秘书手册是企业根据本企业的实际情况制定的，它主要用于使新进秘书了解自己的工作，清楚自己应尽的义务和权力，以及帮助他们成为优秀的办公辅助人员。

16.1.1 实例目标

秘书工作由于所服务的对象不同，所在部门的性质不同，其进行的工作也存在着很大差异，但由于秘书工作的根本性质是服务，因此在制作秘书手册时一定要以服务为中心进行扩展。下面我们将制作一本适用于公司各部门秘书及行政人员的秘书手册。

16.1.2 制作过程

在认识了秘书手册之后，就可以开始制作了，制作过程主要包括以下 4 个步骤。

（1）页面设置，制作手册的封面、页眉和页脚。

（2）定义样式及输入部分内容。

（3）制作表格和组织结构图。

（4）插入目录。

本实例的制作难点在于定义样式，制作表格和组织结构图，在整个文档的制作过程中，我们需要运用 Word 2007 的一些基本和高级功能来实现。制作的秘书手册的效果如图 16-1 所示（⬤CD:\效果\第 16 章\秘书手册.docx）。

在本例制作流程图时，因为流程图比较复杂，使用系统内置的 SmartArt 图形来绘制比较难理清层次关系，因此本例使用了文本框来绘制流程图

◆ 图 16-1

其具体操作步骤如下。

STEP 01. **设置页面大小与页边距。** 启动 Word 2007，将新建的空白文档以"秘书手册"为名保存在电脑中。将文档的上、下、左、右页边距分别设置为"2 厘米"、"2 厘米"、"3 厘米"和"3 厘米"，并设置纸张大小为"16 开（18.4×26 厘米）"，如图 16-2 所示。

STEP 02. **插入封面。** 在文档中插入"条纹型"的封面，在封面的"标题"、"公司"和"作者"输入框中分别输入文本"秘书手册"、"华康集团"和"王浩"，并分别设置其字体格式为"幼圆、初号、加粗"、"幼圆、小一"和"幼圆、三号"。将"公司"和"作者"输入框移动到"标题"输入框的下方并居中排列，然后删除"副标题"和"日期"输入框，效果如图 16-3 所示。

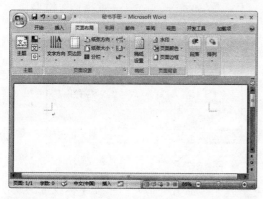

◆ 图 16-2

◆ 图 16-3

STEP 03. **插入图片。** 将文本插入点定位到文本"王浩"的右侧，按【Enter】键换行，然后插入图片"公司标志"（●CD:\素材\第 16 章\公司标志.jpg），设置其文字环绕方式为"浮于文字上方"，再将其缩小并移动到如图 16-4 所示的位置。

STEP 04. **编辑页眉。** 复制插入的图片，进入页眉页脚编辑状态，插入"条纹型"页眉，在"标题"输入框中输入文本"秘书手册"并将字号设置为"五号"，粘贴复制的图片，将其移动到页眉的右侧，并缩小图片的大小，效果如图 16-5 所示。

◆ 图 16-4

◆ 图 16-5

STEP 05. **编辑页脚。** 在页脚处插入类型为"条纹型"的页脚，在其中的输入框中输入文

本"华康集团"，并设置输入的文本和右侧数字的字号为"五号"，然后复制页眉中的图片，将其粘贴到页脚的中间位置并调整其大小，效果如图 16-6 所示。

STEP 06. **修改样式。**单击"开始"选项卡，在"样式"组的列表框中的"正文"选项上单击鼠标右键，在弹出的快捷菜单中选择"修改"命令，在打开的"修改样式"对话框中单击 格式(O) 按钮，在弹出的下拉菜单中选择"字体"命令，如图 16-7 所示。

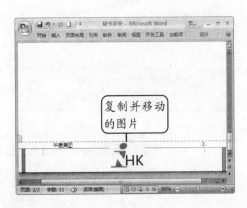

◆ 图 16-6

◆ 图 16-7

STEP 07. **设置样式的字体格式。**在打开的"字体"对话框中将正文的中文字体设置为"幼圆、常规、五号"，西文字体设置为"Arial、常规、五号"，单击 确定 按钮，如图 16-8 所示。

STEP 08. **设置样式的段落格式。**返回"修改样式"对话框，单击 格式(O) 按钮，在弹出的下拉菜单中选择"段落"命令，在打开的"段落"对话框中设置段落格式为"首行缩进 2 字符"，单击 确定 按钮，如图 16-9 所示。

◆ 图 16-8

◆ 图 16-9

STEP 09. **修改其他样式。**使用相同的方法设置标题 1 的样式为"隶书、小二、加粗、居中"，标题 2 的样式为"华文新魏、二号、居中"，标题 3 的样式为"华文新魏、小二、居中"，标题 4 的样式为"幼圆、四号、加粗、左对齐"，再设置其他的样式。

STEP 10. 输入文本并应用样式。 在第二页第一行中输入文本"目录"，并为其应用标题 1 样式。按【Enter】键后，在文本插入点处插入分页符，如图 16-10 所示。

STEP 11. 输入文本并应用样式。 切换到第 3 页，输入文本"前言"，为其应用标题 1 样式，然后输入前言的内容并为其应用正文样式，如图 16-11 所示。

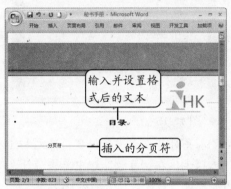

◆ 图 16-10　　　　　　　　　　　　◆ 图 16-11

STEP 12. 插入表格。 使用相同的方法输入其他的文本，并设置相应的文本格式。在输入完文本"判断 WHO，分以下几种情况："后插入一个 11 行 4 列的表格，然后在其中输入内容，并根据内容设置表格的属性，如图 16-12 所示。

STEP 13. 绘制文本框并在其中输入文本。 使用相同的方法输入其他的文本，并设置相应的文本格式。在输入会议安排相关的内容后，在文本"总经理参加的会议"的下一行插入一个文本框并在其中输入文本"开始"，然后在文本框的下方绘制一个如图 16-13 所示的箭头形状。

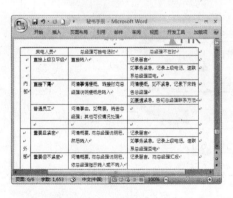　　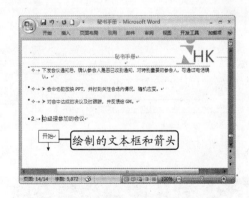

◆ 图 16-12　　　　　　　　　　　　◆ 图 16-13

STEP 14. 绘制完整的流程图。 使用相同的方法绘制出会议安排的流程图，并在文本框中输入文本，效果如图 16-14 所示。

STEP 15. 绘制其他流程图。 使用相同的方法绘制出其他的流程图，并在文本框中输入文

本，效果如图 16-15 所示。

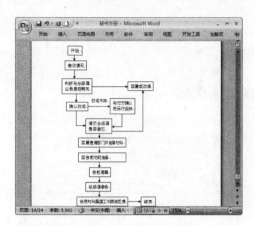

◆ 图 16-14

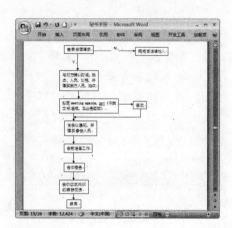

◆ 图 16-15

STEP 16. 选择命令。 在文档中继续输入需要的文本并对其格式进行设置。将文本插入点定位在第二页第二行，单击"引用"选项卡，在"目录"组中单击"目录"按钮，在弹出的下拉菜单中选择"插入目录"命令，如图 16-16 所示。

STEP 17. 插入并修改目录。 在打开的"目录"对话框中的"显示级别"数值框中输入"4"，单击 确定 按钮，插入目录，如图 16-17 所示。删除目录中多余的部分，完成秘书手册的制作，最终效果参见图 16-1。

◆ 图 16-16

◆ 图 16-17

16.2 制作图书约稿合同

随着科技的发展，各种侵犯知识产权的行为频频出现，为此国家制定了保护知识产权的法律条款。同时，个人和企业为了维护自己的合法权益，对知识产权合同的制作越来越关注。下面就讲解图书约稿合同的制作方法。

16.2.1 实例目标

合同又称为"契约"，是平等主体的自然人、法人及其他组织之间设立、变更和终止民事权利义务关系的协议。

图书约稿合同是劳动合同的一种，它是劳动者同企业、事业、机关单位等用人单位为确立劳动关系，明确双方责任、权利和义务的协议。在制作合同时，合同中的条款一定要符合国家法律的规定。通过本实例中图书约稿合同的制作，可以使读者了解合同的制作方法，并以此举一反三，制作出其他的合同。

16.2.2 制作过程

合同制作的关键在于合同内容的确定，在确定了合同的内容后即可开始制作。制作图书约稿合同的主要步骤如下。

（1）明确法律法规与本单位的用工情况。

（2）新建文档并进行页面设置。

（3）输入合同内容并设定部分格式。

（4）打印文档。

制作本实例时涉及的知识点主要有文本的输入和文本格式的设置。图书约稿合同相对于秘书手册，其内容要少得多，因此在设置文本格式时，不必使用定义样式的方法，直接对其进行格式设置即可。制作的图书约稿合同的效果如图 16-18 所示（ ●CD:\效果\第 16 章\图书约稿合同.docx）。

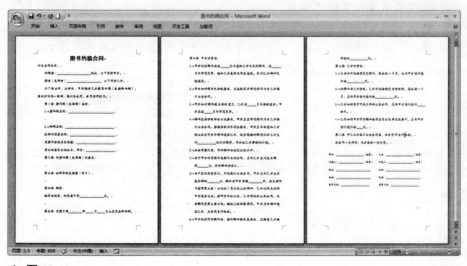

◆ 图 16-18

其具体操作步骤如下。

STEP 01. **设置页面大小。**启动 Word 2007，将新建的空白文档以"图书约稿合同"为名保存在电脑中。单击"页面布局"选项卡，在"页面设置"组中单击 纸张大小 按钮，在弹出的下拉菜单中选择 "A4" 选项，将纸张大小设置为 "A4"，如图 16-19 所示。

STEP 02. **输入文本并设置文本格式。** 在文档中输入文本 "图书约稿合同"，单击 "开始" 选项卡，在 "字体" 组中的 "字体" 下拉列表框中选择 "黑体" 选项，在 "字号" 下拉列表框中选择 "二号" 选项，单击 "加粗" 按钮 **B** ，然后在 "段落" 组中单击 "居中" 按钮 ▤ ，使文本居中对齐，如图 16-20 所示。

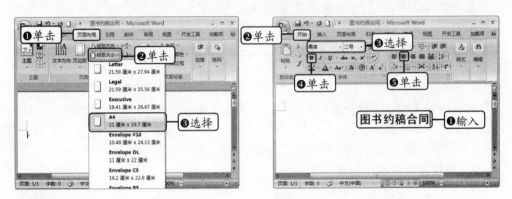

◆ 图 16-19   ◆ 图 16-20

STEP 03. **设置字体和段落格式。** 按【Enter】键换行，在 "字体" 组中的 "字体" 下拉列表框中选择 "方正楷体简体" 选项，在 "字号" 下拉列表框中选择 "四号" 选项，单击 "加粗" 按钮 **B** ，取消加粗设置，然后在 "段落" 组中单击 "两端对齐" 按钮 ▤ ，设置对齐方式，如图 16-21 所示。

STEP 04. **输入文本并设置段落格式。** 输入文本 "订立合同双方："，按【Enter】键换行，输入文本 "约稿者：版社，以下简称甲方。"。在 "段落" 组中单击对话框启动器 ▫ ，在打开的 "段落" 对话框中的 "特殊格式" 下拉列表框中选择 "首行缩进" 选项，单击 ▭ 确定 ▭ 按钮，如图 16-22 所示。

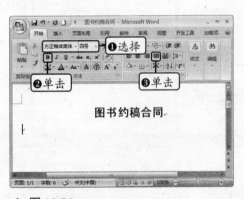

◆ 图 16-21   ◆ 图 16-22

STEP 05. **制作横线。** 将文本插入点定位到文本 "版社" 的左侧，按 20 次空格键，然后选择输入的空格，在"字体"组中单击"下划线"按钮 U，制作出手动填写内容的位置，如图 16-23 所示。

STEP 06. **输入并编辑文本。**使用相同的方法输入并编辑如图 16-24 所示的文本。

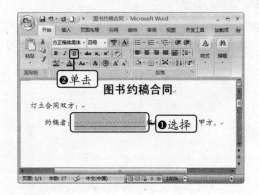

◆ 图 16-23

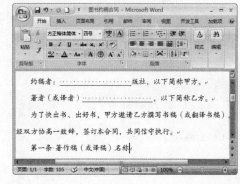

◆ 图 16-24

 温馨小贴士

根据合同的不同种类，文档中通常有"甲方"、"乙方"或"供方"、"需方"或"买方"、"卖方"等不同称呼，在图书约稿合同中，双方当事人称为"甲方"和"乙方"，甲方通常为用工单位、聘用方，乙方通常为劳动者、受聘方。

STEP 07. **输入文本。**将文本插入点定位到刚才输入的文本的下一行，输入如图 16-25 所示的文本，并制作横线。

STEP 08. **添加编号。**选择文本"著作稿名称"和"译稿名称"所在的行，在"段落"组中单击"编号"按钮 三 右侧的 按钮，在弹出的下拉菜单中选择如图 16-26 所示的编号。

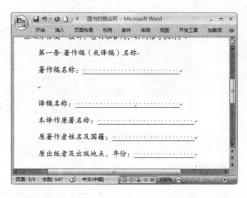

◆ 图 16-25

◆ 图 16-26

STEP 09. **输入文本。**将文本插入点定位到刚才输入的文本的下一行，继续输入如图 16-27 所示的文本。

温馨小贴士

如果通过按【Enter】键来定位文本插入点，则在换行后，系统将自动添加上文本"第二条"，即编号，这时用户可以通过按【Ctrl+Z】组合键来取消系统自动添加的编号。

STEP 10. **输入文本。**将文本插入点定位到刚才输入的文本的下一行，输入第六条中的内容，如图 16-28 所示。

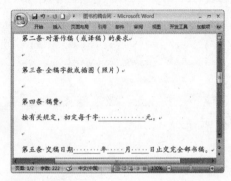

◆ 图 16-27

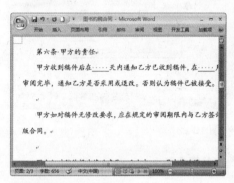

◆ 图 16-28

STEP 11. **添加编号。**选择需要添加编号的文本，在"段落"组中单击"编号"按钮右侧的按钮，在弹出的下拉菜单中选择与第 8 步相同的编号，然后删除内容中多余的行，效果如图 16-29 所示。

STEP 12. **添加编号。**选择文本"本合同签订后，所约稿件如达到出版水平:"下方的两段文本，在"段落"组中单击"编号"按钮右侧的按钮，在弹出的下拉菜单中选择如图 16-30 所示的选项，为选择的文本添加编号。

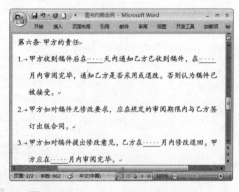

◆ 图 16-29

◆ 图 16-30

STEP 13. **输入文本。**将文本插入点定位到第 10 步输入的文本下方第二行，输入第七条和第八条的内容，并设置字体格式，然后为相应文本添加与第 8 步相同的编号，再删除多余的行，效果如图 16-31 所示。

STEP 14. **绘制文本框。**在当前行的下方绘制一个横向的文本框，并设置其轮廓颜色和填充颜色均为无，然后在其中输入如图 16-32 所示的文本。

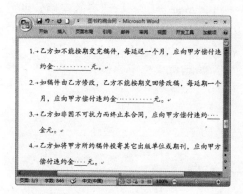

◆ 图 16-31

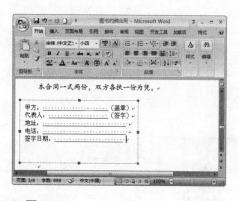

◆ 图 16-32

STEP 15. **设置文本格式。** 选择文本框中的所有文本，设置其字体为"方正楷体简体、五号"，在段落组中单击"行距"按钮 ，在弹出的下拉菜单中选择"2.0"选项，然后调整文本框的宽度和高度，使文本完全显示出来，效果如图 16-33 所示。

STEP 16. **输入文本。** 选择文本框，将其复制到页面的右侧，然后将文本"甲方"修改为"乙方"，完成图书约稿合同的制作，最终效果参见图 16-18。

◆ 图 16-33

STEP 17. **打印文档。** 单击 "Office" 按钮 ，在弹出的菜单中选择"打印"命令，在打开的"打印"对话框中设置打印参数后，单击 确定 按钮打印文档。

 温馨小贴士

合同是比较严谨的一种文档，因此在制作时一定要避免出现错别字、语句不通顺等错误。在制作完合同文档后，最好先利用 Word 2007 的拼音与语法功能检查文档中是否有错误，确认无误后再进行打印。

16.3 疑难解答

学习完本章后，您是否已经掌握制作公司管理文书的方法？关于其相关的问题是否已经顺利解决了？下面就为您提供一些关于制作公司管理文书的常见问题解答。

问： 文本的左对齐与两端对齐的效果为什么没有区别呢？

答：从表面上看，两端对齐与左对齐相似，但如果某行末尾处有一个很长的英文文本无法在该行放置时，左对齐将直接显示在下一行，不理会上一行留有的空隙，两端对齐则通过增加词间距来填补出现的空隙。

问：在打印具有相同参数的两个文档时，打印一个文档后可不可以直接打印另一个文档？

答：可以，但前提是不退出 Word 程序。

16.4 上机练习

本章上机练习一将练习制作一个项目薪资管理办法文档；上机练习二将练习制作一份商标权转让合同。通过练习，可以使读者掌握公司管理类文书的制作方法。各练习的最终效果及制作提示介绍如下。

练习一
CD:\效果\第 16 章\项目薪资管理办法.docx

① 新建文档并插入封面，然后编辑封面。

② 插入页眉和页脚，在其中输入相应的文本。

③ 输入正文文本，并设置文本的字体格式，以及为需要的文本添加编号和项目符号。

④ 为文档需要的部分插入表格，并编辑表格属性，然后在表格中输入文本。

⑤ 为文档需要的部分绘制流程图（可以通过插入 SmartArt 图形来实现），完成项目薪资管理办法文档的制作，最终效果如图 16-34 所示。

练习二
CD:\效果\第 16 章\商标权转让合同.docx

① 输入标题文本，并设置文本的字体格式和段落格式。

② 输入合同的具体内容，并设置文本的字体格式和段落格式。

③ 插入页码，完成商标权转让合同的制作，最终效果如图 16-35 所示。

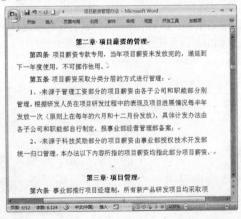

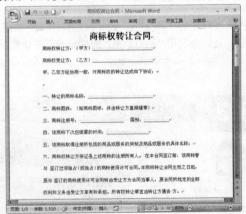

◆ 图 16-34　　　　　　　　◆ 图 16-35

第 17 章

制作行政事务文档

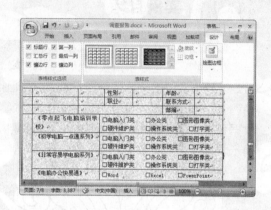

在日常办公中，经常需要使用 Word 2007 制作大量的行政事务文档，本章将以调查报告文档为例进行讲解。调查报告是一种两栖文本，是新闻领域和机关应用文领域中都可采用的常用文体。在调查报告的制作过程中，要求内容真实、观点鲜明、材料性强、夹叙夹议、结构严谨、有条不紊、语言简洁以及笔调明快。

17.1 制作调查报告

调查报告是在针对某一现象、某一事件或某一问题进行深入细致的调查之后，对获得的材料进行分析、综合，从而得到的揭示客观规律的书面报告。它反映了人们通过调查研究找出的某些事物的规律，并提出相应的措施和建议，是社会调查实践活动的成果。

17.1.1 实例目标

调查报告是在拥有大量现实和历史资料的基础上，用叙述性的语言实事求是地反映某一客观事物。在充分了解实情和全面掌握真实可靠的素材的基础上，调查报告还应具有较强的针对性，即相关的调查取证都针对和围绕这一综合性或专题性问题展开。这样写出来的调查报告反映的问题才有深度。但是调查报告不是材料的机械堆砌，而是对核实无误的数据和事实进行严密的逻辑论证，探明事物发展变化的原因，预测事物发展变化的趋势，揭示本质性和规律性的东西，得出科学的结论。

根据内容的不同，调查报告可分为反映基本情况的调查报告、总结典型经验的调查报告、揭露问题的调查报告、反映新生事物的调查报告、考察历史事实的调查报告和表现社会情况等其他内容的调查报告6种。本例制作的计算机图书零售市场调查报告，属于第二种——总结典型经验的调查报告。其主要内容及制作步骤如下。

（1）调查报告由标题、前言、主体和结语4部分组成。

（2）采用双行标题，以求做到观点简洁、主题鲜明。

（3）前言一般有提要式、交代式和问题式3种写法，本例采用提要式写法，就是把调查对象最主要的情况进行概括后写在开头，使读者开篇就对其基本情况有大致的了解。

（4）主体部分是最主要的部分，这部分详述调查研究的基本情况、具体引证、做法和经验，撰写时要注意对结构的安排，要善于选择运用具体、典型的材料说明观点，如典型事例、综合性材料、对比性材料和数据等，使观点和材料统一起来。主题部分可以采用纵式结构，根据事物的发生、发展和结局来组织材料；也可以采用逻辑结构，根据事物的内在联系，分几个部分来安排材料。

（5）结语部分带有结论性质，总结概括全文并提出相关的建议或对策等，是分析问题、解决问题的必然结果。结语的写法比较多，可以提出解决问题的方法、对策或下一步改进工作的建议；或总结全文的主要观点，进一步深化主题；或提出问题，引发人们的进一步思考；或展望前景，发出鼓舞和号召。

（6）根据文章内容，在调查报告中增加附录部分，制作一份读者满意度调查表。

本章制作的调查报告，主要涉及到插入与编辑表格、插入与编辑图表、插入项目符号、制作封面、插入目录和批注等知识点。制作的调查报告的最终效果如图 **17-1** 和图 **17-2** 所示（●CD:\效果\第 17 章\调查报告.docx）。

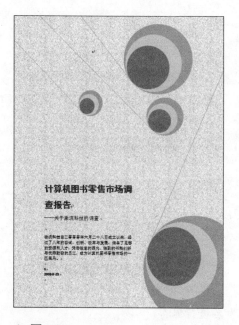

◆ 图 17-1

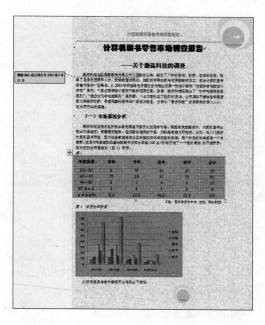

◆ 图 17-2

17.1.2 制作过程

对调查过程中获取的大量原始材料去粗取精、由表及里地进行分析研究后，总结能真实反映材料实际情况的观点和结论，为撰写报告做准备。然后为调查报告设置合适的页面版式，再将观点和结论写成正文，在输入调查报告的内容时，使用 Word 内置的样式能提高效率。接着制作附录，在制作"读者满意度调查表"表格时，需要结合拆分单元格、设置边框和底纹等知识点。最后为制作好的调查报告插入目录和批注，方便他人和自己审阅。

1. 设置页面

本例制作的调查报告的页数比较多，因此在制作前设置页面大小和页边距，并为文档设置页眉、页脚和底纹，可以使文档显得更规范。

其具体操作步骤如下。

STEP 01. 选择命令。 新建一个空白文档，单击"页面布局"选项卡，在"页面设置"组中单击 📇 纸张大小▾ 按钮，在弹出的下拉菜单中选择"其他页面大小"命令，如图 17-3 所示。

STEP 02. 设置纸张大小。 在打开的"页面设置"对话框中单击"纸张"选项卡，在"纸张大小"栏的下拉列表框中选择"自定义大小"选项，在"宽度"和"高度"数值框中分别输入"22"和"30"，单击 确定 按钮，如图 17-4 所示。

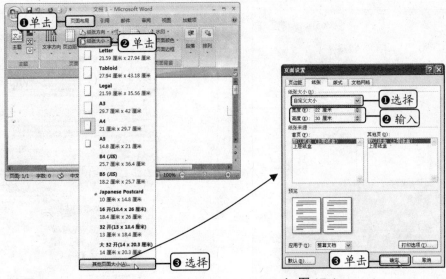

◆ 图 17-3　　　　　　　　　　　　　　　◆ 图 17-4

STEP 03. **保存文档。** 将文档以"调查报告"为名进行保存。

STEP 04. **设置奇数页页眉。** 单击"插入"选项卡，在"页眉和页脚"组中单击 📄页眉▾ 按钮，在弹出的下拉菜单中选择"现代型（奇数页）"选项，如图 **17-5** 所示。

STEP 05. **选中复选框。** 此时自动激活了"页眉和页脚工具-设计"选项卡，在"选项"组中选中"奇偶页不同"复选框，如图 **17-6** 所示。

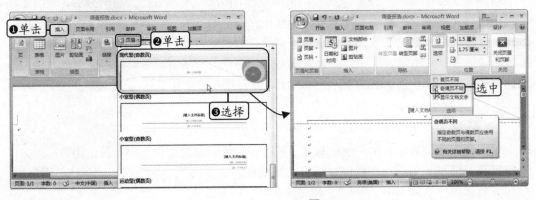

◆ 图 17-5　　　　　　　　　　　　　　　◆ 图 17-6

STEP 06. **输入页眉文本。** 单击页眉中间的 [键入文档标题] 图标，输入文档标题"计算机图书零售市场调查报告"，如图 **17-7** 所示。

STEP 07. **设置文本字体。** 选择输入的"计算机图书零售市场调查报告"文本，在"开始"选项卡的"字体"组中设置其字体为"迷你简粗倩、小四、蓝色"，如图 **17-8** 所示。

STEP 08. **设置页眉日期。** 单击页眉右上角的 [年] 图标，然后单击显示的 ▾ 按钮，在弹出的日期列表中单击 [今日(T)] 按钮，如图 **17-9** 所示。

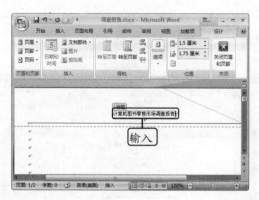

◆ 图 17-7

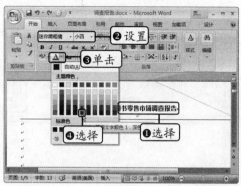

◆ 图 17-8

STEP 09. 为偶数页插入页眉。 将文本插入点定位到偶数页的页眉处，在"页眉和页脚工具-设计"选项卡的"页眉和页脚"组中单击 📄页眉 · 按钮，在弹出的下拉菜单中选择"现代型（偶数页）"选项，输入与奇数页相同的文本，如图 17-10 所示。

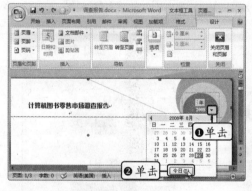

◆ 图 17-9

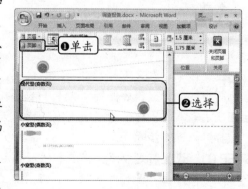

◆ 图 17-10

STEP 10. 为奇数页插入页脚。 将文本插入点定位到奇数页的页脚处，在"页眉和页脚工具-设计"选项卡的"页眉和页脚"组中单击 📄页脚 · 按钮，在弹出的下拉菜单中选择"现代型（奇数页）"选项，如图 17-11 所示，为奇数页插入页脚。

STEP 11. 为偶数页插入页脚。 将文本插入点定位到偶数页的页脚处，在"页眉和页脚工具-设计"选项卡的"页眉和页脚"组中单击 📄页脚 · 按钮，在弹出的下拉菜单中选择"现代型（偶数页）"选项，为偶数页插入页脚。

STEP 12. 退出页眉和页脚的编辑状态。 在"页眉和页脚工具-设计"选项卡的"关闭"组中单击 ✕ 按钮，退出页眉和页脚的编辑状态，如图 17-12 所示。

◆ 图 17-11

STEP 13. **设置页面大小。** 单击"页面布局"选项卡，在"页面设置"组中单击"页边距"
按钮，在弹出的下拉菜单中选择"普通"选项，如图 17-13 所示。

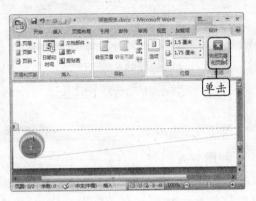

◆ 图 17-12

◆ 图 17-13

STEP 14. **设置页面颜色。** 在"页面背景"组中单击 页面颜色 按钮，在弹出的下拉菜单中
选择"填充效果"命令，如图 17-14 所示。

STEP 15. **设置页面底纹。** 在打开的"填充效果"对话框中单击"纹理"选项卡，在"纹
理"列表框中选择"新闻纸"选项，单击 确定 按钮，如图 17-15 所示。

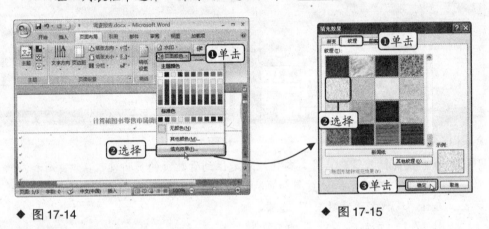

◆ 图 17-14

◆ 图 17-15

2. 输入正文

在文档中输入文本并设置一定的格式，这样能使文档显得主次分明、重点突出。同时，
本例制作的调查报告还使用了大量的表格和图表，为了减小工作量，可以使用相同的样式，
而在初始输入时，可使用系统内置的样式进行设置。

其具体操作步骤如下。

STEP 01. **设置标题样式。** 将文本插入点定位在第一行行首，输入标题文本，选择标题后
单击"开始"选项卡，在"样式"组的列表框中选择"标题 1"样式，如图
17-16 所示。

STEP 02. **设置标题文本。** 选择标题文本，设置其字体为"华文琥珀、二号、加粗、居中"，

如图 17-17 所示。

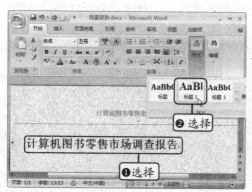

◆ 图 17-16   ◆ 图 17-17

STEP 03. **设置副标题。** 在标题的下一行中输入副标题文本，然后在"样式"组的列表框中选择"副标题"样式，如图 17-18 所示。

STEP 04. **输入文本。** 在副标题的下一行中输入前言文本。选择输入的文本，设置其段落格式为"首行缩进 2 字符"，如图 17-19 所示。

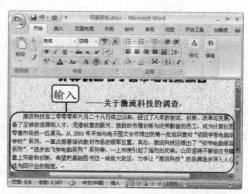

◆ 图 17-18   ◆ 图 17-19

STEP 05. **设置表标题样式。** 继续输入其他文本，选择"表 1"文本，在"样式"组的列表框中选择"强调"样式，如图 17-20所示。

STEP 06. **移动鼠标。** 将文本插入点定位在"表1"文本下，单击"插入"选项卡，在"表格"组中单击"表格"按钮，在弹出的下拉菜单的"插入表格"栏中移动鼠标光标到表格的第 6 行与第 6 列交汇处，如图 17-21 所示。

STEP 07. **插入表格。** 单击鼠标左键，在文档中插入指定行列数的空白表格，然后输

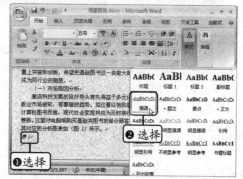

◆ 图 17-20

入表格内容。单击表格左上角的 ⊞ 按钮全选整个表格，单击鼠标右键，在弹出的快捷菜单中选择"单元格对齐方式/水平居中"命令，如图 17-22 所示。

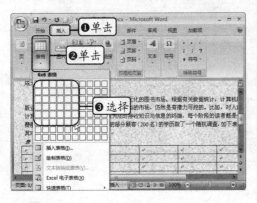

◆ 图 17-21

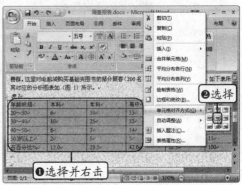

◆ 图 17-22

STEP 08. **设置表头。** 选择表头文本，设置其文本格式为"方正大标宋简体、小四"，如图 17-23 所示。

STEP 09. **设置单元格文本。** 选择除表头外的所有单元格，设置其文本格式为"华文新魏、五号"。

STEP 10. **单击按钮。** 单击表格左上角的 ⊞ 按钮全选整个表格，单击"表格工具-设计"选项卡，在"绘制边框"组中单击对话框启动器 ⊡，如图 17-24 所示。

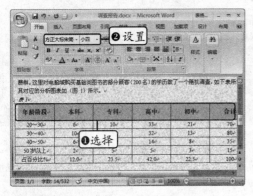

◆ 图 17-23

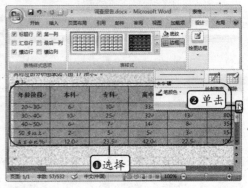

◆ 图 17-24

STEP 11. **设置边框。** 在打开的"边框和底纹"对话框中单击"边框"选项卡，在"设置"栏中选择"全部"选项，在"样式"列表框中选择"双线"选项，在"颜色"下拉列表框中选择"深蓝，文字 2，淡色 40%"选项，在"宽度"下拉列表框中选择"0.75 磅"选项，如图 17-25 所示。

STEP 12. **设置底纹。** 单击"底纹"选项卡，在"填充"下拉列表框中选择"深蓝，文字 2，淡色 60%"选项，单击 确定 按钮，如图 17-26 所示。

STEP 13. **输入文本。** 在表格下方输入注释文本，在"段落"组中单击"文本右对齐"按钮 ≡，如图 17-27 所示。

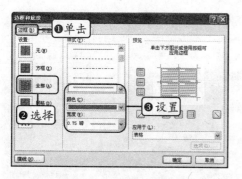

◆ 图 17-25

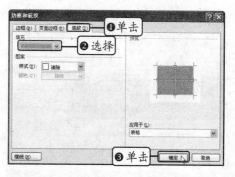

◆ 图 17-26

STEP 14. **设置文本样式。** 在下一行中输入"图 1 学历分布阶层"文本，设置其文本样式为"强调"。

STEP 15. **插入图表。** 将文本插入点定位在下一行行首，单击"插入"选项卡，在"插图"组中单击"图表"按钮，如图 17-28 所示。

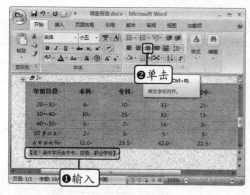

◆ 图 17-27

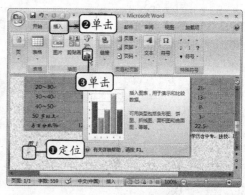

◆ 图 17-28

STEP 16. **选择图表类型。** 在打开的"插入图表"对话框的左侧单击"柱形图"选项卡，在右侧的窗格中选择"三维簇状柱形图"选项，单击 确定 按钮，如图 17-29 所示。

STEP 17. **复制表格内容。** 将 Word 中的表格内容复制到打开的 Excel 文档中，如图 17-30 所示。

STEP 18. **关闭 Excel 文档。** 在 Excel 文档中，单击"关闭"按钮，退出 Excel。

STEP 19. **设置图表的背景色。** 返回到 Word 中，选择插入的图表，单击"图表工具-格式"选项卡，在"形状样式"组中单击"形状填充"按钮右侧的按钮，在弹出的下拉菜单中选择"紫色，强调文字颜色 4，淡色 40%"选项，如图 17-31 所示。

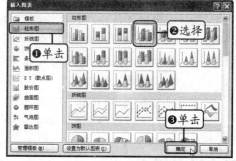

◆ 图 17-29

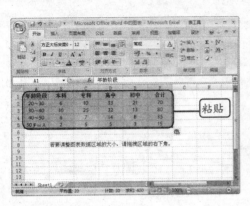

◆ 图 17-30　　　　　　　　　　　　　◆ 图 17-31

STEP 20. **定义项目符号。** 继续输入文本，将文本插入点定位到"很多人（或家庭）都已购买电脑"文本前，单击"开始"选项卡，在"段落"组中单击"项目符号"按钮☰右侧的·按钮，在弹出的下拉菜单中选择"定义新项目符号"命令，如图 17-32 所示。

STEP 21. **单击按钮。** 在打开的"定义新项目符号"对话框中单击 符号(S)... 按钮，如图 17-33 所示。

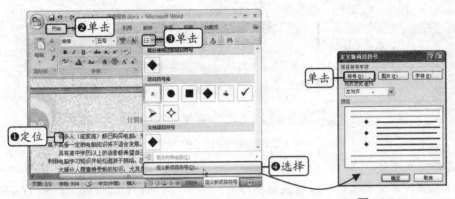

◆ 图 17-32　　　　　　　　　　　　　◆ 图 17-33

STEP 22. **选择项目符号。** 在打开的"符号"对话框的列表框中选择❖符号，连续单击 确定 按钮，如图 17-34 所示。

STEP 23. **选择项目符号。** 单击"开始"选项卡，在"段落"组中单击"项目符号"按钮☰右侧的·按钮，在弹出的下拉菜单的"项目符号库"栏中选择自定义的❖符号，如图 17-35 所示。

STEP 24. **设置项目符号。** 单击"开始"选项卡，在"剪贴板"组中单击✓格式刷按钮，为其他段落设置相同的项目符号。

STEP 25. **设置表格参数。** 继续输入其他文本，

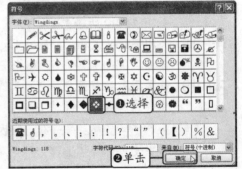

◆ 图 17-34

然后为"表2"本文设置"强调"样式。将文本插入点定位在"表2"文本下，单击"插入"选项卡，在"表格"组中单击"表格"按钮，在弹出的下拉菜单中选择"插入表格"命令，打开"插入表格"对话框，设置列数和行数分别为"7"和"17"，单击 确定 按钮，如图 17-36 所示。

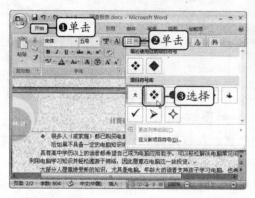

◆ 图 17-35

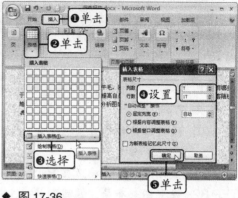

◆ 图 17-36

STEP 26. 输入单元格内容。 在插入的表格中输入如图 17-37 所示的文本，设置表格样式与"表1"样式相同。

STEP 27. 插入单元格。 将文本插入点定位在"蓝眉"行的任意位置，单击"表格工具-布局"选项卡，在"行和列"组中单击"在上方插入"按钮，如图 17-38 所示。

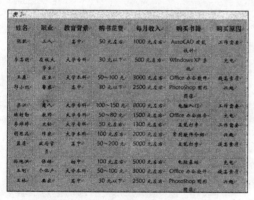

◆ 图 17-37

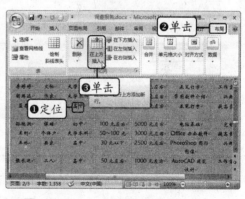

◆ 图 17-38

STEP 28. 输入单元格内容。 在"蓝眉"行前插入一行单元格后，输入单元格内容，如图 17-39 所示。

STEP 29. 插入图表。 输入其他文本，然后为"图 2"文本设置"强调"样式。将文本插入点定位在下一行行首，单击"插入"选项卡，在"插图"组中单击"图表"按钮。在打开的"插入图表"对话框的左侧单击"饼图"选项卡，在右侧的窗格中选择"三维饼图"选项，单击 确定 按钮，如图 17-40 所示。

◆ 图 17-39

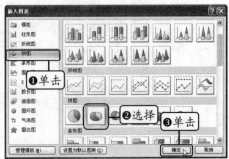

◆ 图 17-40

STEP 30. 输入单元格内容。 根据表 2 中的数据，在打开的 Excel 文档中输入如图 17-41 所示的单元格内容。

STEP 31. 关闭 Excel 文档。 在 Excel 文档中单击"关闭"按钮×，退出 Excel。

STEP 32. 设置图表布局。 返回到 Word 中，选择插入的图表，单击"图表工具-设计"选项卡，在"图表布局"组中单击"快速布局"按钮▥，在弹出的下拉列表中选择"布局 6"选项，如图 17-42 所示。

◆ 图 17-41

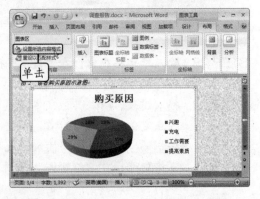

◆ 图 17-42

STEP 33. 单击按钮。 单击"图表工具-布局"选项卡，在"当前所选内容"组中单击 ◈ 设置所选内容格式按钮，如图 17-43 所示。

STEP 34. 设置图表格式。 在打开的"设置图表区格式"对话框左侧单击"填充"选项卡，在右侧窗格中选中"渐变填充"单选按钮，设置预设颜色为"茵茵绿原"，类型为"矩形"，结束位置为"54%"，透明度为"38%"，单击 关闭 按钮，如图 17-44 所示。

◆ 图 17-43

STEP 35. **查看图表效果。** 返回文档中即可查看设置后的图表效果，如图 17-45 所示。

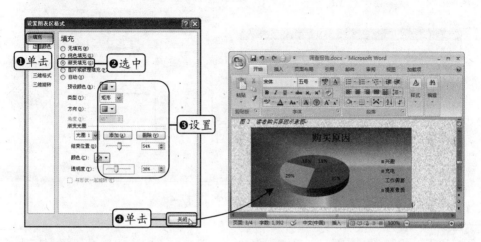

◆ 图 17-44　　　　　　　　　　◆ 图 17-45

STEP 36. **插入表格。** 继续输入其他文本，然后为"表 3"文本设置"强调"样式。将文本插入点定位在下一行行首，插入一个 8 列 6 行的表格。

STEP 37. **合并单元格。** 选择第一列中的第一行和第二行单元格，单击"表格工具-布局"选项卡，在"合并"组中单击"合并单元格"按钮，合并单元格，如图 17-46 所示。

STEP 38. **输入表格内容。** 继续合并其他单元格，并输入如图 17-47 所示的表格内容。

◆ 图 17-46

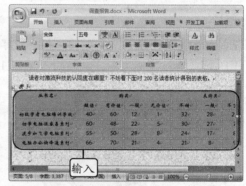

◆ 图 17-47

STEP 39. **插入图表。** 继续输入其他文本，然后为"图 3"文本设置"强调"样式，在下一行行首插入"三维堆积柱形图"图表，如图 17-48 所示。

STEP 40. **输入单元格内容。** 在打开的 Excel 文档中输入如图 17-49 所示的单元格内容。

STEP 41. **关闭 Excel 文档。** 在 Excel 文档中单击"关闭"按钮，退出 Excel。

STEP 42. **查看图表效果。** 返回到 Word 中，插入的图表效果如图 17-50 所示。

STEP 43. **设置图表样式。** 单击"图表工具-设计"选项卡，在"图表样式"组中单击"快速样式"按钮，在弹出的下拉列表中选择"样式 44"选项，如图 17-51 所示。

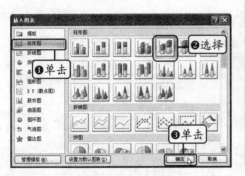

◆ 图 17-48

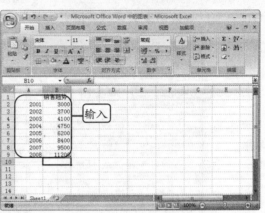

◆ 图 17-49

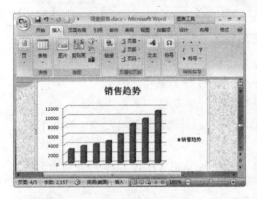

◆ 图 17-50

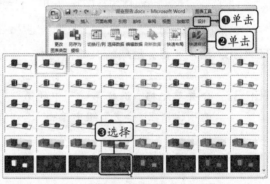

◆ 图 17-51

STEP 44. **查看图表效果。** 返回文档中即可查看设置后的图表效果，如图 **17-52** 所示。

STEP 45. **输入其他文本。** 继续输入如图 **17-53** 所示的文本。

◆ 图 17-52

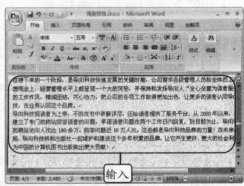

◆ 图 17-53

3. 制作封面

下面使用 Word 内置的封面样式为调查报告制作封面，然后进行相应的编辑。

其具体操作步骤如下。

STEP 01. **插入封面。**将文本插入点定位在文档标题前，单击"插入"选项卡，在"页"组中单击 封面 按钮，在弹出的下拉菜单中选择"现代型"选项，如图 17-54 所示。

STEP 02. **输入文本。**插入后的封面位于文档的首页，在左下角的文本框中输入相应的文本内容。

STEP 03. **修改图像。**选择封面上方第二个图像，按住【Ctrl】键的同时向下拖动鼠标复制图像，并调整其大小，效果如图 17-55 所示。

◆ 图 17-54

◆ 图 17-55

STEP 04. **在段落后插入分页符。**将文本插入点定位在文档末尾处，单击"页面布局"选项卡，在"页面设置"组中单击"分隔符"按钮 ，在弹出的下拉列表中选择"分页符"选项，此时系统在该处插入分页符，如图 17-56 所示。

温馨小贴士

对 Word 中内置的封面样式进行编辑，可以得到更为丰富的页面效果。当然，通过插入图形，再对其进行编辑得到的封面效果更能贴近实际需要，只是需要花费一些时间和精力。

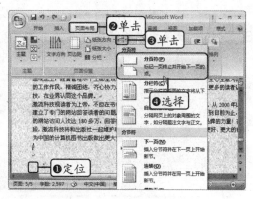

◆ 图 17-56

4．制作附录

在完成调查报告的正文内容和封面制作后，下面制作调查报告的附录，主要是制作一张"读者满意度调查表"，用于对调查对象的具体情况进行调查。本表可在实际调查时作为载体现场记录，也可作为样本回收，以统计数据。在制作时，需要结合拆分单元格、设置边框和底纹、使用制表位等操作来进行。

其具体操作步骤如下。

STEP 01. 插入图片。 在新的一页中输入"（四）附录"文本，将文本插入点定位在下一行，插入◎CD:\素材\第 17 章\公司图标.jpg 图片，并拖动鼠标调整图片至合适的大小，如图 17-57 所示。

STEP 02. 输入文本。 在附录中输入如图 17-58 所示的文本内容。

◆ 图 17-57

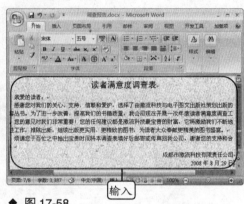

◆ 图 17-58

STEP 03. 插入文本框。 单击"插入"选项卡，在"插图"组中单击"形状"按钮，在弹出的下拉菜单中选择"文本框"选项，在文本内容的下方插入一个文本框，输入如图 17-59 所示的文本内容。

STEP 04. 设置文本框样式。 选择刚才插入的文本框，单击"文本框工具-格式"选项卡，在"文本框样式"组的列表框中选择"彩色填充，白色轮廓-强调文字颜色 5"选项，如图 17-60 所示。

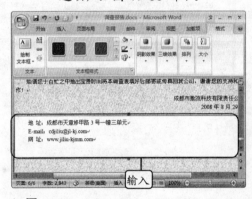

◆ 图 17-59

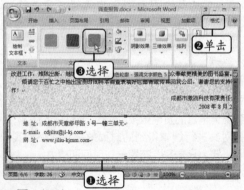

◆ 图 17-60

STEP 05. **插入表格。**将文本插入点定位在文本框后，插入一个 6 列 20 行的表格。

STEP 06. **输入表格内容。**在插入的表格中输入如图 17-61 所示的表格内容，其中的"复选框"符号是通过"符号"对话框来插入的。

STEP 07. **插入表格。**在"8、是否经常访问导向科技的网站"文本的下一行插入一个 6 列 9 行的表格，输入如图 17-62 所示的表格内容。

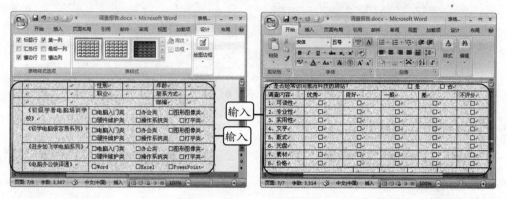

◆ 图 17-61　　　　　　　　　　　　　　◆ 图 17-62

STEP 08. **删除单元格。**选择多余的一行单元格，单击"表格工具-布局"选项卡，在"行和列"组中单击"删除"按钮 ⊠，在弹出的下拉菜单中选择"删除行"命令，如图 17-63 所示。

STEP 09. **设置单元格对齐方式。**选择需要进行居中对齐的单元格，单击鼠标右键，在弹出的快捷菜单中选择"单元格对齐方式/水平居中"命令，如图 17-64 所示。

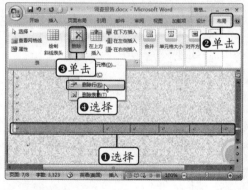

◆ 图 17-63　　　　　　　　　　　　　　◆ 图 17-64

STEP 10. **单击按钮。**单击表格左上角的 ⊞ 按钮全选整个表格，单击"表格工具-设计"选项卡，在"绘制边框"组中单击对话框启动器 ，如图 17-65 所示。

STEP 11. **设置边框。**在打开的"边框和底纹"对话框中单击"边框"选项卡，在左边的"设置"栏中选择"自定义"选项，设置外边框为"细-粗直线"样式，内边框为"单直线"样式，单击 确定 按钮，如图 17-66 所示。

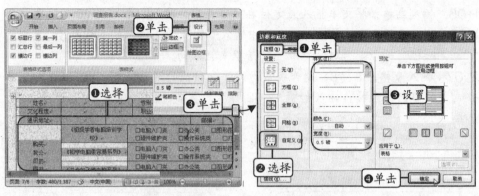

◆ 图 17-65　　　　　　　　　　　　◆ 图 17-66

5. 插入目录和批注

调查报告制作完成后，可以在正文前制作目录，方便审阅者了解文档结构。还可以使用批注来突出显示修改的内容。

其具体操作步骤如下。

STEP 01. 设置文本样式。选择"（一）市场原因分析"文本，单击"开始"选项卡，在"样式"组的列表框中选择"标题 1"样式，如图 17-67 所示。

STEP 02. 设置段落格式。选择设置样式后的"（一）市场原因分析"文本，单击"段落"组中的对话框启动器，在打开的"段落"对话框中设置其段落格式为"首行缩进 0.75 厘米"，段前与段后间距均为"5 磅"，行距为"2 倍行距"，单击 确定 按钮，如图 17-68 所示。

◆ 图 17-67　　　　　　　　　　　　◆ 图 17-68

STEP 03. 设置文本格式。设置文档中的同级标题的文本格式。

STEP 04. 插入目录。将文本插入点定位在文档标题前，单击"引用"选项卡，在"目录"组中单击"目录"按钮，在弹出的下拉菜单中选择"自动目录 1"选项，如图 17-69 所示，以文档部件的形式在文本插入点处插入所选样式的目录。

STEP 05. 插入分页符。 将文本插入点定位在目录末尾处，单击"页面布局"选项卡，在"页面设置"组中单击"分隔符"按钮 ，在弹出的下拉列表中选择"分页符"选项，如图 17-70 所示。

◆ 图 17-69

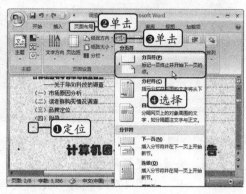

◆ 图 17-70

STEP 06. 新建批注。 选择文档第 3 页中第 1 行的"二零零零年六月二十八日"文本，单击"审阅"选项卡，在"批注"组中单击"新建批注"按钮 ，如图 17-71 所示。

STEP 07. 输入批注内容。 在右侧显示的批注框中输入如图 17-72 所示的批注内容，在文档中为要进行批注的内容添加批注。

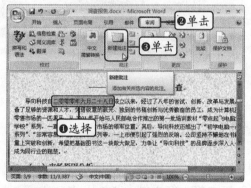

◆ 图 17-71

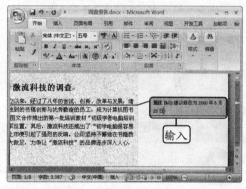

◆ 图 17-72

STEP 08. 设置文本格式。 选择批注框中的批注内容，在出现的浮动工具栏中设置文本字体为"黑体"，设置完成后在窗口空白处单击鼠标确认设置，如图 17-73 所示。

STEP 09. 选择选项。 选择批注框，单击"审阅"选项卡，在"修订"组中单击"修订"按钮 下的 按钮，在弹出的下拉菜单中选择"修订选项"命令，如图 17-74 所示。

STEP 10. 设置批注框格式。 在打开的"修订选项"对话框中的"批注框"栏的"指定宽度"数值框中输入"2.5 厘米"，在"边距"下拉列表框中选择"靠左"选项，单击 确定 按钮，如图 17-75 所示。

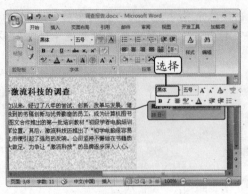

◆ 图 17-73

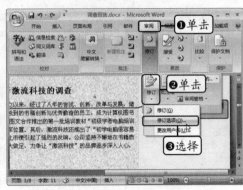

◆ 图 17-74

STEP 11. 查看设置后的效果。 在文档中添加的批注将显示在 Word 文档的左侧且宽度变
小，如图 **17-76** 所示，完成文档的制作。

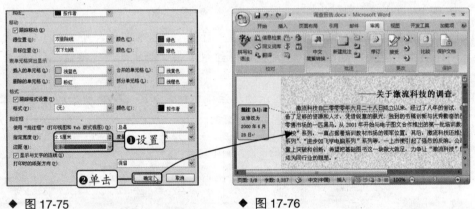

◆ 图 17-75   ◆ 图 17-76

17.2 疑难解答

学习完本章后，您是否也会制作调查类的报告了呢？制作本例时遇到的相
关问题是否已经顺利解决了？下面将为您提供一些关于 Word 智能标记
操作和文档背景的常见问题解答，使您的学习路途更加顺畅。

问：在输入日期时，日期下面会出现粉红色的虚线，这是怎么回事？

答：将鼠标光标移动到这些文字的上方，将出现"智能标记操作"按钮⑨。这是 Word 2007
提供的智能标记操作，在输入过程中，Word 会将它自动识别为中文日期。

问：能不能将艺术字作为文档的背景图案？

答：可以。单击"插入"选项卡，在"页眉和页脚"组中单击"页眉"按钮，在弹出
的下拉菜单中选择"编辑页眉"命令，激活页眉，然后单击"插入"选项卡，在"文

本"组中单击"艺术字"按钮 ，在弹出的下拉列表中选择需要的选项，再进行相应的设置后，即可将艺术字插入到文档的背景中。

17.3　上机练习

本章上机练习将使用 Word 2007 制作"市场规划计划书"文档，主要练习插入表格、输入与编辑表格内容以及插入与编辑图形的操作。该练习的最终效果及制作提示介绍如下。

练习　　　　　　　　　　CD:\效果\第 17 章\市场规划计划书.docx

① 新建一个空白文档，并以"市场规划计划书"为名进行保存。

② 设置页面大小为"21X30"，页边距为"普通"，再为文档插入"瓷砖型"页眉、"传统型"页脚。

③ 输入正文文本，设置其段落格式为"首行缩进 2 字符"。

④ 在第 2 页中插入"文本循环"SmartArt 图形，输入需要的文本，并删除多余的图形。

⑤ 在 SmartArt 图形的周围插入文本框，并输入相关的文本。

⑥ 在"图 2"文本下插入"垂直 V 型列表"SmartArt 图形，输入相应的文本，并添加图形。

⑦ 调整图形的大小，让所有文本都能显示。

⑧ 插入表格，并输入表格内容。

⑨ 设置文档中的标题为"标题"样式，副标题为"副标题"样式，其他标题为"标题 1"样式，并对其进行重新设置。

⑩ 在文档中插入批注，最终效果如图 **17-77** 和图 **17-78** 所示。

◆ 图 17-77

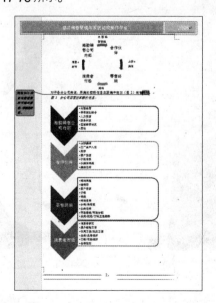

◆ 图 17-78

第 18 章

制作商务礼仪文书

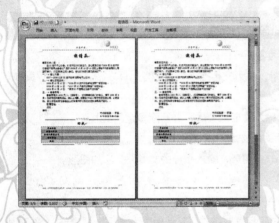

商务礼仪文书是一类专门用于商业礼仪文化的文档。不管是朋友，还是企业或公司的客户，我们都可以通过商务礼仪文书相互致意并拉近彼此的距离。特别是对于办公人员，如果能利用好商务礼仪文书，将会给自己的工作带来极大的方便。下面我们就来介绍制作商务礼仪文书的方法，本章主要讲解邀请函和贺卡这两种文书的制作方法。

18.1　制作邀请函

函是办公文书中常用的一种文档形式，适合于不相隶属或平行的机关和企事业单位之间相互商洽工作、询问和答复问题，或者向有关主管部门请求批准事项。函的使用范围比较广泛，内容可灵活处理，而且篇幅一般都比较短小。

18.1.1　实例目标

本实例将制作应用非常广泛的一种商洽类型的邀请函，它是一种为了互增友谊，发展业务，邀请对方参加展会、庆典、会议及各种活动的信函。

在制作邀请函时，首先输入明确的称呼，在开头还可以输入对被邀请人的简单问候，然后在函的正文主体中输入邀请函的核心内容，包括致函事项、邀请原因、时间、地点和活动内容等，最后在邀请函的结尾处输入联系人（发函人）、电话、传真、地址和日期等。

18.1.2　制作过程

本实例制作的邀请函由于发出邀请的不只是一个人，如果一个一个地制作与发送会非常麻烦。因此，本实例在制作邀请函的正文后，将通过邮件合并功能制作出具有不同收件人、相同内容的邀请函，制作后的效果如图 18-1 所示（ CD:\效果\第 18 章\邀请函.docx ）。

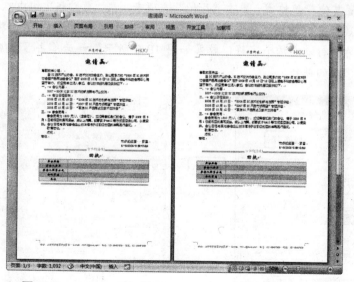

◆ 图 18-1

其具体操作步骤如下。

STEP 01. **输入文本并设置标题文本。** 新建一个空白文档，在文档编辑区输入需要的文本，

选择标题文本"邀请函"，在"开始"选项卡的"字体"和"段落"组中设置其字体为"方正行楷简体"，字号为"一号"，颜色为"紫色"，加粗，对齐方式为"居中"，如图 18-2 所示。

STEP 02. **设置其他文本。**选择除标题外的所有文本，设置其字体为"幼圆"，字号为"小四"，如图 18-3 所示。

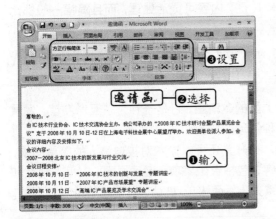

◆ 图 18-2

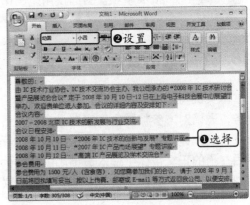

◆ 图 18-3

STEP 03. **设置段落格式。**将文本插入点定位到文本"尊敬的"下方的段落中，单击"开始"选项卡，在"段落"组中单击对话框启动器，在打开的"段落"对话框的"缩进"栏中的"特殊格式"下拉列表框中选择"首行缩进"选项，在其后面的磅值数值框中输入"2 字符"，单击 确定 按钮，如图 18-4 所示。

STEP 04. **设置其他段落格式。**单击"开始"选项卡，在"剪贴板"组中双击 格式刷 按钮，将鼠标光标移动到要设置段落格式的段落中，单击鼠标左键，将其段落格式设置为首行缩进两个字符，效果如图 18-5 所示。最后单击 格式刷 按钮，停止复制格式的操作。

◆ 图 18-4

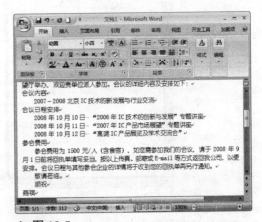

◆ 图 18-5

STEP 05. **为文本设置编号。**选择文本"会议内容"、"会议日程安排"和"参会费用"，单击"开始"选项卡，在"段落"组中单击"编号"按钮 ⊞ 右侧的 ▾ 按钮，在弹出的下拉菜单中选择如图 18-6 所示的选项，为选择的文本设置编号。

STEP 06. **插入日期和时间。** 选择文本"市场部经理　　罗雪"，将其格式设置为右对齐。按【Enter】键换行后，插入日期和时间"6/15/2008 10:59:10 AM"，如图 18-7 所示。

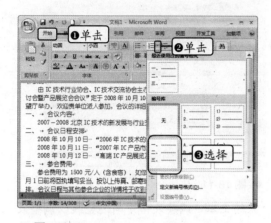

◆ 图 18-6

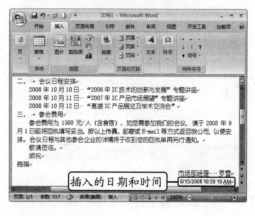

◆ 图 18-7

STEP 07. **编辑页眉。** 在页眉处双击鼠标左键，进入页眉页脚的编辑状态。在页眉处输入文本"华康科技"，设置其字体为"华文行楷"，字号为"四号"，然后在其后面插入图片"标志"（●CD:\素材\第 18 章\标志.jpg），并设置其文字环绕方式为"浮于文字上方"，再将其缩小、移动到如图 18-8 所示的位置。

STEP 08. **编辑页脚。** 在页脚处输入公司的地址、电子邮件、电话和传真，然后在"页眉和页脚工具-设计"选项卡中单击"关闭"组中的 ☒ 按钮，退出页眉页脚的编辑状态，如图 18-9 所示。

◆ 图 18-8

◆ 图 18-9

STEP 09. **插入分节符。** 将文本插入点定位到日期和时间下方的第二行中，在该处插入连续的分节符，然后在其下方输入文本"回执"，并设置其字体为"华文新魏"，字号为"二号"，对齐方式为"居中"，如图 18-10 所示。

STEP 10. 插入表格并设置其样式。将文本插入点定位到文本"回执"的下一行，在"字体"组中设置字号为"五号"，然后插入一个 5 行 2 列的表格，设置其样式为"中等深浅网格 1-强调文字颜色 4"，如图 18-11 所示。

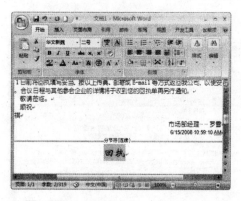

◆ 图 18-10　　　　　　　　　　◆ 图 18-11

STEP 11. 在表格中输入文本。在表格中输入所需的文本，调整表格中间的竖线以调整表格左侧单元格的宽度，效果如图 18-12 所示。

STEP 12. 选择文档类型。单击"邮件"选项卡，在"开始邮件合并"组中单击"开始邮件合并"按钮，在弹出的下拉菜单中选择"信函"选项。

STEP 13. 修改域名。在"开始邮件合并"组中单击"选择收件人"按钮，在弹出的下拉菜单中选择"键入新列表"命令，打开"新建地址列表"对话框，在其中单击 自定义列(Z)... 按钮，在打开的"自定义地址列表"对话框中的"字段名"列表框中选择"地址行 1"选项，单击 重命名(R)... 按钮，在打开的"重命名域"对话框中的"目标名称"文本框中输入"称呼"，单击 确定 按钮修改域名，如图 18-13 所示。

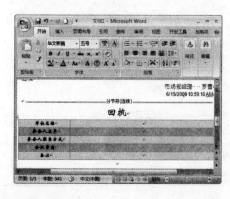

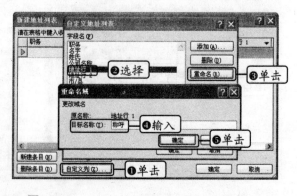

◆ 图 18-12　　　　　　　　　　◆ 图 18-13

STEP 14. 新建地址列表。返回到"新建地址列表"对话框中，在其中输入如图 18-14 所示的资料，并将其以"邀请人员名单"为名保存在电脑中。

STEP 15. **插入合并域。**将文本插入点定位到文本"尊敬的"的右侧，在该处依次插入合并域"姓氏"和"称呼"，预览的效果如图 18-15 所示。

STEP 16. **保存文档。**将合并文档汇集到新文档中，然后将其以"邀请函"为名保存在电脑中，最终效果参见图 18-1。

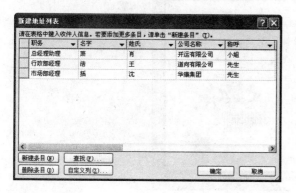

◆ 图 18-14

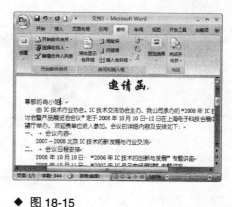

◆ 图 18-15

　温馨小贴士

在制作完邀请函后，如果需要将其发送出去，可以使用 Word 2007 的网络功能将其发送给需要的人，具体方法可以参考本书的第 14 章，这里就不再赘述。

18.2　制作生日贺卡

在日常办公中，特别是对于从事秘书工作的办公人员，制作各种贺卡是一项重要的工作。通过它，不仅可以与上下级或者商务伙伴保持一个良好的关系，还可以增进人们之间的感情。下面将详细讲解生日贺卡的具体制作方法。

18.2.1　实例目标

本例将练习给同事或商务伙伴制作一张生日贺卡，通过本例的练习可以使读者了解并掌握贺卡的制作方法。本例涉及的知识点主要包括图片的插入与编辑、图片边框的设置以及艺术字的插入与编辑等。

18.2.2　制作过程

在制作本实例时，可以分成插入和编辑图片、添加祝福语两个步骤进行操作。在制作时，首先插入图片，并对其进行恰当的编辑，包括大小、文字环绕方式、亮度以及图片样

式的设置，然后在卡片中添加"祝您生日快乐！"等艺术字作为祝福语。制作后的效果如
图 18-16 所示（●CD:\效果\第 18 章\生日贺卡.docx）。

◆ 图 18-16

其具体操作步骤如下。

STEP 01. **输入文本并设置标题文本。**新建一个空白文档，将其以"生日贺卡"为名保存
在电脑中。

STEP 02. **设置纸张大小。**单击"页面布局"选项卡，在"页面设置"组中单击 📄 纸张大小▾ 按
钮，在弹出的下拉菜单中选择"其他页面大小"命令，打开"页面设置"对话
框，在"纸张大小"栏中的"宽度"和"高度"数值框中分别输入"15 厘米"
和"10 厘米"，如图 18-17 所示。

STEP 03. **设置页边距。**单击"页边距"选项卡，在"页边距"栏中的"上"、"下"、"左"、
"右"数值框中均输入"1 厘米"，单击 确定 按钮，如图 18-18 所示。

◆ 图 18-17

◆ 图 18-18

STEP 04. **插入图片。**单击"插入"选项卡，在"插图"组中单击"图片"按钮 🖼，在打
开的"插入图片"对话框的"查找范围"下拉列表框中选择图片的保存位置，

在下面的列表框中选择图片"信纸背景"（●CD:\素材\第 18 章\信纸背景.jpg），
单击 [插入⑤] 按钮，如图 18-19 所示。

STEP 05. **设置图片格式。**单击"图片工具-格式"选项卡，在"排列"组中单击[文字环绕]
按钮，在弹出的下拉菜单中选择"浮于文字上方"命令，如图 18-20 所示。

◆ 图 18-19　　　　　　　　　　◆ 图 18-20

STEP 06. **调整图片大小。**拖动图片周围的控制点，放大图片，使其大小与整个页面的大
小一致，调整后的效果如图 18-21 所示。

STEP 07. **设置图片样式。**在"图片样式"组的列表框中选择"柔化边缘矩形"选项，如
图 18-22 所示。

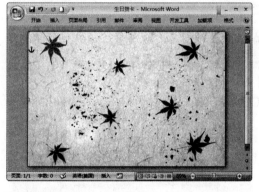

◆ 图 18-21　　　　　　　　　　◆ 图 18-22

STEP 08. **设置图片效果。**在"图片样式"组中单击[图片效果]按钮，在弹出的下拉菜单中
选择"发光/强调文字颜色 4，8pt 发光"命令，如图 18-23 所示。

STEP 09. **插入图片。**插入图片"生日蛋糕"（●CD:\素材\第 18 章\生日蛋糕.jpg），将
其文字环绕方式设置为"浮于文字上方"，效果如图 18-24 所示。

STEP 10. **选择命令。**在"图片工具-格式"选项卡的"调整"组中单击[重新着色]按钮，在
弹出的下拉菜单中选择"设置透明色"命令，如图 18-25 所示。

STEP 11. **设置图片颜色。**将鼠标光标移动到上一步插入的图片的白色区域中，单击鼠标
左键，去除白色，效果如图 18-26 所示。

Word 2007 办公应用融会贯通

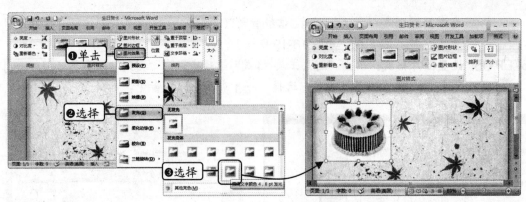

◆ 图 18-23　　　　　　　　　　　◆ 图 18-24

◆ 图 18-25

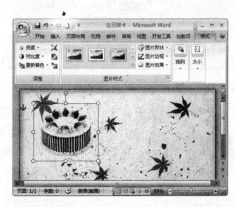

◆ 图 18-26

STEP 12. **设置图片样式。** 拖动图片周围的控制点，放大图片，然后将其移动到页面的中间位置。在"图片样式"组中单击 图片效果 按钮，在弹出的下拉菜单中选择"映像/半映像，接触"命令，如图 **18-27** 所示。

STEP 13. **插入图片。** 插入图片"礼物"（CD:\素材\第 18 章\礼物.jpg），用相同的方法设置该图片，设置后的效果如图 **18-28** 所示。

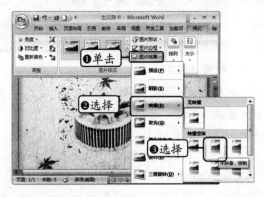

◆ 图 18-27　　　　　　　　　　　◆ 图 18-28

STEP 14. **插入图片。** 插入图片"我"（CD:\素材\第 18 章\我.jpg），用相同的方法设置该图片，然后根据页面的大小来调整插入的图片"生日蛋糕"、"礼物"和"我"
的大小、位置及放置层次，效果如图 18-29 所示。

STEP 15. **调整图片效果。**此时可以看到页面整体的效果不太理想，现在就来修改页面背
景中的图片的效果。将图片"信纸背景"的图片样式修改为"简单框架，白色"，
在"调整"组中单击 ◑ 对比度 ▾ 按钮，在弹出的下拉菜单中选择"+30%"选项，
调整图片的对比度，如图 18-30 所示。

◆ 图 18-29

◆ 图 18-30

温馨小贴士

在插入图片之后，一定要观察页面的整体效果。如果效果不理想，应及时修改，以免影响后面的制作。

STEP 16. **调整图片大小。**选择图片"生日蛋糕"，缩小图片，并将其移动到如图 18-31
所示的位置。

STEP 17. **插入艺术字。**单击"插入"选项卡，在"文本"组中单击"艺术字"按钮 ，
在弹出的下拉列表中选择"艺术字样式 14"选项，如图 18-32 所示。

◆ 图 18-31

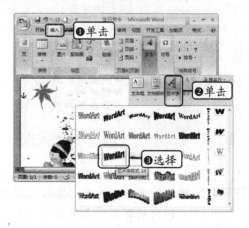

◆ 图 18-32

STEP 18. **设置文本格式。**在打开的"编辑艺术字文字"对话框中的"字体"下拉列表框

中选择"华文新魏"选项,在"字号"下拉列表框中选择"20"选项,然后在文本框中输入文本"送礼物来了!",单击 确定 按钮,如图 18-33 所示。

STEP 19. **设置艺术字样式。** 单击"艺术字工具-格式"选项卡,在"排列"组中设置艺术字的文字环绕方式为"浮于文字上方",然后在"文字"组中单击 竖排文字 按钮,将艺术字修改为竖直排列,如图 18-34 所示。

◆ 图 18-33

◆ 图 18-34

STEP 20. **更改艺术字形状。** 在"艺术字样式"组中单击"更改艺术字形状"按钮,在弹出的下拉列表中选择"左领章"选项,如图 18-35 所示,修改艺术字的形状。

STEP 21. **设置艺术字。** 拖动艺术字周围的控制点,缩小艺术字,然后将其移动到如图 18-36 所示的位置。

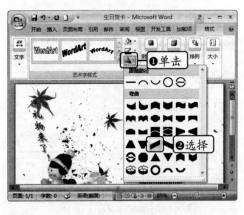

◆ 图 18-35

◆ 图 18-36

STEP 22. **插入艺术字。** 单击"插入"选项卡,在"文本"组中单击"艺术字"按钮,在弹出的下拉列表中选择"艺术字样式23"选项,如图 18-37 所示。

STEP 23. **设置文本格式。** 在打开的"编辑艺术字文字"对话框中的"字体"下拉列表框中选择"文鼎中特广告体"选项,在"字号"下拉列表框中选择"72"选项,

然后在下面的文本框中输入文本"生日快乐!",单击 ▭ 确定 按钮,如图 18-38
所示。

◆ 图 18-37

◆ 图 18-38

STEP 24. **设置艺术字样式。**将艺术字的文字环绕方式设置为"浮于文字上方",然后在
"艺术字样式"组中单击"更改艺术字形状"按钮 ▲▾,在弹出的下拉列表中
选择"腰鼓"选项,如图 18-39 所示。

STEP 25. **设置阴影效果。**在"阴影效果"组中单击"阴影效果"按钮 ▭,在弹出的下拉
菜单中选择"阴影样式 2"选项,如图 18-40 所示。

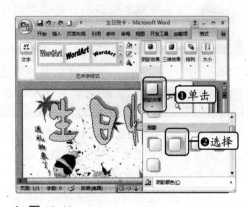

◆ 图 18-39

◆ 图 18-40

STEP 26. **完成操作。**拖动艺术字周围的控制点,缩小艺术字,然后将其移动到合适的位
置,完成生日贺卡的制作,最终效果参见图 18-16。

 温馨小贴士

制作好贺卡后,如果有需要,用户还可以将其打印出来,或直接通过 Word 2007 的网络功能发送贺卡。

18.3 疑难解答

学习完本章后，您是否已经掌握制作商务礼仪文书的方法？关于制作商务礼仪文书的相关问题是否已经顺利解决了？下面就为您提供一些相关的常见问题解答，使您的学习更加得心应手。

问：在一篇文档中有许多样式相同的内容，我能不能同时选择这些内容呢？

答：当然可以。将文本插入点定位到设置了要选择的样式的文本中，单击鼠标右键，在弹出的快捷菜单中选择"样式/选择格式相似的文本"命令即可。

问：为什么对图片应用边框效果后，部分阴影、镜像效果无法显示？

答：这是因为部分图片效果在显示上有一定的冲突，例如垂直向下的阴影和垂直向下的镜像就无法同时显示，这样的效果是无法组合的。建议读者在初学时多使用系统预设的组合效果，然后在使用的过程中慢慢总结出合理的自定义效果组合。

18.4 上机练习

本章上机练习一将练习制作一张请柬；上机练习二将练习制作一张新年贺卡；上机练习三将练习制作一张中秋贺卡。通过练习可以使读者巩固图片的插入与编辑、艺术字的插入与编辑以及文本格式的设置等操作，从而掌握制作商务礼仪文书的方法。各练习的最终效果及制作提示介绍如下。

练习一　　　CD:\素材\第18章\花.jpg　　　CD:\效果\第18章\请柬.docx

① 新建空白文档，并设置纸张的大小和页边距。

② 输入需要的文本并设置文本的字体格式和段落格式等。

③ 插入图片"花"，并设置其文字环绕方式为"衬于文字下方"，然后将其放大至覆盖整个页面。

④ 设置图片的亮度与对比度。

⑤ 插入并编辑艺术字，完成所有的操作，最终效果如图 18-41 所示。

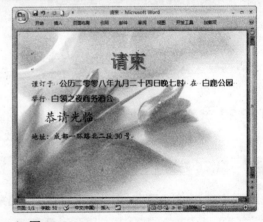

◆ 图 18-41

练习二　　◎ CD:\素材\第 18 章\　　◎ CD:\效果\第 18 章\新年贺卡.docx

① 新建空白文档，并设置纸张的大小和页边距。

② 插入图片"富贵花开"，将其文字环绕方式设置为"浮于文字上方"，然后裁剪掉图片上方多余的部分，并将其移动到合适的位置。

③ 插入图片"招财进宝"，将其文字环绕方式设置为"浮于文字上方"，然后裁剪掉图片上方多余的部分，并将其移动到合适的位置。

④ 将图片"招财进宝"的白色区域设置为透明，然后插入字体为"方正剪纸简体"，字号为"54"的艺术字"新年快乐！"。

⑤ 设置艺术字的方向，并将其移动到合适的位置，完成所有的操作，最终效果如图 18-42 所示。

◆ 图 18-42

练习三　　◎ CD:\素材\第 18 章\　　◎ CD:\效果\第 18 章\新年贺卡.docx

① 新建空白文档，并设置纸张的大小和页边距。

② 插入图片"月夜"，将其文字环绕方式设置为"浮于文字上方"，然后将其放大至覆盖整个页面。

③ 插入图片"月饼"，将其文字环绕方式设置为"浮于文字上方"，然后裁剪掉图片中多余的部分，并将其移动到合适的位置。

④ 插入并设置艺术字，并将其移动到合适的位置，完成所有的操作，最终效果如图 18-43 所示。

◆ 图 18-43

反侵权盗版声明

电子工业出版社依法对本作品享有专有出版权。任何未经权利人书面许可，复制、销售或通过信息网络传播本作品的行为；歪曲、篡改、剽窃本作品的行为，均违反《中华人民共和国著作权法》，其行为人应承担相应的民事责任和行政责任，构成犯罪的，将被依法追究刑事责任。

为了维护市场秩序，保护权利人的合法权益，我社将依法查处和打击侵权盗版的单位和个人。欢迎社会各界人士积极举报侵权盗版行为，本社将奖励举报有功人员，并保证举报人的信息不被泄露。

举报电话：(010)88254396；（010）88258888

传　　真：(010)88254397

E－mail：dbqq@phei.com.cn

通信地址：北京市万寿路173信箱
　　　　　电子工业出版社总编办公室

邮　　编：100036